Il piccante Bamee e il delizioso Gyogung

Autore: Jamie
Traduttore italiano: nikkahh23
Illustratore: alice_no_tabi
Editore: Jamie
Correttore di bozze: Tania
Opere d'arte: Gitsune

ISBN: 9798362185350
Prima pubblicazione (versione italiana): Novembre 2022
Copyright© Jamie, 2022

Facebook: Jamie's BL Novels
Twitter: @jamie_psf
IG: jamie_novels
Wattpad: @JamieNovels
Email: JamiesBLNovels@gmail.com

Questa è un'opera di fantasia.
Nomi, personaggi, luoghi, eventi e vicende sono frutto
dell'immaginazione dell'autore o sono utilizzati in modo fittizio.

Solo per adulti - non è adatto ai minori di 18 anni.

Dall'autore:

Ciao a tutti! La nascita di questo romanzo avviene quando io e un editor ci siamo trovati in sintonia e ci siamo divertiti a chiacchierare insieme quando la casa editrice era appena nata.

All'inizio doveva essere una breve novel, ma in qualche modo si è trasformata in un romanzo completo! Poiché mi piace rispondere alle richieste dei fan, dato che l'editore ha chiesto "caldo e piccante", vorrei garantire la piccantezza!

Pertanto, questa storia si trasforma in una commedia erotica lussuriosa e umoristica allo stesso tempo. Il protagonista maschile qui è proprio all'apice della mia scrittura!
In ogni caso, la versione tradotta sarà di mia proprietà.

Vorrei ringraziare tutti i miei fan per il loro sostegno. Ho ancora molti altri scritti che saranno presto pubblicati. Vi prego di continuare a darmi il vostro sostegno.

Se è la prima volta che leggi il mio romanzo, ne ho molti altri e il mio stile di scrittura è vario.

È un piacere provare questo stile comico ed erotico per soddisfare i miei lettori.

Puoi lasciare commenti e seguire le mie vicende via
Twitter: @jamie_psf   IG: jamie_novels o la
Fanpage di Facebook: Jamie's BL Novels.

Grazie ancora. Ci vediamo presto quando uscirà il prossimo romanzo!

Tanti abbracci e baci
Jamie xox

Contenuti

Ciotola 1: Quando il ramen si scontra con i wonton ai gamberi.

Oggi è la prima mattina della settimana lavorativa. Come la maggior parte dei giorni, Tatchakorn Kulkawin, un bel giovane con un soprannome spiritoso "Gyogung", è il primo ad arrivare in ufficio.

Gli piace arrivare presto per potersi prendere il suo tempo bevendo il caffè, rivedendo i documenti e pianificando il programma di formazione dei tirocinanti prima di iniziare il lavoro vero e proprio.

Gyogung ha una pelle chiara come la luna e un aspetto giovanile che lo fa sembrare molto più giovane della sua vera età. È abbastanza magro con un'altezza media. Il suo posto di lavoro è in uno degli hotel a 5 stelle nel centro di Bangkok, dove è un coordinatore della formazione. È il suo posto da quando si è laureato e ama semplicemente il suo lavoro. Stare nella sua posizione significa che si trova in contatto con tutti i membri dello staff dell'hotel e che è lui a formarli, quindi non c'è da meravigliarsi che sia ben conosciuto da tutti.

Gyogung è di umore particolarmente felice quella mattina, perché oggi è il primo giorno di addestramento per un tirocinante universitario che trascorrerà due mesi e mezzo di formazione nel suo dipartimento. Fare da formatore per questi giovani apprendisti è una delle sue attività preferite. È passato un bel po' di tempo da quando l'ultimo tirocinante ha scelto di formarsi nel vostro dipartimento, dato che le ultime volte avete scelto altri dipartimenti di formazione. Gyogung prende la cartella del tirocinante e la mette sul tavolo. È stato così occupato con il lavoro che non ha avuto la possibilità di intravedere le informazioni su questo giovane. Arrivare presto al lavoro significa che può sorseggiare tranquillamente il suo caffè e studiare il contenuto della cartella. La prima cosa che lo colpisce quando apre la cartella è quanto sia diabolicamente bello il volto del giovane studente. Il sorriso all'angolo della sua bocca e lo sguardo tagliente e di sfida sul suo volto fanno fare a Gyogung una smorfia.

Bene, bene, bene. Un po' troppo per il tipo di apprendimento adorabile e buono che mi aspettavo. Questo non sarà facile da gestire. D'altra parte... non si dovrebbe giudicare un libro dalla sua copertina. Potrebbe benissimo essere gentile ed educato.

Mentre Gyogung pensa tra sé e sé, non sa che i suoi presentimenti sono giusti riguardo al suo futuro apprendista. Il giovane è davvero lontano da ciò che si potrebbe considerare amabile e gentile. Lancia una rapida occhiata al CV di colui che è a mezz'ora dall'essere sotto le sue cure.

Il signor Detthana Thaworntat è uno studente universitario del quarto anno e studia economia aziendale. Oh wow, è un'università piuttosto prestigiosa e i suoi voti sono incredibili. Credo di aver fatto bene a non giudicarlo da quello sguardo diabolico.

Passa il tempo a leggere e a bere caffè, la sua mente vaga qua e là. Non passa molto tempo prima che il suo collega venga a salutarlo.

"Buongiorno, N'Gyo. Sei sempre in anticipo. Cosa stai guardando? Ah, il fascicolo del nostro apprendista..." Tanchanok, un anziano nel coordinamento delle risorse umane, lo saluta brillantemente da lontano. Mette la sua borsa sulla scrivania di fronte a Gyogung e continua il suo discorso.

"Non ho incontrato personalmente il nostro apprendista. Sembra che sia stato intervistato direttamente dalla nostra P'Pat, quindi, a parte lei, ognuno di noi lo incontrerà oggi per la prima volta. Caro Dio in alto, che sia gentile e obbediente!"

Le mani alzate in preghiera rendono Gyogung incapace di contenere le sue risate.

"Wow, P'Nok. Vuoi dell'incenso per accompagnare la preghiera?"

"No, no, no. Un errore e i documenti sulla mia scrivania possono essere ridotti in cenere" dice P'Nok con un sorriso.

"Cos'è tutta questa gioia così presto al mattino? Scommetto che sono contenti che prendiamo un tirocinante, eh?"

Panadda, il responsabile della formazione, è entrato nell'ufficio con Pattarapa, il direttore delle risorse umane. Sia Gyogung che Nok si voltano e alzano le mani per rispettare il loro superiore. Il loro piccolo ufficio può differire per età e posizione dai loro ufficiali, ma sono tutti molto vicini e amichevoli tra loro.

"Allora, come stai, sei pronto ad accogliere il nostro apprendista? L'ho visto con P'Puth mentre venivamo qui." Dice Pattarapa gesticolando verso l'ingresso del personale.

"Ho fatto un rapido controllo sulla sua cartella. Non è un problema. Penso di poterlo gestire."

Il viso dolce e bello si apre in un sorriso così ampio che i suoi occhi diventano quasi delle fessure.

"Mio caro piccolo Gyo, sai che il tuo caro apprendista è grande come una casa? Vediamo chi farà la guida."

Panadda scoppia a ridere mentre lei e Pattarapa si dirigono verso il loro ufficio in un angolo separato. Gyogung osserva il suo capo che sembra divertirsi e poi si volta a guardare il vecchio di fronte a lui, aggrottando leggermente le sopracciglia.

"Non c'è bisogno di fare una faccia così. Stavo solo scherzando come al solito, sai, per via di quanto sei magro." Dice Nok mentre accende il suo computer.

Il giovane espira dolcemente mentre annuisce in segno di accettazione. Poiché è il più giovane dell'ufficio, viene spesso preso in giro dal suo capo e dai suoi colleghi per questo e quello, e non ne ha mai fatto un dramma. Guarda il suo collega solo per scoprire che i suoi occhi si sono allargati al limite mentre si concentra su qualcosa proprio dietro di lui. Gira la sedia e la prima cosa che cattura il suo sguardo è il cavallo di qualcuno - quel rigonfiamento coperto di stoffa è così vicino a pochi metri dalla sua piccola faccia rotonda! Quei pantaloni neri che calzano a pennello, si muovono intorno alla forma più che impressionante di quello che c'è, costringendo Gyogung a sollevare subito il viso per guardare il ragazzo misterioso. Le dimensioni gigantesche del ragazzo dalla pelle abbronzata e dai lineamenti taglienti fanno sì che Gyogung, che è seduto sulla sua sedia, getti il collo così indietro che quasi cade.

"Salve, è il mio primo giorno come apprendista", dice la voce setosa. Tanchanok si raddrizza rapidamente, con l'aspetto di qualcuno che ha incontrato il suo idolo di persona. Si precipita al fianco del bel ragazzo e si rallegra con entusiasmo.

"Benvenuto. Mi chiamo P'Nok e sono il coordinatore delle risorse umane. Questo è P'Gyogung, che è il coordinatore dell'allenamento e sarà anche il tuo tutore. Tu sei... ehm..." Dice tutto molto velocemente.

Gli occhi acuti come quelli di un cacciatore, tuttavia, si concentrano interamente sul bel giovane.

I grandi occhi da gattino e i tratti favolosi catturano la sua attenzione. Il bel ragazzo sorride e risponde allegramente.

"Il mio nome è Bamee." L'introduzione del nuovo arrivato fa stringere gli occhi a Gyogung. Ha subito fatto una smorfia perché ha visto che questo apprendista gigante si sta prendendo gioco del suo nome.

"Oh caro, i loro nomi si completano perfettamente! Bamee è ramen e Gyogung è wonton di gamberi. Immagino che il nostro ufficio si divertirà molto d'ora in poi!" Nok, che è pieno di buon umore, ride allegramente, mancando completamente l'espressione turbata sul volto del suo collega.

"P'Nok!" Il giovane Gyogung fa il broncio e poi perde lo sguardo sul giovane gigante, strizzando leggermente gli occhi. Tuttavia, quello sguardo sul viso adorabile incorniciato dalla bella frangia non sembra affatto spaventoso. Il ragazzo dalla pelle abbronzata alza un sopracciglio e fa un sorriso diabolico.

"Cosa c'è? O... P'Gyo non vuole divertirsi con me?"

Il commento trasparentemente suggestivo fa accigliare il ragazzo dalla pelle chiara.

Guarda con rabbia Tanchanok che ride alla battuta, al che lui rinuncia e torna sulla sedia a fissare il computer come un modo per chiudere la conversazione. Non vuole essere come uno di quegli allenatori meschini che litigano con il suo giovane apprendista il primo giorno.

"Va bene. Andiamo, N'Bamee. Non infastidire così tanto P'Gyo. Ti porterò a vedere P'Pui e P'Pat e poi tornerai qui per allenarti con P'Gyo."

Nok porta poi Bamee a Panadda e lo lascia lì. Quando torna alla sua scrivania e nota che Gyogung è ancora imbronciato, non può fare a meno di ridere di gusto.

"Oh, shhhhh. Guarda che faccia. Vattene ora, stavo scherzando!"

"Hey, si prende gioco del mio nome dal nostro primo incontro. E tu!"

Poiché hanno lavorato insieme per tanto tempo, sono molto vicini e Tanchanok vede Gyogung come suo fratello minore, possono parlare di tutto e raccontarsi tutto.

"Non lamentarti troppo, perché dovrebbe prendersi gioco del tuo nome? Credo che il suo nome sia davvero Bamee. Quando uscivo, ho sentito P'Pui chiedere il suo soprannome e, se ho sentito bene, ha detto Bamee alla fine."

"Che tipo di persona si chiama Bamee se assomiglia più a un orso grizzly?" Il giovane si lamenta irritabilmente.

"HAHAHAHAHA, un orso grizzly? Allora devi essere davvero arrabbiato con lui. Dovrebbe essere abbastanza innocuo. Stavo facendo una battuta, sii comprensivo e amichevole, eh? È molto meglio che metterlo in imbarazzo. È il suo primo giorno di allenamento, quindi per favore non ti arrabbiare."

Tanchanok, che è sempre ottimista, cerca di rabbonirlo. Lui fa il broncio e non ha altra scelta che annuire e accettare le parole tranquillizzanti.

Non molto tempo dopo, Bamee lascia l'ufficio con Panadda, che lo accompagna dal capo del dipartimento. Si ferma alla scrivania di Gyogung e fa il suo discorso con un sorriso luminoso.

"Gyo... Bamee è davvero determinato! Mi ha detto che voleva davvero lavorare nel nostro campo dopo la laurea. Dai tutto alla formazione, so che ce la puoi fare!"

"Sì, P'Pui". Gyogung risponde. Anche se non può fare a meno di sentire nelle sue viscere che il signor Bamee avrebbe sicuramente smosso qualcosa nella sua vita tranquilla e pacifica, il suo meraviglioso capo gli ha chiesto il favore, dopo tutto. Immagina che non abbia altra scelta che fare del suo meglio.

Qualche istante dopo, il signor Bamee esce dalla stanza del capo dipartimento e si ferma accanto alla scrivania di Gyogung. Sorride a Tanchanok, che distoglie lo sguardo dal suo computer per sorridere a sua volta. La giovane donna è apparentemente molto occupata, dato che torna immediatamente al suo computer. Poi guarda il ragazzo più magro alzando le sopracciglia.

"Dove vuoi che mi sieda, P'Gyogung?"

La voce vellutata dice mentre il sorriso diabolico appare all'angolo della sua bocca. Il tutor fa un respiro profondo, cercando di mantenere la calma e indica lo spazio libero sulla sua lunga scrivania.

"Proprio qui. Puoi sederti con me. Puoi usare quella sedia laggiù."

Poi si volta per prendere una pila di fogli e passarli al giovane compiaciuto seduto sulla sedia.

"Questo è il manuale per il nuovo personale. Puoi leggerlo nel frattempo. Attualmente sto lavorando sul tuo programma e ora sto per prenotare un orientamento per mercoledì prossimo. Sarà una buona opportunità per conoscere il nostro hotel e che tipo di lavoro sarà la formazione."

Bamee ascolta attentamente il lungo discorso e alla fine annuisce.

"Capito, signor tutor, signore."

Che birbante, sfacciato fin dal primo giorno, eh?

Gyogung stringe i denti, cercando di mantenere le grida solo nella sua immaginazione. Intende lanciargli un'occhiataccia affinché questo ragazzo che non sa nulla di anzianità sappia che è scontento delle sue parole. Tuttavia, lo stronzo è così grande che, anche se sono entrambi seduti sulle loro sedie, ha bisogno di allungare il collo per guardarlo negli occhi. Mentre inclina il viso, le sopracciglia aggrottate si sfrangiano. Lo sguardo crudele che intende usare per intimidire si trasforma in uno sguardo amorevole con gli occhi scintillanti. Il giovane che all'inizio ha intenzione di prendere in giro il suo giovane tutor ora sente che il suo P'Gyogung è così adorabile che non vuole altro che continuare a prenderlo in giro! Occhi affilati da falco fissano grandi occhi rotondi prima che un sorriso malizioso sbocci sulla sua bocca. Bamee mette il braccio sulla scrivania per continuare a deriderlo.

"Credo di dovermi appoggiare così quando mi siedo vicino a te. In questo modo, non sforzerai tanto il collo quando parliamo."

Le azioni di Bamee inducono Gyogung ad allontanare un po' la sua sedia, facendo una smorfia di disgusto mentre risponde seccamente.

"Non c'è bisogno di questo!" Tuttavia, il suo atteggiamento mostra quanto sia influenzato, rendendo il più giovane ancora più eccitato. Bamee da' un'occhiata all'unica altra persona nell'ufficio e quando vede che P'Nok è completamente concentrata sul suo lavoro, rivolge il suo sguardo al giovane ragazzo accanto a lui, mostrandogli un sorriso seducente.

"Sei così severo con tutti gli altri tirocinanti o io sono un caso speciale?"

Gyogung fa un respiro profondo e chiude gli occhi, espirando lentamente mentre dice a sé stesso di calmarsi. Poi si sposta a sedersi davanti al suo computer per continuare il lavoro, deciso a non rispondere a quella domanda. Il cipiglio su quella faccia fa venire voglia a Bamee di prenderlo in giro ancora un po', ma dato che è il suo primo giorno di tirocinio, non vuole attirare troppa attenzione su di sé. Quello che sceglie di fare, quindi, è di sedersi lì con il mento puntato verso l'alto, guardando intensamente il piccolo viso bianco. Sente il sospiro dell'altro forte e chiaro, ma questo lo porta solo a fissare un po' più a lungo quello che si concentra sul suo lavoro.

"Non ti avevo detto di leggere il manuale?" Quando non riesce più a sopportare lo sguardo, Gyogung da' al suo giovane apprendista un avvertimento a voce alta. Il suo sguardo di ritorno si è spostato sulla faccia somiona con l'intenzione di mettere alla prova la sua pazienza.

"Sto per farlo, ma ho alcune domande per il mio tutor, me lo permetti?" Bamee si raddrizza, guardando il piccolo viso rotondo con un piccolo sorriso.

"Cosa vuoi chiedermi?" Anche se non è sicuro di quello che gli sarebbe stato chiesto, il ragazzo più magro non ha altra scelta che permettere al suo apprendista di fare le sue domande.

"P'Gyogung... sei davvero vecchio? Dal tuo aspetto, potresti passare per una matricola del college!" Poi alza il sopracciglio, aspettando la risposta.

"Ho 24 anni. Sono sicuramente più vecchio di te."

Gyogung risponde in modo abbastanza semplice. Vorrebbe aggiungere che Bamee dovrebbe davvero rispettare il suo superiore, ma non vuole fare una discussione nel bel mezzo dell'ufficio. Tuttavia, sta perdendo la sua pazienza.

"Hai un viso fresco e sembri molto giovane. Pensavo che non potessi avere più di diciotto anni", dice Bamee. Il suono del suo fischio attira l'attenzione dell'altra persona nell'ufficio che riesce a cogliere l'ultima frase del tirocinante, dandogli un'idea approssimativa di ciò di cui stanno parlando.

"Proprio così, N'Bamee. Gyo ha un aspetto molto giovanile. E guarda la sua pelle impeccabile..... Il suo viso è praticamente raggiante! Sono una donna e non credo di poter reggere il confronto."

Tanchanok ridacchia mentre si unisce brevemente alla loro conversazione. In breve tempo, torna a rivolgere la sua attenzione al suo computer.

"È solo la mia faccia..." La persona che è l'oggetto della conversazione borbotta, ma il gigante accanto a lui riesce comunque a capirlo forte e chiaro. Bamee solleva l'angolo della bocca in un sorriso diabolico mentre si avvicina al suo tutor dal viso luminoso e gli sussurra all'orecchio.

"Allora dovrò vedere se è proprio vero..." Gyogung non capisce perché le parole pronunciate da quelle labbra piene dalla voce vellutata gli facciano venire la pelle d'oca. Il suo viso delicato si arrossa. Si acciglia e volutamente imposta il suo viso nello sguardo più severo che può.

"Vai ai compiti che ti ho dato, concentrati sulla lettura del libro di testo e smetti di divertirti!"

"Wow, sei così severo! Bene, bene. Io sono ... intimidito. Ora inizierò la mia lettura del manuale."

Bamee si raddrizza, alzando entrambe le mani in un gesto di placazione e finalmente prende il manuale. Vuole davvero prendere in giro il suo tutor carino e dall'aspetto ancora un po' innocente, ma diceva sul serio quando ha detto che voleva imparare qualcosa su questo campo, così ha deciso di smettere di scherzare per il momento.

Anche se Gyogung è sorpreso che il ragazzo sfacciato stia effettivamente seguendo il suo ordine, è felice che la questione si sia finalmente risolta a suo favore. Torna al suo lavoro, e gli ci vuole un po' per sentire l'altro allargare le gambe così tanto che quasi toccano le sue. Anche loro tremano fastidiosamente.

Dannazione! Perché deve avere le gambe così? Cosa... i suoi pantaloni sono troppo stretti o cosa?

Mentre si lamenta tra sé e sé, Gyogung guarda la persona seduta vicino a lui, ma il suo sguardo cade in un posto inaspettato. Gli occhi di Gyogung si spalancano quando si vede chiaramente quel qualcosa. I suoi occhi non riescono a distogliere lo sguardo abbastanza velocemente!

Ah... Mi sa che quei pantaloni sono troppo stretti, accidenti a quel rigonfiamento! E non è nemmeno... ehm... su. Mi chiedo quanto sarà grande quando sarà tutto in alto .... ma che diavolo, ma che diavolo sto pensando?

Gyogung sta mentalmente discutendo con sé stesso, sentendo il suo viso riscaldarsi per quello che sta pensando! E' piuttosto arrabbiato. Davvero, come può lasciare che la sua ... immaginazione... Inoltre, quel giovane furfante è un bambino! Il giovane socchiude le labbra, sbirciando di nascosto quel viso incredibilmente bello che è tutt'altro che angelico. Abbassa rapidamente gli occhi quando l'altro si volta a guardarlo improvvisamente. Lo sguardo impacciato e nervoso di Gyogung fa sorridere Bamee. Ha spinto la lingua contro l'interno della sua guancia mentre si appoggia con disinvoltura sulla sua sedia. I suoi occhi si concentrano su quello seduto davanti al proprio computer con un rossore luminoso, ridacchiando mentre il ragazzo carino e affascinante lo guarda con sospetto.

Oh, è così carino! All'inizio volevo solo prenderlo un po' in giro, ma credo che sarà una ricerca completa con questo piccolo ragazzo! Attualmente sono comunque single, quindi perché non provare con qualcuno un po' più grande? Sarò due mesi e mezzo qui.

Bamee sta per dire qualcosa. Tuttavia, prima che possa aprire la bocca, il suono del bussare alla porta lo ferma. Gyogung si volta verso la porta e sorride.

"Ah, P'Chat! Entra. P'Chat ha preparato il piano di allenamento incrociato per te."

Il giovane dice mentre prende la cartella di documenti al suo fianco, alzandosi per salutare il suo visitatore. Guarda quello che ha la sedia in mezzo senza dire una parola, il che fa voltare Bamee. Il ragazzo alto segue il suo tutor con gli occhi mentre conduce l'uomo chiamato Chat in una piccola stanza in un angolo dell'ufficio. Torna al suo manuale, e finisce proprio quando Gyogung torna alla sua scrivania. Bamee guarda quello che gli da' le spalle mentre parla con questa persona chiamata Chat. Uno sguardo spietato studia segretamente la pelle liscia e senza difetti di quella gola bianca, prima di spostarsi lungo il corpo sottile in una camicia bianca a maniche lunghe. I pantaloni che non sono né troppo stretti né troppo larghi mettono in mostra la vita affusolata e le natiche molto, molto belle. Bamee si trova a fissare e fantasticare e trova la sua immaginazione che va a mille! E' sicuro di non aver mai visto un ragazzo con un bel corpo come quello. Sorride a sé stesso e rivolge di nuovo lo sguardo a quel dolce, bellissimo viso. E' determinato. Lui sicuramente seguirà il suo tutor, e quelle belle natiche rotonde apparterranno sicuramente solo a lui!

****

Il primo giorno di addestramento finisce abbastanza velocemente e, sorprendentemente, non è così noioso come Bamee aveva pensato. Anche se la ragione principale è perché ora ha una "festa per gli occhi" che, si spera, si sarebbe trasformata in qualcosa di simile per il suo corpo e... cuore... l'altra ragione è che l'ufficio è sempre occupato da personale di altri dipartimenti che viene a chiedere consigli su questo e quello. Gli ha dato davvero un'eccellente opportunità di imparare cose nuove tutto il giorno. Quando arriva il pomeriggio e tutti se ne vanno, è Gyogung che ha il compito di chiudere il suo ufficio e naturalmente quel giovane dalla faccia affilata sta aspettando lì vicino.

"Una volta chiuse le porte, le chiavi devono essere restituite alla sicurezza. Per chi arriva di prima mattina, puoi chiedere le chiavi lì." Dice Gyogung al suo apprendista, conducendo Bamee senza problemi alla stanza di sicurezza accanto all'ingresso del personale.

"Come tornerai a casa, P'Gyo? La tua casa è molto lontana da qui?" Chiede il ragazzo alto e corpulento.

"Prendo la metropolitana. Il mio appartamento non è così lontano."

"Vuoi un passaggio?" Offre Bamee, cercando di mantenere una faccia innocente e piena di gentilezza, ma sembra che il suo piccolo futuro amore venga ingannato.

"Non c'è bisogno di preoccuparsi. Grazie comunque."

Quando la sua offerta è rifiutata, Bamee non insiste sulla questione. Diavolo, non è nemmeno deluso! In effetti, è piuttosto contento che l'altro l'abbia rifiutato, perché il suo inseguimento sarà ancora più interessante! Dopotutto, le cose che si acquisiscono troppo facilmente sono noiose per lui, e ha bisogno di un qualcosa che mantenga la sua attenzione per molto tempo.

"Va bene, la prossima volta? Per favore, torna a casa sano e salvo, P'Gyo, ci vediamo domani."

Finisce il suo saluto con un sorriso affascinante, l'altro annuisce appena e si affretta a camminare nell'altra direzione.

****

Anche se Bamee sa molto bene che il suo fascino e il suo carisma non sono secondi a nessuno e che non ha davvero nessun problema a inseguire ragazzi o ragazze, Gyogung è ancora il primo ragazzo che ha pensato di inseguire. Pertanto, è un po' confuso su come compiacere questo ragazzo che è molto più adorabile di qualsiasi ragazza che avesse mai visto. Così decide di comprare cioccolatini belgi, sotto forma di vari tipi di frutti di mare, come primo regalo. Beh, non ha intenzione di conquistare il cuore di P'Gyo con una sola scatola di dolci, ma spera di ricevere la lode che c'è qualcuno che si preoccupa e vuole prendersi cura di lui.

"Qui, P'Gyo. Ho comprato questo per te."

Dopo il suo normale giro di saluti, il giovane gigante consegna al suo tutor la grande scatola di cioccolatini. Sopracciglia ben formate si sollevano di sorpresa mentre occhi rotondi guardano il suo tirocinante.

Non è che Gyogung faccia normalmente il difficile, ma se quel giovane sfacciato gli ha comprato qualcosa di così costoso... beh, ci deve essere qualcosa che vuole in cambio!

"Qual è l'occasione?"

"L'occasione è il mio imparare qui con te come mio tutor."

La risposta fa fare a Gyogung una smorfia. Poi si rivolge a Tanchanok che lavora con il suo computer e alcuni documenti e dice.

"P'Nok. Bamee ci ha comprato dei cioccolatini!" Poi passa la scatola di caramelle alla giovane ragazza e i suoi occhi brillano immediatamente.

"Oh wow, Bamee, che carino da parte tua! Buono, buono, buono, buono, bello, gentile e simpatico. Immagino che le signore ti staranno sicuramente addosso."

"Mio Dio, P'Nok? Cosa dovrei fare allora? Dovrei essere felice di questo complimento?" Scherza bonariamente Bamee. Non ha alcun problema con Gyogung che condivide il suo regalo con il resto dell'ufficio. Essere generosi pagherà sicuramente uno di questi giorni.

"Certo che dovresti essere felice! Immagino che tu sia un bel ragazzo nel campus, vero?"

Tanchanok si mette in bocca un pezzo di cioccolato. La faccia che fa dopo può essere descritta solo come euforica.

"Non esattamente. È solo che... non ho mai comprato regali per nessuno prima d'ora."

La frase è destinata a Gyogung, mentre gli occhi di Bamee brillano. Guarda il ragazzo che sembra profondamente concentrato sul suo computer e non gli presta attenzione, ma sa bene che quel ragazzo carino sente forte e chiaro. Quello sguardo potrebbe non incrociare la sua strada, ma quelle belle labbra si curvano leggermente quando P'Gyo sente le sue parole.

"Ah, immagino di essere abbastanza fortunato, allora. Vieni, Gyo, prendine un pezzo o me lo mangio tutto io!"

Gyogung prende allora un pezzo di cioccolato solo perché P'Nok glielo ha chiesto, ma è abbastanza per far spaccare il sorriso di Bamee in felicità. Si siede su una sedia accanto a Gyogung e fa la sua domanda.

"È gustoso, P'Gyo?" La voce profonda e vellutata di solito è sufficiente a far sciogliere gli altri sul pavimento, ma Gyogung è in grado di mantenere il suo volto severo e rispondere con voce piatta.

"Gustoso, come previsto."

Decide di rispondere chiaramente perché non vuole che il giovane gigante sappia che quella marca di cioccolatini è la sua preferita che si concede di comprare spesso, né vuole che Bamee pensi che è la prima volta che mangia questo tipo di cioccolatini.

"Ma sono molto, molto più gustoso del cioccolato che hai appena mangiato."

Questa volta può sentire il sussurro così vicino al suo orecchio, abbastanza vicino che il fiato caldo gli ventila la nuca. Fa salire la pelle d'oca sulla sua pelle e il sangue caldo sulle sue guance. Quelle parole... non c'è bisogno di essere più espliciti di quanto lo siano perché lui capisca cosa intenda Bamee e cosa voglia da lui quel piccolo furfante. Lo guarda con quello che spera sia lo sguardo più severo che possa avere. Quello che non sa, tuttavia, è che il suo viso arrossato e i suoi occhi luminosi non fanno nulla per intimidire il ragazzo corpulento. Invece, Bamee gli fa un dolce sorriso e avvicina ancora di più il suo viso al suo.

"Fammi sapere quando vuoi provarlo. Ti prometto che non ti farò pagare nulla."

"Bamee!"

"Sì, mio caro signore?"

Gyogung fa un respiro profondo. E' arrabbiato e si vergogna che il suo apprendista... il suo apprendista maschio! Osi flirtare con lui così apertamente! E' anche inutile usare la sua voce severa. Non solo quel ragazzo diabolico non ha paura di lui, ma osa rispondere con quella dolce voce! Guarda P'Nok, che è ancora troppo occupata a trattare con il suo capo quindi cerca di allontanarsi da Bamee con diffidenza.

"Sei qui per imparare, per favore abbi cura di te!"

Gyogung fa del suo meglio per essere formale, ma quella canaglia gigante continua a mostrargli il suo sorriso più civettuolo.

E' una fortuna, davvero, che il telefono squilla in quel momento. Mentre è al telefono, però, non può fare a meno di sentire che l'altro continua a guardarlo, avvicinando delicatamente la sua sedia.

Amico, che flirt, non importa quanto sia bello, o quanto sia bello il suo corpo, o quanto profumi! Questo Gyogung non si lascerà inseguire facilmente, e te l'ha fatto sapere!

****

Il cibo fornito al personale nella mensa oggi è risultato essere manzo Panang. Tanchanok è allergico al manzo e Gyogung non ama molto lo stesso cibo, così decidono di andare fuori. L'hotel dove lavorano è vicino al fiume e ci sono molti tipi di cibo da scegliere. I tre hanno deciso per un negozio di noodles dove Gyogung e Tanchanok sono clienti abituali. L'unica donna del trio è la prima a pensare al suo ordine. Poi si rivolge al bel giovane apprendista.

"Che ne dici del ramen, il tuo omonimo?" chiede con un sorrisetto.

"Non oggi. Oggi ho voglia di gyo (wonton) piccanti e saporiti in Tom yum."

Il menù ordinato dal ragazzo corpulento fa tenere il broncio a Gyogung.

[NDT dice di volere wonton perché è simile al soprannome di Gyogung XD]

"Whoa. Riesci a gestire bene il cibo piccante?"

"Sì. Mi piace piccante e mi piace molto gustoso."

Bamee risponde con un sorriso che nasconde più di quanto possa dire, mentre i suoi occhi lampeggiano su Gyogung.

"Allora prendo il bamee (ramen) secco con peperoncino extra. Temo che ci siano pochi sintomi e che non sarà così piccante come dicono."

[NDT Gyogung fa la stessa cosa (il soprannome di bamee significa ramen), insinuando che non è tutto sto granché come cibo XD]

Il proprietario del viso dolce e bello ordina audacemente. Alza un po' il viso e non guarda nemmeno quello che mostra il suo sorriso segreto con profonda soddisfazione. Gyogung ha intenzione di mostrare al suo apprendista chi sia il capo, ma non ha davvero idea che quella sfida che lancia serve solo ad aggiungere benzina al fuoco.

"Wow, i giovani di questo ufficio amano il cibo piccante! Da quando sono cambiati i vostri gusti, finalmente vedremo chi riesce a gestirlo! Padrone di casa, prepara una brocca di succo di longan per noi, per favore! Questi due chiederanno sicuramente qualcosa di dolce per aiutare ad alleviare il piccante."

P'Nok grida al proprietario senza pensarci troppo, tuttavia, questo fa balenare a Bamee un sorriso malizioso mentre guarda Gyogung, volendo "mangiare" quel "wonton" che è sulla sedia, molto più del wonton che è nella sua ciotola. E' una pura fortuna che il suo gentile tutor non possa sapere cosa sta pensando e non abbia la possibilità di leggere il suo sguardo. Invece, Gyogung trova difficile parlare e ridere con P'Nok, completamente ignaro dei pensieri lussuriosi nella testa dell'altro.

E' come Tanchanok si aspetta. Anche se Gyogung può gestire bene il cibo piccante, è stata una mossa sbagliata e di sfida al proprietario chiedere del peperoncino extra. Il signor Tang ha un intero giardino di peperoncini per insaporire il piatto di ramen di Gyogung. L'uomo magro sta vicino al tavolo del suo cliente, godendosi la vista di colui che ha osato sfidarlo con il peperoncino, sta sudando e piangendo. E' molto contento quando Gyogung deve respirare con la bocca, per evitare il bruciore sulla lingua e anche perché il suo naso è tutto un colabrodo per il peperoncino. Solo allora li lascia per salutare il nuovo cliente che entra nel suo negozio.

"Stai bene, Gyo? Ehi, è colpa tua per averlo sfidato con la parte "extra piccante". Ecco, prendi un po' di succo di logan. Non c'è bisogno di costringersi a finire quel mostro 'extra piccante.'"

Tanchanok ha gentilmente spinto un bicchiere di succo dolce al suo collega più giovane. Gyogung lo accetta con gratitudine, sorseggiando il dolce liquido con le lacrime. Bamee tuttavia trova la situazione molto divertente. Anche se ride, è molto preoccupato per le labbra e lo stomaco del ragazzo che sta cercando di inseguire, quindi è veloce ad offrire il suo sostegno.

"Hai voluto il tuo ramen (bamee) secco con un'esplosione completa di peperoncino, quindi naturalmente era più piccante del solito. zuppa... per aiutare ad alleviare la piccantezza?"

Oh, è davvero preoccupato per P'Gyo eppure il giovane mascalzone non può fare a meno di fare qualche allusione sessuale. Questo fa soffocare Gyogung, che sta bevendo il succo di longan, con quelle parole, facendolo tossire così forte che le lacrime tornano di nuovo.

"Vacci piano, Gyo. Non c'è bisogno di affrettarsi o il tuo soffocamento sarà ancora peggiore. Oh, che ne dici di accettare l'offerta della zuppa di Bamee?" La donna più anziana dice senza alcun riconoscimento del discorso nascosto ai due giovani, e questo fa solo soffocare la persona così forte che il suo viso diventa rosso e lancia all'altro un piccolo sguardo.

"Io passo. Penso che farei meglio a chiedere al proprietario una ciotola di zuppa."

Ha poi gridato per una ciotola di zuppa, e il proprietario ha riso di gioia, servendo la zuppa al suo tavolo.

"Com'è che hai chiesto del pepe extra nei miei piatti che non sono più abbastanza piccanti? Piccolo amico, non osare sfidarmi la prossima volta."

Dice Tang con un sorriso. Dopo tutto, Nok e Gyo sono stati nel suo negozio molte volte perché sono tutti così vicini. L'avvertimento è scherzoso, uno scherzo gentile al ragazzo più giovane. Gyogung gli mostra un debole sorriso, sistemando il suo ramen nella ciotola di zuppa semplice, facendo del suo meglio per scrollarsi di dosso quanto più peperoncino possibile. Gli sarebbe piaciuto spiegare al proprietario che non voleva mancare di rispetto mettendo in dubbio la piccantezza del cibo. Tuttavia, le sue labbra e la lingua sono gonfiate dal peperoncino, così Gyogung ingoia le sue parole.

Il viso arrossato e le labbra leggermente gonfie a causa del cibo più piccante del normale hanno solo reso il giovane ancora più attraente per Bamee. Guarda il suo tutor e desidera più di ogni altra cosa di essere la ragione per cui quelle belle labbra rosse siano gonfie la prossima volta.

****

Quella notte, Gyogung è ancora irremovibile sul fatto di non volere che il suo apprendista lo riporti a casa sua. Con Bamee che è più che evidente che vuole inseguirlo, Gyogung sente di dover stare ancora più attento. Il modo di fare di Bamee, così arrogante e così audace, fa pensare a Gyogung che sia meglio per il suo cuore stare lontano dal giovane, altrimenti potrebbe essere sedotto dalla... tentazione.

Durante la prima settimana, Bamee fa del suo meglio per compiacere Gyogung. Lui gli regala dolci costosi ogni giorno e lo aiuta in ogni tipo di lavoro. Anche se lo sguardo inviato al suo tutor è pieno di scintille e i sorrisi spesso accesi sulle sue labbra sono sornioni, Gyogung pensa di avere molto successo come tutor, poiché Bamee è laborioso, diligente e impara tutto velocemente con cura e attenzione.

La settimana scorsa Bamee si è reso conto che il lavoro del dipartimento delle risorse umane è molto più di quanto si aspettasse. Il personale non passa tutto il tempo da solo davanti al computer, ma molte cose devono essere preparate secondo il piano stabilito dall'azienda. Molte persone di altri dipartimenti vengono spesso con molti problemi diversi, e tutti si aspettano che gli addetti alle risorse umane siano in grado di fornire loro delle soluzioni. Anche Gyogung, che è nella sezione di formazione, ha dovuto aiutare Tanchanok quando il suo lavoro è diventato troppo pesante.

Il pesante carico di lavoro non disturba minimamente Bamee. L'unica cosa che lo preoccupa tanto è il fatto che il suo P'Gyo sembra essere super popolare! Il suo fascino attira sia gli uomini che le donne, e ha già perso il conto di tutte le volte che quelli degli altri reparti flirtano con la sua preda! P'Gyo sembra abbastanza ignaro, mentre continua a mostrare il suo sorriso compiaciuto a tutti in modo amichevole. Sembra che Bamee sia l'unico che riesca a far fare a P'Gyo una faccia dolce, invece che gonfiare le guance per il fastidio e a mandare occasionali sguardi cattivi.

Non sa che quelli a cui sorride lo guardano come se volessero ingoiarlo intero? E non sa di essere corteggiato?

Bamee sta stringendo i denti internamente. Sta fissando le belle labbra rosate di P'Gyo mentre il suo tutor gli spiega qualcosa. Quegli occhi sono pieni di dolcezza zuccherosa mentre guardano quel ragazzo carino che, ovviamente, è ignaro. Quando non può più trattenersi, Bamee lascia la sua sedia e va a mettersi dietro al suo tutor. Piega le braccia e guarda l'altro con un linguaggio del corpo che urla possessività. Così lui si comporterà in modo possessivo, e allora? Non ha molto tempo per inseguire P'Gyo. Se non si fosse mosso rapidamente e non avesse rimosso gli "ostacoli" adesso, quando ne avrebbe avuto la possibilità?

Gyo guarda l'apprendista gigante che gli sta dando lo sguardo più ostile possibile. All'inizio era abbastanza perplesso, ma quando il bel ragazzo guarda significativamente colui che è completamente occupato a risolvere il suo problema, e poi quell'acuto sguardo predatorio, immediatamente diretto verso di lui, il giovane finalmente capisce.

Gyogung ha girato la sua sedia all'indietro senza alzarsi. Così, il cavallo sporgente ... sembra sempre essere 'sporgente'... il suo apprendista è ancora una volta abbastanza vicino da ricevere un pugno in faccia! Il giovane è scappato in preda al panico. Il suo bel faccino si arrossa immediatamente.

"Quando sei arrivato dietro di me?" Le sopracciglia ben formate si sono aggrottate. Il sorriso che è sbocciato sul suo volto poco prima si è trasformato in un cipiglio quasi all'istante.

Bamee non è in vena di scherzi. Vedendo l'espressione di quello che sta cercando di inseguire, decide di non scherzare come fa di solito. Invece, è tornato alla sua scrivania senza dire una parola. Questo sorprende un po' Gyogung, ma cerca di pensare con calma e non è necessariamente un male avere a che fare con quel particolare apprendista.

Il silenzio e l'immobilità di Bamee, tuttavia, sono durati fino a quasi l'ora di pranzo. Sorprendentemente, ha fatto sì che Gyogung sente che manca qualcosa e si sente a disagio con quell'atteggiamento. Bamee parla ancora e scherza con P'Nok ogni volta che lei lo attira in una conversazione, ma riceve solo un cenno educato e uno sguardo quando il suo tutor lo aiuta. Gyogung comincia ad essere disgustato da come stanno andando le cose, ma rimangono in silenzio finché i tre non si dirigono insieme verso la mensa. Tanchanok si scusa per andare in bagno. Gyogung guarda il più alto, con i suoi lunghi passi, che entra per primo senza dire una parola. Anche dopo che prendono i loro piatti di cibo e si siedono insieme a tavola, il suo apprendista non dice una parola fino a quando...

"Cosa c'è che non va?" Chiede, incapace di sopportare ancora il trattamento silenzioso. Bamee lo guarda e non risponde. Questo ha solo fatto infuriare Gyo ancora di più.

"Bamee..."

"Sto bene."

"Cosa c'è di bello? Hai parlato e sei stato amichevole con gli altri, mentre tu mi guardi male e ti rifiuti di parlare con me! Hai parlato con moderazione solo quando avevo delle domande da farti."

Gyogung si lamenta col suo apprendista. Bamee guarda il suo tutor prima di sedersi dritto. Quegli occhi acuti alzano finalmente lo sguardo e risponde.

"Ora capisci come mi sento?"

Queste parole fanno fermare Gyogung sui suoi passi. Non c'è bisogno di ulteriori spiegazioni, perché sa molto bene cosa intende. E' lui che ha sempre un'espressione fredda del viso e parla seccamente al ragazzo più giovane.. Ma... ma ha fatto quelle cose solo perché voleva mantenere una certa distanza tra sé e quell'apprendista mascalzone! E... e... a... a volte non sa davvero come comportarsi di fronte al giovane incantatore, soprattutto perché sa che Bamee sta cercando di inseguirlo! Parole così dirette lo rendono incapace di dire qualcosa.

Invece, ha chiuso le labbra e ha afferrato il cucchiaio, con l'intenzione di mangiare di nuovo.

"Non importa quanto sia difficile prenderti. Non pensare nemmeno per un secondo che io stia rinunciando a te, ti farò sicuramente innamorare di me!"

Quelle parole, tanto quanto una sfida d'amore, fanno sentire a Gyogung il suo viso riscaldarsi. Curva le labbra e guarda il presuntuoso di fronte a lui, mormorando...

"Da dove prendi tutta la tua sicurezza?"

Quello che ha detto Gyogung fa sorridere Bamee. Mette il braccio sul tavolo e appoggia il suo peso in avanti fino ad essere molto, molto vicino al suo tutor.

"Perché... il tuo bel viso diventa rosso quando cerco di flirtare con te!"

Il ragazzo dai lineamenti affilati vorrebbe più di ogni altra cosa strattonare quelle guance rotonde e morbide. Questo fa sì che i grandi occhi da gattino del suo adorabile tutor si allarghino e quelle guance diventino ancora più rosse. Il più grande cerca di riprendersi. Cambia il suo viso in uno sguardo severo e ha controllato la sua voce in un tono di rimprovero.

"Questo non prova nulla!"

"Beh, lo vedremo, no? Per ora, non ho intenzione di chiedere favori impossibili. Ti chiederò solo un piccolo sorriso al giorno. Questo sarà sufficiente per farmi andare avanti."

La voce è così vellutata e così rilassante che Gyogung si ritrova quasi a sorridere su richiesta. Accidenti, questo giovane ragazzo sa sicuramente come esercitare il suo fascino!

Per ora, conclude Gyogung, non è così difficile dare un sorriso a...
Bamee.

Un sorriso al giorno non è niente di che, quasi accidentalmente
acconsente alla richiesta.

Questo ragazzo è forte, affascinante, sicuro di sé e astuto.

Si china e si mette il riso in bocca. È contento che P'Nok abbia
finalmente un vassoio di cibo per sedersi a tavola, ma segretamente
pensa che sorridere al ragazzo una volta al giorno non sia troppo
pesante.

Ciotola 2: Gyogung non è un dessert!

Dopo che Bamee ha annunciato chiaramente che avrebbe fatto innamorare Gyogung di lui, il bel giovane deve raddoppiare i suoi sforzi per cercare di conquistare il suo Gyogung. Non solo compra costosi dolci per il più grande ogni giorno, ma cerca anche di concentrarsi nell'imparare il più possibile nella speranza di poter conquistare il cuore del suo bel tutor con la sua diligenza, e la sua capacità di aiutare ad alleggerire il carico di lavoro. Inoltre, non ha mai smesso di flirtare verbalmente in tutte le sue forme.

"Sei stanco, P'Gyo? Lascia che mi occupi io di quella pila di documenti, così non dovrai preoccupartene." Dice il ragazzo alto, raggiungendo la pila di documenti che Gyogung sta attualmente ordinando come richiesto da Panadda.

"Va bene. Devo occuparmi io stesso di questi documenti." Spiega Gyogung, cercando di recuperare i fogli che ha in mano. Il sorriso di Bamee è sornione all'angolo della sua bocca. Tiene i documenti mentre fissa i suoi occhi, mostrando dispiacere quando rifiuta di lasciarli andare.

"Lasciali andare!" Il ragazzo dalle guance rotonde usa la voce più severa che riesce. Invece di rilasciarle, le grandi mani di Bamee si muovono per librarsi su quelle esili mentre il giovane si avvicina abbastanza che il suo tutor deve contrarre il collo all'indietro per avere un po' più di spazio.

"Per favore, lascia che ti aiuti. Non voglio che tu sia troppo esausto."

Bene, quando attacca in quel modo il più basso ritira le mani e spinge la sua sedia un po' più lontano. La faccia arrossata fa sorridere Bamee in segreto.

"Vai avanti e fallo se vuoi."

Gyogung mormora tra sé e sé prima di rivolgere la sua attenzione alla preparazione dei file che sarebbero stati utilizzati per l'orientamento del nuovo personale il giorno successivo. Di tanto in tanto rifila segretamente un'occhiata al giovane sotto le sue cure, preoccupato se il ragazzo impertinente sia in grado di gestire quello che sta facendo. Incapace di smettere di preoccuparsi della qualità del lavoro, Gyogung deve far scivolare la sua sedia più vicino all'altro, toccando con un dito quella spessa spalla e poi chiedere.

"Puoi controllarlo?"

Bamee guarda la sua spalla, sorridendo della sua vicinanza, e infine alza lo sguardo verso quello che sbuffa le guance. Si raddrizza e gira la sedia per affrontare il suo tutor, facendo un piccolo passo indietro in modo che fossero a una distanza rispettabile e spinge la pila di documenti verso il più anziano.

"Potresti controllare se li ho messi nell'ordine richiesto da P'Pui?"

Quando l'argomento della loro conversazione è legato al lavoro, Gyogung avvicina la sedia e si concentra a controllare l'ordine della pila di documenti, proprio come vuole quella volpe astuta e intrigante. Poiché la sua attenzione è rivolta a controllare attentamente la pila, Gyogung non nota che il suo apprendista ha messo un braccio sul bracciolo della sedia mentre l'altro braccio è appoggiato alla scrivania. È come se fosse completamente circondato dalle braccia del ragazzo più giovane. Bamee si appoggia a quello che ancora non si rende conto di quello che sta succedendo, respirando furtivamente il dolce profumo dell'altro a suo piacimento. Il suono del respiro affannoso e il respiro caldo che si apre attraverso la pelle sensibile della nuca fanno accapponare la pelle a Gyogung. Serra le labbra, improvvisamente timido e non abbastanza audace da ricambiare lo sguardo del suo apprendista. Sa bene che deve essere arrossito di un rosso intenso, perché può sentire il calore sotto entrambe le guance.

"P'Gyo..." La voce liscia come la seta che sussurra il suo nome fa perdere un battito al piccolo cuore di Gyogung. Mette in fretta l'intera pila di documenti sulla scrivania e spinge la sua sedia lontano dall'affascinante giovane ragazzo, rifiutandosi di guardare l'altro negli occhi.

"Err... Sì... ogni cosa è al suo posto. Puoi continuare."

Ha afferrato in fretta il suo mouse, riportando la sua attenzione sullo schermo del computer. Lo sguardo timido e nervoso piace molto a Bamee. Tiene lo sguardo fisso su di lui che arrossisce fino alle orecchie, leccandosi le labbra e sorridendo prima di rivolgere la sua attenzione al suo lavoro. Di tanto in tanto, Bamee da' un'occhiata al suo tutor, e ogni volta che lo fa vede solo un paio di labbra serrate e un ragazzo che fa del suo meglio per non prestargli attenzione. Beh, vorrebbe infastidire il più anziano ancora un po', ma sa anche che Gyogung ha un sacco di preparazione da fare per l'orientamento di domani, così decide di fare marcia indietro per il momento.

Oggi, le tre donne delle risorse umane devono partecipare alla riunione mensile di tutto il personale dell'hotel nel pomeriggio. Normalmente Gyogung avrebbe partecipato alla stessa riunione, ma poiché l'orientamento è il giorno successivo e ha ancora molto da preparare, decide di rimanere in ufficio.

"Lasciami restare qui per aiutare P'Gyo. Posso partecipare alla riunione il mese prossimo."

Bamee è veloce a offrire il suo aiuto, e il suo sorriso aumenta quando anche Pattarapa pensa che sia una buona idea. Ha segretamente dato un'occhiata a quello che sarebbe stato nell'ufficio accanto a lui, solo loro due, per la prima volta. Può vedere lo sguardo di panico sul volto dell'altro ragazzo, ma il suo tutor non ha discusso o rifiutato l'offerta ad alta voce. Potrebbe essere perché il lavoro che deve fare è davvero una quantità significativa ed è così importante che guarderà oltre il flirt del suo apprendista se potrà portarlo a termine. Quando tutti gli altri lasciano l'ufficio, i pensieri di Bamee diventano quasi immediatamente lussuriosi. Tuttavia, per quanto volesse continuare i suoi progressi, può vedere che il suo amato tutor si sta diligentemente concentrando su qualsiasi cosa abbia nei file di Power Point di fronte a lui. Beh, non vuole ritardare ulteriormente il suo carico di lavoro, ma ora che si sta presentando un'opportunità così dolce, non c'è modo che Bamee se la lasci sfuggire! Come minimo, vuole approfittare del suo tempo da solo per un po'.

Il ragazzo e il rigonfiamento nei suoi pantaloni spostano rapidamente la sua sedia fino a toccare la sedia in cui è seduto il suo tutor. Il suo dolce, caro tutor aggiusta un po' il suo corpo, ma non sembra prestargli attenzione. Il più giovane guarda il collo bianco e liscio che si intravede attraverso la camicia, inghiottendo i suoi desideri. Non c'è modo di lasciarlo andare!

Che pelle chiara e liscia! Oh, voglio più di ogni altra cosa fare dei segni rosa su questo! E se la nuca è già così bella, quanto sarà bella quando mi libererò di tutte queste fastidiose fodere?

Bamee sembra perdersi solo a guardare quella piccola distesa di pelle chiara. La sua immaginazione sta correndo così selvaggiamente che il rigonfiamento nei suoi pantaloni, che è già impressionante quando è a riposo, sta lentamente apparendo per vedere cosa sta succedendo. Il proprietario può sentire la tensione crescere fino a quando deve allargare ulteriormente le gambe per fare spazio. Le sue lunghe gambe alla fine urtano contro la sedia su cui è seduto Gyogung. Il ragazzo dal viso dolcemente bello salta un po' e guarda le lunghe gambe. I suoi occhi, tuttavia, non riescono a staccarsi dal rigonfiamento che si erge notevolmente alto. I grandi occhi rotondi si allargano in preda al panico mentre il loro proprietario si volta rapidamente verso lo schermo del computer.

Oh Signore, oh Signore! Quando non era ancora del tutto "su", il grumo era già enorme. Ora che è su, sembra che il cavallo dei pantaloni si apra! E perché è di nuovo su? Mamma e papà, il vostro piccolo Gyogung può sopravvivere a questo?

Gyogung serra le labbra, chiude bene gli occhi, pensando a tutto ciò che è protettivo e sacro e a tutte le preghiere che riesce a ricordare. Stringe forte il suo mouse, pregando e pregando che la tenda sporgente in quel pantalone torni al suo stato di riposo! Presto! E senza l'assistenza richiestagli per farla tornare dormiente!

Bamee studia la reazione del suo bello e affascinante tutor dagli occhi brillanti. E la reazione innocente ... è ancora più eccitato di prima! Ora è assolutamente sicuro che sarebbe stato il primo in tutto quando si tratta del suo tutor. Sembra che si divertirà a insegnare e ad addestrare l'altro. Per il momento, tuttavia, dovrebbe calmarsi. Non importa quanto sia affamato dell'altro ragazzo, non avrebbe mai usato la forza e avrebbe aspettato che il suo P'Gyo si arrendesse al suo fascino. Vedendo lo sguardo timido e nervoso che fa arrossire quel faccino, è abbastanza sicuro che le sue avances avrebbero dato i loro frutti. È più che pronto a trasformare la zuppa di wonton di gamberi in un wonton di gamberi Tom Yum extra piccante con l'aggiunta di un intero giardino di peperoncini abbastanza presto, quando il suo corpo è di nuovo sotto controllo parla.

"Cosa c'è, P'Gyo, ti fanno male gli occhi, perché li chiudi così forte?"

Colui che è la ragione di tutte quelle reazioni e del desiderio di liberazione chiede come se non ci fosse nulla fuori dall'ordinario. Il giovane impiegato apre lentamente gli occhi uno ad uno, guardando segretamente la zona rigonfia con diffidenza. Si sente un sospiro di sollievo quando il cavallo di quei pantaloni torna alla sua dimensione originale. Decide di ignorare la domanda del giovane che non riesce a controllare bene il proprio rigonfiamento nei pantaloni e torna al suo lavoro.

Bamee, da parte sua, vorrebbe davvero continuare a flirtare e a stuzzicare, ma capisce che il suo tutor è molto occupato al momento e quindi non deve disturbarlo eccessivamente.

Tuttavia, non può perdere questa opportunità di stare da solo. Si alza e lascia l'ufficio. Gyogung lo guarda, senza prestare particolare attenzione, perché pensa che il giovane sia solo andato in bagno. Tira un profondo sospiro di sollievo e torna a quello che deve fare. È così preso dal suo lavoro che non si accorge che il suo apprendista è via troppo a lungo perché si tratti di una semplice pausa per il bagno. Solo quando Bamee torna con dei bicchieri di tè alle bollicine e una grande borsa di rinfreschi vari, capisce dove è andato. Il più alto mette tutto sulla scrivania, porgendo a Gyogung la bevanda ghiacciata.

"Lavori molto duramente. Ho visto che hai fatto solo un piccolo pranzo prima di precipitarti al lavoro. Ho paura che tu abbia fame, così ti ho portato del cibo."

Ha finito con un sorriso dolce. Quel largo sorriso fa sentire Gyogung così nervoso che quasi cade dalla sedia. È imbarazzante, ma può accettare con tutto il cuore che questo ragazzo è sicuramente un conquistatore. Accetta il tè al latte e risponde con voce dolce.

"Grazie."

La piccola bocca prende con attenzione la cannuccia lentamente, succhiando la bevanda dolce e cremosa. Bamee guarda quello che ha davanti e i suoi occhi brillano immediatamente.

Come si può esistere a qualcuno che avvolge le sue labbra intorno alla cannuccia in modo così delizioso? E quei grandi occhi rotondi che mi fissano mentre quelle labbra rosse si muovono in piccoli movimenti mentre sta bevendo il tè al latte.... Dannazione, sta per farmi impazzire! Arggghhhhhhh!!!! P'Gyo! Mi stai seducendo? È intenzionale? O ... sei così naturalmente carino e appetitoso? La tua bocca con la cannuccia del tè al latte è troppo erotico! La mia mente oscura e peccaminosa ti sta già immaginando... succhiando... già qualcos'altro! Argggghhh!

Bamee guarda quelle belle labbra che rilasciano la punta della cannuccia in modo seducente. Non può fare a meno di avere pensieri lussuriosi. Il suo respiro diventa di nuovo pesante. Bamee vuole più di ogni altra cosa afferrare quel collo bianco e tirarlo vicino, premere un bacio profondo e appassionato che avrebbe fatto gonfiare e arrossare le labbra dell'altro ragazzo.

Il suo demone lussurioso sulla sua spalla gli urla di afferrare P'Gyo e farlo suo, mentre l'angelo sembra sussurrare così dolcemente di aspettare che P'Gyo accetti i suoi sentimenti e accetti di essere prima il suo ragazzo! Sia l'angelo che il demone, i loro pesi così diversi, spariscono all'istante, però, quando il ragazzo che vorrebbe sbatterle al muro e fargli cose cattive gli fa un sorriso.

"Grazie" Parole così ordinarie che arrivano con un sorriso aperto e sincero fanno sentire a Bamee che il suo cuore non può contenere una grande quantità di tenerezza. Mentre Gyo si gira, il più alto si muove. Afferra la sedia di Gyogung e la gira in modo che il suo tutor lo affronti di nuovo.

"P'Gyo... potresti sorridermi ancora una volta?" chiede speranzoso, guardando il viso arrossito e mostrandogli i suoi migliori occhi da cucciolo. L'altro si limita a serrare le labbra, guardando altrove mentre borbotta.

"Non hai chiesto un sorriso al giorno? Non essere avido ora."

Oh wow, si può essere più appetitosi di così? Argggghhhhh! Voglio mangiarti tutta in questo momento! Aspetta! Ti mangerò così tante volte al giorno che non avrai più l'energia per dire di no! E non sarà solo un sorriso quello che ti chiederò!

Bamee guarda quel bel viso. Anche se sente il suo cuore urlare, fa del suo meglio per sopprimere i suoi desideri come meglio può.

"E cosa devo fare per poter essere avido con te?"

Flirt... Flirtare era l'unica cosa che può fare al momento. Se non corre il rischio ora, quando potrà? Anche se l'altro non risponde, anzi, gira persino la sedia per poter guardare ancora una volta il computer, Bamee può ancora vedere quelle labbra serrate nel tentativo di trattenere un sorriso.

****

Il tempo passa e presto è quasi ora di andare a casa. Le tre donne che sono tornate dalla riunione si stanno preparando ad andarsene, ma Gyogung non mostra ancora alcun segno di aver finito anche se la presentazione in power point è pronta. Bamee guarda il suo tutor che sta stampando la lista dei nomi del nuovo staff che si sarebbe unito all'orientamento, guarda Gyogung che controlla le cartelle contenenti le informazioni di quei membri dello staff.

"Stiamo tornando a casa ora, P'Gyo. Ora puoi andare a casa, Bamee. Gyo rimane sempre fino a tardi prima di un orientamento." dice Tanchanok.

"Bene." Bamee accetta abbastanza facilmente, ma non ha intenzione di partire presto come lei aveva suggerito.

Come può lasciare che P'Gyo lavori fino all'osso? Mentre tutti lasciano l'ufficio, ha avvicinato la sua sedia.

"P'Gyo, cosa stai facendo?"

"Conoscere tutti." risponde senza guardarlo in faccia. Questa risposta ha fatto accigliare Bamee.

"Eh?"

"Prima dell'orientamento, mi piace leggere il background del personale e fare del mio meglio per ricordare i loro nomi e volti da queste foto. In questo modo, ho un'idea approssimativa di come sono prima di incontrarci di persona."

Wow! Questo fa di P'Gyo uno stacanovista ossessivo e perfezionista? È solo un orientamento ... Non sarebbe sufficiente informare i nuovi dipendenti del loro posto di lavoro, dei benefici e del benessere, così come di altre cose importanti? Perché P'Gyo dovrebbe impiegare del tempo per conoscere il loro background?

"Che senso ha? Sembra un po' inutile." dice con franchezza.

"Voglio che tutti quelli che hanno iniziato a lavorare qui si sentano benvenuti e sappiano che sono importanti. Non importa la posizione che occupano o il dipartimento in cui si trovano. Il fatto che io conosca le loro facce e i loro nomi e sappia in cosa sono bravi e in quale dipartimento sono, anche se non devono indossare le loro uniformi durante l'orientamento, li farà sentire molto bene. Fidati di quello che dico."

Gyogung ha fatto un piccolo sorriso alla fine del suo discorso. Anche se Bamee sa che il sorriso non è rivolto direttamente a lui, è il sorriso di un ragazzo che è orgoglioso di se stesso e di qualcuno che ama davvero il suo lavoro, può ora sentire il suo cuore battere più velocemente, cambiare il suo ritmo, in qualcosa di diverso.

Da allora Bamee non ha più disturbato il suo tutor. Tutto quello che fa è fornirgli cibo e bevande e aiutarlo a preparare l'attrezzatura necessaria che sarebbe stata utilizzata per l'orientamento del giorno successivo. Anche lui ha letto attentamente il piano di allenamento, perché anche lui avrebbe partecipato all'orientamento come assistente di Gyogung. Sono le otto di sera quando finiscono di lavorare. Ancora una volta, Bamee si offre di accompagnare il suo diligente tutor, come ha sempre fatto prima.

"È tutto a posto. Non devi sprecare il tuo tempo facendo questo." Gyogung ha mantenuto la sua risposta. Questa volta, però, il più alto non vuole cedere.
"Ma ormai è troppo tardi. Mi hai appena detto che sarai al lavoro molto presto, quindi lascia che ti dia un passaggio". Anche Bamee tiene duro.

"Ma..."

"Dai, P'Gyo, di cosa hai paura? Ti do un passaggio e ti lascio a casa tua. Poi andrò alla mia. Non c'è niente di cui preoccuparsi. Per favore, lascia che ti porti a casa."

La voce piena di sincerità e lo sguardo che non è pieno di battute come al solito cominciano a scuotere un po' la determinazione di Gyogung. È stata una giornata molto faticosa e vuole andare a casa a riposare per potersi svegliare riposato al mattino. Un giro in macchina sarebbe molto utile per alleviare la stanchezza. Bamee guarda quel viso dolce e bello, notando in particolare le sopracciglia aggrottate, lasciando che il suo tutor prenda la sua decisione senza alcun disagio da parte sua. È così contento che riesce a malapena a contenere la sua gioia quando quella faccia rotonda e chiara fa un cenno con la testa in segno di accettazione.

Il giovane conduce rapidamente Gyogung alla propria auto, temendo che l'altro cambi idea. Preme il telecomando e va ad aprire la portiera del passeggero.

"Non c'è bisogno di farlo per me la prossima volta. Non sono una donna." Dice Gyogung, un po' imbarazzato.

"Non sei una donna, ma voglio davvero prendermi cura di te."

Bamee risponde con una voce setosa. Il suo sorriso si allarga quando vede la pelle chiara e liscia di quel bel viso diventare di nuovo rosso vivo. Gyogung si siede in macchina senza rispondere a questa affermazione. La mente di Bamee è trascinata di nuovo avanti e indietro dall'angelo e dal demone sulle sue spalle.

Il demone lussurioso dice: "Ora ti ho in pugno!" con allegria, mentre l'angelo cerca di risvegliare la sua coscienza con una voce dolce.... "Lascialo a casa e basta!"

Il più alto scivola sul sedile del conducente. Nel momento in cui gira la chiave, il ragazzo accanto a lui sembra saltare un po'. Sembra che il suo amato P'Gyo sia un po' spaventato, dopo tutto. La prova è la rigidità di come è seduto...

Oh, ti spaventi così facilmente, mio caro P'Gyo. Sul mio onore di apprendista, garantisco di lasciarti a casa oggi, anche se va contro il mio cuore, il mio corpo e la mia natura.

"Dove vivi, P'Gyo?" Rompe il silenzio. Quando quello seduto così rigidamente sul sedile del passeggero dice il nome del condominio in cui alloggia, Bamee inserisce le informazioni nel GPS e si allontana dal parcheggio.

"Con chi condividi il tuo posto?"

Bamee cerca di fare conversazione.

"Vivo da solo." Gyogung risponde onestamente, quando finisce di parlare voleva darsi un pugno in bocca pochi secondi dopo, rendendosi conto che è una risposta che avrebbe sicuramente portato alla sua rovina. Lancia un'occhiata a quello che sta ancora concentrando gli occhi sulla strada, solo per sentire i brividi lungo la schiena quando vede un sorriso da iena sulle labbra del più giovane. Il tutor si volta a guardare fuori dal finestrino, sentendo che sta per essere mangiato, non sentendosi abbastanza sicuro per allentare la sua cravatta.

"Anch'io vivo da solo."

La sua voce infida tradisce quanto sia eccitato, anche se sta facendo del suo meglio per sopprimere il proprio sentimento. Gyogung non risponde alle informazioni che ha appena ricevuto. Continua a tenere lo sguardo fuori dal finestrino. Tuttavia, quando l'auto si ferma da un altro semaforo rosso, Bamee parla di nuovo.

"P'Gyo, sai che la mia casa non è lontana dalla tua?"

Anche se arrivano dei brividi quando lo sente, il viso dolce e bello si gira e segue la grande mano che indica lo schermo del GPS. Vede il nome del suo condominio sullo schermo, e l'altro condominio che Bamee gli sta indicando è solo a due semafori di distanza.
"Coincidenza, davvero, che casa tua sia sulla stessa strada della mia. Pertanto, non c'è bisogno che tu rifiuti la mia offerta di darti un passaggio a casa d'ora in poi."

Il bel ragazzo guarda dritto in quel viso affascinante, sfoggiando un sorriso luminoso. Gyogung non sa come mostrare il suo viso.

Che motivo potrà usare d'ora in poi per rifiutare questo giovane astuto?

Bamee sorride, riportando la sua attenzione sulla strada mentre il semaforo diventa verde. Comincia a canticchiare, chiaramente di buon umore. Anche se non avrebbe potuto immaginare che i loro appartamenti non erano troppo lontani l'uno dall'altro, sembra che la fortuna gli stia sorridendo completamente.

Ora può sicuramente vedere il suo futuro - avrà Gyogung, il suo piccolo wonton di gamberi, come dessert in poco tempo!

"Err... si può parcheggiare proprio davanti al cancello. Non c'è bisogno che tu scenda dalla macchina. È molto tardi, dopo tutto." Dice Gyogung mentre l'auto elegante si ferma davanti al suo appartamento.

Bamee alza le sopracciglia, ma può vedere che l'altro è molto stanco oggi, così decide di cedere e parcheggia la macchina proprio davanti al cancello come richiesto. Ha aspettato che il suo passeggero molto speciale lasciasse l'auto prima di girare il finestrino dalla sua parte. Vedendo questo, Gyogung non ha altra scelta che girare intorno alla macchina per affrontare il suo autista.

"Grazie ancora per il passaggio. Guida con prudenza verso casa."

Poi si gira per andare nella sua stanza, così Bamee si affretta a chiamarlo.

"Aspetta un attimo, P'Gyo!" Gyogung fa una pausa nei suoi passi e si volta a guardare il proprietario del veicolo.

"Ah a che ora vai a lavorare domani?"

"Ah... err... Beh, penso che arriverò un po' prima del solito. Ho intenzione di lasciare la mia casa verso le sette."

Non pensa a lungo quando risponde onestamente, solo per scoprire che è caduto nella trappola del giovane furfante quando l'altro parla rapidamente.

"Allora verrò a prenderti domani per andare al lavoro."

Una volta finito di parlare, Bamee chiude rapidamente il finestrino e si allontana, senza dare all'altro la possibilità di dire di no. Gyogung è ancora in piedi con la bocca aperta mentre guarda la macchina che esce dal suo condominio. Gonfia le guance, lanciando un'occhiata malvagia in quella direzione prima di entrare.

****

Bamee sta già parcheggiando la sua auto alle sei del mattino seguente, poiché teme che l'altro scappi al lavoro se arrivasse più tardi. Sta fissando l'ingresso del condominio dalla sua auto. È una fortuna che la guardia di sicurezza quella mattina sia la stessa della sera prima, quando ha accompagnato Gyogung, in modo che la giovane guardia possa ricordarsi bene di lui. Tuttavia, la guardia lo guarda con sospetto. Alle sette, il giovane può finalmente sorridere quando vede il corpo snello uscire dal cancello, guardando a destra e a sinistra. Quando vede la sua macchina, quelle labbra si sono strette in segno di sconfitta. Bamee avvicina rapidamente il suo veicolo in modo che il più grande possa salire in macchina senza dover camminare.

"Buongiorno, P'Gyo." Il bel giovane saluta con voce dolce, sfoggiando un dolce sorriso. Vede quegli occhi grandi e belli guardarlo prima di distogliere lo sguardo mentre il proprietario risponde al suo saluto.

"Buongiorno." Gyogung borbotta, mettendosi la cintura di sicurezza. Bamee ha aspettato di assicurarsi che tutto fosse in ordine prima di mettersi alla guida.

"Hai aspettato a lungo?" Chiede Gyogung a bassa voce. Non può negare che è stranamente nervoso e imbarazzato di avere un ragazzo che aspetta di prenderlo.

"Sono qui dalle sei."

"Cosa! Perché?" Esclama Gyogung incredulo.

"Avevo paura che saresti scappato, così ho pensato che era meglio giocare così, così non avresti avuto una scusa per non salire sulla mia macchina."

La risposta diretta del giovane furfante fa fare a Gyogung un profondo sospiro. Guarda quel bel viso e fa un'altra domanda al giovane.

"E cosa faresti se io fossi già partito prima delle sei?"

"Niente, ci rimarrei molto male se tu decidessi di andartene senza curarti dei miei sentimenti. Immagino che la mia unica opzione sarebbe quella di trascinare il mio cuore spezzato insieme al mio corpo al lavoro per qualche ultima ora."

Quelle parole fanno uscire una risata a Gyogung. Bamee è così vicino che frena la macchina e si gira a guardare l'affascinante ragazzo che sta ridendo di quello che dice. È un vero peccato che stia guidando in quel momento e non possa fare ciò che desidera.

"Perché stai ridendo?" Anche se il suo cuore si è gonfiato a tal punto che è persino più grande del rigonfiamento nei suoi pantaloni, Bamee non può fare a meno di chiedere con stizza.

"A causa di quello che hai appena detto."

La sua postura e la sua voce dicono chiaramente a Bamee che il suo tutor sta diventando più rilassato intorno a lui ora.

"Achou! Mi hai ferito profondamente."

Saranno state le sue parole, ma il suo cuore balla di felicità. Il suo P'Gyo la prende in giro! Spera che non sia un sogno! Bamee dà una rapida occhiata a Gyogung prima di tornare a guardare la strada. Può vedere il suo adorabile tesoro mentre scuote la testa con un debole sorriso, che è sufficiente a riempire il suo cuore di gioia. Poco dopo, la sua auto è parcheggiata nel parcheggio del personale dell'hotel. Gyogung si rivolge alla persona seduta accanto a lui.

"Grazie per esserti fermato per me."

"Non c'è di che."

La voce profonda dice, seguita da un sorriso che distende le sue labbra da un orecchio all'altro e illumina i suoi occhi con un brillante scintillio. Questo rende il più anziano così nervoso che quasi non riesce a togliersi la cintura di sicurezza. Il giovane impiegato scende rapidamente dall'auto come se temesse che il suo autista stesse chiedendo una sorta di ricompensa. Gyogung aspetta il giovane gigante finché non ha finito di chiudere la macchina, e poi lo accompagna all'ingresso del personale.

Quando arrivano in ufficio, va subito nella sala di formazione del personale per controllare se il reparto IT e la squadra di catering hanno preparato tutto quello che ha chiesto.

"Quando c'è una formazione interna, dobbiamo assicurarci che tutto sia a posto prima che sia il momento della formazione vera e propria."

Ha spiegato al suo apprendista mentre lavorano.

"Dopo tutto, se qualcosa manca o non è corretto, c'è tutto il tempo per rimediare ai problemi. Poi dobbiamo portare tutta l'attrezzatura necessaria in questa stanza, finendo con il controllare se il proiettore funziona correttamente."

Dice mentre controlla questo e quello. Infine, conduce il più alto nella sala di allenamento. Insieme, hanno preparato ciò che è necessario per dare il benvenuto a tutti i nuovi membri dello staff nel loro hotel.

Quando è arrivato il momento dell'orientamento, il nuovo personale di ogni dipartimento è entrato lentamente nella sala di formazione. Tutto è andato bene, dall'auto presentazione alle esperienze che erano disposti a condividere. Quando l'ultimo membro dello staff finisce la presentazione, è il turno di Gyogung.

"È un piacere conoscervi tutti. Ora è il mio turno di presentarmi. Sono qui come addetto alla formazione e il mio ufficio è lo stesso dell'HR. Credo che molti di voi mi abbiano visto quando avete fatto le vostre interviste. Il mio nome è Tatchakorn, o puoi chiamarmi Gyogung o Gyo, va bene."

Alla fine dell'introduzione del nome, alcuni dello staff sentono una risata sommessa. Bamee si acciglia e manda subito un'occhiata sprezzante al gruppo di persone. Vede un uomo alto che non fa parte del gruppo che ride alzare la mano.

"Cosa c'è, signor Suradech? Se hai qualche domanda, non esitare a chiedere!" Gyogung mostra all'uomo un ampio e luminoso sorriso.

"Mi chiedevo se lei, signor Gyo, avesse già finito l'università o se fosse un apprendista. Se è così, ti chiamerò N'Gyo."

I suoi amici ai lati di lui fischiano e si rallegrano con grande divertimento, ma questo fa solo aggrottare le sopracciglia di Bamee.

"Hey~!!!" Ha gridato forte, facendo saltare in poltrona tutti i membri dello staff che stanno ricevendo l'addestramento. Anche Gyogung è un po' allarmato da quella voce

"Di che dipartimento sei?" Il ragazzo dai lineamenti spigolosi mostra un'espressione severa, mandando uno sguardo minaccioso mentre guarda quel particolare membro dello staff.

"Ehm... io... sono nel catering..." La risposta arriva balbettando insieme a un'occhiata scomoda qua e là.

"Questa informazione è inutile. Stai mancando di rispetto al nostro addestratore, non credo che potrai mai diventare un impiegato a tempo pieno!"

"Bamee!!!" Gyogung abbassa la voce, indicando che non avrebbe permesso a Bamee di dire altro.

Poi si schiarisce un po' la gola prima di iniziare a spiegare la storia dell'hotel, comportandosi come se non fosse successo niente di strano. Guarda il giovane irascibile, solo per vedere che è ancora seduto con le braccia conserte. Quel bel viso si trasforma in un broncio e un cipiglio, i suoi occhi mostrano così chiaramente che non è soddisfatto di Gyogung al momento.

Quando è l'ora della sua pausa caffè mattutina, Bamee guarda Gyogung mentre sta per dire qualcosa al maiale che lo aveva infastidito.

Vedere il suo adorabile tesorino sorridere a quei bastardi non fa che peggiorare il suo umore!

"Vieni ora. Smettila di fare quella faccia."

Gyo mette sul tavolo una tazza di caffè e un piatto contenente due piccoli pezzi di torta alla frutta.

"Come posso non esserlo? Hai rimproverato me invece di quell'idiota maleducato, sei anche andato a parlargli e ti ho visto sorridere a lui!" Dice Bamee con un cipiglio.

"Beh, quello che hai fatto è stato ugualmente scortese, sai. Eri lì come mio assistente. Devi controllarti meglio. E quel discorso era semplicemente inappropriato. Sono andato a parlargli perché mi stavo scusando con lui a nome tuo e l'ho avvertito che quello che ha fatto non era accettabile."

"Perché non glielo hai detto davanti a tutti?"

"Non permetterò che questioni come questa vengano fatte in pubblico. È molto importante rispettare il programma. Inoltre, posso mettere come caso di studio quello che è successo nelle varie lezioni che stavo dando loro. Stiamo lavorando in questo momento e il nostro dipartimento dovrebbe servire come esempio e modello per gli altri, oltre ad essere il posto dove possono andare quando hanno bisogno di supporto. Tutto quello che facciamo, dobbiamo farlo in modo professionale."

Bamee socchiude le labbra quando sente le cose dal punto di vista del ragazzo più anziano. Sa bene che la sua possessività lo fa agire in modo stupido e infantile. Il suo tutor può sembrare molto più giovane di lui, ma è maturo ed è più adatto a lavorare in tali responsabilità. Le parole di Gyogung fanno vergognare Bamee di quello che ha fatto.

"Ora capisco P'Gyo, mi dispiace per quello che ho fatto."

Dice con una voce depressa e il suo viso visibilmente triste. Gyogung fa un leggero sospiro quando vede i cambiamenti. Può essere un gigante, avere un fascino e dei modi diabolici, e possedere un rigonfiamento molto allarmante, ma Bamee è ancora solo un apprendista senza esperienza quando si tratta di lavoro vero e proprio. Allunga le mani e spinge il piatto di dolci e la tazza di caffè verso il più giovane, parlandogli con una voce più gentile e rilassata.

"Beh, se lo capisci, allora puoi smettere di fare quella faccia. Vieni, prendiamo il caffè e mangiamo le torte prima che finisca la nostra pausa."

Bamee alza immediatamente lo sguardo quando lo sente.

"P'Gyo... tu..." La faccia apertamente felice fa sorridere Gyogung divertito.

"Sì, ho portato questo per te. Mi stavi aspettando da molto presto la mattina. Immagino che tu non abbia avuto la possibilità di mangiare qualcosa. Mangia ora, o avrai molta fame più tardi."

Poi si volta, con l'intenzione di andarsene, ma una grossa mano gli afferra il polso prima che ciò possa accadere. Gyogung spalanca gli occhi, si guarda il polso e poi guarda il viso di Bamee in allarme.

"Cosa stai facendo, Bamee, lasciami andare subito, abbiamo tanta gente intorno a noi!" Lo rimprovera, prima di allontanare rapidamente la mano. Bamee lascia andare il ragazzo senza tante storie e sorride a quella con la faccia che si arrossa.

"Grazie mille per esserti preoccupato per me, P'Gyo. Ma so che anche tu non hai mangiato nulla. Condividiamo un pezzo della torta."

Bamee solleva la piccola torta di frutta verso quella bella boccuccia. Gyogung lo guarda un po' prima di controllare la sua sinistra e la sua destra. Tira un sospiro di sollievo quando vede che tutti gli altri stanno parlando con i loro gruppi di amici senza prestare attenzione a loro. Poi prende il piccolo pezzo di dolce dalla mano dell'altro.

"Posso nutrirmi da solo!" Ha gonfiato le guance e ha dato un morso alla torta. Bamee guarda quelle labbra formose girare mentre il proprietario cerca di masticare. La sua mente beh... sta viaggiando davvero nella direzione oscura e peccaminosa. Vorrebbe aiutare a pulire le piccole briciole che si aggrappano all'angolo di quelle belle labbra rosate più di ogni altra cosa, quando quello che può fare veramente è inghiottire forte e con fame. Poi beve un sorso dalla sua tazza di caffè mentre la sua gola si asciuga per tanta lussuria.

"Ho finito di mangiare. Mi sto preparando per la prossima parte."

Gyogung incrocia rapidamente il braccio in modo che l'altro non possa afferrargli di nuovo il polso. Cammina velocemente verso il tavolo con il proiettore. Il più alto guarda il dolce che più desidera provare, prima di decidere che deve accontentarsi del dolce sul piatto.

****

Dopo la pausa caffè mattutina, Gyogung ha continuato il suo discorso su questo e quell'argomento, prima di portare tutti i membri dello staff in un tour dell'hotel. Ha iniziato con l'interno, le stanze, i vari reparti, la mensa del personale, anche la sala di ricreazione per tutti, dove c'è una piccola sala di esercizi, uno spogliatoio, un dormitorio per coloro che devono lavorare in due turni, servizi igienici e doccia, camere da letto tra gli altri. Bamee guarda il letto nello spogliatoio, riflettendo, poi sposta la sua attenzione sulla doccia.

L'angolo del viso dell'apprendista diabolico si alza in un sorriso malizioso. Guarda Gyogung e poi l'area intorno alla doccia e quegli occhi pieni di lussuria brillano. Non è difficile indovinare il suo pensiero in quel momento: Bamee ha promesso a sé stesso che prima che il suo periodo di allenamento fosse finito, lui e il suo P'Gyo si sarebbero divertiti insieme nella doccia del personale.

La notte dopo l'orientamento, quando tutti i nuovi membri dello staff tornano alle loro abitudini, il lavoro di Gyogung non è ancora completamente finito. Bamee è impressionato e ha grande rispetto per lo spirito di lavoro del ragazzo più anziano.

"P'Gyo, stai mettendo ogni cosa al suo posto adesso?" Guarda quello che è impegnato a separare in categorie ciò che ha preso dalla sala riunioni per poterlo rimettere a posto correttamente. È dell'opinione che quelle cose possono essere lasciate sul tavolo e poi possono occuparsi di metterle via domani.

"Beh, c'è molto da fare domani. Questo è il lavoro di oggi, quindi voglio finirlo prima di andare."

Anche tu vuoi "finire" oggi, bene! Hai allentato la cravatta e slacciato un bel po' di bottoni della camicia. E ti sei piegato e raddrizzato, mostrando la tua pelle chiara e lussureggiante per i miei occhi così...

Bamee cerca di osservare l'interno della camicia che ha alcuni bottoni superiori slacciati. Non vede altro che la clavicola dell'altro, ma questo è sufficiente a scuoterlo nel profondo.

Quella scossa si è estesa a quello che c'è dentro i suoi pantaloni. Gyogung di solito non scopre mai nemmeno un po' di pelle. Non ha mai allentato la sua cravatta quando è in ufficio. Tuttavia, dover portare un carico pesante dalla sala riunioni al suo ufficio e smistarli è piuttosto faticoso se si deve indossare una camicia abbottonata fino al colletto e una cravatta completa.

È un piacere per Bamee. Il giovane lascia che la sua mente vaghi lungo il sentiero oscuro e peccaminoso, ma rispetta la diligenza del suo tutor, così quello che fa è scuotere la testa con forza a quei cattivi "pensieri".

"P'Gyo sei un gran lavoratore. È una fortuna per questo hotel che lei lavori qui."

Bamee ha fatto un complimento sincero. Gyo gli da' solo una rapida occhiata, mormorando dolcemente i suoi ringraziamenti, il che fa aggrottare la fronte al più alto.

"P'Gyo... dov'è il mio sorriso quotidiano?" Chiede. Gyogung si volta a guardare il più giovane, le sue sopracciglia formose si alzano leggermente.

"Ti ho già fatto un sorriso, nella sala di allenamento."

La risposta del bel ragazzo sembra colpire qualcosa in Bamee, perché immediatamente smette di fare quello che stava facendo e va dritto verso quel corpo morbido e snello. Mise entrambe le braccia sul muro, intrappolandovi il più magro, prima di parlare dolcemente al suo tutor.

"Ma oggi... voglio più di questo..." La voce dolce e profonda, unita allo sguardo acuto e al corpo alto e corpulento che sta così vicino, Gyogung può sentire il suo calore e il suo respiro caldo e il suo cuore sussulta.

Grandi occhi rotondi fissano lo sguardo che sembra bruciare in lui, facendo riscaldare il viso di Gyo. Serra le labbra, indietreggiando fino a quando la sua schiena colpisce il muro prima di abbassare gli occhi.

"Bamee... voglio finire e poi correre a casa."

Anche se quella voce sembra tremare di timidezza, il tono morbido dice a Bamee che Gyogung gli ha dato più di un semplice sorriso. Vorrebbe più di ogni altra cosa prendere quel bel viso tra le mani e premere un bacio su quelle labbra a forma di petalo di rosa fino a farle diventare rosse e gonfie, ma sa che quello che ha ricevuto oggi è già più che sufficiente.

"Come vuoi tu." Risponde con poche parole, lasciando che il suo caro e diligente tutor continuasse il suo lavoro. Ha anche aiutato il più possibile, senza avanzare oltre, finché non è tutto finito.

"Posso portarti a casa, vero?" Chiede quando i due lasciano l'ufficio.

"Uh... huh." Gyogung fa un rumore in gola come forma di accettazione di quella richiesta, conducendoli entrambi al parcheggio. Ben presto, l'elegante automobile è parcheggiata davanti all'appartamento di Gyogung. Bamee si volta a guardare con sorpresa quello che non è ancora sceso dalla macchina. Vede Gyogung che si fissa le mani, come se fosse nel mezzo di una decisione. Alla fine il più anziano parla senza guardarlo.

"Errr... beh... se mi vieni a prendere domani... noi... dovremmo scambiarci i numeri di telefono. In questo modo... no... non dovrai venire ad aspettare così presto la mattina."

Perché sei così adorabile~?

Urla come un pazzo nella sua testa. È molto difficile trattenersi e non mostrare al mondo quanto fosse felice. Il sorriso che va da un orecchio all'altro non è niente in confronto al battito folle del suo cuore. Ha rapidamente tirato fuori il suo telefono, la sua mano trema per l'eccitazione.

"P'Gyo... qual è il tuo numero?" Chiede eccitato. Gyogung guarda il suo giovane furfante con mezzo divertimento prima di dirgli il suo numero. Il suono del telefono gli dice che l'altro ha già registrato il suo numero sul dispositivo.

"Allora... errrr... io... ora vado. Grazie mille per il passaggio."

Scende rapidamente dalla macchina come se avesse paura di essere abbracciato. Poi ha girato intorno fino a quando ha guardato il suo autista attraverso il finestrino del conducente, come ieri sera.

"Riposa bene, P'Gyo. Hai lavorato molto duramente oggi."

La voce setosa piena di sincerità e cura rende Gyogung nervoso e annuisce prima di dire tranquillamente.

"Mandami un messaggio per dirmi che sei arrivato a casa sano e salvo."

Il più basso si volta e corre dentro il suo edificio. Se si girasse, vedrebbe che il viso del suo autista è pieno di felicità, mentre il suo sguardo... è pieno di fame lussuriosa.

Ciotola 3: Il wonton si mangia, non si annusa!

Gyogung corre praticamente verso il suo palazzo senza guardare indietro a chi sta avanzando verso di lui. Non capisce bene perché debba essere imbarazzato. Scambiare numeri di telefono con qualcuno dello stesso dipartimento, anche se l'altro è solo un tirocinante, non dovrebbe essere niente di strano. Sono entrambi maschi. Sa che l'altro lo sta inseguendo apertamente. Bamee non è il primo ragazzo a mostrare questo tipo di intenzione nei suoi confronti. Tuttavia, è il primo per il quale ha cominciato a mostrare interesse.

Gyogung entra rapidamente nell'ascensore, sospirando di sollievo quando le porte si chiudono senza che nessuno lo segua all'interno. Bamee può essere implacabile nel suo inseguimento, ma non è come se dovesse temere che il giovane lo segua davvero.

Sa già che è abbastanza sconsiderato da minacciare il nuovo staff nel bel mezzo della loro sala di allenamento, e sa bene perché il giovane ha fatto quello che ha fatto.

Non stiamo nemmeno uscendo insieme e lui è già così possessivo. Immagino che sarà geloso quando sarà il mio ragazzo.

Gyogung spalanca gli occhi per la direzione in cui vanno i suoi pensieri. Come... come ha potuto pensare una cosa del genere? Ha dovuto ammettere che Bamee è davvero affascinante e attraente, sia il suo corpo, il suo aspetto, la sua voce, il suo atteggiamento e...

Quel rigonfiamento nei suoi pantaloni...

Il dolce, bellissimo ragazzo serra le labbra al suo stesso pensiero e all'immagine del cavallo dei pantaloni del suo Nong, quelle guance lisce si riscaldano immediatamente.

Che diavolo sto pensando, lui... non mi piace ancora quel mascalzone così! Perché ho pensato a queste cose?

Quello il cui rossore gli dipinge il viso completamente rosso si precipita fuori dall'ascensore quando raggiuge il suo piano, correndo per metà verso la sua stanza. Getta la sua cartella sul divano, sprofondandovi dentro, scuotendo la testa come per scacciare le immagini indesiderate dalla sua mente.

Qualche minuto dopo, si riprende abbastanza bene da andare a prendere dell'acqua in cucina. La stanza di Gyogung è un appartamento con una camera da letto, proprio le dimensioni giuste per lui. C'è un soggiorno che è collegato alla cucina sulla sinistra. La stanza è accanto al bagno. C'è anche un balcone che non è né troppo grande né troppo piccolo sul lato destro. Quando finisce il suo drink, Gyogung sta per andare sotto la doccia quando sente il suo telefono squillare e torna a prenderlo.

[Cosa stai facendo ora P'Gyo?]

Gyogung guarda l'ora sul suo orologio da polso. Bamee lo ha lasciato solo una decina di minuti fa. Vivono davvero così vicini l'uno all'altro?

[Sto per fare una doccia.]

Risponde onestamente. L'applicazione segna il suo messaggio come "letto", così aspetta un po' per vedere se l'altro avrebbe risposto. Non vedendo nulla sullo schermo del suo telefono, lo rimette sul tavolino e si dirige verso il bagno. Tuttavia, un nuovo suono di notifica lo riporta al suo telefono.

[P'Gyo, sei in bagno?]

Non c'è bisogno di guardare Bamee in faccia per sapere cosa sta pensando! Gyogung sorride un po' prima di inviare un messaggio di testo.

[No. Mi sto preparando per andare sotto la doccia.]

[Come ti stai preparando per la tua doccia?]

Il ragazzo bello ridacchia dolcemente tra sé e sé. Non è affatto difficile indovinare cosa si aspetta il giovane furfante. Sentendosi audace, decide di stuzzicare un po' l'altro ragazzo.

[Quale altra preparazione dovrà fare una persona che fa la doccia oltre a togliersi i vestiti?]

Preme "invia", ridacchiando tra sé e sé.

Tuttavia, Gyogung sobbalza un po' quando vede la chiamata in arrivo dalla persona che stava prendendo in giro senza pietà solo pochi istanti prima.

Beh, è solo una telefonata. Non c'è nulla di cui aver paura.

Gyogung si dice di non preoccuparsi e prende il suo telefono.

["P'Gyo! Mi stai seducendo?"] Nel momento in cui prende il telefono, quelle parole gli fluiscono nelle orecchie senza nemmeno una pausa.

"Sedurre... chi ti sta seducendo! Io... non ti stavo seducendo!" Dice in fretta. Il suo cuore batte all'impazzata nel petto quando sente il suono del respiro pesante all'altro capo della linea.

Cerca molto, molto duramente di non immaginare se il giovane sta diventando più ... gonfio e rigonfio... mentre continuano la loro conversazione.

["Non sai che stai superando i miei limiti? Se mi dici una cosa del genere quando saremo faccia a faccia, non sarò responsabile delle mie azioni!"]

Le parole di Bamee fanno sentire Gyogung caldo dappertutto. È così sbalordito che non sa cosa dire in risposta.

"Perché, il giovane demone è così pieno di lussuria che ha quasi perso il controllo di parole così semplici e beffarde!" Quando tace, la persona all'altro capo della linea continua a parlare.

["P'Gyo... quanto tempo passerà prima che tu mi dica di sì e sia il mio ragazzo?"]

La domanda diretta stordisce Gyogung in un ulteriore silenzio. Ha aperto la bocca e poi l'ha richiusa. Non sa davvero cosa dire.

["P'Gyo..."] Quella voce, così setosa, così dolce sembra fargli tremare il cuore.

Perché, senza nemmeno guardarmi negli occhi, questo giovane furfante riesce ancora a farmi sentire così imbarazzato e timido!

"Come... come potrei saperlo?" Non sa cosa rispondere, quindi tutto quello che può fare è usare la sua voce severa. Tuttavia, questo fa solo ridere il più giovane, perché Bamee pensa di a che tipo di faccia sta facendo il suo P'Gyo. La risata sorniona fa interrompere a Gyogung la loro conversazione.

"Se non c'è altro, vado a fare un bagno, scusami ma sono stanco."

Il chiamante capisce che il suo tutor è imbarazzato e stanco per aver lavorato duramente, per tre giorni di fila. Anche se gli sarebbe piaciuto sentire di nuovo quella bella voce, Bamee vuole che il suo futuro amato e diligente piccolo, abbia un buon riposo, così non cerca di trascinare la loro conversazione e riattacca correttamente.

Gyogung è troppo stanco per fare qualcosa dopo la sua doccia. Si butta sul letto e prende il suo smartphone, con l'intenzione di impostare una sveglia. Solo allora vede un messaggio sul suo schermo. Sembra che Bamee l'abbia inviato mentre era sotto la doccia.

[A che ora vuoi che venga a prenderti domani?]

[Le otto suonano bene.]

Pochi secondi dopo l'invio del suo messaggio, appaiono sullo schermo le piccole lettere che dicevano 'Letto'. È come se l'altro stia aspettando intensamente la sua risposta.

[Capito. Vai a letto ora, P'Gyo?]

[Sono a letto.]

Il ragazzo dalle guance rotonde risponde onestamente senza pensarci troppo. Pochi secondi dopo guarda lo schermo senza risposta, il che fa decidere a Gyogung di andare a letto. Tuttavia, prima che possa digitare la buonanotte, un messaggio di Bamee appare sul suo schermo.

[Mi hai già 'entusiasmato' in più di un'occasione oggi, lo sai?]

Tup... mascalzone! Non c'è bisogno di dirmelo, vero? Voglio dire... quel grumo è già così enorme che penso sia capace di darmi fisicamente un pugno negli occhi! Perché devi farmi pensare ancora a questo?

Gyogung stringe forte le labbra. È contento di non essere di fronte a quel giovane libidinoso in questo momento, altrimenti non saprebbe come mostrargli il suo volto! Diavolo, non sa cosa dovrebbe inviare come messaggio in una situazione del genere! Tutto quello che può fare è fissare lo schermo, il suo viso di un rosa acceso. Sembra che chi gli ha fatto provare quella strana sensazione sappia molto bene cosa sta succedendo, così il giovane gli invia un altro messaggio.

[Riposati, devi essere esausto. Domani alle otto ti aspetto in macchina. Sogni d'oro, P'Gyo.]

Quando vede che il giovane demone cede e interrompeva la loro conversazione, Gyogung non può fare a meno di sentirsi molto felice. Scrive rapidamente la sua risposta, sentendosi sollevato.

[Grazie mille. Sogni d'oro anche a te.]

Bamee gli ha mandato un adesivo di un personaggio dei cartoni animati che dorme profondamente. Questo fa ridere Gyogung, perché quel gigante non sembra qualcuno che usa un adesivo carino come quello. Ha fatto un sospiro e rimette la sveglia. Quando finalmente si sdraia sul letto, non può fare a meno di fissare il soffitto, pensando al viso diabolicamente bello del suo apprendista.

Può accettare che il giovane sia affascinante, così affascinante da trovarlo irresistibile.

Tuttavia, ciò che gli fa decidere di aprire il suo cuore al giovane è il suo carattere. Bamee è laborioso e diligente. Ha anche accettato di aver sbagliato quando ha commesso un errore ed è stato anche abbastanza coraggioso da chiedere perdono. Così ha deciso di guardare il suo apprendista in modo diverso. All'inizio, pensava che Bamee fosse una canaglia che flirtava senza senso.

Ma se Bamee dovesse vincere il suo cuore, sarà per il suo atteggiamento e la sua capacità di lavorare. Sicuramente non ha niente a che fare con la pila di regali che riceve ogni giorno. Ad essere onesti, non gli piacciono quei regali, perché non vuole che il giovane pensi che il suo affetto possa essere comprato per cose così banali. Gyogung pensa a questo e a quello ancora per un po' prima che la stanchezza lo faccia addormentare.

****

Alle sette e un quarto del nuovo giorno, Gyogung si sveglia al suono della sveglia del suo telefono.

Si mette a sedere, strofinandosi gli occhi e sbadigliando. Il ragazzo che è ancora così adorabile, anche con i capelli scompigliati, e mezzo addormentato, va a lavarsi la faccia.

Prima di raggiungere il suo bagno, però, cambia direzione verso il suo balcone anche se i suoi occhi non sono ancora completamente aperti. Apre la porta e guarda verso il parcheggio di fronte al suo condominio, guardandosi intorno per vedere se Bamee lo stia già aspettando così presto.

Quando non vede la macchina di Bamee, tira un sospiro di sollievo. Poi va a fare la sua doccia mattutina, sentendosi rinfrescato quando esce dal bagno. Gyogung si mette i suoi abiti da lavoro e poi si prepara una semplice colazione con pane, prosciutto e yogurt. Prende in mano il suo telefono per leggere questo e quello mentre mangia. Solo allora vede diversi messaggi sul suo schermo, probabilmente inviati mentre era ancora in bagno.

[Buongiorno, P'Gyo.
Sei sveglio?
Ci vediamo alle otto.]

Tutti e tre i messaggi sono stati inviati a pochi minuti l'uno dall'altro. Non è difficile indovinare che il mittente sarà lì a fissare lo schermo, aspettando la sua risposta. Non ha nemmeno iniziato a digitare quando arriva un nuovo messaggio.

[Ah, quindi sei sveglio. Ho aspettato così a lungo.]

Gyogung spalanca gli occhi. Tuttavia, non ha idea di quanto sia adorabile il suo sorriso quando vede il messaggio. Ha cancellato ciò che aveva iniziato a scrivere, scegliendo di inviare qualcosa di nuovo.

[Stavi guardando il tuo telefono, aspettando di vedere quando avrei letto i tuoi messaggi?]

[Proprio così.]

Il ragazzo dalle guance rotonde rise alla risposta. Scuote la testa prima di inviare un altro messaggio sul suo telefono.

[Non ti fai una doccia? Non ti aspetterò se sei in ritardo.]

[Ho... finito 'tutto'. Sto solo aspettando il momento di venire a prenderti.]

Gyogung si è quasi strozzato con lo yogurt che stava bevendo. Quello... che è 'tutto finito' quando il giovane mascalzone lo ha mandato! Non c'è bisogno di dire tutto parola per parola... sa bene cosa vuole dire il giovane! Anche quando non è con lui di persona, Bamee può sicuramente farlo sentire nervoso e imbarazzato. Mette il suo telefono sul tavolo, guardandolo come se non sapesse come rispondere a quel messaggio. L'immagine del giovane che fa questo e quello a se stesso nel bagno fino a quando non ha l... 'finito'... 'finito'... prende vita nella sua testa.

"Mascalzone!" Grida Gyo ad alta voce, fissando il telefono come se potesse in qualche modo trasmettere la sua immagine all'altro.

Gyogung ha deciso di non rispondere con niente. Invece, ha preso il suo yogurt con forza, mangiando come se fosse infastidito dal cibo. Quando non ha scritto la sua risposta, il suo compagno di chat non ha esitato a chiamarlo. Gyogung accetta la chiamata, ma rimane in silenzio.

["P'Gyo?"] La voce di Bamee è perplessa. Quando non sente alcuna risposta, fa un'altra domanda.

["Cosa c'è, perché non mi parli?"] Quella voce morbida e vellutata non fa che rendere Gyogung più agitato. Beh, è stata colpa sua per aver pensato troppo avanti sulla base del messaggio del giovane... quindi non può davvero dire nulla.

["O... stavi pensando a qualcosa di brutto quando hai letto quello che ho mandato?"] La domanda, insieme alla risata maliziosa, fa spalancare gli occhi a Gyogung. Il suo viso è ancora più caldo di prima, in modo incontrollabile.

"Bamee!!!" Poiché non sa cosa dire, tutto quello che può fare è chiamare il nome del giovane con voce severa. La risata compiaciuta che sente serve a far sentire Gyogung imbarazzato e infastidito.

Che... che... che giovane lussurioso!

"Se non la smetti di ridere, riattacco!" Il più anziano ha dato un ultimatum. Bamee, quando lo sente, cerca di trattenere le risate e parla rapidamente.

["Mi dispiace. È solo che... sei così adorabile e così innocente. Mi piaci e basta. Voglio tanto vedere la tua faccia in questo momento."]

Le parole sincere non fanno che intensificare il rossore sul volto di Gyogung, che si sente così imbarazzato da pensare di nascondersi sotto il tavolo! Tuttavia, sembra che non importa quanto sia imbarazzato, non può ancora controllare la sua bocca. È come se avesse una mente propria.

"Vedrai presto la mia faccia."

È solo quando quelle parole escono dalla sua bocca che apre ancora di più gli occhi, sorpreso da quello che ha detto lui stesso.

Perché spesso dimentica che dice cose che suonavano così... seducenti... quando si tratta di questo giovane? Perché... non si è mai comportato così con nessun'altra prima?

["P'Gyo... tu... ti piace sedurmi, vero?!"]

Gahhh! Che diavolo ha appena detto? E... e sentire la voce di quel ragazzo lussurioso! E il ringhio! Perché questo ragazzo è così veloce? Ho abbastanza tempo per sgattaiolare via e correre al lavoro da solo?

Anche se non ha intenzione di sedurre Bamee in alcun modo, ha già detto quelle parole, con noncuranza e senza volerlo. Può immaginare lo sguardo sul quel... grumo... sul giovane, e non può fare a meno di sentirsi un po' spaventato per sé stesso quando pensa che presto sarebbe stato solo in macchina con il suo apprendista.

"Errr... io... sto facendo colazione. Solo questo!"

Quando non sa cosa dire per uscire da quella situazione imbarazzante, Gyogung interrompe rapidamente la conversazione e riattacca senza curarsi della risposta di Bamee.

Non ha nemmeno il tempo di posare il telefono sul tavolo quando il suono del messaggio in arrivo di Bamee lo fa saltare dalla sedia.

[Non osare scappare e andare al lavoro da solo, ti aspetterò davanti al tuo palazzo!]

Gyogung gonfia le guance una volta finito di leggere il messaggio. Oh, quel ragazzo sembra essere in grado di leggere la sua mente! Come può sfuggire alla sua presa ora?

È la routine quotidiana di Gyogung bere il suo caffè in ufficio. Perciò, una volta finito di pulire i piatti della colazione, è pronto a partire. Una volta che l'ascensore lo porta al primo piano, fa un respiro profondo e cerca di fare una faccia coraggiosa prima di uscire, camminando verso l'uscita come un guerriero che sta per affrontare la sua sfida.

Vedendo la macchina che è diventata molto familiare avvicinarsi a lui, Gyogung sa che il bel giovane ha puntato gli occhi su di lui da quando è uscito dall'ascensore. Gyogung espira rumorosamente prima di aprire la portiera della macchina e sedersi dentro.

No, non ha il coraggio di guardare in quegli occhi taglienti che lo fissano come se fosse la colazione del mattino. Tuttavia, quando abbassa lo sguardo, ha la sfortuna di cogliere la parte che non vuole più vedere. Ha avuto un po' di panico, e le sue mani tremano quando gli mette la cintura di sicurezza. Il motivo è che quella particolare parte di Bamee sembra salutarlo con entusiasmo ancor prima che il suo proprietario avesse la possibilità di farlo.

Arrgghhh! Tu... diavolo lussurioso! Io... non riesco nemmeno a capire se quella... quella cosa è a riposo o sveglia. Ehi, se sai di essere abbastanza... di dimensioni generose... perché non ti trovi dei pantaloni più larghi?

Gyogung sta urlando nella sua testa. Si siede, stringendo le labbra, non osando dire nulla, nemmeno un semplice saluto e sicuramente non sentendosi abbastanza coraggioso da guardare chi che lo guarda come se lo stesse spogliando con gli occhi.

"Non mi saluti?" Parla una voce morbida e vellutata.

"Beh... noi... abbiamo appena parlato al telefono, cosa vuoi di più?" Le parole del più anziano fanno alzare le sopracciglia a Bamee.

Il giovane ha mostrato un sorriso malvagio, vedendo finalmente l'opportunità di porre la sua domanda ad alta voce.

"P'Gyo... Sei sicuro di essere pronto a gestire quello che voglio veramente?"

Tu... mascalzone! Perché sei così... un diavolo così lussurioso e arrapato?

Il ragazzo dalle guance rotonde vorrebbe aprire la porta della macchina e correre fuori - l'unico problema è che è così rigido che non può muovere gli arti!

È perché Bamee non ha fatto la domanda solo a voce. Il più giovane attacca il suo viso così vicino a Gyogung che può sentire la sua pelle accapponarsi. Il suo cuore batte così forte che sembra volesse saltargli fuori dal petto.

Quando le dita calde si posano delicatamente sulla zona tra la sua mascella e l'orecchio, accarezzando teneramente la pelle lì, insieme al respiro caldo che sfiora delicatamente la sua pelle mentre il bel ragazzo emette una lenta espirazione, Gyogung sente come se le sue ossa diventassero liquide e lui fosse a un millimetro dallo sciogliersi nel sedile.

"C'è una macchia sulla tua guancia."

La voce profonda dice. Gli occhi grandi e rotondi si allargano di nuovo quando vede Bamee mettere in bocca il dito che gli accarezza la guancia, leccando qualcosa che sembra yogurt. Non sa cosa fare o sentire. Tutto quello che sa è che quel giovane lo fa sempre sentire così imbarazzato che la sua faccia può anche essere in fiamme. Le risate profonde che sente servono solo a fargli desiderare di potersi nascondere nel bagagliaio della macchina!

"Tu... sei così adorabile." Dice Bamee, spostando la macchina verso la strada.

Canticchia la canzone che suona alla radio, guardando il più maggiore che sembra molto più innocente. Gyogung, da parte sua, rimane tranquillo e fissa il finestrino per tutto il viaggio.

"Ti sto mettendo a disagio?" Chiede il più alto quando sono fermi al semaforo rosso. Quello che è stato in silenzio accanto a lui per tutto quel tempo risponde brevemente.

"No."

"Ah... allora... deve significare che ho reso timido il mio bel P'Gyo."

Gyogung lancia il suo sguardo nel momento in cui lo sente, ma deve smettere immediatamente quando vede un paio di occhi acuti che già lo osservano. Sembra che fosse caduto ancora una volta nella trappola di quel ragazzo intrigante.

"Sei così carino quando sei nervoso. Mi piaci."

Quando si presenta l'occasione, non c'è modo che Bamee la lasci passare senza flirtare un po'.

Guarda quelle labbra leggermente curve, sentendo una forte spinta a baciarle e morderle.

È una fortuna per Gyogung che il semaforo diventi verde in quel momento, perché c'erano buone possibilità che le sue guance venissero baciate e accarezzate da Bamee, sostenendo che era la sua punizione per essere stato troppo carino di fronte a lui.

Quando la sua macchina finalmente parcheggia, Bamee consegna al suo tutor una grande scatola di snack prima che Gyogung scenda. Il più grande guarda i costosi dolci nella sua mano e sospira dolcemente.

"Questo è ciò che mi mette a disagio."

Quello che gli dice il suo piccolo fa accigliare Bamee.

"Cosa vuoi dire?"

Gyogung guarda il bel viso che lo fissa con la confusione scritta in faccia e sospira di nuovo.

"Bamee, non hai bisogno di comprare nulla per compiacermi. Conosco i tuoi sentimenti, ma per favore non cercare di convincermi dandomi questi regali. Mi sento come se fossi una ragazza che viene corteggiata."

La risposta del suo tutor sembra stordire un po' Bamee.

"Se non posso convincerti comprandoti cose belle, come posso fare? Non ho mai cercato di attirare l'attenzione di un uomo prima d'ora. Io.. Non ho davvero idea di come posso conquistarti."

La risposta sincera di Bamee fa sorridere Gyogung.

"Bamee, non hai bisogno di regalarmi tutti questi oggetti. Basta essere diligenti per farmi piacere e farmi vedere che è meglio, forse."

"Sei sicuro che basterà essere me stesso per conquistarti?" Chiede Bamee, con gli occhi accesi dalla speranza.

"Solo forse. Non fare il presuntuoso adesso."

"Questo è più che sufficiente per me. Solo... non osare ritirare quello che hai detto ora."

Il sorriso sornione fa quasi venire voglia a Gyogung di rimangiare le sue stesse parole. Decide di fare buon viso a cattivo gioco, sollevando il mento, prima di rispondere con le parole che non fanno altro che segnare il suo destino.

"Non lo farò."

Come da un po' di tempo, i due sono i primi ad arrivare in ufficio. Bamee posa la sua scatola di caramelle costose e va rapidamente ad accendere la caffettiera che hanno in un angolo dell'ufficio. Ha fatto il caffè per sé e per il suo tutor. Il bel ragazzo guarda la scatola di caramelle che viene aperta da chi l'ha comprata e poi gliela porge.

"Cosa ti ho appena detto?"

"Mi hai detto di andare da solo." Risponde Bamee scherzando.

Gyogung può solo roteare gli occhi e fare un respiro profondo prima di rispondere.

"Ti ho detto di smettere di cercare di conquistarmi con queste cose."

"Ma mi piace fare qualcosa del genere. Questo sono io. Ho intenzione di comprare comunque le caramelle per le altre persone di questo dipartimento."

Bamee ha poi aggrottato le sopracciglia in modo beffardo. Gyo può solo accigliarsi leggermente prima di decidere di concentrarsi sul lavoro a portata di mano. Si gira per aprire i file necessari per far studiare il suo apprendista, prendendo un sorso di caffè e non prestando troppa attenzione al giovane.

Gyogung sta pianificando profondamente ciò che avrebbe insegnato al giovane gigante per la giornata, finché la sedia del suo apprendista si sposta accanto alla sua. Quelle lunghe braccia si posano sui braccioli della sua sedia mentre il viso di Bamee si avvicina così tanto che quasi tocca il suo.

Gyogung socchiude le labbra, cercando di allontanarsi senza dire nulla. Quel viso diabolicamente bello, tuttavia, non ha smesso di inseguirlo.

"Cosa stai facendo?"

La voce setosa che emette una domanda senza alcun preambolo fa sobbalzare un po' il più grande. Il suo cuore potrebbe saltare un battito a causa della vicinanza tra loro, ma Gyogung cerca di rispondere nel modo più normale possibile.

"Preparo il documento di formazione per te."

Dice, senza guardare l'altro accanto a lui che respira in modo più affannato.

Gyogung trattiene quasi il respiro mentre cerca di controllare furtivamente quella "parte" dentro quei pantaloni.

Deve tirare un sospiro di sollievo quando quella "parte" sensibile sembra essere nel suo stato normale.

Quindi, questo deve significare che il suono del respiro affannoso che sente è il giovane furfante che annusa e respira il suo profumo!

Gyogung si sente imbarazzato quando arriva a quella conclusione. Si volta lentamente a guardare il suo giovane apprendista, solo per vedere che Bamee sta respirando profondamente, con l'aria estremamente soddisfatta. È nervoso e allarmato, così alza la mano e distoglie quel bel viso.

Il giovane gigante è abbastanza veloce, tuttavia, da afferrare il suo polso prima che possa tirarlo via completamente. Inoltre, osa anche mettere un bacio sul palmo di Gyogung che è poggiato sul suo viso!

"Bamee!!!! Cosa pensi di fare!!!!" Gyogung esclama sotto shock.

"Sto facendo quello che mi hai detto di fare."

Il piccolo bastardo opportunista risponde, la sua espressione facciale inespressiva. Permette a Gyogung di ritirare la mano, ma mantiene quel sorriso malizioso all'angolo della bocca.

"Quando mai ti ho detto di fare qualcosa del genere?" Gli occhi dell'anziano, che sono praticamente sporgenti verso di lui, non fanno nulla per turbare Bamee.

Me l'hai detto stamattina nel parcheggio. Mi hai detto di essere me stesso."

"E cosa c'entra questo con..."

Bamee non ha permesso al suo carino, grazioso P'Gyo di finire di dire la domanda. E decide di rispondere subito.

"Certo che ha tutto a che fare con questo! Questo sono io. Se mi piace qualcuno, voglio essere vicino a quella persona. Voglio toccarlo voglio sentirlo, voglio... baciarlo."

Poi abbassa lo sguardo sulle labbra formose che sono immediatamente premute insieme per nasconderle alla sua vista nel momento in cui finiscd di parlare.

Quegli occhioni roteano in preda al panico. Bamee guarda l'espressione di quel gattino con una certa soddisfazione, leccandosi deliberatamente le labbra mentre lascia la sedia, progettando qualcos'altro. Tuttavia...

"Buongiorno, ragazzi! Wow! Siete molto diligenti. Siete usciti tardi dal lavoro ieri sera, ma eccovi qui, i primi in ufficio!"

La voce di Tanchanok è servita come la proverbiale campana. Gyogung si affretta ad alzarsi e a salutare la sua bella P'Nok.

"P'Nok... buongiorno." Bamee si volta a salutare.

"Che il Signore vi benedica. Non c'è bisogno di essere così formale. In fondo ci vediamo tutti i giorni."

Dice, ridendo bonariamente prima di dirigersi verso la sua scrivania.

"Com'è stato l'orientamento del nuovo personale? Bamee, ti sei divertito?" Chiede Tanchanok mentre accende il suo computer.

"L'ho fatto. Ho imparato molte cose." Bamee risponde sinceramente.

Si sente un po' dispiaciuto di non aver potuto baciare il suo adorabile tutor, ma non è che non avrà la possibilità di farlo in futuro.

"Bene. Bene. Cerca di imparare molto da Gyo. Può sembrare più giovane della sua vera età, ma è un eccellente tutor. Ah, immagino che tu lo sappia già. Voglio dire, ti sta affiancando da quasi due settimane ormai."

Mostra un sorriso orgoglioso al giovane affascinante che lavora con lei da più di un anno. Un timido sorriso che ritorna nella sua direzione fa sì che P'Nok guardi l'altro in modo adorante.

"Tuttavia, è bravo solo nelle cose legate al lavoro. Penso che devi essere tu a insegnargli le altre cose."

Anche se quello che dice Tanchanok ha un significato completamente diverso da quello che Bamee ha in mente, il giovane non può fare a meno di lasciar correre la sua immaginazione con quelle parole.

"Hahaha. Naturalmente. Se si tratta di P'Gyo, sono disposto a passare il mio tempo ad allenarlo finché non sarà bravo... finché non sarà così bravo in qualsiasi cosa."

Finge di non vedere il rossore e lo sguardo severo del suo piccolo amore, ma non ha nemmeno un po' di paura!

Consegna a Tanchanok la scatola di caramelle, parlando con lei di questo e di quello per qualche altro minuto, e poi si mettono tutti al lavoro.

Finalmente è il momento del pranzo. I tre decidono di pranzare nella mensa del personale. Bamee si occupa delle bevande per Gyogung e Tanchanok come fa sempre. Non dimentica di fare al suo tutor la sua solita domanda.

"P'Gyo, vuoi qualcos'altro? Te lo prendo io."

"No grazie." Anche l'altro risponde con la sua solita risposta.

"Bamee, di sicuro sai come essere attento agli altri. Deve essere bello avere qualcuno che si prende sempre cura di te." Tanchanok dice.

Gyogung ferma il suo cucchiaio e si volta a guardare il suo superiore.

"Bamee non ha fatto alcun tentativo speciale per compiacermi o altro."

L'affascinante giovane fa del suo meglio per non attirare l'attenzione su di sé. La sua collega, che non vuole dire niente di particolare quando lo dice, lo guarda e dice la sua.

"Penso che sia abbastanza chiaro che Bamee sta cercando di compiacerti più degli altri. Voglio dire, sei il suo tutor, cosa c'è di strano se lui cerca di essere un po' più attento a te?" Ha detto in tutta onestà.

"Beh.... c'è... non c'è bisogno di questo." Gyogung borbotta.

"Perché no, avere un amico che si prende cura di te è molto meglio che avere un nemico. Sapete, una delle mie compagne di classe mi ha detto che improvvisamente è stata il bersaglio del bullismo e dell'odio di qualcuno. Dal nulla, c'era una persona che cercava di distruggere la sua reputazione, essere gelosa dei suoi successi e avere una rivalità con lei anche se la mia amica non aveva mai fatto nulla a quella persona. Una volta, dopo aver sentito tutte quelle storie orribili, le ho anche detto che questa persona potrebbe essere una specie di psicopatico. Forse è anche la stalker della mia amica, non è orribile? Immagino che ora tu capisca che avere qualcuno di carino che fa cose carine per te è molto meglio, vero, Nong?"

Tanchanok si prende il suo tempo con il lungo discorso, finendo con il chiedere al bell'apprendista se è d'accordo con lei.

"Ma lasciami essere sincera. Vedendo Bamee che ti segue ad ogni passo in questo modo, se il mio caro Gyo fosse una donna, i miei soldi sarebbero puntati su Bamee che cerca di inseguirti."

Ha assaggiato l'acqua con un sorriso e un sopracciglio alzato.

"Anche se P'Gyo è un ragazzo, non penso che sia una cosa vergognosa se lo sto inseguendo. Proprio così, in questo momento sto cercando di chiedere a P'Gyo di uscire con me."
Le parole audaci di Bamee sembrano stordire Gyogung sul posto.

"Bamee!!! Cosa stai dicendo!" Esclama in stato di shock prima di girarsi per vedere le reazioni di Tanchanok.

"Sto dicendo la verità. Non ci vedo niente di male." Dice il giovane gigante, il suo viso non porta alcun indizio che stia giocando.

L'inseguito, tuttavia, guarda ancora il suo superiore con apprensione.

Tanchanok, da parte sua, era da un po' di tempo sospettosa del suo comportamento.

Eppure, non poteva fare a meno di essere sorpresa di come le cose sono andate a finire, anche se la sorpresa è buona.

Beh, non è una fan dei fujoshi, ma non ha problemi con due ragazzii innamorati.

Dopo tutto, il suo Nong Gyogung è così bello che sarebbe un peccato se questa bellezza non avesse la possibilità di essere apprezzata.

Tuttavia, vedendo l'espressione del giovane, Tanchanok lo consolò la rapidamente.

"Cos'è questo panico, Gyo? Siamo nell'era moderna. Non c'è nulla di cui preoccuparsi."

Quando l'anziana che ama e rispetta così tanto e che gli era più vicina gli dà la sua benedizione, Gyogung è sorpreso e sollevato. Eppure, ha dovuto chiedere.

"Err... P'Nok... sei d'accordo?"

"Che io sia d'accordo o meno non è un problema qui, vero? È una cosa tra voi due. Se vi piacete, chi sono io per fermarvi? Personalmente, penso che sia fantastico. Avrai un ragazzo, finalmente."

"P'Nok!... Bamee... Bamee non è ancora il mio ragazzo!" Gyogung è veloce a correggere questo malinteso.

"Eh? È così? Allora quando mi accetterai come tuo fidanzato?"

Vedendo che ha l'appoggio del suo superiore, Bamee non si lascia sfuggire l'occasione e infila rapidamente la sua domanda.

"Non lo so!"

Gyo gli toglie la possibilità di prenderlo ulteriormente in giro riempiendogli la bocca di riso.

Cerca di non guardare quegli occhietti, il cui proprietario è chiaramente soddisfatto di sé.

Questo piccolo demonio compiaciuto!

Poi manda una piccola occhiata furtiva a Tanchanok per aver prestato il suo sostegno a quell'astuta giovane volpe. Inoltre, i due sembrano parlare di come Bamee potesse conquistare il suo cuore nel modo più entusiasmante!

Per il resto della giornata, Gyogung deve ascoltare la Phi che incita Bamee e guardare il giovane furfante che sembra ancora più presuntuoso ora che ha qualcuno dalla sua parte.

Gyogung non cerca di ostacolarlo e permette a Bamee di riportarlo a casa come al solito.

Anche se ha le sue preoccupazioni sul condividere uno spazio chiuso e personale con lui in macchina, sembra che il giovane sia ben consapevole che le sue avances di oggi hanno quasi spinto Gyogung oltre il limite.

Ecco perché Bamee ha deciso di chiacchierare di cose banali durante la guida. Quando arrivano quasi alla casa di Gyogung, l'autista fa un'altra domanda.

"P'Gyo, hai fame, vuoi fermarti a mangiare un boccone prima?" Chiede.

"Un po'. Ma penso che comprerò qualcosa di semplice a casa e mangerò nella mia stanza."

"Ti piacerebbe cenare con me allora?"

Sentendo quella domanda, Gyogung capì subito che il giovane sta pensando a qualche piano con lui, così declina l'offerta.

"No, grazie. Sono ancora esausto per essere tornato a casa tardi per così tanti giorni. Qualcosa di semplice nella mia stanza suona meglio."

"Allora ti dispiacerebbe se mi unissi a te per la cena nella tua stanza?" Bamee tenta la fortuna.

"No."

"Wow. Quel tono non mi ha certo dato speranza, perché sei così crudele?"

Quel grande orso è un capriccioso infantile. E no, non ha fa nulla per ammorbidire la determinazione di Gyogung.

Decide di non dire nulla che offra la più piccola possibilità alla giovane volpe astuta.

Bamee fa un sospiro esagerato. Beh, il suo P'Gyo sembra davvero esausto, così decide di lasciar perdere per il momento.

Ancora qualche minuto di guida e sono in un piccolo ristorante vicino alla casa di Gyogung, ordinando la cena prima che Bamee accompagni Gyogung direttamente al suo appartamento. Quando l'auto è parcheggiata, guarda quello che si toglie la cintura di sicurezza con un viso abbattuto. È un'altra notte in cui deve lasciarsi sfuggire dalle dita il grosso e succulento pezzo di 'wonton di gamberi.'

"Grazie per il passaggio." Dice Gyogung, guardando quello dietro.

Vedendo la sua faccia come quella di un cucciolo abbandonato, Gyogung sospira prima di aprire la portieta della macchina e poi si dirige di nuovo verso il lato del conducente. Bamee ha già abbassato il finestrino in attesa, come al solito.

"Mi permetti di venirti a prendere alla stessa ora domani?"

"Uh... Huh. Guida con prudenza verso casa."

"Certo, ti chiamerò quando sarò a casa."

Anche se non è ancora stato invitato a cena da chi sta lì a guardarlo con la faccia rossa, il sorriso che appare insieme a un cenno affermativo è sufficiente a dare vita al suo piccolo cuore avvizzito. Si promette che, visto che domani è venerdì, non permetterà a Gyogung di rifiutare di nuovo la sua richiesta.

Ciotola 4: È il momento di aggiungere un po' di zucchero e di dolcezza alla zuppa.

Il nuovo giorno per Bamee non è molto diverso dagli altri. Si sveglia presto e poi fa un po' di esercizio nella sua stanza che è la più grande all'ultimo piano del condominio di lusso che chiama casa.

Dopo la doccia, ordina la colazione al ristorante che si trova al primo piano del suo palazzo. Di solito, dopo sarebbe andato all'università, ma dato che ora è un apprendista, l'ufficio è la sua destinazione attuale.

Tuttavia, ora che ha il numero di telefono di Gyogung, userà il tempo che aspetta la consegna della colazione per mandare qualche messaggio alla sua preziosa personcina.

Aspetterà che l'altro legga ciò che ha inviato prima di iniziare a flirtare. E questa mattina non è diversa dal solito.

Anche se non può vedere l'altro ragazzo faccia a faccia, è abbastanza felice di avere l'opportunità di stuzzicare e dire tutte quelle parole giocose e civettuole finché il più grande non si innervosisce.

Non è affatto difficile indovinare quanto diventerà rossa quella faccina quando manda i suoi messaggi pieni di allusioni sessuali.

Come ragazzo nel fiore degli anni, Bamee si eccita sempre quando l'altro risponde in modo seducente, intenzionalmente o no. Per lui, è seducente. E non vede l'ora di avere l'opportunità di "punire" il suo accattivante tentatore.

Quando i due arrivano all'ufficio, Bamee vede che Gyo ha scelto un altro posto invece del solito, il corpulento ragazzo è un po' sorpreso di vedere che il suo diligente tutor non ha chiesto subito al dipartimento di sicurezza la chiave del suo ufficio. Invece, il più anziano va alla caffetteria del personale, sedendosi tranquillamente e prendendo un sorso di caffè.

"Non prendi il caffè in ufficio oggi?" Chiede il giovane gigante.

"Voglio solo cambiare aria."

La risposta di Gyogung e il modo in cui i suoi occhi rotondi guardano giù nella sua tazza di caffè subito dopo la domanda sono ugualmente sospetti.

Bamee stringe gli occhi, osservando attentamente quel dolce, bellissimo viso nel tentativo di capire cosa stia succedendo.

Non può lamentarsi, però, dato che l'altro non ha una riunione con nessuno e sta comunque seduto con lui.

Quando quello che sembra nascondere qualcosa finisce il suo caffè, non mostra alcun sospiro di alzarsi.

Invece, Gyogung prende il suo telefono e manda un messaggio a qualcuno e questo comincia a infastidire un po' Bamee.

Pensa che Gyogung stia aspettando qualcuno, ma non vuole dirglielo. Non essendo una persona a cui piace tenere per sé i suoi sospetti, Bamee decide di chiedergli direttamente quello che vuole sapere.

"P'Gyo, stai aspettando qualcuno?" La voce poco soddisfatta fa alzare lo sguardo del bel ragazzo dallo schermo e lo guarda.

"No." La risposta è combinata con uno sguardo così innocente, solo per Gyogung che poco dopo riporta la sua attenzione sul telefono.

Quando arriva un messaggio di risposta, il giovane tutor sorride vivacemente, e questo fa solo aumentare il cipiglio di Bamee. Non ha la possibilità di fare altre domande quando Gyogung si alza.

"Andiamo in ufficio."

Dice Gyo, con il suo giovane gigante che segue le sue orme.

"Che succede, ragazzi? Devo dire che sono piuttosto sorpreso che Gyo mi abbia mandato un messaggio chiedendomi di prendere la chiave per aprire l'ufficio."

Il saluto di Tanchanok quando i due entrano nell'ufficio fa alzare le sopracciglia a Bamee.

"Stavamo prendendo il caffè in mensa." La risposta di chi per anni è sempre stato il primo ad arrivare in ufficio fa fare una faccia sorpresa al suo superiore.

"Gyo? Bere il caffè in mensa la mattina? Il Gyo che conosco corre sempre a capofitto in ufficio perché è preoccupato per il lavoro. Questo è strano."

Quando Tanchanok finisce, Bamee sembra mettere tutto insieme abbastanza facilmente.

Non dice nulla finché P'Nok e il suo P'Gyo finiscono la loro conversazione ed entrambi tornano ai loro computer. Bamee avvicina la sedia al suo tutor, che si rifiuta di guardarlo negli occhi e chiede con voce sommessa.

"Hai scelto di prendere il caffè in mensa perché non volevi essere solo con me, vero?"

[NDE beccato ahahahah]

Beh, il giovane sembrava abbastanza intelligente.

Gyogung non sa come mostrare il suo volto. Decide di tacere e procede come al solito, fingendo di non notare un paio di occhi acuti che lo guardano intensamente. Ha ordinato alcune cose da stampare, passando la sua conversazione al lavoro senza perdere un colpo.

"Bamee, per oggi vorrei che tu mi aiutassi a mettere in ordine le schede di coloro che richiedono la formazione incrociata." Il più anziano dice senza guardare il suo apprendista, consegnando i documenti stampati al giovane.

"Naturalmente." Bamee ha risposto.

Oggi è venerdì, il che significa che c'è molto da sistemare prima del fine settimana. Tutti sono occupati con le loro responsabilità e nessuno ha il tempo di prestare attenzione ad altre cose.

Bamee è occupato a correre con Gyogung occupandosi di questo e di quello, a volte anche aiutando con alcune delle responsabilità del suo tutor.

"Sono molto affamato, molto... oooooh, fame, aaaa. Miei giovani ragazzi, andiamo a mangiare qualcosa." Tanchanok geme pietosamente dal suo mucchio di lavoro.

Gyogung guarda l'ora, vedendo che è già passato mezzogiorno e sapendo che la mensa del personale sarà affollata. Tuttavia, poiché Tanchanok, che di solito preferisce fare la sua pausa pranzo verso l'una, sostiene di essere molto affamata, il giovane in realtà non ha problemi a mangiare un po' prima del solito.

"Va tutto bene, P'Nok. Ho appena finito di rispondere alle mie e-mail." Risponde al suo superiore prima di voltarsi a guardare Bamee. Quando vede il giovane gigante già in piedi, capisce che anche l'altro è pronto per il pranzo.

È come si aspettano. La mensa è affollata perché sono arrivati prima del solito. Quando finiscono di prendere il cibo da una lunga fila, Gyogung cerca un posto dove i tre possano sedersi insieme.

I suoni di risatine e il nome del suo apprendista sono stati sentiti nella conversazione tra un gruppo di belle receptionist. Tuttavia, non ci fa caso. Dopo tutto, è normale che le donne fossero eccitate, perché l'aspetto di Bamee è eccezionale sotto molti aspetti. Tuttavia, il commento sul rigonfiamento nei pantaloni del suo apprendista ha iniziato a metterlo di cattivo umore. E le cose peggiorano solo quando quel gruppo di ragazze chiama Bamee perché si unisse al loro tavolo.

"N'Bamee, vieni a sederti con noi. Qui c'è uno spazio vuoto, vieni presto!"

Bamee vede che è un grande tavolo e ci sono tre posti vuoti per Tanchanok, Gyogung e lui, così si unisce a loro senza esitazione, non avendo abbastanza tempo per controllare che il suo tutor lo stia fissando.

Gyogung guarda un piccolo tavolo rotondo su cui sono sedute alcune persone prima che si liberi. Si è rapidamente seduto lì, facendo cenno a Tanchanok, che ha appena finito di prendere il suo cibo, di raggiungerlo.

"Ehi, e N'Bamee?" L'anziana chiede quando vede che il tavolo poteva ospitare solo due persone.

"È seduto con quelle ragazze laggiù. Non c'è bisogno di preoccuparsi di lui."

Il cipiglio sul suo viso e una voce piena di broncio fanno sorridere Tanchanok divertita.

"Geloso?"

"Chi è geloso! Non sono geloso. Può sedersi dove vuole, non ha niente a che fare con me."

Anche se lo dice, le guance gonfie non fanno nulla per convincere Tanchanok delle sue parole. Guarda Bamee e vede il disagio sul suo viso mentre si guarda intorno.

"Gli hai detto che siamo seduti qui?" Chiede, facendo segno a Gyogung di guardare il suo apprendista. Quello che sostiene di non essere di cattivo umore dà una rapida occhiata al giovane incantatore prima di rispondere.

"Non l'ho fatto, perché dovrei? Non mi ha detto niente ed è andato avanti a sedersi con quelle ragazze."

"Bene, bene."

La risata beffarda di Tanchanok fa sì che Gyogung mandi alla donna un'occhiataccia. Prima che debba sopportare altre prese in giro, il vassoio di cibo di Bamee viene messo sul suo tavolo.

Il bel ragazzo guarda l'oggetto ma si rifiuta di guardare il suo proprietario. Invece, continua a mangiare dal suo piatto senza una parola.

"Perché ti siedi qui? Perché non ti siedi con me?"

Chiede Bamee, più confuso che arrabbiato. Tanchanok, che sa immediatamente che sta per succedere qualcosa di divertente, posa immediatamente il cucchiaio, dimenticando temporaneamente la sua fame. Sorride mentre aspettava la risposta di Gyogung.

"Beh, quel tavolo sembrava già affollato."

La risposta di quelle adorabili guance gonfie fece accigliare il più alto.

"P'Gyo, penso che ci sia qualcosa che non va nei tuoi occhi, ti chiedo di guardare di nuovo. Quel tavolo ha abbastanza posti a sedere per noi tre. È stata l'unica ragione per cui ho deciso di sedermi lì."

Gyogung non ha risposto. Sa bene che a quell'ora la mensa ha pochi posti vuoti, e quel particolare tavolo ha effettivamente abbastanza posti per loro tre. Ma lui non vuole sedersi con quelle ragazze che avrebbero flirtato con Bamee!

Vedendo l'altro continuare il suo pranzo senza rispondere alla sua spiegazione, Bamee non è minimamente infastidito. Invece, un ampio sorriso sembra assumere la forma delle sue labbra.

Guarda Tanchanok, che alza la mano per nascondere il sorriso e annuisce in segno di riconoscimento. La donna va a chiedere una sedia libera ad un tavolo vicino in modo che Bamee possa unirsi a lei al suo tavolino. Anche se il suo affascinante piccolo non dice nulla, sembra che P'Gyo sia abbastanza soddisfatto di quello che ha fatto.

Quell'espressione facciale che praticamente urla "Ho vinto!" su quelle ragazze ne è la prova. La conversazione al tavolo dopo sembra essere dominata da Bamee e P'Nok. Tutto quello che Gyogung ha fatto è stato dare una breve risposta quando gli viene chiesto qualcosa.

Dopo pranzo, i tre tornano nel loro ufficio, con Tanchanok che si scusa per andare in bagno.

"P'Gyo, perché sei di cattivo umore?" Chiede Bamee, vedendo l'opportunità, senza esitare. Il volto che mostra un sorriso sornione non fa desiderare a Gyogung nient'altro che spingere quel bel viso con forza finché il suo proprietario non avesse perso l'equilibrio.
"Chi è scontroso? Non sono scontroso. Non pensare troppo a te stesso." Quelle parole taglienti e la faccia accigliata hanno solo reso Bamee più divertito.

"Non sei scontroso... allora devi sentirti possessivo, giusto?"

Il giovane afferra il bracciolo del suo tutor e ruota la sedia finché Gyogung non lo guarda. Grandi occhi rotondi lo guardano allarmati.

"Cosa stai facendo!"

"Niente. Voglio solo una risposta da te. Se ti rifiuti di rispondermi, potrei dover ricorrere a dei... metodi... che mi permetteranno di conoscere la tua risposta."

I suoi occhi vagano su quelle care labbra carnose che si stringono strettamente nel momento in cui il loro proprietario vede il modo in cui lui le guarda.

Bamee si lascia scappare una risatina gutturale e guarda di nuovo in quegli occhi luminosi.

Inclina leggermente il collo e chiede di nuovo con voce vellutata.

"Allora, cosa c'è, sei possessivo?"

"N-... no."

Gyogung distoglie lo sguardo da quegli occhi acuti che lo guardano in profondità come se potessero leggere ciò che è nascosto nel suo cuore.

Il giovane sussulta quando il grande corpo muscoloso appoggiato alla sua sedia si raddrizza. Il giovane gigante si china in avanti, allargando le gambe, tirando la sua sedia così vicino che il suo corpo e la sua sedia rotolante rimangono intrappolati tra le lunghe gambe del giovane. Due braccia forti lo ingabbiano mentre il suo proprietario lo posa sui braccioli, tirandolo troppo vicino a sé.

"Credo che tu sia possessivo nei miei confronti. Questo significa... che ora ti piaccio, eh?"
Quel sorriso compiaciuto e la soddisfazione su tutto il suo viso fanno sì che Gyogung gli mandi un'occhiataccia, anche se si sente un po' imbarazzato a stare così vicino all'altro.

Come può questo ragazzo essere così fiducioso, come può pensare che a me importi di lui?

Vero, ha guardato il suo arrogante apprendista come qualcuno... ma perché ammetterlo così facilmente e alimentare ancora di più l'ego del giovane lussurioso?

"Essere possessivi non equivale sempre ad avere sentimenti per qualcuno, vero?"

Ehi! Cosa... cos'è questa risposta provocatoria? Perché devo sempre sfidare il giovane lussurioso? Sob! Mamma, papà, vedete come mi guarda quel Bamee? È come se stesse per divorare il vostro piccolo Gyo!

"Quindi... è possessività, ho ragione?"

La voce vellutata e lo sguardo che gli rivolge sono così vicini all'essere violentati sul posto che fanno provare a Gyogung dei brividi lungo la schiena. Davvero ora, il giovane non ha idea di cosa ci sia di sbagliato nella sua bocca quando sbotta una risposta.

"Non ho il diritto di essere possessivo?"

Gahhh!!! tu... il tuo... la tua inutile bocca!!! Mi farai perdere la verginità! Perché devo provocare ancora questo ragazzo?

"P'Gyo..." Quel suono, praticamente in un ringhio, fa sì che colui che non ha idea di cosa lo possedesse per comportarsi in modo così allettante, si blocchi sulla sedia.

Anche i suoi occhi si abbassano, abbastanza per controllare il rigonfiamento nei pantaloni del più giovane. Il leggero movimento come se qualcosa si muovesse su e giù lo mette in un tale panico che non sa cosa fare.

Perché si "sveglia" così facilmente?
Gyogung alza lo sguardo per incontrare occhi pieni di lussuria. Non sa quando quel bel giovane si sia avvicinato così tanto.

Tutto quello che sa è che il suo piccolo cuore sembra aver perso il suo ritmo. Il suono di Pattarapa e Panadda che sono appena tornati dal loro pranzo sembra riportarlo alla realtà. Sposta rapidamente la sua sedia all'indietro, impartendo un ordine così rapido che la sua lingua riesce a malapena a dirlo.

"Al lavoro!"

Bamee continua a guardarlo finché i due più anziani non lo salutano. Solo allora si volta a sorridere alle due donne prima di parlare con loro di questo e di quello.

È un peccato che non possa baciare quelle belle labbra, ma è abbastanza sicuro che non passerà molto tempo prima che possa assaggiare le belle labbra di P'Gyo. E lo avrebbe fatto sicuramente più volte al giorno!

****

Quando arriva la sera, Bamee è sollevato nel vedere il suo caro piccolo amore camminare direttamente nel parcheggio con lui senza problemi. Ha pianificato di essere implacabile nel suo inseguimento questo fine settimana, e non si fermerà fino a quando quello seduto con lui in macchina gli darà permesso di andare nella sua stanza! Una cena e un film sono decisamente in programma questo fine settimana.

"Oggi è venerdì e domani non dobbiamo alzarci così presto per lavorare. P'Gyo, verresti a cena con me?"

Bene, ha fornito tutte le ragioni per cui il suo invito dovrebbe essere accettato. Se l'altro rifiuterà ancora, non si tirerà indietro così facilmente.

"Ok."

Questa risposta sorprendentemente semplice ha fatto sentire Bamee come se potesse dare una festa per celebrare il successo.

"Cosa ti piace mangiare, P'Gyo, possiamo andare a mangiare al centro commerciale, in qualche ristorante raffinato o dove vuoi tu!" Il bel ragazzo dice con gioia. La sua evidente eccitazione fa ridacchiare dolcemente Gyogung.

"È solo una cena, perché sei così felice?" Chiede francamente.

"Certo che sono felice! Non sai che sei il caso più difficile finora? Non so cosa ti piaccia e non so bene come inseguirti." Bamee risponde sinceramente. Il ragazzo dolce e bello ha solo alzato le sopracciglia a quello che ha sentito.

"Cosa vuoi dire? Sono solo due settimane che cerchi di farmi uscire con te, vero?"

"Oh. P'Gyo... Di solito riesco a far innamorare qualcuno di me in due giorni. Diamine, sono proprio le ragazze che vengono da me per prime!"

Quella risposta fa roteare gli occhi a Gyogung. Non ha idea con che tipo di persone il giovane furfante passi il suo tempo. Bamee potrebbe essere più giovane di lui di soli tre anni, ma quando era ancora al college ci voleva sicuramente più tempo perché le persone iniziassero a frequentarsi.

"Ehi, non c'è bisogno di vantarsi."

"Non mi sto vantando. Sto solo dicendo la verità. E a proposito, non sono un donnaiolo! Ho avuto molte ragazze, ma le ho frequentate una alla volta e non ho mai tradito nessuna di loro." Dice Bamee con serietà.

Si volta a guardare quel viso dolcemente bello mentre le luci dell'auto diventano rosse, giusto in tempo per vedere quello che lo sta già guardando distogliere lo sguardo prima di fare il suo suggerimento con voce dolce.

"Possiamo fare una semplice cena vicino a casa mia. Non c'è bisogno di spendere molti soldi."

"Ma io..." Il giovane non ha finito di parlare quando viene interrotto dal suo tutor.

"Qualsiasi cosa ci riempia la pancia dovrebbe essere sufficiente. Insomma, è venerdì. Il traffico sarà terribile se andiamo in un centro commerciale. Dovremo tornare a casa tardi, il che è una perdita di tempo. Bamee, non mi hai chiesto prima cosa mi piace mangiare? Ora ti dico che mi piace qualcosa di semplice e veloce."

Quando il più anziano difende la sua decisione, Bamee decise di seguire i desideri di colui che sta inseguendo. Gyogung dà istruzioni finché non raggiungono un ristorante non lontano dalla casa del più grande.

"Bamee Gyo Pu (ramen con wonton di granchio)..." Il ragazzo alto legge l'insegna davanti al ristorante e guarda colui che lo conduce a un tavolo vuoto.

Lo segue rapidamente, strizzando gli occhi maliziosamente prima di dire: "ma mi piacerebbe avere Gyogung (wonton di gamberi)."

Non c'è bisogno di entrare nei dettagli. Era abbastanza chiaro quello che il signor Bamee sta cercando di insinuare. Gyogung ha alcune parole sulla punta della lingua. Tuttavia, indovinate cosa ha detto.

"Non è ancora il momento dei wonton ai gamberi. Se vuoi provare, dovresti aspettare un po'."

Una volta finito di dire questo, è lo stesso Gyogung che spalanca gli occhi! Quella faccia, così piena di allarme, si abbassa immediatamente per sfuggire allo sguardo che praticamente urla quanto il proprietario sia pronto a "divorarlo" sul posto.

"Perché sei così provocatorio? Huh…"

"P'Gyo... non ti sta provocando!" La persona che lo ha appena preso in giro si affretta a negare l'accusa.

"Ah, se questo non era allettante o seducente... mi chiedo come sarebbe se tu cercassi davvero di sedurmi."

"Lo saprai presto."

Aahhh! Cosa c'è che non va nella mia bocca?

Gyogung desidera avere degli aghi e del filo per potersi cuocere le labbra e poi fare una corsa di 100 metri per sfuggire al giovane furfante che sembra pronto a divorarlo in quel momento. È davvero fortunato quando il cameriere arriva al suo tavolo per prendere le sue ordinazioni.

"Che cosa vuoi oggi, P'Gyo?" Chiede con disinvoltura un ragazzo del liceo, lasciando intendere a Bamee che sono abbastanza vicini.

Il giovane si acciglia immediatamente e guarda l'adolescente con un taglio di capelli a scodella.

I solchi nelle sue sopracciglia si approfondiscono solo quando il ragazzo si volta verso di lui, scuote il sopracciglio e chiede.

"Cosa?"

"Ramen con wonton di granchio, porzione speciale."

"Con la zuppa?" Il ragazzo ha una faccia che sembrava invitare a lotte e colpi. Guarda prima Gyogung, che annuisce all'offerta, prima che lo sguardo che sembra provocare la gente si rivolga a Bamee.

"Anch'io."

Il ragazzo corpulento si dice che non gli piace quel tipo.

"E i vostri drink?" Il suo tono è diventato brusco.

"Prendo dell'acqua, come al solito." Gyogung ha risposto a questa domanda prima di rivolgersi a Bamee.

"Anche." Risponde Bamee con la stessa parola.

"Non riesci a pensare da solo?" Quando il cameriere glielo chiede, la faccia di Bamee comincia a diventare ostile.

Prima che lui possa dire qualcosa al piccolo bastardo, lui sta già consegnando l'ordine al proprietario vicino alla facciata del negozio.

"Sta cercando di innervosirmi di proposito!" Esclama Bamee.

Quando sente la risata dell'altro, si volta a guardarlo, con un cipiglio sul volto.

"Perché ridi, P'Gyo? E come fai a conoscere quel bastardo?"

"Calmati. Questo ristorante è molto vicino a casa mia, quindi sono un cliente abituale. Quanto a Kuad, beh, ci sa fare con le parole, ma in realtà è innocuo."

Anche se Gyogung dice questo, Bamee è ancora di cattivo umore.

"Ma che razza di nome è Kuad (bottiglia)? Beh, immagino che si adatti alla sua faccia irritante."

"Può sembrare così, ma è un gran lavoratore. Aiuta sempre qui, ogni giorno dopo la scuola."

Quelle parole di complimento hanno solo aggiunto carburante alla fiamma.

"Lo stai difendendo?!"

"Vivo qui dai tempi del college e mangio qui abbastanza spesso. Ho visto Kuad da quando ero piccolo. Certo, non è un buon conversatore, ma è un bravo ragazzo. E non mi stavo complimentando con lui o altro. Non essere così geloso per niente."

Bamee non presta quasi attenzione al lungo discorso. Gli interessa solo l'ultima frase.

"Ho il diritto di essere geloso o no?" Beh, l'opportunità si è presentata, quindi scusatelo se ha dovuto flirtare. Tuttavia, il sorriso seducente che sboccia all'angolo della bocca di Gyogung sembra fargli saltare il cuore.

"Pensi che io lo sappia?"

"Posso giurare. Perché sei così tentatore oggi?"

Se sono solo loro due, non c'è modo che il suo piccolo wonton di gamberi possa evitare di essere "mangiato" da lui sul posto!

Mio caro P'Gyo, hai un'idea di quanto mi stai facendo impazzire oggi e dei modi con cui mi stai seducendo?

"Posso salire in camera tua oggi?" Quella domanda non riesce a scuotere il cuore di Gyogung tanto quanto lo sguardo che riflette un'intenzione molto chiara. Quello che spesso diceva cose provocatorie senza rendersene conto abbassa rapidamente lo sguardo, nascondendolo.

"No..." Risponde dolcemente, sentendosi sollevato che la parte seduttiva nascosta da qualche parte dentro di lui non sta andando a giocare in quel momento.

"Oh! Ecco i vostri due ordini di ramen. Ehi, la prossima volta che avrai due ordini uguali, dimmi solo che ne prenderai due, va bene? È una rottura aspettare in giro facendo sempre la stessa domanda."

Kuad mette le due ciotole di ramen sul tavolo, stringendo e brontolando.

Una volta finito, se ne va immediatamente in modo che Bamee non abbia il tempo di mordere.

"Come puoi essere un cliente abituale qui, quella piccola bocca si romperà i denti uno di questi giorni! I clienti non vogliono solo andarsene e non tornare più?"

Il bel ragazzo si lamenta, guardando il ragazzo che serve ordini di noodle ad altri tavoli.

Vedere i clienti che ridono e in generale si divertono con quel ragazzo lo confonde ancora di più.

"Kuad parla solo con i clienti abituali. Di solito sta zitto quando si tratta di nuovi clienti."

"Penso che abbia abbastanza buon senso da sapere che se parla così a qualcuno che ha appena conosciuto, la sua sicurezza fisica non è garantita!"

Bamee sta facendo un mezzo capriccio, e poi guarda la piccola mano che sta insaporendo la ciotola di ramen.

Vedere Gyogung aggiungere prima lo zucchero alla sua zuppa gli ha ricordato il primo giorno in cui hanno mangiato i tom yum noodles super piccanti, così decide di prendere un po' in giro il suo tutor...

"Oh, perché lo zucchero per primo questa volta, non vai più sul piccante?" Quegli occhi accattivanti lo guardano prima che quelle labbra formose formino un piccolo sorriso.

"Penso che la dolcezza sia necessaria a questo punto, ma se vuoi che vada per il 'piccante', immagino che dovrai essere tu a fare l'aroma."

Che se ne renda conto o no, sedurre è sedurre. E con quella quantità di seduzione, non c'è modo che Bamee la lasci andare sprecata.

"P'Gyo, per favore. Fammi salire nella tua stanza."

Chiede di nuovo, ma colui che lo ha fatto 'salire' e 'scendere' così tante volte oggi scuote semplicemente la testa.

"P'Gyo mi stai torturando? Questo si chiama prendere in giro e poi andarsene, non lo sai?"

Poi afferra la mano del ragazzo più anziano, tenendo ancora il cucchiaio di zucchero in mano, e lo usa per mettere un po' di zucchero anche nella sua ciotola di ramen.

Vedendo lo sguardo nervoso sul volto di P'Gyo, Bamee decide di lasciarlo andare, permettendo al suo tutor di togliergli la mano e rapidamente andò a gustare la sua ciotola di ramen senza guardarlo di nuovo in faccia.

Quando Gyogung finisce, Bamee finalmente gusta il suo cibo, anche se il suo sguardo non è affatto vicino alla ciotola di ramen. Sta solo fissando quella faccia arrossita dall'altra parte del tavolo.

Dopo cena, Bamee accompagna Gyogung a casa in macchina come al solito. Parcheggia l'auto nel parcheggio invece di parcheggiare proprio davanti all'edificio come ha fatto prima.

"Davvero non mi lascerai salire nella tua stanza?" Chiede ancora una volta speranzoso.

"No."

Bamee sospira dolcemente. Beh, potrebbe resistere ancora un po'. Almeno ha il sabato e la domenica.

"Allora, puoi venire a vedere un film con me domani?"

Due ragazzi che guardano un film insieme... beh, non dovrebbe essere un grosso problema. E non dovrebbe esserci nulla di cui preoccuparsi. Ci dovrebbe essere molta gente nel cinema. Solo quello che può farti Bamee, davvero...

Dopo aver riflettuto un po', Gyogung si volta a guardare il bel viso di colui che sta aspettando con ansia la sua risposta.

"Ok."

Nel momento in cui dà la sua risposta, un ampio sorriso sboccia sul volto di Bamee e fa crescere qualcosa di caldo e soffice nel suo petto allo stesso tempo. Non può fare a meno, in realtà, di sorridere in cambio.

"Grazie, P'Gyo. Controllerò quali film sono in onda a che ora e ne parleremo."

La voce piena di entusiasmo fa pensare a Gyogung che il giovane sia piuttosto adorabile.

"Uh... Huh." Risponde brevemente Gyogung mentre si prepara a scendere dalla macchina.

"Aspetta un attimo, P'Gyo..." La grande mano gli stringe il polso, facendo sì che lo guardi in faccia, un po' nervosamente.

"Err... cosa c'è che non va?"

"Posso baciarti?"

La richiesta del bel ragazzo fa sentire a Gyogung tutto il sangue del suo corpo correre verso il suo viso.

È così nervoso e la sua faccia brucia. Non è un adolescente, ma non ha davvero idea del perché quello che gli ha chiesto lo imbarazza così tanto che le sue ginocchia si indeboliscono.

I loro volti sono a pochi centimetri di distanza. Il respiro caldo di quello alto e corpulento gli sventola lentamente la pelle, gli fa danzare i brividi in tutto il corpo.

Quello sguardo, così pieno di speranza, intenerisce il cuore di Gyogung. Chiude le labbra, pensando intensamente, prima di rispondere con voce dolce.

"Puoi aspettare fino a domani?" Risponde coraggiosamente.

Il suo cuore sobbalza come un pazzo, tuttavia, la grande mano che gli tiene il polso lo stringe più forte.

Il respiro che sente gli dice forte e chiaro che il giovane vuole molto, molto di più che provare il dolce profumo delle sue guance.

Gyogung cerca di allontanare la sua mano. I loro sguardi rimangono bloccati; uno è quello di un predatore in attesa di balzare sulla sua preda mentre l'altro supplica come un piccolo, giovane gattino che implora la sua vita innocente tra le grinfie del re delle bestie.

"Bamee..." Dice dolcemente.

Il proprietario del suddetto nome chiude gli occhi e fa un respiro profondo prima di lasciare finalmente la mano. Una volta libero dalla presa del giovane gigante, Gyogung si volta verso la portiera, con l'intenzione di aprirla e uscire dall'auto. Bamee, tuttavia, ha interrotto il processo con le sue parole.

"Fammi spostare la macchina più vicino all'entrata."
"Va bene così. Posso uscire da qui."

"Non va bene per me. È già buio."

Poi ha premuto la serratura centrale in modo che l'altro non possa scappare a suo piacimento. Gyogung si volta verso il suo apprendista, con le sopracciglia aggrottate.

"Bamee... sono un ragazzo..." Nel momento in cui finisce, quello accanto a lui risponde immediatamente.

"Sì, ma tu sei un ragazzo che può suscitare tanta lussuria, quindi non essere testardo ora. Lascia che ti lasci come si deve all'ingresso, o affronterai qualcosa di 'lussurioso' con me."

Quello che ha detto Bamee fa decidere a Gyogung di tenere la bocca chiusa.

Non è minimamente spaventato dalla minaccia, ma teme che se dicesse qualcosa... beh... involontariamente seducente...

Immagina che sarebbe piuttosto difficile per lui uscire indenne questa volta, sulla base del rigonfiamento che sta crescendo ancora più grande del solito nei suoi pantaloni e lo sguardo così pieno di 'fame'.

Mentre l'auto si allontana dal punto che ha scarsa visibilità e lontano dalla maggior parte delle corsie di parcheggio vicino all'ingresso del condominio, Gyogung scende finalmente dall'auto.

Si avvicina al lato del conducente come ha fatto ogni giorno, e rimane lì con un broncio mentre guarda il giovane che gli ha mostrato tanta fame di lussuria tante volte oggi.

"Fammi vedere le informazioni sul film e ti mando un messaggio." Ha detto Bamee.

Il ragazzo dalle guance rotonde annuisce in accordo con il giovane.

"Guida con attenzione. Fammi sapere quando arrivi a casa."

Quelle possono essere parole comuni che il più anziano ha sempre detto quando lo lascia a casa, ma fanno sorridere di gioia Bamee ogni volta che le sente. Si sente felice che Gyogung si preoccupi per lui.

"Ti farò sapere ancora prima di togliermi le scarpe."

Il bel ragazzo dice con un sorriso.

Vedendo quel viso dolcemente bello con il naso stropicciato verso di lui, gli viene voglia di afferrare Gyogung e spingerlo verso la sua macchina e portarli entrambi a casa sua così da poter finalmente fare quello che voleva con lui.

Beh, dopo tutto, non gli è permesso di salire nella stanza del più anziano. Tuttavia, è tutto ciò a cui poteva pensare, perché Gyogung passa solo un secondo a fare quella faccia carina. Ben presto, volta le spalle a Bamee e si affretta a entrare nel suo palazzo.

****

È normale per Gyogung svegliarsi più tardi del solito nei fine settimana. Anche se oggi ha un appuntamento con il suo apprendista, non si sveglia prima del solito.

Dopo essersi occupato della sua routine mattutina, Gyogung ha fatto il bucato e poi ha preso il suo telefono.

È esattamente come si aspetta.

Ci sono diverse notifiche che gli dicono che Bamee gli ha inviato numerosi messaggi. Ecco perché non ha controllato il suo telefono durante la colazione.

Voleva finire i suoi compiti e altre cose prima che il suo telefono catturasse la sua attenzione.

Ha risposto al messaggio che è sveglio da un po' e che sta facendo il bucato.

Quando terminano la loro conversazione, la lavatrice ha finito il suo lavoro. Asciuga i suoi vestiti sul balcone e poi pulisce la sua stanza.

Per il pranzo, scende al piano di sotto per mangiare un boccone veloce al primo piano prima di tornare nella sua stanza per poter fare la doccia e cambiarsi ed essere pronto all'ora stabilita.

****

Bamee guarda Gyogung con la sua maglietta casual a maniche corte e i pantaloncini al ginocchio, che rivelano una pelle bella su cui i suoi occhi si soffermano per la prima volta. Ha ingoiato la saliva alla vista seducente.

Quella camicia, con l'orlo che pende facilmente, ha un tessuto sottile e gli sta bene. Mostra molto chiaramente quanto fosse snello il corpo di quel bellissimo ragazzo.

"Oggi, Umm... stai benissimo."

Voglio mangiarlo... oggi lo divorerei sicuramente, dannazione! P'Gyo, sei così appetitoso e sei così vicino a me! Possiamo già saltare il film?

[NDE io approvo!!]

I pensieri del giovane nel suo fiore degli anni sessuali hanno solo immagini peccaminose, piene di lussuria, deviate, che lo fanno impazzire di desiderio! Più i suoi pensieri vanno in profondità, più si trasformano in lussuria, e più il rigonfiamento nei suoi pantaloni cresce fino a diventare abbastanza evidente.

L'odore stuzzicante del profumo del ragazzo che si sta mettendo la cintura di sicurezza lo fa sentire solo "affamato" e non vuole altro che usare quella cintura per legare quei polsi chiari come la luna e divorare il bel ragazzo proprio lì. nella sua macchina!

"Grazie. Sei anche oggi... uh..." Gyogung vuole complimentarsi con il giovane che indossa una maglietta nera con scollo a V che deve essersi ristretta un po' nel lavaggio, dato che aderisce così bene alla pelle di Bamee che può vedere chiaramente i muscoli del suo petto. Quelle braccia enormi sono anche una preoccupazione, poiché i muscoli sembrano sul punto di far scoppiare le maniche nelle cuciture. La cosa peggiore è il jeans bianco che indossava Bamee, è così stretto, e fa sì che il rigonfiamento sembri crescere sempre di più fino a che non si accumula così sensibilmente che è come se la cosa lo colpisca direttamente negli occhi.

[NDE perché penso ad un certo coniglio...]

"Err... Bamee... Non hai altri pantaloni meno stretti?"

Quando non riesce più a contenere la sua curiosità, decide di fare una domanda diretta sulla questione. Bamee segue lo sguardo di Gyogung solo per scoprire che si posa esattamente sul suo... strumento... strumento personale. Un sorriso malizioso gli incurva le labbra.

"Perché, è troppo appariscente per te?" La risposta fa arrossire il viso di Gyogung come un pomodoro maturo.

"Naturalmente, ha attirato la mia attenzione e quella di tutti! Perché, anche quelle donne alla reception del lavoro…"

Quando dice quello pensa da un po', il più anziano si rende conto di quello che ha detto e chiude immediatamente la bocca.

L'angolo delle labbra di Bamee si allunga lentamente in un sorriso sornione. Quegli occhi acuti si restringono mentre guarda l'altro.

"Oh, capisco… eri possessivo con 'quello' ieri, vero? All'inizio pensavo che non ti piacesse quando mi sedevo con altre persone, ma ora…"

Si ferma a guardare il crescente rigonfiamento che riflette la sua eccitazione prima di guardare di nuovo il viso di Gyogung: "Ora so che sei possessivo del mio cazzo."

"Bamee!" Sebbene usa la sua voce più severa, la faccia di Gyogung è tutta rossa, e questo piace molto a Bamee.

"Sì, mio dolce piccolo amore?" Il giovane risponde con una voce piena di zucchero.

"Se non la smetti subito, torno nella mia stanza e il film sarà cancellato!"

Poi si slaccia la cintura di sicurezza, il che fa desistere la persona che ama prenderlo in giro.

"Ti sto solo prendendo in giro. P'Gyo, per favore non essere arrabbiato con me."

Beh, P'Gyo è arrabbiato con lui ora, quindi deve placare la sua rabbia, altrimenti quel piano di "divorare il suo bel ragazzo" sarebbe semplicemente svanito nel nulla.

Si allontana rapidamente dal condominio, temendo che il suo piccolo cerbiatto gli salti via e non possa godere della tenera carne della sua amata preda.

Non molto tempo dopo, arrivano al cinema. Hanno scelto un film d'animazione con un drago sdentato come voleva Gyogung.

Per quanto riguarda Bamee, il contenuto del film non potrebbe essere meno importante per lui. Il film può essere qualsiasi cosa P'Gyo voglia, purché abbia la possibilità di accarezzare il suo adorabile tutor in quella sala buia.

La fortuna è dalla parte di Bamee. Poiché il film non è più nuovo, solo poche persone sono al cinema con loro.

Ha scelto i sedili posteriori in un angolo abbastanza buio.

Il giovane ha anche comprato segretamente i posti alla sua sinistra e alla sua destra, solo per assicurarsi che nessuno fosse abbastanza vicino da notare ciò che ha intenzione di fare al suo P'Gyo.

Il film su un drago che fa amicizia con un vichingo è iniziato solo da un momento, mentre una mano così piena di intenti amorosi si fa lentamente strada verso quelle gambe lisce e chiare.

Bamee mette la mano lì, sentendo il calore della pelle del suo amato, e accarezza audacemente quelle gambe lisce attraverso i tessuti dei pantaloncini di Gyogung.

"Bamee..." Chiama il giovane lussurioso per nome, con una sorta di avvertimento.

"Mi dispiace. Voglio mangiare popcorn."

[NDE ora si dice così?]

Quello che mente con una faccia così seria cerca di spiegare, facendo sì che il proprietario di quelle gambe chiare e lisce risponda con un basso ringhio.

"Bamee..."

"Sì, baby?"

L'opportunista risponde con voce scherzosa, mostrando al suo tutor un dolce sorriso senza battere ciglio.

"Non abbiamo comprato popcorn!"

"Oh! Credo di essermene dimenticato, eh."

Il giovane intrigante ridacchia per nascondere la sua mossa furba, mentre le sue mani sono ancora sulle gambe del suo Phi.

"Togli la mano dalle mie gambe."

"Sì... sì... certo..."

Potrebbe comportarsi come se fosse obbediente, ma la grande mano che si allontana da quelle gambe morbide e belle va solo ad afferrare la piccola mano dell'altro.

Quando Gyogung cerca di allontanare la sua mano, Bamee guarda il viso che è ancora così devastantemente bello anche sotto la luce fioca dello schermo cinematografico.

"Non puoi prendere la mia mano? Siamo ad un appuntamento, no?"

"Ma..."

"Perché non fai finta che non ci sia niente da notare e io farò finta che non ci sia niente da vedere? Il teatro è molto buio e non abbiamo assolutamente nessuno accanto a noi. Per favore, lascia che ti prenda la mano."

La voce supplicante, intenerisce il cuore di Gyogung, ragiona con se stesso: la grande mano che tiene la sua non era un grosso problema dopo tutto, così sta lì con una faccia completamente rossa, permettendo al giovane di prendere la sua mano.

Colui che ama il drago sdentato ed è stato un fedele fan fin dal primo film, scopre che non può concentrarsi su ciò che sta guardando, perché la mano che tiene la sua si rifiuta di stare ferma!

Il proprietario di quella mano calda gli accarezza il dorso della mano, lentamente e delicatamente con il pollice, e questo lo distrae così tanto che sente il suo cuore battere forte.

Inoltre, può sentire quel bel viso che lo guarda al posto del film. Quando decide di scoprirlo con certezza e si volta a guardare l'altro, quegli occhi marrone scuro lo stanno già guardando intensamente.

Quando finalmente i loro occhi si incontrano, Bamee avvicina lentamente il suo viso a quello di Gyogung.

Gyo si irrigidisce, non sapendo cosa fare per un momento.

Solo quando quel viso diabolicamente bello si muove abbastanza da sentire il respiro caldo, stringe le labbra e abbassa il viso.

Il più alto fa una leggera pausa, ma sceglie di posare delicatamente le sue labbra sui capelli scuri dell'altro. Il tocco delicato fa sentire alla persona che viene baciata come se ci fosse un battito di qualcosa di morbido e caldo dentro il suo cuore.

Bamee mette lentamente le braccia intorno alle spalle di Gyogung, tirando il più magro più vicino al suo corpo.

Il proprietario di quelle spalle non sa esattamente cosa fare, così mette la testa sulla spalla larga dell'altro in cambio.

Può sentire il respiro del giovane bloccato nel suo petto, e i suoni del suo battito cardiaco proprio accanto alle sue orecchie sono forti, come i suoi.

La grande mano si alterna tra l'accarezzare delicatamente la sua spalla e lo stringere dolcemente, come se Bamee stesse cercando di controllarsi.

Lo sguardo di Gyogung potrebbe essere sullo schermo del film di fronte a lui, ma la storia della sua animazione preferita sembra passargli davanti.

Quando è uscito quell'adorabile drago bianco femminile? In quel momento, tutto quello che può sentire è il calore del corpo muscoloso del giovane apprendista seduto accanto a lui.

Quando il film finisce, Gyogung ritira la mano non appena lasciano i loro posti.

Bamee non ha fatto alcun tentativo di resistere. Ha solo seguito il più magro fuori dal cinema.

Lo sguardo affamato si concentra sulle belle e rotonde natiche che si muovono davanti a lui.

È così vicino ad afferrare i rigonfiamenti sodi e morbidi e a dargli una stretta, ma la folla di persone che si precipita fuori dalla sala spinge via P'Gyo, facendolo atterrare esattamente sul suo petto.

Bamee, capendo rapidamente che deve tenere fermo Gyogung, altrimenti cadrà.

Riesce ad afferrarlo intorno alla vita appena in tempo. Per quanto riguarda la velocità delle sue mani, beh, diciamo solo che riesce ad accarezzare quel corpo snello fino ai fianchi mentre Gyogung ritrova l'equilibrio.

"Bamee!" La voce e lo sguardo della persona che lo rimprovera non fanno nulla per turbare il giovane.

Tuttavia, la grande folla di fronte a loro gli fa scivolare la mano indietro per tenere delicatamente la vita sottile del più magro, proteggendolo dalla caduta, poiché la folla non sembra preoccuparsi troppo che la fretta possa far cadere qualcuno.

"Sei così piccolo." Bamee se ne rende conto non appena lo afferra.

Questa informazione serve solo ad alimentare la fiamma del desiderio di vedere quel bel corpo nudo.

In questo modo potrà vedere tutte le curve e le linee rette, tutti i posti che sarebbero stati morbidi al tatto e tutti i posti che avrebbero implorato di essere strizzati e accarezzati.

Gyo non risponde, ma si lamenta nella sua testa che non è colpa sua se non è un gigante come il più giovane.

Quando lasciano il cinema, Bamee porta Gyogung a cena fuori.

Bamee ha insistito per portare il suo tutor in un famoso ristorante giapponese.

È il suo primo appuntamento con un ragazzo, e un ragazzo più vecchio di lui, anche se in realtà sembra molto più giovane della sua età reale.

E questo stesso ragazzo si rifiuta di lasciargli pagare qualsiasi cosa! I biglietti del cinema, il cibo, tutto è stato diviso a metà e condiviso.

Bamee è piuttosto all'antica e ama pagare per i suoi appuntamenti, quindi non si gode molto quello che succede. Ma ehi, se avrebbe fatto sentire meglio il suo P'Gyo, chi è lui per parlare e distruggere l'atmosfera del loro primo appuntamento?

"Posso salire in camera tua oggi?" La voce vellutata parla mentre sono in macchina. Davanti a loro c'è l'alto edificio che è l'attuale indirizzo di Gyogung.

"No."

"Perché no?" Chiede Bamee, ma il più anziano rimane in silenzio.

Quando hanno raggiunto il parcheggio dell'edificio, l'autista ha appoggiato la sua auto sullo stesso angolo senza quasi nessun passante. Spegne il motore e si volta a guardare quel viso dolcemente bello, con le labbra ancora serrate.

"Non hai ancora risposto al perché non posso salire in camera tua."

Gyogung rimane immobile, non osando affrontare colui che lo pressa per avere delle risposte.

Cerca di ordinare i suoi pensieri in modo da dire solo le cose che devono essere dette e non alcune provocazioni accidentalmente seducenti che lo avrebbero sicuramente messo nei guai.

"Err... è... non è appropriato..."

"Cosa non è appropriato, non ci stiamo frequentando ora? Siamo andati al cinema insieme. Permetti di tenerti la mano. Mi hai permesso di abbracciarti. Hai anche messo la testa sulla mia spalla. Per favore, non dirmi che tutto questo non ha significato niente per te."

Bamee dice tutto con calma. Allunga la mano per afferrare le piccole mani che si aggrappano l'una all'altra nel grembo dell'altro, dando loro una stretta gentile e lasciando che il timido, innocente ragazzo accanto a lui prenda lentamente una decisione.

"Io.. penso che significhino molto..."

Le parole dolci hanno accelerato il battito del cuore di Bamee. Afferra quelle spalle strette e gira il corpo di Gyogung verso di lui. Guarda profondamente in quegli occhi grandi e rotondi che lo fissano impauriti.

"Allora, posso baciarti?"

L'adorabile faccino che annuisce su e giù fa sì che il bel giovane sia così vicino ad attaccarlo e divorarlo.

Quello che fa, però, è avvicinarsi e mettere teneramente il naso sulla guancia morbida di fronte a lui.

Il respiro affannoso che segnala l'eccitazione di Gyogung fa eccitare ancora di più l'apprendista.

Bamee trascina la punta del suo naso lungo quel viso liscio fino a toccare la punta del naso di Gyogung.

Poi posa amorevolmente le sue labbra su quelle labbra formose.

La loro morbidezza gli fa desiderare di fare molto, molto di più di una carezza fugace.

Mordicchia leggermente il labbro superiore prima di succhiare il labbro inferiore. Le due piccole mani che sono sulle ginocchia di Gyogung si spostano per posizionarsi contro il suo petto prima di tirare insieme i tessuti della sua camicia. Quando Bamee cerca di far scivolare la sua lingua all'interno, può sentire il suo battito cardiaco perdere dei passi mentre Gyo apre volentieri le labbra. I sospiri e i gemiti che può sentire distruggomo l'ultimo dei suoi controlli. Ha stuzzicato e inseguito la piccola lingua…

Gyogung può sentire il suo corpo moscio. Da un lato vorrebbe spingere via il giovane che lo sta baciando come se non ci fosse un domani, impedendogli di riprendere fiato.

Ma d'altra parte, è così ipnotizzato dai baci e dalle carezze di una persona così esperta nell'arte della seduzione che si accorge di non poter impedire alla sua lingua di saccheggiare la sua bocca.

I baci ardenti e le mani calde che toccano la sua pelle attraverso il tessuto sottile dei suoi vestiti cominciarono a privarlo della razionalità.

Non ci sono dubbi: il suo giovane accompagnatore è un buon baciatore, così bravo che si trova incapace di seguire la loro danza di passione.

Non sa perché Bamee lo fa sentire caldo dappertutto. Non sa perché.

Forse essere posseduto dall'uomo più giovane è ancora più...

Ciotola 5: I wonton ai gamberetti possono essere insaporiti con il peperoncino piccante.

Gyogung stringe la camicia di Bamee tra le mani mentre il giovane lo bacia con sete e fame. Come un affamato che si ritrova con un pasto squisito.

Quelle grandi mani accarezzano e stringono il suo petto, e i grugniti e i respiri rasposi che può sentire lo informano del desiderio ardente dentro il corpo del più alto, riempiendo il cuore del più vecchio di terrore.

Da un lato, vorrebbe davvero seguire gli impulsi e i richiami del suo corpo, essendo così eccitato e così sedotto dai tocchi esperti di Bamee... ma d'altra parte, ha paura.

È chiaro come il giorno che lui sarebbe stato il bottom in questa relazione, e che... quella cosa... quella cosa enorme!

Inoltre, è preoccupato che la loro relazione si muova troppo velocemente, e aveva anche paura che Bamee possa diventare curioso e voglia provare qualcosa di nuovo senza preoccuparsi di altro.

Tuttavia, il fascino e i baci infuocati del giovane riescono a lanciare un incantesimo su di lui, incantandolo a dimenticare tutte le paure e a lasciarsi possedere in quel momento.

Bamee è estremamente soddisfatto di sé stesso quando Gyogung diventa sognante per i suoi baci.

È eccitante sperimentare in prima persona quanto fosse innocente l'altro.

Quelle piccole labbra stanno facendo del loro meglio per ricambiare il bacio, e la piccola lingua morbida sta anche facendo del suo meglio per aggrovigliarsi e con la sua.

Ma si muove in modo maldestro annunciando praticamente a lettere cubitali che è completamente inesperto. Va bene allora. Non c'è bisogno di andare nella stanza di P'Gyo.

Dopo tutto, non ha problemi a divorare quelle labbra in un solo gustoso boccone proprio qui nella sua auto!

Uno spazio angusto e confinato come questo ha il suo fascino.

Bamee allunga la mano per reclinare i sedili, facendo rinvenire quello incantato dal tatto e dalle sensazioni.

Gyogung trasalisce, cercando nervosamente di spingere via Bamee.

Il più giovane sta per sporgersi e continuare quello che hanno iniziato, che è la causa del desiderio stretto e rigonfio nei suoi pantaloni.

Tuttavia, il suo tutor tiene una mano ferma sul suo petto, distogliendo lo sguardo e negando a Bamee l'accesso alle sue labbra.

"Perché no, P'Gyo?" Chiede, la sua voce è solo un sussurro, guardando il bel viso che ora è rosso come un pomodoro maturo.

Le labbra leggermente gonfie per la loro azione e il respiro affannoso, che indica il loro desiderio condiviso, gli fanno solo desiderare di portarli ancora di più sull'orlo dell'estasi.

"Questo... siamo in una macchina..." Risponde la voce ansimante dolcemente.

"E allora? Mi lascerai salire nella tua stanza?"

Dice Bamee con una faccia seria. Sia i gesti che le parole fanno spalancare gli occhi a Gyogung.

"Bamee!"

Quella voce feroce non fa nulla per scuotere il più alto che sembra sul punto di riprendere da dove ha lasciato. Tuttavia, il giovane tutor è tornato in sé, e rapidamente usa le mani per spingere via quel bel viso.

"Basta... questo è abbastanza..." Il comando fa aggrottare la fronte a colui i cui bisogni e desideri sono all'apice.

"P'Gyo..."

"Bamee... è... è troppo veloce."

Sentendo questo, Bamee si raddrizza.

Abbassa lo sguardo per posarlo tra le gambe del più anziano prima di sollevare gli occhi e guardare in quel dolce, bellissimo viso.

"Sei sicuro di non... volerlo fare?"

Quella domanda imbarazza Gyogung come non mai. Sa che anche lui è eccitato dai tocchi e dai baci dell'altro ragazzo.

Sì, vuole Bamee, ma non è davvero pronto e sicuramente non sopporta che la sua prima volta succeda in una macchina!

Gyogung fa un respiro profondo, distogliendo lo sguardo acuto del giovane ed evitando quella... quella cosa che si è espansa a dimensioni gigantesche e che spinge contro il cavallo dei pantaloni di Bamee. Parla al suo apprendista senza guardarlo in faccia.

"È troppo presto."

Il suono di un sospiro agitato e il grande corpo muscoloso che torna al posto di guida fanno sentire Gyogung sollevato e colpevole allo stesso tempo.

"Quanto devo aspettare ancora?" Chiede Bamee con voce regolare.

Non ha mai dovuto controllarsi così tanto prima. Non importa quanto voglia continuare fino ad ottenere ciò che vuole, fa del suo meglio per trattenersi e capire le cose dal punto di vista di Gyogung.

"Io... non lo so."

Non ha davvero idea di quando sarebbe arrivato il momento giusto per loro. È vero, sono entrambi maschi, ma questa è una questione delicata. Non vuole nemmeno apparire troppo facile.

I due rimangono in silenzio per un momento, prima del suono della portiera che si apre e Gyogung si volta a guardare.

"Bamee, dove stai andando? Tu... non puoi salire nella mia stanza!" Il giovane tutor chiede allarmato.

"Ho bisogno di usare il bagno alla reception. È così duro che non potrei sopportare di guidare... finché non arrivo al mio condominio."

Le parole schiette del giovane gigante fanno arrossire l'altro.

Gyogung gonfia le guance e apre la portiera senza dire una parola.

Anche Bamee, con un'espressione accigliata sul viso, lascia la macchina, ma i suoi pantaloni bianchi mostrano solo un rigonfiamento così vistoso ed evidente che il più anziano non può lasciar perdere.

"Bamee, vuoi entrare così?" Dice guardando il rigonfiamento che è abbastanza evidente.

Non c'è bisogno di altre parole per spiegare ciò che intende, dato che il proprietario di quel rigonfiamento lo capisce abbastanza bene.

Guarda Gyogung, il suo sguardo trasmette chiaramente il suo cattivo umore e risponde.

"Se non mi fai entrare così come sono, mi aiuterai ad appianare le cose?"

Gyogung non risponde. Ha solo accelerato i suoi passi che li ha condotti entrambi all'interno dell'edificio. È molto sollevato nel vedere che non c'è nessuno ad aspettare nell'ascensore.

C'è solo una receptionist che aspetta al bancone vicino all'ingresso.

"Il bagno è vicino all'ascensore. È da quella parte." Dice al più giovane prima di andare a premere un pulsante dell'ascensore, rimanendo lì ad aspettare con la faccia girata da un'altra parte.

"Sei davvero così crudele da farmi andare a occuparmi di questo da solo, mentre tu corri nella tua stanza?"

Bamee si mette di fronte al più magro, strizzando gli occhi.

"Perché hai bisogno che io venga con te? Voglio dire, tu... che ti occuperai di... ehm... un problema personale."

Gyogung si rifiuta ancora di guardare il volto dell'altro.

Tuttavia, al bel giovane non importa quello che diceva il suo tutor.

Invece, una grande mano afferra quel polso liscio e pallido per far sì che l'altro lo segua.

"Bamee, lasciami andare ora!"

Beh, Gyogung può protestare, ma non c'è modo di lasciarlo andare, perché dovrebbe?

Dopo tutto, di chi è la colpa se devo prendermi cura di me stesso in bagno?

Il suo P'Gyo può tentare di scappare, ma non gli importa e lo avrebbe persino gettato su una spalla per portare Gyogung con sé, se necessario.

"Non si può fare. Devi venire con me."

Dice con voce seria, gli occhi acuti guardano l'altro. Gyogung non vuole attirare l'attenzione su di sé, quindi ci va a malincuore.

Ha pregato che ci sia qualcuno nel bagno, in modo da poter sfuggire alla situazione in qualche modo. Tuttavia, ha una grande delusione quando il bagno è completamente vuoto.

"Oggi ti lascerò andare per ora, ma! Devi aspettarmi davanti alla porta del bagno per dirmi se c'è qualcuno che entra, perché sono sicuro che non vuoi che sentano quello che non devono sentire."

Poi il giovane gigante preme semplicemente le sue labbra a quelle di Gyogung, fermando le sue parole di protesta.

Bamee fa scivolare la sua lingua, ardente e abile, per intrecciarsi con quella di Gyogung finché il suo piccolo innocente è messo all'angolo.

Succhia quelle labbra dolci e invitanti, emettendo un ringhio morbido quando il suo tutor inizia a mordicchiargli le labbra in cambio.

Il gemito morbido del più basso porta il suo controllo al limite.

Bamee rilascia lentamente le sue labbra prima di non riuscire a fermarsi. Delicatamente culla quel dolce viso tra le sue mani prima di accostare amorevolmente le sue labbra a quelle belle di P'Gyo mentre parla.

"Vieni e resta qui."

Poi tira il polso di quello le cui ginocchia sono quasi indebolite dalla forza del suo bacio e fa in modo che si metta davanti al cubicolo. Apre la porta ed entra, assicurandosi di ripetere con voce ferma.

"Stai qui, P'Gyo, e non andare da nessuna parte, o ti trascinerò dentro con me."

Quando vede Gyo annuire, Bamee bacia di nuovo dolcemente quelle labbra arrossate, mostrandogli un sorriso malizioso, poi chiude la porta.

Gyogung fa un respiro profondo prima di lasciarlo andare dolcemente, fissando la porta saldamente chiusa senza sapere cosa fare.

Si volta di spalle appoggiandosi ad essa, e guarda la porta d'ingresso con preoccupazione.

Prega che nessuno entri nel bagno a quell'ora.

Il ringhio morbido e gutturale di Bamee che proviene da lì dentro fa serrare le labbra del giovane dal viso arrossato.

Quel ragazzo lussurioso fa tutti quei rumori senza curarsi di lui che è lì!

Gyogung comincia a preoccuparsi ancora di più, mentre guarda la porta d'ingresso. Se qualcuno entrasse a quest'ora, come potrebbe avere abbastanza tempo per avvertire il ragazzo?

Quello... quella canaglia fa del suo meglio con i suoi gemiti, per non parlare dei suoni di pelle contro pelle mentre le sue mani strofinano e accarezzano quella parte. Tuttavia, i forti rantoli gemono il suo nome.

Gyogung rimane in piedi, il suo corpo congelato e rigido.

Le sue labbra sono così serrate che formano una linea retta.

Si vergogna così tanto di quello che sta succedendo che non sa cosa fare!

Sente il rumore della carta igienica che viene scaricata e un attimo dopo la porta si apre.

Il giovane è radicato sul posto. L'abbraccio da dietro e un paio di labbra calde sulla nuca fanno sentire a Gyogung la pelle d'oca su tutto il corpo.

"Sarebbe stato molto meglio se fosse stata la tua mano e non la mia."

La voce sensuale sussurra. Le grandi mani che erano intorno alla sua vita si spostano giù per accarezzare delicatamente la parte privata di Gyogung. La durezza che può sentire contro la sua mano fa sollevare le labbra di Bamee, formando un sorriso malizioso.

"Posso aiutarti?"

Trascina delicatamente la parte superiore del suo naso da quel collo formoso verso l'alto per sussurrare vicino all'orecchio del più anziano.

Gli occhi, acuti come un falco, guardano il viso rosa brillante dallo specchio.

Più guarda il ragazzo nel suo abbraccio, come se fosse imbarazzato di veder scoperto il suo desiderio, più Bamee stuzzica l'altro strofinando e accarezzando quella parte privata finché Gyogung è quasi pazzo di eccitazione.

Tuttavia si gira, con l'intenzione di spingere il gigante più lontano, ma ciò fornisce solo un'opportunità a Bamee di abbracciarlo ancora più forte. Inoltre, il giovane avido sposta le sue mani giù per stringere il suo morbido sedere, chiaramente divertendosi, e lo bacia immediatamente sulle labbra.

Gyogung fa un rumore di protesta in gola, stringe i pugni e martella quel petto largo e grosso per un bel po' di tempo prima che il giovane lussurioso gli lasci le labbra.

Ancora, quelle grandi mani continuano ad accarezzare i morbidi glutei. I loro corpi strettamente premuti fanno capire a Gyogung che la cosa dentro i pantaloni del più giovane sta per "svegliarsi" di nuovo.

Quegli occhi che implorano di più e il respiro agitato di Bamee fanno capire a Gyogung che si trova in una situazione di pericolo!

"Vai a casa, Bamee."

"Davvero non vuoi che ti aiuti?" Chiede la voce profonda e speranzosa, ma il testardo scuote la testa.

"No, la risolverò da solo."

"Allora, questo significa che stai per... tornare nella tua stanza e..."

Bamee biascica, leccandosi lentamente le labbra. I suoi occhi scintillano vivacemente mentre immagina Gyogung...

"...Ti masturberai."

"Vai a casa, Bamee."

Il più magro aggiunge un po' di peso al suo tono. Quella piccola faccia rossa sembra abbastanza seria tanto che il più alto e corpulento deve sventolare la bandiera bianca per ora.

"OK - OK. Vado a casa."

Rilascia la presa su Gyogung e va a lavarsi le mani.

I suoi occhi, tuttavia, rimangono fissi sul ragazzo dalla pelle chiara in piedi in fondo.

Per quanto Bamee non voglia vedere Gyogung salire da solo nella sua stanza, deve sopportarlo per ora. La sua unica speranza è che il suo tutor gli ceda presto il suo corpo.

Quando escono dal bagno, Bamee si rifiuta ancora di tornare alla sua macchina.

Ha insistito che avrebbe aspettato fino a quando il più anziano fosse riuscito a salire in ascensore. Gyogung è preoccupato e diffidente che il giovane libidinoso trovi un modo per entrare nell'ascensore con lui, ma l'altro rimane lì a guardarlo finché non scompare nell'ascensore, proprio come aveva detto.

L'innocente ragazzo va subito in bagno una volta raggiunta la sua stanza.

Si toglie i vestiti e apre la doccia, lasciando che l'acqua calda gli piova sulla testa, sperando che spenga il fuoco della sua lussuria.

Il volto di Bamee pieno di passione e desiderio, tuttavia, diventa solo ancora più chiaro nella sua mente.

Il suono dei respiri affannosi e il ringhio del suo nome risuonano ancora nelle sue orecchie.

È tutto così fresco impresso nella sua memoria che fa appoggiare Gyogung al muro.

Un paio di pallide mani si aggrappano al suo cazzo indurito.

Il suo battito cardiaco accelera mentre immagina un paio di mani calde che accarezzavano ogni centimetro del suo cazzo solo pochi istanti prima.

Gyogung chiude gli occhi, una mano sottile prende lentamente quella parte, la strofina e la accarezza.

La sua testa ha sussultato all'indietro mentre le sue labbra si aprono. Respira più velocemente e più rauco, mentre le sue mani aumentano in velocità e forza. E quando il suo desiderio raggiunge l'apice, è il nome di Bamee che mormora senza rendersene conto, chiudendo gli occhi con forza.

Dopo la doccia, Gyogung va subito in camera sua. Si rannicchia sotto la sua coperta, tirandola su per nascondersi.

Non può fare a meno di sentirsi così imbarazzato quando si rende conto in seguito che era la faccia del giovane lussurioso che pensava quando ha liberato il suo piacere.

Inoltre, lui... ha persino gridato il nome di quel demone lussurioso!

Dannazione! Non avrebbe mai detto all'altro quello che era successo. Questo sarà un segreto che si porterà nella tomba.

Né vuole prendere il suo telefono per leggere i numerosi messaggi che sicuramente lo aspettano.

Vuole solo nascondersi sotto la coperta e addormentarsi, in modo che quando si sveglierà la mattina, potrà dimenticare tutti questi eventi vergognosi di oggi.

****

Il suono che segnala la chiamata in arrivo dal suo telefono cattura l'attenzione della persona che sta quasi dormendo, svegliandola all'istante.

Non c'è bisogno di cercare i nomi. Gyogung ha capito subito chi è il chiamante a quell'ora.

Prende il suo smartphone e lo guarda, decidendo se deve prenderlo.

Prima che possa prendere la sua decisione, però, la chiamata si ferma.

Tira un sospiro di sollievo, ma prima che possa rimettere il telefono dov'era, il nuovo messaggio che appare sul suo schermo lo fa alzare di scatto.

Se non rispondi alla mia chiamata o non parli con me, vengo subito a casa tua.

Gyogung legge velocemente i messaggi, ma prima che possa finirli tutti, la chiamata di Bamee arriva per prima.

["Che succede, P'Gyo?"] Chiede impaziente nel momento in cui la sua chiamata è accettata.

"Io... sono già a letto."

["Sei andato a letto ancora prima di arrivare in camera tua? Devo averti mandato un centinaio di messaggi."] Bamee ha sottolineato.

"Solo trentasette messaggi. Niente che si avvicini a cento."

["Sei arrabbiato con me per qualche motivo, perché non leggi i miei messaggi?"]

"Non sono arrabbiato. Voglio solo riposare; sono esausto."

Gyogung ha cercato di usare le scuse più credibili. Anche se è molto stanco, è più l'imbarazzo che lo fa evitare di parlare con Bamee.

["Se sei stanco, allora riposati. A che ora vuoi che venga a trovarti domani?"]

Questa domanda ha confuso Gyogung. Non ha idea di quando abbia preso appuntamento con il ragazzo alto e corpulento.

"Err... noi... non abbiamo un appuntamento, vero?" Chiede di nuovo, non del tutto sicuro di aver capito bene.

["Questo è il motivo per cui te lo sto chiedendo ora. Allora, quando? Quando vuoi che succeda?"]

Sei cattivo, Bamee!

Gyogung fa una smorfia. Può immaginare chiaramente come quel bel viso abbia un sorriso malizioso all'angolo della bocca.

"Domani non è conveniente per me."

["Cosa vuoi dire con questo, hai già un qualche tipo di appuntamento?"] Chiede il giovane gigante in modo scontroso.

"No, voglio solo riposare."

["Puoi riposare con me."] Il giovane testardo dice come un bambino viziato.

"Se sono con te, non posso riposare."

La risposta di Gyogung fa accigliare Bamee: gli dà così tanto fastidio da farlo rispondere così?

["Perché?"] Chiede piuttosto scontrosamente.

"Perché quando sono con te, il mio cuore deve lavorare molto duramente."

Ora che l'ha detto, quello che sembra sedurre innocentemente senza rendersene conto ha dovuto stringere le labbra.

Il suo cuore danza come un matto nel suo petto mentre aspetta quello che avrebbe detto il giovane all'altro capo della linea. Sente il suono di un respiro profondo seguito da una forte espirazione, diverse volte, e finalmente arriva la risposta.

["Sentirti dire una cosa del genere... Posso venire nella tua stanza adesso?"]

Wow. Come puoi essere così..

"No." Risponde Gyogung in modo abbastanza semplice. Sorride segretamente mentre pensa a com'è Bamee in questo momento.

Quando l'altro tace, è lui a continuare la loro conversazione.

"Che ne dici di incontrarci lunedì? Puoi venirmi a prendere presto e possiamo fare colazione insieme."

Aspetta la risposta del giovane, solo per sentire un altro sospiro prima che il suo apprendista risponda.

["Va bene allora. Sogni d'oro P'Gyo."]

In verità, Bamee vorrebbe che la questione vada un po' più in là, ma non vuole spingere l'altro così tanto, così decide di dare al suo adorabile piccolo un po' di spazio.

"Sì, anche tu, Bamee." Gyogung risponde amichevolmente.

["P'Gyo, prima di riattaccare, ho qualcosa da chiederti."]

"Cosa?" Chiede il più anziano, un po' sospettoso.

["Voglio sapere... quando sei salito nella tua stanza, ti sei toccato da solo?"] Bamee si è poi leccato le labbra, sorridendo in attesa della risposta.

"Bamee!"

Il viso pallido come la luna si dipinge di rosso quando sente la domanda.

Tutto quello che può fare è chiamare il nome del giovane furfante con la voce più severa che può.

["Haaa. Immagino che questo significhi che alla fine ce l'hai fatta... stavi pensando a me mentre lo facevi?"] Il più giovane
si sta divertendo ed è eccitato mentre aspetta la risposta.

"Tu..." Gli occhi di Gyogung si allargano. È tutto quello che riesce a dire prima di sentirsi così imbarazzato da non poter dire altro.

["Poi hai pensato a me. E... hai mormorato il mio nome?"]

Alla fine di quella domanda, Gyogung riattacca immediatamente.

Bamee scoppia a ridere, immensamente soddisfatto di come sono andate le cose.

Non è difficile indovinare come quel bel faccino si stia arrossando.

Sa già che l'altro non avrebbe mai risposto alla sua domanda e probabilmente avrebbe riattaccato.

Tuttavia, è già euforico. È un peccato che Gyogung si rifiuti di uscire con lui domani, ma almeno ha la possibilità di portare il suo tutor a fare colazione insieme prima di andare al lavoro lunedì mattina.

Un piccolo appuntamento prima dell'inizio del lavoro suona abbastanza bene.

****

La settimana lavorativa di Bamee e Gyogung è stata come al solito. L'unica differenza è che ora facevano colazione insieme ogni mattina. E poiché sono i primi ad arrivare in ufficio, Bamee ne approfitta ogni mattina per baciare le belle labbra di Gyogung a suo piacimento.

Sa di essere un grande baciatore, e sa che è lui a ridurre l'altro a creta nel suo abbraccio ogni volta che fa piovere i suoi baci su quelle morbide labbra.

Gli occhi che si abbassano sognanti ogni volta che si baciano hanno ridotto il suo controllo a quasi nulla nelle due settimane in cui sono stati insieme.

La cosa peggiore è che Gyogung ha dovuto visitare la sua famiglia lo scorso fine settimana, quindi non ha quasi tempo per quello che ora chiama fidanzato.

Vedere l'altro al lavoro e un piccolo bacio di prima mattina prima che gli altri colleghi inizino a lavorare non gli basta più - vuole divorare Gyogung così tanto che è quasi pazzo di desiderio!

Tuttavia, ogni volta che conduce l'altro al suo appartamento, Gyogung trova sempre un modo per rifiutarlo, e oggi non è diverso.

"Posso salire in camera tua oggi?" Chiede Bamee con speranza.

Quello che deve sentire la stessa domanda ogni sera quando la macchina si muove vicino al suo palazzo si morde le labbra, pensando che da una parte vorrebbe dire sì. Ma d'altra parte, è ancora spaventato.

Anche se non è del tutto sicuro, non può negare che gli piacciono i tocchi del suo ragazzo più giovane.

Lo tentano e lo fanno ubriacare di desiderio ogni volta che si baciano e toccano, ma non è ancora sicuro di essere pronto per una maggiore intimità fisica.

"No." Alla fine, Gyogung risponde dolcemente, sentendosi in colpa come sempre.

Questa volta, però, quello che ancora guarda la strada non ha protestato o fatto i capricci come fa di solito.

Piuttosto, rimane in silenzio, senza dire nulla in cambio.

Il modo in cui Bamee si comporta fa sentire Gyogung molto infelice.

Guarda il suo ragazzo e la sua faccia seria, pensando che Bamee debba essere arrabbiato, ma non ha davvero idea di come avrebbe potuto placare il più giovane, così si limita a far uscire un sospiro segreto.

Quando si volta a guardare la strada, vede che sono quasi arrivati al suo condominio, ma Bamee non sta ancora spostando la macchina nella corsia di destra come ha sempre fatto prima. Quando si volta a guardare di nuovo il più giovane, il viso dall'espressione piuttosto piatta lo rende nervoso.

"Bamee, dove mi stai portando?" Chiede Gyogung.

"Al mio condominio."

Bamee risponde con una voce uniforme, la sua espressione facciale ancora normale, ma questo è sufficiente per far allargare gli occhi del suo passeggero in preda al panico.

"Cosa!" Gyo grida con una voce acuta.

"Beh, non vuoi che vada nella tua stanza, quindi penso che ti porterò nella mia stanza."

La risposta di Bamee fa cadere la bocca a Gyogung.

"Bamee!"

La voce severa non ha mai funzionato veramente. Il giovane mascalzone fa una smorfia innocente mentre passa la strada del condominio di Gyogung.

"Quanto ancora mi farai aspettare? Il mese che ci frequentiamo non ti basta per conoscermi bene?"

"Pensi solo a questo?" Chiede Gyogung, accigliandosi.

"Certo che no. Ma siamo fidanzato e fidanzato, no, quindi è normale che ci sia anche questo nella nostra relazione. Non sai quanto sei delizioso? Ho bisogno di sfogarmi ogni giorno pensando a te." Confessa tutto onestamente, non vedendo più la necessità di nasconderlo o di trattenerlo.

"Certo che lo so, sono io che devo stare sempre di guardia davanti al bagno per te!"

Il ragazzo dalle guance rotonde risponde, il suo viso arrossisce vedendo passare il suo palazzo, e fa una smorfia di sorpresa.

"Bamee!" Qui usa la voce più severa, anche se sa molto bene che è inutile.

"Non importa quello che dici, passerai la notte con me. Domani è sabato quindi non devo alzarmi presto e non devi visitare la tua famiglia questa settimana. Quindi, ora non hai più scuse."

Bamee ha attivato l'indicatore di direzione e in poco tempo sono parcheggiati nel parcheggio di un condominio di lusso. Quando la macchina è ferma, l'alto e corpulento si rivolge a quello che brilla di rossore accanto a lui.
"Per quanto riguarda noi, se dobbiamo fare qualcosa stasera, non sarò l'unico a volere che succeda qualcosa."

Poi si china verso Gyo, allungando la mano per slacciargli la cintura di sicurezza, i suoi occhi non lasciano mai quel dolce, bellissimo faccino.

Grandi occhi rotondi e innocenti fissano il bel viso. Gyogung sa bene che questa notte potrebbe essere quella giusta, ma fa comunque del suo meglio per prolungare la sua preziosa verginità per un po'.

"Non andiamo a mangiare qualcosa? Ho fame."

"Anch'io. È un mese che ho fame, mangiamo insieme nella mia stanza."

Il sorriso malizioso che accompagna il leccarsi le labbra deviato fa capire chiaramente a Gyogung quale potrebbe essere la cena di Bamee quella sera.

Bamee prende Gyogung per il polso e lo conduce all'ascensore del parcheggio.

Dalla macchina che usa, dalle merendine e dai dolci che porta in ufficio ogni giorno, dai vestiti e dall'orologio che indossa, è già arrivato alla conclusione che il giovane è benestante.

Solo che non ha mai pensato che Bamee fosse così ricco da vivere in un attico che occupa l'intero piano di un condominio così lussuoso.

Tuttavia, non ci pensa troppo. Questa ricchezza non è comunque sua.

Sicuramente non ha scelto di stare accanto all'altro per i suoi soldi, e Bamee lo sa benissimo.

La porta si apre in uno spazio grande e maestoso, ordinato e impeccabilmente pulito.

Questo impressiona Gyogung in una certa misura, ma arriva alla conclusione che se Bamee è abbastanza ricco da comprare un posto così costoso, ha sicuramente abbastanza soldi per assumere delle cameriere.

Non capisce perché un ragazzo che sta da solo viva in una stanza così grande e spaziosa.

Gyogung non ha molto tempo per esplorare o pensare a quella questione, perché le grandi mani intorno alla sua vita e le labbra calde che attaccano le sue subito dopo la chiusura della porta rubano tutta la sua attenzione.

Bamee succhia le labbra del più grande come se volesse averle per sé e ingoiarle intere. Le sue mani accarezzano e stringono tutto il morbido sedere, è affamato.

Sembra che il proprietario della stanza non abbia intenzione di sprecare un solo secondo.

"Huh... Bamee... calma... ah... fermati un momento..."

Lui, le cui labbra vengono brutalmente possedute, esprime immediatamente la sua protesta quando quel bel viso si sposta a sfiorargli il collo.

Bamee, da parte sua, ora che si è presentata l'opportunità, non si ferma così facilmente.

Più Gyogung dà le sue deboli obiezioni, più viene accarezzato, baciato e mordicchiato su quella pelle morbida.

"Hah... Bamee... aspetta..."

Sebbene anche il suo respiro si faccia pesante per il desiderio, Gyogung fa del suo meglio per spingere via il viso del più giovane finché Bamee non deve cedere.

"Siamo già qui e mi neghi ancora?" Chiede il giovane lussurioso, la sua voce è roca.

"Non hai detto che se dobbiamo fare qualcosa stasera, non dipende solo da te?"

Ora che il più anziano gli sta ributtando le parole in faccia, Bamee stringe gli occhi per guardare nei grandi occhi rotondi.

"E mio caro P'Gyo mi permetterai di farlo? Così posso sapere se devo affascinarti ancora di più."

Le grandi mani che sono ancora sui morbidi glutei di Gyogung dietro gli danno una stretta decisa.

Tuttavia, quello che ancora esita qualche momento fa, si morde le labbra come se avesse preso una decisione difficile e dice in modo seducente.

"Sei già abbastanza affascinante. Ma posso fare una doccia prima?"

Quelle parole fanno sì che Bamee stringa ancora di più il suo bel sedere rotondo prima di dare a quelle dolci e belle labbra un bacio profondo.

Vuole seguire il suo dolce tesoro nella doccia per offrire il suo aiuto nel lavaggio!

Le mani iniziano a sfilare i suoi vestiti, ignorando la protesta gutturale dalle labbra che sta ancora baciando.

Spinge il più magro a camminare all'indietro, dirigendosi verso la doccia.

È una sfortuna, davvero, che la sua stanza sia così spaziosa, e ci vuole troppo tempo per arrivare al bagno, così il giovane impaziente accelera i tempi.

Avvolge le gambe di Gyogung intorno alla propria vita e poi lo accompagna direttamente nella doccia, ignorando lo sguardo spalancato del più grande.

Bamee riesce a malapena a sentire quei piccoli pugni che gli piovono sulla schiena.

È ancora concentrato a baciare quelle labbra morbide e tenere.

Quando raggiungono il bagno, Bamee ha messo il suo ragazzo al lavandino.

Ha quasi strappato tutti i bottoni della camicia dell'altro con fretta ed eccitazione. Anche se si sono baciati così tante volte da quando hanno accettato di stare insieme, questa è la prima volta che può vedere quella pelle liscia e chiara che è sempre stata nascosta sotto i suoi vestiti!

Non è solo il cuore nel suo petto che pulsa come un pazzo, la carne nei suoi pantaloni pulsa ancora più forte!

Non riesce a contenere la sua eccitazione nel lasciarlo finalmente uscire nell'aria, fuori dal confinamento dei suoi pantaloni!

"Bame ... ah... Bamee, vieni fuori... vieni fuori per primo..." dice Gyogung rauco mentre finalmente riesce a distogliere il viso dal più giovane.

"Ti aiuto a fare la doccia. Facciamone uno insieme per non perdere tempo."

Quella voce ruvida fa solo entrare Gyogung nel panico ancora di più.

Oh no. Non c'è modo di lasciare che la sua prima volta avvenga nel bagno!

In base allo sguardo lussurioso così intensamente fissato su di lui, questo giovane lussurioso sta sicuramente per fare più che "aiutarlo a fare il bagno".

"No. Io... voglio fare la doccia da solo. Bamee, non essere testardo adesso."

Caro, bello, dolce, innocente piccolo Gyogung… Immagino che tu non abbia idea che usare quella voce che è metà severa e metà supplicante serve solo a renderti ancora più appetitoso...

Bamee è così vicino a divorare il suo piccolo in quell'istante.

Quella faccia che il suo P'Gyo sta facendo, quella voce che sta usando, sono tutti così innocentemente seducenti e così insopportabilmente adorabili che lui vuole essere testardo, essere intransigente e spingere il suo P'Gyo... duro.

"Fai il bagno con me, baby, per favore?"

Con le mani tremanti, Bamee toglie i bottoni di Gyogung uno ad uno, le sue labbra piovono baci su quel collo bianco e liscio.

"No... ahh... ti prego, amore... questa è la mia prima volta."

Dire cose del genere è proprio il motivo per cui voglio divorarti sul posto! P'Gyo, piccolo seduttore, non hai certo pietà della mia furia!

Bamee deglutisce a fatica, guardando il volto del più anziano il cui sguardo supplichevole è così dolce che gli ha già sciolto il cuore.

Piccole braccia e mani si legano intorno al suo collo spesso e forte mentre le labbra leggermente gonfie si trasformano in un sorriso.

I grandi occhi rotondi si abbassano, in modo allettante e seducente, prima che Gyogung sussurri il suo accordo.

"Se mi permetti di fare il bagno in pace, non ti negherò nulla stasera."

Non c'è bisogno di ulteriori negoziati.

Bamee e il suo fagotto nella tenda dei suoi pantaloni escono immediatamente dal bagno.

Si dirige subito verso la sua stanza e usa l'altro bagno all'interno della stanza per fare una doccia veloce.

Sta ancora decidendo se deve aspettarlo sul letto nudo, o se dovrebbe mettere i boxer in modo che l'altro sarebbe stato un po' sorpreso quando sarebbe arrivato il momento di mostrare cosa si nasconde dentro i suoi pantaloni.

Poi va verso il suo armadio e tira fuori un paio di boxer prima di saltare sul suo grande letto.

Lo sguardo lussurioso guarda dritto verso la porta mentre le sue orecchie captano intensamente il rumore dell'acqua che scorre.

"Perché questo lungo lavaggio? Se hai bisogno di un'altra doccia comunque…"

Lui che è così concentrato sulla lussuria che gli scorre nelle vene, aspetta un po' scontrosamente e con impazienza.

Immagina il suo bel fidanzatino in piedi sotto la doccia, sollevando il viso per ricevere il getto d'acqua, come un modo per mantenere il suo desiderio.

Non c'è modo di lasciare che il suo "Piccolo Bamee" appassisca!

Sogna immagini di P'Gyo per mantenere in vita il suo "fratellino" è sempre stata una delle cose che fa meglio.

****

Gyogung sta sotto la doccia, lasciando che la pioggia di acqua calda lo bagni, cercando di calmare l'eccitazione e il nervosismo nel suo cuore.

Sa bene che non c'è modo di uscirne indenne.

È tutta colpa della sua bocca che sembra amare stuzzicare e sedurre questo ragazzo.

Il giovane fa un respiro profondo, preparandosi mentalmente per molto tempo prima di iniziare finalmente a lavare e preparare il suo corpo.

Da quando lui e Bamee sono insieme, ha iniziato a cercare cose che sapeva sarebbero state utili.

Sa quale parte del suo corpo lavare e pulire soprattutto, così lo fa, con molta attenzione, fino a quando è sicuro di essere completamente pulito. Poi si mette un accappatoio appeso vicino alla porta.

Vede che il suo giovane lussurioso lo guarda con un desiderio radioso negli occhi.

Questo sembra renderlo di nuovo estremamente nervoso.

Ha cercato di farsi coraggio mentre era sotto la doccia, e ha impiegato molto tempo per questo, ma ora che si sta effettivamente dirigendo verso la cosa reale, scopre che ha ancora un po' di paura.

"P'Gyo..." Bamee si muove per sollevare la coperta, mostrando gli impressionanti muscoli del suo petto e dello stomaco, i suoi addominali presentati con orgoglio, praticamente facendo cenno a Gyogung di toccare i muscoli tesi.

Gyogung guarda il corpo forte e ben muscoloso del suo giovane amante, il suo cuore batte all'impazzata.

Il suo sguardo si abbassa per guardare ciò che è nascosto sotto i suoi boxer. Vedendo quella cosa muoversi in modo inaspettato, i suoi nervi si sono contratti ancora di più.

Perché deve essere così enorme...??

Il piccolo ragazzo sale lentamente sul letto matrimoniale.

I suoi occhi sono ancora fissi sui bei muscoli del petto del suo ragazzo.

Le sue mani vanno immediatamente a posarsi sulla pelle liscia.

Gyogung deve quasi trattenere il respiro mentre accarezza il petto dalla pelle di miele, in netto contrasto con la sua pelle chiara.

I grandi occhi rotondi guardano il proprietario del corpo così pieno di muscoli forti che improvvisamente ha voglia di mordere ma non è ancora abbastanza coraggioso.

Quello che fa è mordersi le labbra, sentire il suo cuore correre fino a quando è difficile respirare.

Bamee guarda quel bel viso, chinandosi lentamente verso il suo ragazzo. Lui spinge delicatamente il più anziano a sdraiarsi sulla schiena sul suo letto morbido.

Gyogung vede la passione e il desiderio dipinti su tutto il viso del giovane.

Le labbra morbide e calde di Bamee si posano teneramente su quelle di Gyogung prima che il tocco gentile si trasformi in una morbida aspirazione.

In pochi secondi, il bacio diventa caldo e la suzione diventa vorace, con la lingua di Bamee che prende possesso della bocca di Gyogung e allo stesso tempo invita la piccola lingua ad esplorare anche la sua bocca.

Grandi mani spesse scivolano sotto l'accappatoio, accarezzando adorantemente la pelle liscia come la seta.

Il giovane muscoloso tira via l'accappatoio dal suo ragazzo, che ansima per l'eccitazione sul letto fino a quando non è tolto.

Ciò che accoglie la sua visione è una distesa di pelle liscia e chiara con piccole goccioline d'acqua che si aggrappano qua e là, rendendo il suo P'Gyo ancora più attraente.

Bamee si raddrizza e vede quel bellissimo corpo impeccabile.

I bei capezzoli rosa appoggiati appena sopra il petto di Gyogung lo tentano ulteriormente, mentre si induriscono lentamente in nodi duri proprio davanti ai suoi occhi.

Bamee non si trattiene più.

Assaggia e stuzzica i piccoli nodi carini con la sua lingua, assorbendo le goccioline, annusando, leccando e succhiando.

Gyogung sembra gradire abbastanza quello che il suo amante fa, mentre il suo corpo si contorce nel piacere, rispondendo ai tocchi delle mani e della lingua di Bamee che incoraggiano solo il più giovane a lavorare la sua magia con ancora più determinazione, assuefatto dai gemiti e dalle grida di quello sotto di lui.

Piccole mani si aggrappano ai suoi capelli tirando e premendo, mentre Gyogung succhia boccate d'aria, godendo del piacere condiviso della loro danza appassionata.

I suoni non fanno che aumentare i desideri di Bamee.

Trascina la lingua giù fino al ventre piatto e liscio, immerge la lingua nel piccolo ombelico, lecca e sonda ad un ritmo sempre più veloce finché Gyogung non può fare altro che gemere impotente a quella sensazione.

Stringe con forza la lunghezza indurita di Gyogung, facendo scorrere la mano su e giù ad un ritmo rapido e immediato, senza dare al ragazzo dalla pelle chiara un secondo per pensare e prepararsi.

Il corpo che si contorce nel piacere, i gemiti sono così dolci alle sue orecchie e i fianchi si muovono in sincronia con il movimento della sua mano…

Si lascia sfuggire un grugnito, sposta il corpo verso il basso e solleva i fianchi snelli, apre completamente le due gambe sottili e si tuffa giù fino a quando il suo viso è proprio nel mezzo tra le gambe del suo amante e prende possesso del suo cazzo con la bocca.

"Hah..." Grida Gyogung.

È sorpreso ed eccitato come non mai. È successo tutto così in fretta che non sa cosa fare.

Non ha idea di quando Bamee sia riuscito a metterci la bocca, ma il piacere inaspettato lo scuote nel profondo, tanto che non riesce a pensare ad altro mentre le sensazioni si impadroniscono dei suoi sensi.

Quando è vicino a venire però, il suo diabolico ragazzo si ferma proprio mentre sta per cadere nell'orgasmo.
Il bel viso trascina la sua lingua calda su tutto il suo corpo nudo, risalendo fino al collo.

Bamee mordicchia delicatamente il mento di Gyogung, stuzzicando, prima di afferrare di nuovo le sue labbra.

Mentre condividono un bacio profondo e disperato, il più giovane strofina il suo membro indurito sulle cosce del suo ragazzo e strofina le sue mani sulla pelle morbida.

Non avrebbe mai pensato di incontrare un ragazzo il cui corpo induce desideri così ardenti.

Gyogung può essere il suo primo amante maschio, ma questo non cambia il fatto che non ha mai provato una passione così travolgente per qualcuno del suo stesso sesso.

Gyogung può sentire la durezza del cazzo caldo e bruciante che strofina su e giù per le sue cosce.

Il suo battito cardiaco ha abbandonato ogni nozione di uniformità quando sente il tocco e le carezze intenzionali.

Non ha idea di cosa stia pensando in quel momento, ma prima che se ne renda conto, la sua curiosità lo porta a raggiungere e toccare il rigonfiamento che è nascosto e quasi scoppia attraverso i boxer sottili.

Quando la sua mano entra in contatto con quella parte eccitata del suo corpo, Bamee emette un basso ringhio. Il giovane si raddrizza, guardando in basso il suo sesso e i suoi occhi brillano.

"Lo vuoi?" Chiede Bamee, la sua voce scura e profonda.

"Vuoi darmelo?" Le parole allettanti sono accompagnate da uno sguardo sexy e seducente.

Bamee rapidamente tira giù i suoi boxer.

Quello che viene fuori in tutto il suo splendore sorprende Gyogung così tanto che i suoi occhi praticamente si gonfiano alla sua vista.

Mamma, papà, il piccolo Gyo vi saluta ora. Stanotte sarò sicuramente ucciso da questo mostro gigantesco. Dannazione! Cosa diavolo mangiava il ragazzo quando era giovane? Perché quel... quel mostro è così gigantesco?

Il piccolo e dolce Gyogung, che sa bene di aver raggiunto il punto di non ritorno, deglutisce con difficoltà.

La giovane volpe furba ha infilato la mano sotto il cuscino solo per tirare fuori una bottiglia di lubrificante.

"Comincerò adesso."

La voce profonda parla: il suo proprietario apre il tappo della bottiglia di lubrificante con tale forza che sparisce da qualche parte.

Gyogung guarda lo sguardo affamato e lussurioso con una certa apprensione.

È curioso e voleva sapere come ci si sente ad essere abbracciati, ma è ancora un po' spaventato.

Chiude gli occhi, aspettando il paio di labbra calde che si posano teneramente sulle sue. Il giovane tutor sobbalza un po' quando il suo amante comincia a spingere un dito in un posto dove nessuno lo ha mai toccato prima.

La strana sensazione di pienezza è deviata da un bacio che diventa rapidamente più caldo e profondo.

L'attenzione di Gyogung è catturata dall'abile lingua di Bamee che lo conduce nella sua danza speciale meno esperta.

Non sa quando esattamente Bamee infila altre dita, sa solo che non ha mai provato quella sensazione prima.

Bamee cerca di allargare pazientemente il corpo del suo amante.

Sa bene che il suo cazzo è più che impressionante, quindi ha bisogno di molto tempo per preparare il suo amato Gyogung in modo che non fosse troppo doloroso per lui.

È difficile, molto difficile contenersi, dato che quello che sta baciando non solo sta contorcendo il suo corpo in quel modo e con desiderio, ma sta anche gemendo sensualmente, eccitandolo quasi al punto di non potersi contenere.

Beh, non è una sorpresa, in realtà, perché Gyogung spesso nei loro baci si dimena.

Le dita dentro di lui non si muovono semplicemente dentro e fuori; piuttosto, Bamee si prende il suo tempo per torcere, allargare e spingere le dita dentro Gyogung senza sosta.

Quando pensa che Gyo sia completamente pronto, Bamee prende un preservativo e lo mette sulla sua lunghezza indurita prima di divaricare quelle gambe sottili e piegarle sul petto liscio e chiaro ora pieno macchie rosse e rosa dai suoi baci e morsi.

Gyogung guardò quello che sta toccando nella sua apertura e chiede con disagio chiaro nella sua voce.

"Bamee... che... sarà... davvero adatto?"

Anche se è profondamente imbarazzato di dover parlare di una cosa del genere, non c'è modo che possa tacere. Quella cosa che sta per entrare in lui è così straordinariamente enorme!

"Se non si adatta... si adatterà, so di poterlo fare."

La risposta, troppo sicura di sé, viene dal giovane ragazzo robusto prima di assalire di nuovo il suo amante con dei baci.

Pazientemente, Bamee si spinge lentamente nel corpo dell'altro.

La durezza che spinge in lui, spaccandolo, fa sentire a Gyogung così tanto dolore che pensa che non sarà in grado di sopportarlo.

Picchia e scava le unghie in quelle larghe spalle come un modo per alleviare il suo dolore.

Da un lato, vorrebbe che l'altro si ritragga e si fermi, ma dall'altro, lui... lo vuole... vuole essere completamente posseduto da Bamee.

"Ahhhh..." Gyogung emette un forte gemito quando Bamee finalmente spinge ed entra.

I grunti gutturali che sente, i tocchi e le strette sul suo corpo dicono a Bamee di muoversi avidamente, ma il più giovane rimane fermo per il suo bene, in modo che possa adattarsi alla sensazione di essere penetrato per la prima volta.

Il bel ragazzo mordicchia e succhia quelle spalle pallide e lisce fino a che non sbocciano macchie rosse e segni di denti sulla distesa di pelle chiara.

La sensazione di essere circondato e abbracciato dalle viscere di Gyogung è così squisita che sta impazzendo.

"Posso muovermi ora? Mi stai stringendo così forte che faccio fatica a trattenermi!"

Chiede il più giovane, con la voce roca per l'eccitazione.

Gyogung non è sicuro che sarebbe stato in grado di sopportare le spinte e i movimenti, ma si fa forza e annuisce.

Il permesso fa saltare di gioia Bamee. Comincia a muoversi, lentamente, con attenzione, perché la stretta intorno al suo membro lo sta facendo impazzire di lussuria.

Si ritira quasi completamente prima di entrare di nuovo, profondamente e potentemente.

Ripete il movimento fino a quando sente che Gyogung si è adattato abbastanza bene, osservando come l'espressione facciale piena di disagio cambia in una di eccitazione e i gemiti dolorosi si trasformano in grida piene di piacere.

Le piccole mani che avevano scavato le unghie nella sua pelle ora gli accarezzano la schiena.

Gli occhi di Gyogung sono chiusi per soddisfazione. Le sue belle labbra si aprono, succhiando l'aria in modo stuzzicante.

Quello che vede fa solo muovere la vita di Bamee in un movimento dentro e fuori ad un ritmo ancora più veloce e duro, lasciando Gyogung incapace di fare altro che gridare con una voce acuta e penetrante.

Il corpo del giovane si contorce e rimbalza per la forza delle dure spinte.

Non aveva idea che ha istintivamente alzato i fianchi su e giù, seguendo i ritmi del suo giovane amante.

Il piacere è così accecante che non ha idea di quanto tempo sia passato.

È solo quando l'assalto divenne duro e forsennato che sente il suo ragazzo muoversi come se fosse posseduto dal demone della lussuria, e lui emette una debole protesta.

"Hahhhh... Bamee... ahhhh... rallenta... più lento..." Gyogung cerca di parlare con la sua voce tremante. "È... è grande..."

La debole protesta non ha fatto nulla per rallentare il movimento di Bamee.

Specialmente quando quello che sta "protestando" muove i fianchi in sincronia con i suoi in modo così lussurioso, non c'è modo di credere che il suo sexy P'Gyo voglia davvero che lui rallenti.

Non avrebbe mai sognato che quello che di solito arrossiva fino alle radici dei suoi capelli e gli nega questo e quello potesse essere così sexy!

Il giovane ragazzo allarga quelle gambe sottili ancora di più di prima, premendo i loro corpi insieme ancora di più.

Le sue spinte crescono sia in forza che in velocità finché Gyogung grida incoerentemente.

Improvvisamente, però, ferma ogni movimento e si tira indietro, facendo sobbalzare il più anziano per la sorpresa, i suoi occhi rotondi pieni di domande mentre guarda il suo giovane ragazzo.

"Posso togliermi il preservativo?"

Quella domanda allarga gli occhi di Gyogung e lo lascia a bocca aperta, impreparato a una tale richiesta in quel momento.

"Per favore, non preoccuparti. Sono pulito. Non l'ho mai fatto senza preservativo."

"Pe... Perché?" Anche se riesce a malapena a formare una parola, Gyogung non può fare a meno di chiedere.

"Con il preservativo addosso, mi sento come se non fossi completamente con te. Per favore, lasciami togliere il preservativo."

Il giovane lussurioso implora con lo sguardo.

Il più anziano guarda il rigonfiamento tra le sue gambe e il suo movimento ondeggiante come se stesse implorando insieme al suo proprietario.

Poi annuisce leggermente per concedere il suo permesso. Questo è più che sufficiente per Bamee per togliere il preservativo e rientrare in quel canale.

"Ahhh!" Gyogung praticamente strilla mentre le spinte diventano ancora più incessanti.

La sensazione di pelle su pelle senza alcuna barriera fa sentire Bamee ancora più vicino al suo amante.

La parte che si è già espansa diventa ancora più enorme mentre il suo proprietario si sente ancora più eccitato.

Spinge con tutta la sua forza, facendo urlare Gyo a squarciagola, la sua voce abbastanza forte da riempire l'intera stanza.

Poco dopo, Bamee ha cessato le sue rapide spinte e invece spinge in profondità fino a quando è completamente dentro. Poi gira la vita con un movimento circolare, facendo urlare il più magro in modo delirante.

È una sorpresa del tutto piacevole, tuttavia, quando Gyogung è così incendiato dai suoi fuochi di lussuria che si spinge indietro.

"Dannazione, P'Gyo!" Bamee ha praticamente ululato mentre spinge dentro e fuori, velocemente.

Afferra la lunghezza di Gyogung che si sta indurendo, strofinandola su e giù. I suoi movimenti continuano ad aumentare sia in forza che in tempo, mentre grugniti e gemiti, suoi e di Gyogung, risuonano insieme in tutta la stanza.

Il giovane tutor si lascia sfuggire un urlo acuto mentre i suoi desideri raggiungono l'apice.

Questo ha fatto sì che Bamee si muova ancora più velocemente, più forte, dato che è così vicino.

Non molto tempo dopo, rilascia il suo piacere mentre stringe e pulsa dentro il suo amante.

Gyogung giace sulla schiena, ansimando così forte che il suo corpo sobbalza. Sente piacere e dolore in misura quasi uguale, le sue gambe che sono ancora divaricate tremano così tanto che non pensa che sarà in grado di chiuderle presto!

Se il suo giovane fidanzato lussurioso poteva divorarlo così duramente e con tanta passione in un solo giro d'amore come quello, sembra che camminare non avrebbe più fatto parte dei suoi piani futuri!

Tuttavia, non ha il tempo di pensare di più sull'argomento, perché il viso bello e familiare si avvicina, seguito da baci morbidi e pungenti su tutto il suo viso prima di prendere possesso delle sue labbra.

"P'Gyo... ho ancora fame."

La voce liscia come la seta sussurrata al suo orecchio fa spalancare gli occhi a Gyogung.

"Q... Cos'era quello, non ne hai avuto abbastanza?"

Quello che si sente come se tutto il suo corpo fosse appena uscito da una zona di guerra urla in allarme.

"Come posso essere pieno? Ne ho appena mangiato una ciotola."

Il più giovane stringe e accarezza tutto il corpo morbido e dolce.

Quello che è ancora indolenzito fa del suo meglio per rotolare via, ma i fianchi che sono più o meno fuori servizio…

"Ma... ma non posso più, possiamo fermarci per oggi? Questa è la mia prima volta, sai?" p

Protesta Gyogung, cercando di spingere via con forza il viso che gli annusa il collo.

"Phi, hai un odore così buono..." Bamee non sembra prestare attenzione a quello che dice il suo ragazzo. Invece, continua ad annusare e ad accoccolarsi.

"Bamee! No! Basta così. Non ce la faccio."

"Cosa vuol dire che non puoi prenderlo? L'abbiamo fatto solo una volta. E tu sei così appetitoso e delizioso. Non c'è modo di riempirmi in un solo giro."

"Come posso sopportarlo, sei tu che continui a entrare e uscire!"

"Ma ti è piaciuto, vero? Insomma, dimenavi i fianchi e mi dicevi che ti piaceva. Sei così delizioso, lo sai?" Dice Bamee con gli occhi scintillanti, leccandosi le labbra con lussuria.

"Pazzo!" Il più magro geme, colpendo quel petto largo e muscoloso con i suoi piccoli pugni.

"Dannazione, come puoi essere così carino anche quando dici una cosa del genere? Pazzo, vero? vieni, lascia che ti mostri quanto posso essere pazzo!"

Bamee lo fa immediatamente rotolare per essere sopra di lui.

Poi ha proceduto a divorare di nuovo il suo piccolo tesoro, incurante della protesta o del rifiuto.

Tuttavia, sembra che il suo P'Gyo non voglia proprio negarlo, visto che non cerca seriamente di lasciare il suo abbraccio.

Qualche morso e qualche bacio e il suo amato piccolo ridacchia di piacere e lo inonda di nuovo con la sua seduzione.

Oh, Bamee l'ha amato così tanto.

È, dopo tutto, tutt'altro che pieno. E, beh, se dove godersi un altro piatto di wonton ai gamberi, sicuramente lo condirà con qualcosa di ancora più gustoso.

Ciotola 6: Il peperoncino non è abbastanza, quindi aggiungiamo un po' di succo d'arancia.

Il bel giovanotto gli sfiora il viso, mordicchiando delicatamente il collo del suo ragazzo.

Stuzzicando, lascia baci affamati sulla pelle di colui che lo spinge via giocosamente, ma ridacchia in modo stuzzicante mentre accarezza la pelle morbida e sensibile intorno alla sua vita.

Bamee trascina il suo naso dalla vita al petto di Gyogung, annusando e mordicchiando la pelle morbida.

Le mani che lo spingono a metà si spostano nel cuoio capelluto mentre lui comincia a succhiare quei piccoli capezzoli sensibili.

I respiri ansimanti, che indicano l'eccitazione, fanno sapere a Bamee che non ha bisogno di altri convincimenti.

"Hah... Bamee... abbastanza... basta così."

Quella dolce voce gli dice di fermarsi.

Tuttavia... anche se il suo caro P'Gyo dice di fermarsi, il modo in cui chiude gli occhi contenti, dice al suo giovane ragazzo il contrario.

Inoltre, il modo in cui preme ancora di più il suo petto nella bocca di Bamee, implorando un maggior contatto, dice al giovane senza mezzi termini che non deve assolutamente fermarsi!

Solleva le dita per stringere e tirare quei capezzoli, facendo sì che il più anziano scavi le unghie ancora più forte nella sua pelle. La piccola bocca e le labbra gonfie non smettono di gemere per l'eccitazione.

Bamee nota come la parte sensibile di Gyogung comincia a rispondere ai suoi tocchi e baci.

Procede ad accarezzare la sua durezza prima di afferrarlo con il pugno, e usa le sue dita per stuzzicare la punta.

I fianchi sottili si sollevano, girando al ritmo della lussuria.

Il più giovane guarda quel piccolo viso amorevole e sente solo desideri ancora più furiosi.

Gira Gyogung sul suo stomaco, sollevando quei fianchi formosi in qualcosa che assomiglia ad una posizione inginocchiata, e poi usa una generosa quantità di lubrificante sull'apertura del sedere del suo ragazzo.

"Ah, non più..."

Quello che sta gemendo di piacere poco prima emette un grido di sorpresa.

Bamee, tuttavia, sa bene che lo spazio caldo che ha appena lasciato pochi istanti prima deve essere ancora morbido e pieno del suo rilascio quindi è ancora lubrificato, così lo fa scivolare dentro senza troppi problemi.

"Hahhhhh..." Gyogung geme mentre il suo ragazzo lussurioso spinge dentro quasi fino in fondo.

Le dimensioni straordinariamente grandi lo fanno sentire scomodamente pieno anche se hanno appena fatto l'amore. Bamee, da parte sua, comincia a muoversi immediatamente una volta dentro.

"Bamee... calma... hahhh... calmati."

Il più anziano grida, piegandosi alla cieca per tenere ferme le cosce del suo ragazzo.

Bamee vuole più di ogni altra cosa continuare a muoversi, ma vedere che l'altro non è ancora pronto per altro lo fa fermare.

Guarda Gyogung che sta respirando profondamente prima di rilasciare lentamente il respiro, facendo del suo meglio per adattarsi alla sensazione.

Poi, è Gyogung a muovere i fianchi, iniziando la danza del suo corpo da solo.

"P'Gyo..." Grugnisce Bamee, stringendo quel culo morbido.

Il suono dell'inspirazione ruvida del suo dolce ragazzo lo fa afferrare strettamente quei fianchi formosi, iniziando immediatamente a spingere dentro e fuori.

I colpi duri e martellanti sono seguiti da un cambio di ritmo, mentre Bamee spinge in profondità all'interno solo per dare brevi, veloci spinte e alternate, che con lunghi, duri colpi, concentrandosi esclusivamente sull'interno che fa gemere di piacere l'altro come se non ci fosse un domani. Bamee spinge, duro e profondo, prima di spostarsi, gira i fianchi, muovendo la sua lunghezza indurita in un movimento circolare dentro il suo amante, gridando supplichevolmente.

"...Alhhhhhhhh... per favore.... per favore, non muoverti così. Io... non posso prenderlo... ohhh... è troppo..."

Quelle parole fanno balenare al ragazzo diabolicamente bello un ghigno malvagio, così soddisfatto di sé stesso di rendere Gyogung così eccitato e infiammato da non poterlo sopportare.

Smette di roteare la sua lunghezza all'interno e invece riprende a spingere dentro e fuori.

Mentre il suo amante si adegua al suo ritmo con i suoi movimenti, Bamee aumenta la forza delle sue spinte fino a che il viso di Gyogung è premuto contro il cuscino.

Gyo lascia il suo viso lì, contro il cuscino, perché è così affascinato dai ritmi ruvidi e lussuriosi e questo non gli impedisce di inarcare i fianchi, senza mai tirarsi indietro e dando il meglio di sé.

I suoi continui gemiti e il respiro pesante e irregolare, come se fosse quasi alla fine, fanno aumentare il ritmo del più giovane.

Bamee non si trattiene più e mette tutta la forza nelle sue spinte, profonde, dure e veloci, finché Gyogung non raggiunge l'apice del suo piacere, rilasciando le prove della sua passione in una folle ondata di calore senza nemmeno aver toccato il suo sesso.

Bamee, con gli occhi lucidi, si rallegra alla vista del suo amante che geme. Ha accelerato le sue spinte, premendo con forza e in profondità, raggiungendo l'orgasmo diversi colpi dopo.

Bamee si aggrappa a quella vita sottile, mordicchiando la schiena pallida e liscia prima di sdraiarsi sul letto accanto al suo amante.

Solo allora si rende conto che Gyogung pochi istanti dopo si è completamente addormentato.

Tocca il naso sulla guancia calda e morbida, girando il più anziano verso di lui e tirando il corpo morbido nel suo abbraccio.

Bamee culla la testa di Gyogung contro il suo petto, premendo un tenero bacio al centro della sua fronte.

Se uno dovesse chiedergli a questo punto se è sazio beh, la risposta onesta sarebbe no.

Ma dato che il suo ragazzo è incosciente in quel momento, sembra la cosa migliore da fare sia lasciarlo riposare.

Anche lui stesso è un po' stanco dopo aver fatto l'amore più volte, quindi un riposo tranquillo con Gyogung accoccolato contro di lui sembra un buon piano.

Quando si alzeranno al mattino, la prossima "ciotola" deve essere pronta per essere servita.

Un suono sommesso e debole da colui che dorme così profondamente e dei movimenti che suggeriscono che Gyogung non è così comodo ricordano a Bamee che ci sono cose che deve fare prima di raggiungere il suo ragazzo nel sonno.

Gyo è il suo primo amante maschio, quindi ha fatto un bel po' di ricerche sulle attività amorose.

Quindi sa che Gyo si deve pulire prima di andare a dormire. Ma dato che il suo seducente fidanzatino è così immerso nel mondo dei sogni, pensa che dovrebbe occuparsene lui.

Una volta presa questa decisione, Bamee si alza dal letto, camminando in giro con nient'altro che la sua pelle nuda alla ricerca di una bacinella d'acqua e qualche asciugamano per poter aiutare a pulire il suo ragazzo.

Mentre lava delicatamente Gyogung con un asciugamano caldo e umido, sorride soddisfatto dei segni d'amore che sbocciano su quella pelle morbida.

Le macchie rosse e rosa su tutto il corpo di Gyogung gli fanno davvero sentire bene il cuore - il bel corpo è suo e solo suo!

Può solo lasciare segni, e nessuno avrà il diritto di ammirare la bellezza di P'Gyo. È solo per i suoi occhi.

In poco tempo ha finito di pulire, e dopo aver messo via gli asciugamani, si affretta a tornare a letto per poter abbracciare e baciare il suo amore che rimane addormentato per tutto il tempo, e poco dopo, anche Bamee lo raggiunge.

****

Gyogung apre le palpebre pesanti quando è quasi l'alba.

Il suo cervello impiega del tempo per sintonizzarsi con l'ambiente circostante prima di rendersi finalmente conto di dove si trova.

Il petto caldo e largo contro cui è raggomitolato si muove su e giù con un movimento ritmico, dicendogli che il suo proprietario sta ancora dormendo profondamente.

La vista del petto ben muscoloso lo fa sentire un po' in imbarazzo.

Gyogung avvicina il suo viso al petto forte, respirando il profumo di giovinezza e di vigore del suo giovane amante.

Guardare le braccia muscolose che lo tengono gli fa battere il cuore più forte.

L'immagine di sé stesso che inarca i fianchi, ricambiando la spinta lussuriosa con il suo amante è ancora molto chiara nella sua mente, inondando tutto il suo viso di calore.

Non ha mai pensato che un giorno avrebbe fatto sesso con un ragazzo, e il giovane lussurioso è davvero focoso!

Anche se la foschia della lussuria gli ha fatto fare cose così vergognose, Gyogung è sorpreso di scoprire che, ora che è tornato in sé e pensa a quello che è successo, a parte un sentimento di vergogna e timidezza...

Gli piace...

Gli piace il sesso con Bamee. Gli è piaciuto.

Vuole farlo molte altre volte, ma si sente timido e sa che non c'è modo che il suo corpo possa sopportarlo a questo punto.

Gli fa male dappertutto e... quella parte del suo corpo è così dolorante! E la cosa peggiore è che ha fame!

Sei un diavolo! La tua lussuria ha preso il sopravvento su tutto ciò! E non ho assolutamente più energia; sono così stanco ed esausto, ma sto anche per morire di fame! Posso fare i capricci? Ho così tanta fame che il mio stomaco sta crollando!

Più veloce di quanto possa pensare, getta il suo pugno su quel petto spesso e largo.

L'esaurimento dovuto sia al fare l'amore che alla mancanza di un pasto rende il suo colpo così leggero che non è diverso dall'essere accarezzato da un piccolo gattino. Bamee però apre gli occhi.

Il giovane non vede come il suo bel ragazzo lo guarda con l'omicidio negli occhi. Va dritto a quelle labbra piene e le bacia. I suoni rochi di protesta lo fanno ridere, abbracciando il corpo snello contro il suo petto.

"Lasciami andare, ho molta, molta fame!"

Quelle parole, dette con metà rabbia e metà broncio, non riescono per nulla a turbare Bamee.

"Hai fame? Eccellente, anch'io! Il mio 'Piccolo Bamee' è sempre pieno di energia al mattino - vieni, facciamo un altro giro per accogliere il nuovo giorno!"

Dice con una faccia molto seria, spostando le mani giù per stringere le morbide natiche.

"Huh! No! Voglio del cibo! Sono così affamato che potrei mangiare un cavallo! E tu, smettila!"

Gyogung tira dei pugni sulle larghe spalle perché il giovane gigante comincia ad accarezzargli le guance e a seppellire il viso nel suo collo.

Quella parte si è già svegliata molto prima che il suo proprietario si alzasse.

Gyogung sa che il suo corpo non può più sopportarlo e comincia a dimenarsi, ma la passione dura e lussuriosa della notte precedente ha lasciato i suoi effetti sul suo corpo, facendogli sentire dolore.

Così, quando cerca di muovere il suo corpo dolorante, ha protestato. Il gemito di dolore mette fine a ciò che Bamee sta facendo.

"P'Gyo, cosa c'è che non va, dove ti fa male?" Chiede il giovane, con la preoccupazione nella voce.

Guarda di nuovo il suo ragazzo, aspettando una risposta da colui che gli sta mandando uno sguardo di morte.

"Tutto, tutto fa male! E chi è il responsabile di questo?"Rrisponde Gyogung, con le labbra gonfie in modo scontroso. La risposta sembra smorzare l'entusiasmo di Bamee.

"Questo significa che... non posso averti ancora una volta questa mattina?"

Quella domanda audace fa sì che Gyogung gli invii uno sguardo ancora più intimidatorio. La sua mano impallidita si scontra immediatamente contro il petto che è premuto contro il suo.

"Bamee, come si può essere lussuriosi!"

"E di chi è la colpa? Non sai quanto sei sexy e attraente a letto?" Dice Bamee con gli occhi scintillanti.

Colui che naturalmente tenta e seduce senza saperlo, spalanca gli occhi.

Anche se la sua faccia è di un rosso acceso, le piccole mani di Gyogung stanno attaccando di nuovo l'uomo più giovane.

Piccoli pugni lanciano piccoli colpi sulla spalla larga, anche se fanno danni minimi, prima che Gyogung nasconda il viso contro il petto del suo giovane ragazzo, sentendosi così imbarazzato da non riuscire a pronunciare una parola.

"Ma tu in questo momento, così timido e imbarazzato, sei così carino. Mi piace tutto di te, essere timido e seducente."

Bamee gli dà un morbido bacio sui capelli, abbracciando strettamente il più piccolo.

Gyogung mormora qualche parola di protesta, ma non resiste più di tanto. Molto tempo dopo, finalmente parla di nuovo.

"Bamee... ho fame."

La supplica nella voce di Gyogung è così adorabile che Bamee vorrebbe riempire l'amorevole gattino nel suo abbraccio con più che semplice cibo.

Tuttavia, quello che è completamente esausto richiede del cibo vero, così il giovane non prova più nulla.

Dopo tutto, quando sarà pieno, forse il suo amato ragazzo avrà abbastanza energia per unirsi a lui in qualche "attività speciale" per uno, due o qualche altro giro di passione.

Con questo calcolo tutto pensato, il più alto e corpulento finalmente rilascia il suo abbraccio e scivola verso la testata del letto dove tiene il menu di consegna di alcuni ristoranti nel piccolo cassetto accanto.

"Cosa vorresti mangiare? Scegli e io lo ordinerò per te."

Quello che è così affamato che può sentire il proprio stomaco brontolare con la sua protesta, rivolge immediatamente la sua attenzione alla lista dei cibi.

Gyogung permette al suo giovane ragazzo di infilare le braccia intorno a lui e di abbracciarlo strettamente, senza lottare né combattere, anche se spruzza piccoli baci e morsi qua e là.

Beh, diciamo solo che è più accurato dire che il giovane tutor non ha assolutamente energia per combattere o anche solo per cercare di allontanarsi.

Quando dice al più giovane cosa vuole per colazione e sente l'ordine ripetuto al telefono, Gyogung comincia ad alzarsi.

Tuttavia, il dolore che sente lo fa accigliare.

"P'Gyo, dove stai andando? Si può mangiare proprio qui a letto. Quando il cibo sarà consegnato, ti servirò il tuo pasto."

Il ragazzo gli dà un bacio sulla nuca, facendo circolare la punta del suo naso lungo quella pelle morbida con grande piacere.

Il proprietario della pelle morbida spinge il bel viso più lontano, formando un broncio.

"La colazione a letto sembra meravigliosa, ma prima voglio lavarmi - l'unico problema è che non posso nemmeno camminare!"

Poi lancia un'altra occhiata al giovane, il suo sorriso malizioso mentre ascolta le sue parole. Quelle mani birichine si spostano anche verso il basso e stringono il suo culo morbido, toccando ogni natica con ogni mano.

"Beh, di chi è la colpa se è così delizioso? Dato che il mio ragazzo è così gustoso, non è normale che lo mangi spesso e in grandi porzioni?"

Queste parole piene di lussuria fanno vergognare Gyogung fino al midollo.

La parte "Mangia spesso" che ha sentito, però, lo fa preoccupare.

Con... quel "si mangia spesso"? Chi può prenderlo sul serio? Non sa che la sua... la sua cosa è così mostruosamente gigantesca? Ogni spinta mi faceva quasi venire un infarto! Certo, ero in una nebbia di piacere mentre lo stavamo facendo, ma nel momento in cui stava cercando di far scivolare quella cosa dentro di me e dopo che entrambi abbiamo finito... hai idea di come ogni osso e ogni muscolo del mio corpo stesse implorando pietà? Huh!

Gyogung geme tra sé e sé mentre guarda il suo ragazzo che lo fissa con lussuria e si lecca le labbra "affamate".

Ah... Bamee ha di nuovo "fame" così presto da fare una smorfia come se non volesse altro che ingoiare Gyogung intero!

Quello sguardo è così ovvio su ciò che vuole il suo proprietario, e Gyogung non può fare altro che abbassare gli occhi. Le grandi mani che gli massaggiano e stringono i fianchi e la cosa contro le sue gambe, palpitante e pulsante, scuotono Gyogung nel profondo.

Lo vuole anche lui? La risposta onesta è sì, vuole Bamee.

Tuttavia, il suo corpo urla il contrario, non essendo più in grado di gestire quella forte lussuria.

Se dovesse forzarsi, supporrebbe che la morte per troppo sesso sarebbe sulla prima pagina dei giornali di domani.

Gyogung allora mormora dolcemente la sua supplica.

"Bamee, davvero non ce la faccio più, posso riposare prima, per favore?"

Lo sguardo timido e nervoso e il viso arrossato fanno desiderare a Bamee di poter avere il suo dolce tesoro qualche altra volta invece di dargli riposo.

Tuttavia, guardando la stanchezza del suo ragazzo, il giovane mette da parte i suoi desideri furiosi e permette al suo gamberetto di riposare un po'.

"Va bene allora. Ti lascio una pausa per mangiare. Poi ti aiuterò a lavarti, così ti sentirai rinfrescato. Poi possiamo parlare ancora un po' di come possiamo divertirci insieme."

Gyogung sta per sorridere, ma l'ultima frase del giovane lussurioso gli fa allargare di nuovo gli occhi.

"Cosa... cosa faremo insieme! Oggi è impossibile per me. Era la mia prima volta. Sono sicuro che non mi tratti affatto con delicatezza."

Queste parole fanno sentire Bamee un po' abbattuto.

"All'inizio volevo essere gentile, sai. Ma... ma tu eri così caldo, girando e spingendo contro di me in modo così seducente, così... ho perso il controllo."

Sentendo questa replica... non c'è modo che Gyogung non si senta imbarazzato.

Non ha idea di cosa lo possedesse per comportarsi così nella foschia dell piacere sessuale. Avrebbe potuto giurare che non aveva intenzione di essere così consumato dalla lussuria, ma, beh, dato che è già successo è inutile per lui cercare di negarlo.

Vorrebbe giustificare il suo comportamento, sostenendo che non è spudorato, ma è Bamee che ha fatto scattare qualcosa dentro di lui.

Quindi non conta!

Gyogung sente il suo viso bruciare, così nervoso che non vorrebbe altro che seppellirsi sotto il materasso.

Tuttavia, tutto quello che può fare è nascondere il suo viso rosso vivo sotto la coperta.

"Il mio caro P'Gyo è così adorabile. Di solito sei così riservato, ma a letto sei così sexy, così attraente, è come se fossi una persona completamente diversa. Ti amo tanto, lo sai."

La voce liscia come la seta che ha una nota civettuola all'interno gli sussurra vicino all'orecchio, facendo diventare il viso di Gyogung più caldo di prima, così nervoso e timido che non sa cosa dire o fare, così decide di cambiare argomento.

"Voglio lavarmi prima che arrivi il cibo. Ehm, potresti portarmi in bagno, per favore?"

Chiede dolcemente.

Da parte sua, Bamee non vuolr alzarsi dal letto e preferirebbe coccolare e coccolare ancora un po' il suo tesoro, ma non vuole litigare con Gyogung. Inoltre, la loro colazione dovrebbe arrivare presto, così si siede sulle sue ginocchia, infilando le braccia sotto il più magro e lo solleva.

"Ehi! Cosa stai facendo?"

"Abbracciarti per portarti in bagno. Sei tu che mi hai detto di portarti a lavarti."

Dice Bamee sollevando finalmente il suo ragazzo completamente, camminando verso il bagno come se Gyogung non pesasse nulla.

Mette quello con le guance gonfie sul bancone del lavaggio, sorridendo in adorazione.

"Voglio che tu ti sieda qui e faccia più che lavarti i denti. Oppure... userei qualcosa di diverso da uno spazzolino da denti per 'spazzolarti'."

Anche se è timido e piuttosto inesperto, Gyogung capisce subito questi suggerimenti.

"Basta così, tu. Portami lo spazzolino da denti."

Alla fine di quelle parole, il giovane che sta immaginando cose più che lussuriose si lecca immediatamente le labbra e guarda il proprio "pennello" prima di guardare il suo ragazzo con uno sguardo sornione.

"Niente di tutto ciò! Dammi un vero spazzolino da denti. Il ragazzo delle consegne potrebbe essere qui con il nostro cibo da un momento all'altro."

"Quindi, se la persona delle consegne se ne va, posso "spazzolarti" dopo, giusto?" Bamee ancora non si muove.

"No! Ho fame e sono esausto! Non puoi farmi riposare un po'?"

Bamee porge uno spazzolino da denti sul quale ha già spremuto un po' di dentifricio prima di porgerlo al ragazzo dalla pelle chiara seduto al bancone del lavaggio.

Gyogung cerca di raggomitolare il corpo e incrociare le braccia, nascondendo la sua nudità alla vista. Distoglie lo sguardo dagli occhi acuti che scrutano ogni centimetro del suo corpo mentre il proprietario si lava i denti.

Quando finisce, il campanello suona. Bamee prende un asciugamano e se lo avvolge intorno alla vita, pronto a camminare verso la porta proprio così.

"Bamee... esci così?" Chiede Gyogung.

"Certo. Il fattorino è abituato a vedermi da solo con un asciugamano."

Pochi istanti dopo, quello che non riesce a scendere dal bancone sentì dei frammenti di conversazione, seguiti a breve dalla chiusura della porta. Poi il suo giovane ragazzo torna da lui con un sorriso sul volto.

"Vieni, ti porto la colazione a letto."

Poi mette di nuovo le braccia intorno alla schiena di Gyogung.

Gli occhi grandi e rotondi guardano il bel viso, timido e imbarazzato, ma lui avvolge le mani intorno a quel collo. Invece di portarsi a letto il suo ragazzo, però, Bamee preme le labbra sulle sue ancora gonfie, assaporandone lentamente la morbidezza prima di far scivolare la lingua all'interno.

Gli abili baci invogliano Gyogung a ricambiare la carezza.

Solo quando quelle grandi mani cominciano a scivolare giù per stringergli i fianchi, esprime la sua protesta, schiaffeggiando le larghe spalle con tutta la forza che può raccogliere, che non è molto più di quella di un gattino.

Bamee cede e allontana le sue labbra, perché sa bene che pochi altri secondi sarebbero stati sufficienti per eccitarlo e divorare di nuovo il suo P'Gyo.

Non può essere del tutto da biasimare però, poiché la tentazione del suo ragazzo ricambia il bacio, lui geme, spinge il suo corpo morbido più a fondo nel suo abbraccio… Con un ragazzo così seducente, ci sarà sicuramente un sacco di amore e divorazione ogni notte da ora in poi.

"Il cibo si raffredderà."

Gyogung balbetta, ma gli occhi si restringono nella lussuria e la voce con cui lo dice… sta davvero per uccidere Bamee con la tentazione.

"Sei sicuro che vuoi che mi fermi?"

Il giovane lussurioso chiede speranzoso.

Vedere le guance rosee che iniziano a gonfiarsi e le piccole labbra carine che iniziano a fare il broncio gli fa desiderare ancora di più il suo ragazzo.

"Portami la mia colazione a letto."

Anche se avrebbe preferito avere il suo ragazzo che il cibo, sa che il corpo snello tra le sue braccia non può sopportarlo, così deve rifiutare la sua lussuria per ora mentre conduce l'altro al suo cibo.

Dopo la colazione, Bamee ha preparato dell'acqua calda nella vasca. Poi ha riportato Gyogung in bagno quando il suo ragazzo ha fatto i capricci perché voleva pulire il suo corpo, anche se il giovane sa che è già stato pulito la sera prima.

La vasca da bagno nel bagno di Bamee è abbastanza grande da ospitare due persone, ed è attualmente piena di bolle di sapone e dei loro piacevoli aromi.

Gyogung, che è comodamente sdraiato nel bagno caldo, guarda il suo giovane ragazzo mentre lo segue nella vasca.

"Cosa stai facendo?" Chiede, piuttosto sospettoso.

"Non posso tuffarmi nella vasca con te?"

Quando sono entrambi dentro la vasca, l'uomo più grande tira il suo amante sul suo corpo, tenendo l'altro in un abbraccio.

Bamee dona un bacio su una delle morbide guance bianche, posando il suo bel viso su una piccola spalla prima di chiudere gli occhi, godendosi l'abbraccio di tutto il corpo.

I teneri tocchi inaspettati fanno sentire Gyogung ancora più imbarazzato di quando il giovane lo brama.

Allo stesso tempo, un calore speciale entra nel suo cuore e si impadronisce di lui.

Si sono crogiolati nella calda dolcezza insieme.

Non molto tempo dopo, Gyogung può sentire qualcosa premuto contro la sua schiena e comincia a... dimenarsi. E chi è contro la sua schiena comincia a respirare forte e veloce.

Il fidanzato di Bamee non può godersi un momento di dolcezza romantica, per favore?

Il suo giovane gigante sembra essere di nuovo "in vena"!

Le mani che lo tengono in un comodo abbraccio cominciano a muoversi. Cominciano ad accarezzare e stringere il suo petto con forza crescente.

"Bamee!" Gyogung deve usare di nuovo la sua voce più severa.

"Sì, amore mio?" Il più giovane risponde con la sua migliore voce zuccherosa, mordicchiando l'orecchio del suo ragazzo.

"Ah... niente di tutto ciò! Bamee, non ce la faccio più!"

Quello che viene pizzicato, baciato e accarezzato esprime la sua protesta.

"Lo so. Non ho intenzione di metterlo dentro."

Dicendo questo, Bamee tira il suo amante per la vita finché Gyogung si siede sulle sue ginocchia e allarga le due gambe sottili.

"Cosa... cosa stai facendo?" grida Gyogung in allarme, ma quello che ansima di lussuria si limita a baciargli tutto il collo, senza curarsi di rispondere. Una grossa mano afferra la carne dura e pulsante, la sua e quella di Gyogung, stringendole con una mano e subito inizia a strofinare su e giù per la lunghezza.

"Ah... hahhh... no..."

Questo è tutto quello che Gyogung riesce a dire prima di iniziare a gemere. Braccia chiare e lisce si allungano, le sue unghie scavano nei capelli del suo ragazzo.

L'altra mano di Bamee sta pizzicando e stuzzicando senza pietà i suoi capezzoli sensibili, facendogli torcere il corpo mentre la lussuria gli scorre nelle vene. Sta godendo immensamente, quasi raggiungendo il suo climax sessuale, quando si rende conto che sono nella vasca da bagno!

"... fermarsi... fermarsi per ora..."

La voce rauca cerca di esprimere la ragione, ma il suo giovane ragazzo si limita a grugnire e ad aumentare la velocità della sua mano finché le parole di Gyogung vengono inghiottite sotto i suoi stessi gemiti.

"Ahhhh... noi... siamo nella vasca da bagno."

Gyogung cerca di mettere in ordine le parole finché non riesce finalmente a dire quello che ha intenzione di dire.

Bamee lo tiene stretto intorno alla vita, tirando entrambi in posizione eretta senza rilasciare i loro falli induriti. Li fa girare entrambi finché non si trovano di fronte allo spazio fuori dalla vasca. L'uomo più giovane muove la sua mano più velocemente e più forte, finché non raggiungono l'apice dei loro desideri, rilasciando fluidi che schizzano su tutto il tappeto.

Bamee comincia a far piovere di nuovo morsi e baci lungo la spalla pallida. Afferra un asciugamano vicino al bordo della vasca per pulirsi la mano e pulire i loro corpi prima di tirare delicatamente il suo ragazzo per unirsi di nuovo a lui nella vasca.

"Mi dispiace per questo. È il tuo morbido sedere che si strofina contro di me che l'ha svegliato."

Bamee sussurra dolcemente contro l'orecchio di Gyogung, appoggiando di nuovo il mento sulla spalla stretta. Lui, che è così completamente esausto, può solo appoggiare la testa contro quel largo petto, respirando stancamente.

Grandi mani accarezzano tutto il corpo morbido e liscio. Il peso delle mani che premono sui muscoli doloranti fa sentire Gyogung più comodo e molto più rilassato, tanto che è pronto ad addormentarsi.

"Ti aiuto a lavarti. Poi puoi prendere un antidolorifico e tornare a letto."

Gyogung, che è così stanco che non ha quasi più energie, permette al giovane di portarlo sotto la grande doccia d'acqua, lasciandosi pulire dentro e fuori. Poi viene avvolto in un soffice asciugamano e riportato a letto.

Lasciando il suo ragazzo a letto, Bamee va a prendere delle medicine. Dopo aver preso la dose, sistema il suo P'Gyo in una posizione comoda e lo copre con una coperta calda prima che si sdrai accanto a lui.

****

Quando Gyogung si sveglia di nuovo, è quasi buio. I grandi occhi rotondi impiegano il loro tempo per aprirsi e qualche altro istante per sintonizzarsi con l'ambiente circostante prima che possa ricordare dove si trovava.

Gyogung scuote un po' la testa e alza lo sguardo. Deve spalancare gli occhi quando quello che ha davanti è, in effetti, è... quella cosa, completamente scoperta.

Ora che il suo corpo si è ripreso da un completo riposo e sta pensando di nuovo, non più accecato dalla foschia della lussuria, Gyogung si sente improvvisamente timido e a disagio.

"Sei già sveglio? Hai dormito bene?" saluta Bamee quando vede che il suo ragazzo è finalmente sveglio.

"Bene. Sì, bene." Gyogung risponde, abbassando rapidamente lo sguardo. Usa la coperta per coprire il suo corpo e fa anche in modo che si allarghi abbastanza per coprire la parte privata del ragazzo lussurioso.

"Ti senti meglio ora?"

Beh, se Phi si sente già meglio, forse c'era speranza per un altro giro?

"Mi sento meglio, ma fa ancora male."

Quella risposta frantuma la speranza di Bamee. Ha divorato il suo ragazzo fino all'osso, dopo tutto, quindi è una buona idea far riposare quell'anca sottile per il giorno. Domani è domenica, un altro giorno libero, e hanno un sacco di tempo per fare qualsiasi cosa gli piacesse insieme.

"Allora dovresti riposare oggi fino a quando non starai bene. Ti piacerebbe vedere un film? Posso portarti al mio cinema a casa."

"Un film a casa suona bene. Non credo di poter arrivare da nessuna parte oggi."

Sentendo questo, Bamee posa il suo tablet e va a mettersi accanto al letto dove c'è Gyogung.

"Non c'è più bisogno che mi sollevi, posso camminare da solo, sostienimi nel cammino. Non mi piace essere trattato come una donna.".

"Non pesi quasi niente, non mi ci è voluto assolutamente nessuno sforzo per sollevarti, ma se vuoi camminare allora dipende da te, lascia che ti sostenga mentre cammini."

"Err... Bamee ... hai dei vestiti da prestarmi?"

"Perché?" Chiede lui, stupito.

"Ehm... io... Sono imbarazzato."

Il più anziano risponde abbastanza onestamente, e solo questo fa sì che la giovane volpe sorniona stringa gli occhi su di lui, seguito da un ghigno diabolico.

"Perché ti vergogni ora? Ho visto tutto quello che c'è di te."

Le parole pronunciate da quella voce profonda non fanno che rendere Gyogung più nervoso di prima.

È stato così! In questo momento sono imbarazzato, capisci? Come possiamo andare in giro nudi in casa così? Quella tua cosa ingombrante mi colpirà negli occhi tutto il giorno!

"P'Gyo, non puoi stare nudo in questa stanza con me?"

"No."

Bamee non ha altra scelta che aprire il suo guardaroba e prendere una grande camicia che indossa raramente. Immagina che l'altro sarebbe stato meravigliosamente sexy indossando solo una grande camicia delle sue. Strappa furtivamente i due bottoni superiori per poter dare un'occhiata al petto liscio, "una forma di cibo per gli occhi", per così dire. Poi consegna la camicia al suo amante.

"Pantaloni?" Gyogung si mette la camicia velocemente.

"La camicia è abbastanza lunga da coprire le cosce. Non c'è bisogno di indossare altro."

"Bamee..." Quando il più anziano abbassa la voce, Bamee non ha altra scelta che aprire di nuovo il suo guardaroba, immaginando che fosse il momento di comprare degli indumenti intimi e riporli nel suo armadio.

"Non hai pantaloncini normali?"

"Ci sono. Ma saranno troppo grandi per te, questi dovrebbero funzionare bene. Sono ancora troppo grandi per te, ma penso che siano meglio di niente. O non puoi indossare nulla, lo sai. Non ho assolutamente nessuna obiezione a questo."

Gyogung fa una smorfia, strappando i boxer dalle mani del giovane. Bene. Quindi è "più piccolo" sotto ogni aspetto! Non c'è bisogno di sottolinearlo!

"Non hai una camicia con tutti i bottoni? Perché mi hai dato questa?"

"Se non ti piace, non devi indossarla."

"Bamee, anche tu dovresti metterti qualcosa addosso."

Sentendo il suo ragazzo dire questo, quello che è così sfacciato alza un sopracciglio, sollevando l'angolo della bocca in un sorrisetto.

"Perché, non vuoi guardare?" impiega intenzionalmente un tono stuzzicante e un sorrisetto, intendendo prendere un po' in giro il suo ragazzo.

"Io no! Smettila di prendermi in giro e mettiti qualcosa addosso!"

Gyogung guarda il suo giovane ragazzo e deve sospirare per l'esasperazione. Eppure, Bamee che indossa i boxer è molto meglio che nudo e andare in giro con quella 'cosa' che gli pende addosso.

Grandi occhi rotondi guardano la pelle vicino al bordo dei boxer. Sottili tracce di peli sono collegate vicino al centro di quello stomaco meravigliosamente muscoloso.

Vedendo una tale vista, Gyogung si innervosisce un po'. Il giovane è davvero sexy e molto attraente!

"Guardandomi così... Potrei anche essere imbarazzato."

Quella voce profonda e setosa fa saltare Gyogung.

"Cosa... Cosa sto guardando? Non stavo guardando!" Le parole di diniego e il volto immediatamente arrossito fanno sorridere il più alto. Raggiunge il mento del suo ragazzo, usandolo per far sì che Gyogung lo guardi prima di parlare con voce maliziosa.

"Pensavo che stessi guardando perché ti piacciono i miei muscoli. Se ti interessa, ho una stanza per gli esercizi laggiù. Quando starai di nuovo bene, ti porterò lì e potremo fare qualche esercizio insieme."

Gyogung non è sicuro del perché, ma l'invito ad "allenarsi" in stile Bamee lo fa sentire come se ci fossero delle farfalle che svolazzano nel suo stomaco.

Quella sera, i due si coccolano guardando un film e cenando. Bamee cerca di calmare la sua fame mordicchiando, baciando e toccando Gyogung tutto il tempo, ma senza provare altro. Ha grandi speranze che quando il suo ragazzo sarà completamente riposato da domani, sarà pronto per un giro completo di passione, o forse due giri, o più…

****

I suoni del respiro affannoso e la compressione delle sue natiche svegliano Gyogung la mattina seguente. Anche se non è ancora completamente sveglio, ma sa subito cosa sta per succedere.

Avrebbe dovuto davvero farsi valere e non dormire nudo con l'altro!

"No... Bamee ... Voglio dormire ancora un po'."

"Vai a dormire. Non ho nessun problema con questo."

"Ma io sì. Domani dobbiamo andare a lavorare."

"E allora? Stai meglio ora, vero? Per favore, P'Gyo."

"Sto meglio, ma non ti lascio fare di nuovo. Sono ancora un po' indolenzito e stanco, come prenderesti la responsabilità se non posso lavorare domani?"

"Se non puoi lavorare, puoi stare a casa con me."

Il demone lussurioso risponde semplicemente, chinandosi a rubare un bacio.

"Non verrò mai licenziato dal mio lavoro per cose del genere."

Quando la voce giocosa di prima cambia in acciaio, il giovane gigante comincia a notare che ha detto qualcosa di inappropriato. Come può dimenticare quanto sia responsabile il suo ragazzo?

"Mi dispiace di averlo detto senza pensare P'Gyo, per favore non essere arrabbiato con me.P'Gyo..." Bamee dice con la sua migliore voce supplicante.

"Dovrò chiederti un altro giorno libero…"

"Perché? Ti ho lasciato tutto il giorno ieri, non stai meglio?"

"Devi capire. Era la mia prima volta. E tu... Err... Metti tutto quello che hai. Sento ancora un po' di dolore in quella zona."

Più spiegazioni deve fornire, più si sente imbarazzato, al punto che vorrebbe raggomitolarsi su se stesso.

"Come ci si può aspettare che io accetti un pasto e poi abbia fame per altri due prima di sentirmi di nuovo soddisfatto?" Bamee ha messo il broncio.

"Err... Non lo so. So solo che il mio corpo ha ancora bisogno di qualche aggiustamento."

Volta le spalle a Gyogung, con il broncio. Il più anziano sospira dolcemente, abbraccia il suo giovane ragazzo e annida il suo viso contro la larga schiena.

"Non sei solo tu a doverti trattenere quando non possiamo stare insieme così. Anch'io voglio farlo con te."

Beh, Gyogung non può aspettarsi di uscirne indenne dopo aver detto cose del genere.

Quelle parole hanno solo stimolato la lussuria che scorre nelle vene del suo ragazzo. Bamee lo gira rapidamente, premendo l'altro contro il letto e lo attacca con un bacio.

Il bacio è pieno di fame e lussuria, non permettendo a Gyogung di respirare o di avere un momento per protestare. Le piccole mani che prima gli schiaffeggiano le spalle si spostano su per afferrare i capelli corti, restituendo il bacio in pieno. Bamee accarezza la pelle chiara del collo con le sue labbra, mordicchiando delicatamente le spalle strette, bacia la clavicola seducente e trascina la punta del suo naso giù fino al piccolo pendio del petto di Gyogung.

"Ah... no ... Bamee... No..." sussurra con voce flebile.

"Perché mi fermi, non vuoi anche tu?"

Gyogung guarda il suo giovane ragazzo, con l'intenzione di dire qualcosa di diverso. Lo sguardo acuto che si concentra su di lui mentre Bamee tira fuori la lingua e la trascina sulle punte dei suoi capezzoli senza distogliere lo sguardo da lui gli fa battere il cuore.

Bamee usa la sua bocca per coprire completamente quelle punte rosa scuro, succhiandole con forza mentre mantiene lo sguardo sul viso del suo amato, i loro occhi ancora chiusi insieme.

Bamee sposta il viso verso il basso, trascinando la punta della lingua verso il piccolo ombelico dell'altro, accarezzando il viso contro la pelle liscia. Guarda di nuovo il dolce, bellissimo viso. Quando vede Gyogung chiudere gli occhi e gemere di piacere, si abbassa ulteriormente. Allarga le gambe snelle, guardando l'apertura nel mezzo con impazienza.

Inclina il viso verso il basso, leccando delicatamente lo spazio all'interno della coscia dell'altro.

Gyogung si contorce e gira, gemendo dolcemente mentre il suo giovane ragazzo lo accarezza. Labbra calde succhiano la punta del suo cazzo. Lo sta facendo con tale forza e velocità che non riesce più a contenere il suo desiderio.

Le grandi mani che stringono e strofinano il suo petto, non fanno che aumentare la lussuria che gli ribolle nelle vene. In poco tempo, raggiunge un piacevole orgasmo, rilasciandolo felicemente tra un rantolo e l'altro.

Quella cosa che è diventata grande e intimidatoria è orgogliosamente esposta così vicino al suo viso! Bamee fa un sorriso da lupo mentre afferra il suo pene e lo mette vicino alla bocca di Gyogung.

"Sei riuscito a ricordare come ho fatto? Ora tocca a te!"

La voce è piena di eccitazione e fame. I grandi occhi rotondi si allargano al limite mentre Gyogung è preoccupato che la sua piccola bocca non sarà in grado di gestire le sue grandi dimensioni, deglutendo a fatica.

Beh, quando pensa all'alternativa, un rapporto sessuale completo in cui sicuramente non potrà più camminare, mettere quella cosa nella sua bocca non sembra troppo difficile da fare.

Ora che ha deciso, Gyogung si siede in ginocchio. Guarda la lunghezza indurita con diffidenza per un momento prima di fare un respiro profondo, facendo del suo meglio per aprire la bocca il più possibile e metterci dentro la barra di carne calda.

Il suono di un respiro risucchiato duramente eccita ancora di più il giovane tutor. Gyogung usa le sue piccole mani per occupare la parte che la sua bocca non può coprire, muovendole goffamente.

Bamee guarda l'impacciato succhiare e leccare con piacere.

La chiara inesperienza dei movimenti è più che eccitante per lui. Lui afferra delicatamente la sua testa, aiutando Gyogung a muoversi esattamente come vuole. Il giovane gigante si lecca le labbra, guardando il dolce viso così consumato dal tentativo di prenderlo completamente in bocca, e comincia a muovere i fianchi.

La forza delle suzioni che aumentano lentamente lo fa muovere più forte e più veloce senza rendersene conto. Una spinta particolarmente profonda fa soffocare un po' Gyogung, ma il più vecchio non cede e mentre riprende fiato, mette ancora più determinazione nel succhiare la carne calda del suo giovane ragazzo.

La sua testa si muove su e giù ancora più velocemente, stimolata dal suono del respiro pesante e dai grugniti emessi da Bamee.

Quando il suo ragazzo ha praticamente urlato il suo nome, Gyogung si è sentito ancora più incoraggiato. Aumentando la forza e la velocità della sua suzione fino a quando l'altro raggiunge il suo picco.

Bamee si stacca rapidamente dalla bocca del suo ragazzo, premendolo sul letto e liberandosi sul petto liscio e chiaro.

L'azione non fa altro che rendere Gyogung ancora più eccitato, con il cuore che gli batte ancora più forte nel petto. Gli occhi del più giovane luccicano mentre guarda la pallida distesa di pelle bianca, sporca della prova della sua lussuria.

L'espressione facciale goffa e innocente del suo ragazzo più grande non fa che far venire voglia a Bamee di "macchiare" l'altro ancora di più!

Attacca quelle belle labbra rosse, succhiandole fino a quando il contatto delle loro pelli fa rumore. Coccola, abbraccia e accarezza il suo pallido ragazzo dappertutto finché quella pelle chiara non diventa rossa.

****

Dopo la colazione, Gyogung fa i capricci e insiste per tornare a casa sua. Bamee non vuole; vorrebbe che il suo ragazzo rimanga un'altra notte con lui e poi vada a lavorare insieme.

Tuttavia, il più anziano ha paura di non riuscire a riposare completamente la notte perché il suo ragazzo potrebbe essere "in vena" in qualsiasi momento. Ha inventato delle scuse per i suoi vestiti e le sue faccende finché il suo giovane fidanzato ha finalmente ceduto.

Ma...

"Puoi andare a casa, ma stanotte dormirò nel tuo appartamento", dice il giovane, sorridendo e aggrottando le sopracciglia. Gyogung può solo guardare il suo giovane ragazzo.

Deve arrendersi e lasciare che il giovane birbante prepari i suoi vestiti per il pigiama party.

Ma domani è un giorno lavorativo, deve poter dormire da solo nella sua stanza come al solito, pensa ragionevolmente Gyogung.

Ma che Bamee sia d'accordo con lui o no... Beh, quella è un'altra questione. Da parte di Bamee, il giovane non ha assolutamente intenzione di lasciare il suo ragazzo a dormire da solo nella sua stanza.

Ciotola 7: Il metodo di Bamee per conservare il "cibo".

Gyogung non sta prestando attenzione mentre Bamee sta mettendo i suoi vestiti in una piccola borsa da viaggio. La sua attenzione è rivolta al ritorno al suo appartamento, dove lo attende un mucchio di vestiti sporchi.

Può essere economicamente agiato, ma non è certo uno che avrebbe assunto una cameriera per occuparsi di mansioni così umili come quelle del suo gigantesco fidanzato. Il suo edificio ha un centro servizi di lavanderia al piano di sotto, ma di solito fa il bucato da solo e utilizza solo il servizio di stiratura. È una fortuna che abbia ancora molte camicie e pantaloni da lavoro appesi nell'armadio, perché altrimenti non sarebbe stato in grado di prendersi cura dei suoi vestiti in tempo.

Quando Bamee ha parcheggiato l'auto nel parcheggio del condominio, Gyogung ha trascinato il giovane fidanzato nel negozio all'angolo dell'edificio e ha fatto scorta di bevande, snack e altri beni di prima necessità.

Quando ha tutto il necessario nel cestino e si sta dirigendo verso la cassa, gli occhi grandi e rotondi di Gyo scorrono file di scatole di preservativi. Lancia un'occhiata al suo bel ragazzo che gli sta accanto.

Vedendo che l'altro ha messo gli occhi sull'ampia scelta di snack, il giovane istruttore prende rapidamente alcuni preservativi. Non ha nemmeno controllato il tipo di sapore, l'aroma, le dimensioni e nemmeno quante scatole è riuscito ad acquistare. Vuole solo avere qualcosa a portata di mano, perché pulire dopo l'attività amorosa non è un compito facile. Gyo tira un sospiro di sollievo quando l'ultima scatola di preservativi viene infilata nella borsa prima che il suo ragazzo demone si avvicini al bancone, facendogli un sorriso. In mano a Bamee c'è un sacchetto di hot dog affumicati che ha passato alla cassiera perché li scaldasse nel microonde.

"Hai fame P'Gyo, vuoi un wonton ai gamberetti?"

Il tono beffardo e l'espressione del viso che lo prende chiaramente in giro fanno imbronciare Gyogung. Guarda il grosso e lungo hot dog che si sta riscaldando secondo l'ordine del suo ragazzo e deve sorridere furtivamente prima di parlare con la faccia seria.

"Non voglio i wonton ai gamberetti. Voglio provare l'hot dog di Bamee."

Gyogung dice con noncuranza, dimenticando lo stato in cui avrebbe potuto trovarsi presto il suo sedere.

"P'Gyo... vuoi saltare il lavoro domani?"

Il tono di voce e l'espressione del volto del giovane lussurioso fanno sparire all'istante il sorriso di Gyogung.

"Verrà pagato tutto insieme?"

Chiede il giovane cassiere dopo aver finito di scaldare il grosso hot dog.

"Sì, grazie."

Bamee risponde, prendendo dalla tasca un po' di soldi. Tuttavia, Gyogung è più veloce e ha consegnato alcune banconote alla cassiera prima che Bamee possa fare qualcosa. Poi prende tutti i sacchetti della merenda e si avvia verso l'uscita, solo per vedere una piccola mano che si allunga per prendergli alcuni sacchetti, il che lo fa accigliare.

"Cosa?" Chiede, un po' confuso.

"Lasciami prendere le borse."

La dolce voce parla. Il bel ragazzone guarda il suo ragazzo, senza capire bene quale fosse il problema. Si aggrappa alle borse, rifiutandosi di spostarsi.

"Posso occuparmi di loro. Si può semplicemente camminare."

"Bamee, dammi le borse. Li porterò io stesso." Gyogung cerca comunque di sottrargli le borse.

Cos'è questa testardaggine all'improvviso? Sto solo trasportando le borse... perchè dobbiamo litigare per questo?

Bamee è di cattivo umore, ma non dice altro. Sfrutta le sue lunghe falcate a suo vantaggio e si mette in testa, senza curarsi se quello con le gambe più corte possa tenere il passo o meno. Una volta entrato nell'edificio, si dirige subito verso l'ascensore, guardando nel frattempo l'altro che per metà cammina e per metà corre dietro di lui con un'espressione accigliata e ancora più confusa di prima.

"Dammi le borse."

Il più anziano ripete ancora lo stesso ordine.

"Cosa c'è che non va, perché certe borse sono così importanti?"
Bamee si lascia sfuggire una risata, infuriato per l'ostinazione infondata che incontra. Gyogung, tuttavia, prende i fastidiosi sacchi dalle mani di Bamee per portarli lui stesso. Il più giovane non ha idea di cosa stia succedendo, ma non vuole litigare con il suo ragazzo, soprattutto per una cosa così inutile, quindi cede.

Quando le porte dell'ascensore si aprono, Bamee segue obbediente il suo ragazzo imbronciato, osservando con calma un bel dito che preme il pulsante che li avrebbe portati al piano, e poi il cipiglio che increspa quel dolce viso. Gli occhi grandi e rotondi lo guardano.

"Anch'io sono un maschio. Non mi piace quando mi tratti come una donna. Posso gestire questi pochi sacchi da solo."

Quelle parole confondono il giovane. Perché il suo caro P'Gyo deve pensare troppo a un'azione così piccola? Lo sta aiutando solo con qualche borsa!

"Perché devi pensarci troppo? Questo pensiero non mi è mai passato per la testa."

Il più giovane dice sorridendo. Quel viso imbronciato è troppo adorabile, tanto che quasi allunga le braccia per scompigliare la soffice zazzera di capelli su quella testa rotonda, ma, a dire il vero, preferirebbe scompigliare quelle invitanti labbra rosse. Come un vero uomo d'azione, Bamee si avvicina al più anziano, ma prima che possa assaggiare quelle belle labbra, il suo viso si volta per primo.

"Bamee, cosa stai facendo? Niente di tutto questo qui, c'è una telecamera di sicurezza nell'ascensore!"

Il più alto emette un sospiro, ma si volta come richiesto. Non gli importa molto della telecamera di sicurezza, ma non vuole che il suo tesoro faccia i capricci. Un bacio o anche un abbraccio sarebbero semplicemente deliziosi in questo momento, ma riesce a controllarsi e ad aspettare che raggiungano la stanza di P'Gyo.

Quando raggiungono la stanza, Bamee non aspetta nemmeno che la porta si chiuda completamente prima di aggredire il suo ragazzo con tocchi affettuosi. Gyogung non ha nemmeno il tempo di togliersi le scarpe come si deve.

Il più giovane afferra le piccole labbra rosse, incurante dei piccoli pugni che piovono sulla sua spalla. Beh, quei pugni possono anche picchiarlo, ma le labbra che premono contro le sue lo stanno baciando in modo appassionato e seducente. Ci sono anche piccoli gemiti sexy che non fanno altro che alimentare la sua fiamma. Il giovane si stacca leggermente da quelle dolcissime labbra e trascina la punta della lingua lungo la mascella di fronte a lui prima di spostarsi a sussurrare all'orecchio di Gyogung.

"Sei pronto a mangiare il mio hot dog?"

Una voce così piena di lussuria da far diventare il bel viso rosa acceso. Gyogung stringe le labbra e allontana quel petto largo.

"Basta così... devo fare il bucato."

"E chi è stato a sedurmi? Ehi, non puoi prendermi e poi lasciarmi lì appeso. Guarda!"

Il giovane gigante abbassa lo sguardo sul cavallo dei pantaloni che è così carico da sembrare che i pantaloni siano a pochi secondi dallo strapparsi. Il seduttore guarda la sua opera, inghiotte la saliva perché ricorda bene le sue dimensioni gigantesche e si allontana rapidamente.

"Non ho fatto nulla."

Bamee non avrebbe lasciato passare parole così irresponsabili.

"Mi stavi seducendo. Bisogna assumersi le proprie responsabilità."

Poi aumenta la presa sulla vita sottile.

"Bamee, no. Lasciami andare."

Gyogung si dimena nell'abbraccio del suo ragazzo. Dato il suo corpo minuto, non c'è modo di sfuggire alle grinfie del diavolo arrapato. Più si dimena, più le braccia massicce e muscolose stringono la presa su di lui. Bamee accarezza il viso lungo l'esile collo, incurante di quelle parole.

Si chiede se quello che sta facendo possa rientrare nella categoria "fastidioso", ma P'Gyo è davvero troppo adorabile, così adorabile che vuole stuzzicarlo ancora un po', oltre a desiderare di divorarlo fino all'osso.

"Ah, non se ne parla. Domani dobbiamo lavorare."

Il più anziano cercò di fermare l'escalation dell'azione.

"Non andrò fino in fondo. Solo la tua bocca andrà bene."

Quelle parole così palesemente oscene fanno spalancare gli occhi a Gyogung. Ha dato un forte pugno sul braccio all'altro, che si è subito agitato.

"Bamee, che diavolo stai dicendo?"

Forse parla a voce abbastanza alta da essere considerato un urlo, ma Gyogung non poteva negare di essere infastidito dalle parole di Bamee.

"Solo per essere onesto con i miei pensieri interiori. Beh, se la tua bocca non è disponibile, posso sempre..."

Il più giovane non ha la possibilità di finire la frase perché una piccola mano, pallida come la luna, si avvicina per chiudere prima quella bocca spudorata. Il viso rosa acceso ha fatto venire a Bamee la voglia di divorarlo. Bacia la mano che chiude la bocca.

"Io... io... lo farò per te, ma prima dovrai farti una doccia."

Solo pochi istanti prima aveva lottato per fuggire, ma all'improvviso il suo P'Gyo ha deciso di fare come gli ha chiesto. Potrebbe essere il suo inguine rigonfio e la sua tenda a dire all'amante che non c'è modo di uscirne indenni. Bamee ha sfoggiato un sorriso di vittoria.

Solleva il suo ragazzo mettendo le due esili gambe intorno alla sua vita.

"Cosa stai facendo, Bamee!"

Gyogung si preoccupa molto di essere trasportato in quel modo, ma ha anche paura di cadere, così mette rapidamente entrambe le braccia intorno al collo del suo giovane ragazzo.

"Ti porto a fare la doccia con me."

Poi trova il bagno e vi si dirige direttamente. Appoggia Gyogung sul piano di lavaggio, facendogli piovere addosso baci affamati mentre le sue mani tolgono rapidamente i bottoni dalla camicia di Gyo. Il proprietario della stanza ha collaborato abbastanza bene, togliendo a turno i bottoni della camicia del suo giovane fidanzato, con le mani che tremano per l'eccitazione. Quella lingua diabolica dentro la sua bocca, impigliata nella sua, sembra stimolare il desiderio di essere preso e posseduto.

"Bagno o doccia?"

Chiede la voce profonda, il soffio d'aria che si apre appena sopra le sue labbra. Entrambe le risposte sembrano essere a favore di Bamee. Gyogung alza lo sguardo sul bel viso prima di rispondere con calma.

"Ovunque piaccia al mio Bamee."

Poi mordicchia seducentemente il labbro inferiore dell'altro. Bamee ringhia in gola, solleva il più magro e lo mette sotto la doccia, accendendola mentre poggia Gyogung di fronte al muro, stringendo forte le morbide protuberanze del suo sedere.

"Piccolo tentatore. Se non riesco a controllarmi, non hai il diritto di arrabbiarti, capito?"

[NDE Quando mai riesci a controllarti te? Ahahahah]

La voce roca sembra riportare Gyogung alla ragione. Si gira rapidamente per affrontare il corpo alto e corpulento, usando le mani per afferrare il grosso e ingombrante "Bamee".

Mostrare la schiena al suo ragazzo sembra mettere a rischio il suo culo, dopo tutto. I grandi occhi rotondi fissano il bel viso. Gyogung strofina lentamente le mani su e giù sulla calda lunghezza della carne, sentendola pulsare tra le sue mani. Versa un po' di crema per la doccia sul petto stretto e muscoloso, osservando quella vista attraente e sentendo le guance arrossire.

Poi posa le mani sulla pelle calda, strofinando le bolle di sapone scivolose su quei bei muscoli prima di spostare le mani sull'addome duro come la roccia, sentendo il respiro affannoso in gola.

Questo giovane è in ottima forma fisica, tanto che la sua deliziosa vista basta a fargli tremare il cuore. Non ha mai sognato di avere un fidanzato che gli facesse venire l'acquolina in bocca, e vuole così tanto mordere quel petto splendidamente muscoloso e leccare il ventre piatto del suo giovane amante, così tanto che le mani gli tremano per la fame.

No, no, no. Piccolo Gyo... piccolo Gyo, non sei ragionevole!

Gyogung cerca di ragionare con se stesso. Le sue mani tremanti si spostano sulla parte sensibile di Bamee. Il ticchettio dei muscoli gli fa battere il cuore ancora più forte. Significa che la sua piccola bocca deve sforzarsi di nuovo? Oh, beh, è meglio del suo povero...

Con la mente ben salda, Gyo accarezza e strofina quella parte più forte e più velocemente, fino a quando il soggetto lavato non chiude gli occhi dal piacere, muovendo i fianchi in sincronia con il movimento della mano. Bamee muove la vita al ritmo della mano del suo ragazzo per un po' prima di aprire gli occhi, guardando il suo piccolo amore.

Il giovane guarda quel viso dolce e bellissimo. I grandi occhi rotondi si chiudono lentamente mentre quelle belle labbra si aprono.

Bamee accarezza e strofina la pelle chiara, totalmente innamorato del calore e della morbidezza che può sentire.

Preme i morbidi pezzi di carne nel culo del suo ragazzo più anziano, con la lussuria che gli imperversa nelle vene. Si spruzza un po' di crema per la doccia sulle mani e poi la strofina sul corpo morbido, mentre le labbra non si staccano mai.

Si strofinano e accarezzano mentre lasciano che il getto d'acqua lavi via la schiuma del sapone. Gyogung abbassa le mani per visitare di nuovo il "piccolo Bamee", accarezzandolo per assicurarsi che tutto il sapone venisse lavato via completamente. Guarda il suo giovane fidanzato, che sta deglutendo avidamente e con uno sguardo seducente.

Il più anziano si inginocchia, afferra la lunghezza completamente indurita tra le mani e la solleva appena prima di trascinare la lingua dalla base alla punta. I suoi occhi sono ancora fissi sul viso del giovane ragazzo, una sfida nel suo sguardo, mentre fa scivolare la punta della lingua nel piccolo solco della punta e gli dà un leggero colpetto.

Bamee geme, aspirando l'aria dalla bocca, stringendo i capelli dell'amante mentre guarda con il fiato sospeso ciò che si sta svolgendo davanti ai suoi occhi. Gyogung sfodera lentamente un piccolo sorriso all'angolo della bocca prima di tentare di spalancare la sua piccola bocca abbastanza da coprire la grande asta rigonfia. Sebbene le sue dimensioni fossero un po' strette per lui, fa del suo meglio per inghiottirne il più possibile. Quello che non riesce a fare con la bocca, il giovane tutor lo fa con le mani, accarezzando su e giù con un unico ritmo.

Le dimensioni gigantesche gli fanno grattare i denti contro la lunghezza, ma questo non fa che aumentare il piacere di Bamee. Il giovane osserva la testa che si muove su e giù, respirando profondamente e grugnendo di soddisfazione mentre si dimena in vita. Mentre la sua eccitazione sale, preme accidentalmente sulla testa di Gyogung e muove i fianchi più velocemente, inseguendo il suo picco. Poco prima del culmine, Bamee si tira fuori prima di lasciarsi andare. Gyogung chiude gli occhi mentre il liquido caldo gli spruzza sul viso, sobbalzando un po' quando sente la parte ancora calda e umida che gli viene strofinata sulle guance.

Il giovane gigante tira il suo amante in posizione eretta, inclinando il viso per ricevere il getto d'acqua in modo da poter lavare via tutto, lasciando la pelle di nuovo pulita. Poi preme le labbra su quelle tenere dell'altro prima di trascinare la punta della lingua fino al petto, mordicchiando e leccando i piccoli capezzoli rosa come un uomo affamato, prima di succhiare quel tanto che basta per suscitare un dolce gemito del suo ragazzo.

Bamee si inginocchia, sposta il viso per accarezzare il ventre liscio e piatto e solleva una gamba per metterla sopra la sua spalla. Quello che deve stare in equilibrio su una gamba sola è improvvisamente così sorpreso da doversi aggrappare con forza alla ciocca di capelli del suo ragazzo.

Bamee non ha dato all'altro il tempo di prepararsi. Ingoia immediatamente la lunghezza sensibile, la sua grande mano scivola indietro per accarezzare le morbide parti basse prima di far scorrere le dita all'interno della calda apertura, dentro e fuori. Gyogung emette un grido tremante mentre viene attaccato sia davanti che dietro.

Le dita sottili scavano e afferrano i capelli e il cuoio capelluto. I gemiti del giovane riecheggiano da una parete all'altra del bagno, seguiti da un lungo urlo acuto appena prima che il suo corpo si convogli, liberandosi con una spinta potente. Il corpicino sussulta ansimando. I suoi occhi stretti fissano il viso diabolicamente bello con il suo sorriso sornione, mentre Bamee ingoia tutto. Le gambe sottili sussultano in modo incontrollato, riuscendo a malapena a sostenere il corpo sopra di sé.

Bamee preme un bacio su quelle labbra morbide subito dopo aver appoggiato il suo amore dolcemente profumato sul letto. Anche se galleggia su una nuvola di piacere per quella sensazione, Gyogung sa bene che se avesse lasciato che il suo giovane ragazzo facesse quello che voleva, avrebbe sicuramente perso il controllo della situazione.

Anche se ama i baci di Bamee più di ogni altra cosa, deve rafforzare la sua determinazione e allontana delicatamente il più giovane. Quegli occhi acuti e imbronciati lo guardano, facendo sì che il più anziano abbassi lo sguardo per sfuggire a quello sguardo supplichevole.

"Basta così... o non potrò fare il bucato."

"Non puoi lasciare che ti lavi prima?"

Chiede il ragazzo lussurioso, con la speranza che traspare chiaramente dalla sua voce.

"Bamee!"

La natura lussuriosa del suo ragazzo fa alzare la voce a Gyogung. Sgridato, fa capire a Bamee che non c'è speranza di avere presto un altro pasto e deve sciogliere l'abbraccio.

Guarda Gyo che si affretta verso il suo guardaroba come se temesse che stesse cercando di tirare fuori qualcosa per tenerlo a letto, sorridendo della buffonata del suo amante.

Beh, se lo volesse davvero, il suo ragazzo potrebbe correre all'altro capo della stanza e non riuscirebbe comunque a scappare!

Bamee si gode la vista del suo delizioso fidanzato che corre subito a rivestirsi prima di andare a lavarsi. Poi Bamee si allontana nudo dal letto e si dirige verso i sacchetti di merendine che hanno comprato prima e che sono ancora sul pavimento vicino all'ingresso. Va a metterli in cucina, addentando il suo hot dog mentre afferra quello che hanno comprato per sistemarlo più tardi.

"Cosa sono questi, P'Gyo?"

Bamee solleva le scatole di preservativi per mostrarle all'altro. Gyogung, che era così preso dalla sua piacevole sessione di prima, ha completamente dimenticato cosa ha comprato e ha dovuto ingrandire gli occhi. Il suo visino diventa rosso in un istante.

"Ehm... beh... li ho comprati per te."

Questa risposta fa inclinare la testa a Bamee, che strizza gli occhi per capire cosa ha sentito. Si volta verso il più anziano, tenendo in mano le tre scatole di preservativi.

"Vuoi che li metta?"

Il tono di voce del più giovane fa distogliere lo sguardo a Gyogung.

"Beh, sì... voglio dire... quando... ehm... vieni dentro, è un po' difficile da lavare."

Sebbene Gyogung fosse profondamente imbarazzato di dover

parlare di quell'argomento, non può evitarlo per sempre. Vedere l'altro che lo guarda in quel modo lo fa sentire ancora più a disagio.

"Ma mi piace averti pelle a pelle. Ci si sente molto meglio."

"Beh, la scelta è tua. Può essere pelle su pelle, ma non potrai vedere la mia pelle nuda."

Il ragazzo dalle guance rotonde si gira per guardare nell'altra direzione, con l'intenzione di andarsene, ma viene abbracciato prima che potesse farlo.

"P'Gyo... sei sicuro di non volermi mostrare la tua pelle nuda?"

Dice la volpe sorniona, sfiorando con il naso le morbide guance e inspirando profondamente il dolce profumo. Gyogung si stringe le labbra e sgrana gli occhi di fronte all'eccessiva sicurezza del suo giovane ragazzo.

Tuttavia, non può negare di voler vivere di nuovo l'esperienza pelle a pelle con Bamee, quindi decide di tacere. Se avesse aperto la bocca e quella vena seduttiva fosse entrata di nuovo in gioco, sarebbe stato sicuramente divorato, anche se il suo corpo non può sopportare in quel momento.

Credo sia meglio cambiare argomento in questo tipo di situazione.

"Ti va di guardare un film mentre aspettiamo che finisca il bucato?"
La voce mite fa sorridere Bamee. Può essere testardo e sedurre P'Gyo per fargli cedere il suo corpo, certo che può farlo, ma capisce bene che quei fianchi sottili non possono sopportare un altro giro adesso. Beh, si sono semplicemente goduti l'hot dog l'un l'altro, quindi una sessione di riposo non sembra così male.

"Che film?"

Il giovane risponde, sorprendentemente, senza contrattare. Gyogung è piuttosto sorpreso che il suo giovane lussurioso avesse ceduto abbastanza bene, ma è comunque sollevato. Poi guarda quel corpo completamente nudo e gonfia le guance.

"Non vuoi prima rivestirti?"

In risposta sente una risatina gutturale da parte del giovane furfante. Bamee sembra aver preso la decisione di essere educato oggi, tuttavia va a vestirsi senza lamentarsi e poi lo segue in salotto per scegliere un film.

"Beh, ordiniamo qualcosa a domicilio o andiamo a mangiare qualcosa al piano di sotto?"

Il proprietario della stanza chiede. Bamee passa il film scelto al suo ragazzo e si dirige verso il divano.

"Mi hai chiesto di guardare un film con te. Prenderemo sicuramente la consegna."

Poi accarezza il posto vuoto sul divano per chiamare l'altro a raggiungerlo. Gyogung mette il DVD prima di andare in cucina a prendere i menù per le consegne e li porge a Bamee.

Quando hanno deciso, telefonano al ristorante del primo piano. Poco prima di mettere in riproduzione il DVD, Gyogung sembra rendersi conto di qualcosa.

"Dimenticavo, che cosa vuoi da bere?"

Poi si alza, pronto a dirigersi verso il frigorifero.

"Penso che la birra... vada bene?"

La risposta del giovane ha fatto fermare Gyogung, che ha riflettuto a lungo. La birra contiene alcol.

Se il giovane si ubriaca e la sua fame si rivolge a lui invece che al cibo, può significare guai.

"Non ho birra in frigo, ti va bene qualcos'altro?"

Mente con una faccia molto seria, gli occhi quasi scintillanti di innocenza.

Le folte sopracciglia aggrottate di Bamee gli dicono che il giovane non gli crede affatto.

Come potrebbe? Vanno semplicemente in un minimarket ed è Bamee a mettere due lattine di birra nel suo cestino.

"Quindi P'Gyo non vuoi che io beva..."

La domanda rende il più anziano incapace di dire altro. È imbarazzato dal fatto che la sua giovane volpe sappia che gli ha mentito.

"È... non è così... ma... non andiamo a mangiare? Perché dovresti bere birra adesso? È solo il pomeriggio, sai."

Inventa scuse su due piedi, sperando contro ogni speranza che il giovane si beva le sue bugie.

"Bene, allora prendo quello che hai tu. Li prenderò per noi."

Bamee si avvicina al frigorifero e tira fuori le due lattine di soda prima di tornare a sedersi.

"Hai paura che mi ubriachi e ti faccia qualcosa?"

Il ragazzo alto chiede con un sorriso.

Gyogung gonfia le guance e si rifiuta di rispondere. Distoglie lo sguardo dal suo giovane fidanzato e fissa lo schermo.

Sente una risata gutturale prima che una grande mano si allunghi per aggrovigliargli delicatamente i capelli.

Il più anziano stringe le labbra, sentendo una scossa al cuore seguita da un calore che sembra diffondersi ovunque.

In breve tempo, quella mano lascia la sua testa.

È stato breve ma Gyogung ha goduto immensamente di questa sensazione.

Ben presto arriva il cibo ordinato. Si tratta di semplici piatti di riso fritto con pasta di gamberi e peperoncino per Bamee e di noodles saltati in padella con verdure e uova per Gyogung.

Il più giovane nota che Gyogung non ha condito il suo ordine con nulla ed è così sorpreso che deve chiedere.

"P'Gyo, non hai intenzione di insaporire i tuoi spaghetti? Ricordo ancora quella volta che hai ordinato un ramen extra piccante."

Bamee scherza sorridendo.

Gyogung lancia una rapida occhiata al suo giovane mascalzone prima di rispondere con dolcezza.

"Il mio ragazzo è più che gustoso, quindi non ho bisogno di altri aromi nei miei noodles."

Questa risposta fa interrompere il pasto a Bamee.

Guarda con sguardo acuto colui che sembra volerlo sedurre di nuovo inconsapevolmente.

"P'Gyo, ti piace proprio cercare guai."

Le sue parole sembrano non bastare, perché anche lui guarda il suo amato piccolo con occhi luminosi, come se stesse cercando di usare il suo sguardo per rimuovere i fastidiosi vestiti dal corpo di Gyogung pezzo per pezzo.

"Che c'è, mangia il riso e guarda il film!"

A volte Gyogung vorrebbe prendersi a pugni in bocca per dire sempre cose così seducenti a quel giovane!

Quando finiscono di mangiare, il rumore della lavatrice li avverte che il bucato è stato fatto. Bamee si offre di mettere i piatti nel lavandino, mentre Gyogung ferma il DVD e tira fuori i vestiti.

"Sei strano, P'Gyo. C'è una lavanderia proprio al piano di sotto, perché preoccuparsi di fare il bucato da soli?" Chiede Bamee mentre aiuta a portare il cesto della biancheria sul balcone.

"Non è un problema. Posso gestirlo io, perché devo pagare qualcuno per farlo?"

Il proprietario della stanza risponde semplicemente.

Si ferma nel bel mezzo dello stendere il bucato ad asciugare quando nota il suo ragazzo che prende le camicie dal cesto della biancheria e lo aiuta nel suo compito.

Il giovane fa un respiro profondo. Non ha idea del perché un'azione del genere lo renda così nervoso.

"Ehm... non c'è bisogno di aiuto, davvero."

Colui che aiuta con il cento per cento del cuore, ma con meno del cinquanta per cento di abilità, continua senza dire una parola.

Gyogung guarda le camicie stropicciate appese a casaccio ad asciugare e deve nascondere una risatina.

Scuote un po' la testa e li aggiusta per bene.

"P'Gyo... anche tu indossi questo tipo di biancheria?"

La voce profonda parla, mostrandogli un paio di mutande. Il proprietario spalanca gli occhi e afferra rapidamente l'indumento dalle mani dell'uomo, il cui volto comincia a riflettere i suoi pensieri lussuriosi.

"Mi piacerebbe molto vederti indossare questo tipo. Perché hai indossato i boxer quel giorno?" Chiede il più giovane, leccandosi le labbra.

"Che problema c'è! Ho sia slip che boxer. Qualunque sia la mia scelta, funziona abbastanza bene. Non è un problema, giusto?"

Anche mentre lo dice, Gyogung arrossisce.

Gli occhi di Bamee, così pieni di lussuria, lo guardano prima di deglutire e chiedere.

"E che tipo di intimo indossi oggi?"

Wow. Ascolta quella voce roca.

Anche se Gyogung indossa davvero gli slip, non c'è modo di dirlo all'altro.

"Non importa di che tipo. Perché non torni dentro e aspetti? Mi sbrigo a fare il bucato, così possiamo continuare a guardare il film."

Cambia rapidamente argomento, cercando di attirare l'attenzione del suo ragazzo su qualcos'altro.

Tuttavia, sembra che la lussuria possa davvero rendere il suo ragazzo una persona dalla mentalità unica.

Gyogung salta quando Bamee si aggrappa improvvisamente alla sua schiena.

"Bamee!"

Gyogung lancia un avvertimento. I grandi occhi rotondi fissano il suo giovane fidanzato.

"Voglio solo controllare che tipo di biancheria indossi."

Bamee risponde con una faccia seria, mentre le sue mani strofinano e strizzano con gioia i lussuosi pezzi di carne.

"Ora che lo sai, puoi smettere di toccarmi!"

Il più anziano strilla, schiaffeggiando quella grossa mano con forza tale da provocare un suono.

I palpeggiamenti hanno fatto capire a Bamee che il suo amore indossa i boxer, così ha ceduto e ha ritirato le mani.

Tuttavia, è determinato a sbarazzarsi di ogni paio di boxer che il suo amato P'Gyo possiede.

Quando finiscono di stendere i vestiti, i due giovani tornano in salotto. Il proprietario della stanza va a prendere qualche snack dalla cucina prima di tornare al suo posto sul divano accanto il più giovane.

Rimette la pellicola e apre il sacchetto delle merendine.

Gyogung mette entrambe le gambe sul divano e appoggia la testa sulla spalla del giovane ragazzo, guardando lo schermo mentre si nutre come se non ci fosse nulla di straordinario. Bamee guarda la testa attualmente appoggiata sulla sua spalla.

Si abbassa e posa un tenero bacio sulla piccola testa rotonda, prima di cingere con le braccia le spalle molto più strette delle sue.

Il cuore del giovane si muove a un ritmo diverso a cui non è abituato.

Non è la vivacità della cosa nascosta sotto il cavallo dei pantaloni.

Piuttosto, sono state le simpatiche buffonate del suo ragazzo a causargli tanta agitazione.

È così incredibile che il suo cuore possa essere così pieno e così gonfio.

Come può non essere meraviglioso? Dopo tutto, in questo momento...

Il suo amato P'Gyo si sta comportando in modo così volutamente adorabile.

Anche se Gyogung non dice una parola e si comporta come se non ci fosse nulla di speciale, il fatto che si accoccoli contro le spalle di Bamee significa che sta praticamente implorando un abbraccio, e questo rende il più giovane così felice.

Il sentimento che si prova a parole, gli dà il piacere di essere innamorato, cosa che non prova da molto tempo.

Anche se il suo amato P'Gyo è così appetitoso e in quel momento vorrebbe "mangiare" il suo adorabile piccolo fino a quando l'appetito non fosse passato, non vuole comunque distruggere la dolce atmosfera che c'è tra loro... così come il sedere altrui, attualmente in fase di recupero.

Pertanto, si limita ad appoggiare il mento sulla bella testa rotonda e continua a guardare il film.

Il giovane trascina lentamente la punta delle dita sulla spalla dell'amante.

Non capisce perché queste piccole cose lo rendano così felice.

Deve ammettere che Gyogung gli piace molto e che vorrebbe toccarlo e "divorarlo" tutto il tempo quando sono soli.

In quel momento, però, si chiede perché il semplice atto di sedersi insieme e di mettere un braccio intorno alla spalla dell'altro possa farlo sentire tanto più felice, che non dopo aver avuto quel corpo delizioso per tre turni.

Bamee è immerso nei suoi pensieri quando una mano pallida gli porge un panino.

La piccola testa rotonda si inclina e il suo proprietario la guarda con occhi scintillanti.

"Vuoi uno spuntino?"

La voce morbida e implorante chiede.

"Che bello…"

Gyogung si dimena prima di premere il suo corpo ancora più vicino a quello di Bamee. Il gesto affettuoso, come quello di un piccolo gattino, è troppo per il cuore dell'altro. Bamee preme il naso nel morbido ciuffo di capelli e stringe le braccia intorno al suo ragazzo.

"Ho un fidanzato così amorevole e seducente, per non parlare del fatto che è una vera tigre a letto, come posso sbagliare?"

Parla dolcemente, sfiorando con le labbra la tempia di colui che tiene in braccio.

"Allora non andare. Non è bello stare insieme così?"

Il ragazzo più anziano parla con una voce così affettuosa che Bamee non riesce a sopportarlo.

Afferra quel mento formoso e lo solleva.

"Sei una piccola cosa preziosa. Con queste parole d'amore... faresti meglio a darmi un bacio per compensare il modo in cui muovi il mio cuore."

Poi preme le proprie labbra su quelle belle labbra, mordicchiandole delicatamente per un attimo prima di rilasciarle. Gli occhi grandi e belli sono stretti mentre lo guarda.

"Smorfiando in quel modo... non hai paura di non vedere cosa succederà dopo nel film?"

Anche se l'ha detto come avvertimento, Bamee sta già posando un altro bacio su quelle labbra dischiuse e pronte per lui.

Si sorprende di non voler spingere il bacio più a fondo e più caldo. Vuole invece assaporare la dolcezza del suo tocco, anche se la cosa dentro i suoi pantaloni sta già crescendo e gonfiandosi.
Si allontana solo quando la piccola mano che sta raccogliendo la sua camicia si sposta per spingerla nel suo petto, segno che Gyogung vuole che si fermi lì.

"Non possiamo continuare?"

È il turno di Bamee di usare un tono di voce implorante. Tuttavia, colui che è arrossito, abbassa frettolosamente lo sguardo e scuote la testa.

Gyogung affonda il viso nel petto ampio e teso, le sue mani afferrano con forza la camicia del suo ragazzo.

"Lo vuoi anche tu, vero?" Chiede il più giovane con la sua voce vellutata, usando la punta delle dita per accarezzare quelle braccia pallide e sottili.

Quando l'altro non risponde, Bamee può solo sospirare profondamente.

Preme pesanti baci sulla tempia del più anziano e abbraccia strettamente quel corpo snello.

Non è che voglia distruggere quella bella e dolce atmosfera che c'è tra loro, ma il demone nei suoi pantaloni sta facendo i capricci in quel momento.

"So che non puoi sopportarlo come adesso, ma... essendo così adorabile... non posso sopportarlo nemmeno io."

Braccia forti hanno stretto il loro abbraccio. Bamee rimane immobile per un momento, cercando di mettere insieme quello che vorrebbe dire, e infine parla.

"P'Gyo... potresti usare la tua bocca su di me?"

Quella domanda sembra stordire un po' Gyogung, che si sta godendo e assaporando il loro dolce momento insieme e il giovane furfante si sta eccitando di nuovo!

Dannazione!

Non può nemmeno fingere di dormire adesso ci sono buone probabilità che Bamee faccia sesso con lui nel sonno!

"Mi dispiace, P'Gyo. Mi piacerebbe continuare la dolcezza, ma tu... sei troppo carino! Quindi ho... fame..."

La confessione del lussurioso non suscita simpatia in Gyogung, ma...

Beh... non è così crudele da rifiutarlo del tutto.

Pensando alle dimensioni... quella... quella cosa che avrebbe sicuramente sovraccaricato la sua mascella, Gyogung si sente un po' in apprensione.

Ma lasciare che l'altro lo penetri con quell'affare gigantesco... ha troppa paura di non essere in grado di camminare domani e di dover dire addio al lavoro.

Non e ancora buio e Bamee lo aveva già implorato per due volte di avere un po' di intimità sessuale: la cosa migliore da fare è negoziare.

"Userò la mano."

È la migliore soluzione possibile in un momento come questo.

Il respiro rauco vicino all'orecchio gli dice che la negoziazione ha funzionato abbastanza bene.

"Certo, tesoro."

Subito dopo, Bamee si slaccia i bottoni dei pantaloni, apre la cerniera e tira fuori la parte nascosta all'interno a una velocità tale che Gyogung non riesce a capire. Quella parte sembra ergersi dritta e fiera.

Le sue dimensioni lo rendono così vicino al suo viso che è ancora sepolto contro quel petto largo, così vicino che Gyogung deve indietreggiare un po'.

Quando la gigantesca verga carnosa fa un cenno di saluto con la testa, Gyogung sposta la mano per accarezzarne delicatamente la sommità prima di stringerla, dando un bacio confortante mentre l'asta sembra così eccitata che un liquido sembra formarsi sulla punta.

Muove delicatamente la mano su e giù, dapprima lentamente, poi stringe il pugno e aumenta la velocità della corsa.

Bamee ha aspirato l'aria dalla bocca con soddisfazione. Solleva il mento del suo ragazzo e ingoia quelle deliziose piccole labbra.

L'altra mano si posa sulla piccola mano che continua a muoversi, guidandola su e giù al ritmo che gli piace.

Ringhia a bassa voce nella gola e attacca quelle morbide labbra senza preoccuparsi che potessero essere ancora più gonfie.

Il respiro roco continua per un po', finché il suo desiderio non raggiunge l'apice, liberando tutto nella mano di Gyogung.

Bamee prende quella mano disordinata e la pulisce con noncuranza sulla camicia, perché non vuole ancora lasciare andare quelle labbra morbide, anche se ha già detto quello che vuole.

Assapora il sapore dolce, lasciando baci morbidi e premendo alternativamente con forza per un lungo momento prima di staccarsi definitivamente.

Guarda quell'espressione dolcemente assottigliata sul volto del suo ragazzo ed è abbastanza facile intuire che anche il suo amato P'Gyo desidera un contatto più profondo.

È una persona generosa, così toglie i pantaloncini del suo ragazzo e infila la mano sotto i boxer.

Non è contento della scelta della biancheria intima del suo ragazzo e ha pensato di gettare tutti i boxer nel guardaroba del più anziano.

Bamee non aspetta che Gyogung riprenda fiato. Subito dopo spinge quel corpo esile sul divano.

"Huhhhh..."

Può solo emettere un suono di protesta, perché le sue labbra sono ancora possedute dal compagno.

La grande mano del gigante dentro i suoi boxer fa rabbrividire Gyogung per l'eccitazione.

Non può negare che gli piace il peso e il ritmo incalzante con cui il suo ragazzo lo soddisfa.

Pochi istanti dopo essere stato accarezzato e strizzato, Bamee ha gettato i boxer e ha aperto entrambe le gambe. Prima che potesse pronunciare qualsiasi parola, il suono che emette si trasforma in un gemito quando quel bel viso attacca il punto tra le sue gambe.

Il giovane trascina la lingua e la dipinge su tutto il piccolo spazio dove la gamba di lui si unisce al suo corpo, innamorato e catturato.

Gyogung non ha idea del perché Bamee ami così tanto quel posto, ma la sensazione è così straordinaria che il pensiero di interrompere o fermare quello che sta facendo il suo ragazzo non gli passa mai per la testa.

Gyogung sussulta completamente quando quella bocca calda inghiottì la sua parte sensibile, succhiando così forte che può solo gemere per la sensazione.

Il suo gemito si fa più forte quando il suo ragazzo demoniaco fa scivolare le dita dentro di lui, muovendole dentro e fuori velocemente e con forza, in sincronia con il ritmo delle labbra che si muovono su e giù per la lunghezza del suo cazzo.

Non molto tempo dopo, il corpo di Gyogung ha come delle convulsioni ed emette un lungo gemito, lasciando che l'evidenza del suo desiderio si riversi nella bocca dell'amante.

Il giovane gigante lo ingoia tutto prima di leccare di nuovo il suo spazio preferito, mentre Gyogung giace ansimando pesantemente.

Bamee solleva il viso, guarda il piccolo spazio pallido a destra e si china per accarezzarlo e leccarlo di nuovo.

"Basta così."

Anche se non ha idea del perché il suo giovane ragazzo si divertisse tanto a farlo, Gyogung è troppo stanco e imbarazzato per chiederlo.

E nella sua stanza da meno di mezza giornata e hanno già fatto due giri insieme.

Si chiede se sarebbe morto di stanchezza prima del tramonto.

Bamee ha solo due anni in meno di lui, ma perché è così pieno di lussuria e di energia?

È forse a causa della sua diversa corporatura e della diversa dimensione della sua "parte"?

Quando il suo pensiero si rivolge in quel senso, Gyogung guarda inavvertitamente la parte del corpo deviata, mezzo impressionato dalla sua capacità di continuare a fuoriuscire.

Vedendo che è ancora gonfio, non può fare a meno di fare un piccolo salto e chiude rapidamente le gambe.

"P'Gyo, sei già stanco?"

Quella voce dolce e implorante gli fa venire la pelle d'oca in tutto il corpo.

"Sono stanco. E voglio continuare a guardare il film. Tu... controlla la tua lussuria!" dice, distogliendo il viso da colui che sta ancora cercando di attaccarlo.

"Ma è colpa tua che sei così appetitoso!"

Il lussurioso ha subito dato la colpa al suo ragazzo.

"Non riesco a sopportare di farlo così spesso, sai. È estenuante."

Anche se l'ha detto ad alta voce, a Gyogung è piaciuto molto quello che ha fatto con Bamee.

Ma se Bamee conoscesse questo segreto... beh... sarebbe sicuramente attaccato sul posto.

"Sono stato gentile con te, vero? Non potevi gestire di farlo, così sono riuscito a fare qualcosa di più semplice."

Il giovane furfante dice con la faccia tesa, senza smettere di stringere e accarezzare il sedere di Gyogung, finché il suo tutor non è costretto a dare l'ultimatum.

"Per oggi basta così: se continui a fare il testardo, non ti lascerò dormire qui!"

Quando il suo P'Gyo dice una cosa del genere, cosa può fare Bamee se non guardare il suo amato con il broncio negli occhi?

Tuttavia, quando quegli occhi grandi e rotondi lo guardano, il più giovane non ha altra scelta che indietreggiare e sedersi correttamente.

Quando vede il suo ragazzo alzarsi, Bamee lo afferra rapidamente per il polso.

"P'Gyo, dove stai andando?" Chiede con la sua voce vellutata.

"Al bagno Bamee, devi anche lavarti le mani e.... la tua bocca!"

Dice il proprietario della stanza, grattandosi il naso.

Vedere quell'espressione carina e imbarazzata fa venire voglia al giovane dalla pelle abbronzata di accarezzare ancora un po' quelle guance morbide.

Ma la paura di essere cacciato lo spinge a seguirlo in bagno e a pulirsi come da istruzioni, senza disturbare troppo il suo ragazzo, a parte qualche bacio sulle labbra e qualche morso a quella gola morbida.

I due tornano a guardare il film.

Bamee guarda quello che sta abbracciando le proprie gambe contro il petto sul divano e si avvicina un po'.

Mette un braccio intorno a quella spalla, sorridendo felice quando l'altro accoccola la testa contro il suo petto, avvicinandosi per accoccolare il suo corpo come un piccolo gattino.

Adora quando P'Gyo è affettuoso come lo è ora. È una sensazione inaspettatamente piacevole.

Bamee bacia dolcemente quella testolina rotonda e la sensazione è ancora migliore quando Gyogung avvolge le braccia intorno alla vita.

Non gli importa più del film. Gli importa solo del piccolo corpo che si seppellisce nel suo petto.

****

Quando arriva la sera, Bamee suggerisce a Gyogung di trovare qualcosa da mangiare insieme nel centro commerciale vicino al condominio.

All'inizio il più anziano sembra intenzionato a rifiutare l'offerta, ma alla fine cede.

Il menù scelto è lo shabu(1) e, ancora una volta, il suo amato P'Gyo non gli permette di pagare il pasto.

[NDT (1)Lo shabu shabu (しゃぶしゃぶ), traslitterato anche syabu syabu, è una variante giapponese di un piatto tradizionale cinese. Il piatto è simile allo stile di cucina sukiyaki, con la cottura contemporanea di carne e verdure, solitamente serviti con salse varie. I giapponesi lo considerano più salato e meno dolce del sukiyaki stesso, chiamando il suo sapore umami. È un piatto generalmente consumato d'inverno. Sono utilizzate fettine sottili di manzo, di cui spesso viene utilizzata la parte del controfiletto, ma sono comuni anche tagli meno nobili. La preparazione moderna fa uso anche di maiale, pollo, oca, granchio ed aragosta. Talvolta vengono usate anche carni più costose e prelibate, come il wagyū.]

Anche se è di cattivo umore perché è stato lui a pagare tutti gli appuntamenti precedenti, non vuole che sia un problema.

Bamee cerca di ragionare sul fatto che non stanno insieme da molto tempo e che forse l'altro non vuole imporsi, così accetta di dividere il conto come vuole Gyogung.

Quando sono tornati a casa di Gyogung, il proprietario della stanza ha ordinato a Bamee di farsi una doccia mentre lui invece organizza le cose che hanno comprato dopo il pasto.

Il più giovane ha fatto i capricci perché vorrebbe fare la doccia con lui.

L'altro, tuttavia, non si è mosso e, dopo un po' di assilli, Bamee è andato finalmente a fare la doccia da solo.

Dopo la doccia, Gyogung si sta preparando per andare a letto. Non presta molta attenzione al più giovane che è sdraiato sul letto ad aspettarlo sotto la coperta.

Quando ha spento tutto ed è pronto per dormire, si infila nel suo letto come al solito.

Solo quando è sotto la coperta, il suo ragazzo birbante lo prende tra le braccia e Gyogung capisce che il suo giovane lussurioso è di nuovo nudo.

"Bamee, perché non sei in pigiama?"

Il proprietario della stanza chiede con una certa trepidazione, sentendo qualcosa che sporge dal centro del corpo del più giovane sfregare contro le sue gambe.

"Dormo sempre nudo. È una sensazione fantastica. Puoi dormire nudo con me come abbiamo fatto ieri sera."

Come se le sue parole non bastassero, Bamee e le sue mani veloci sono sull'orlo della camicia di Gyogung. Quelle mani veloci non perdono tempo e tirano subito su l'orlo.

"No. Non mi piace."

Afferra rapidamente la mano grande per impedirgli di toccarlo e accarezzarlo.

"Solo i pantaloni, almeno... per favore..."

La voce profonda implora in modo così bello. Gli dà baci morbidi sulla nuca, lo coccola e lo asseconda.

"Basta così. Andiamo a dormire. Ti piace tanto stare nudo, quindi stai nudo da solo."

Poi ha voltato le spalle al suo ragazzo per dimostrare che la conversazione è finita.

Ma è stata una mossa sbagliata, perché quando le sue piccole natiche si sono presentate al ragazzo pericoloso, la vita sottile di Gyogung è stata immediatamente circondata.

Bamee tira i fianchi di Gyogung verso di sé fino a farli scontrare con i suoi.

Preme e si strofina contro i morbidi grumi di carne del suo ragazzo, ringhiando a bassa voce nella sua gola e annusando il viso contro la nuca di quel collo liscio e morbido.

"Ahhhh... Bamee, fermati..." Dice Gyogung, anche se non fa nulla per fermarlo sul serio.

"Hai girato il culo verso di me. Non puoi biasimarmi per la mia reazione."

Lui risponde in modo sfacciato e si stringe ancora di più. Le mani grandi stringono e accarezzano tutto il corpo morbido e liscio, mentre le labbra calde premono teneri baci sulla spalla.

"Non puoi semplicemente andare a dormire?"

Il proprietario del corpo tentatore geme, cercando di allontanarsi dall'abbraccio della gabbia.

"Non preoccuparti P'Gyo. Non ho intenzione di fare nulla. Voglio solo abbracciarti." Dice il più giovane, con la voce roca, il viso ancora appoggiato alla nuca bianca e le labbra che continuano a lasciare baci.

Ehi, se vuoi solo abbracciarmi, cos'è quell'asta completamente dura che sfrega contro il mio culo?

"Dobbiamo andare al lavoro la mattina presto."

Gyogung avverte con voce piatta e uniforme.

"Lo so P'Gyo, vai a riposare, ti abbraccio davvero. Non ti stancherò."

Quando il demone lussurioso pronuncia le sue parole e distoglie il viso, Gyogung pensa di potersi fidare un po' del suo ragazzo.

Fa un lungo sospiro e guarda il bel viso del suo giovane ragazzo prima di aggiustare la posizione del sonno fino a sentirsi a proprio agio.

È così stanco per tutte le attività sessuali che non desidera altro che un buon riposo.

Quando sente che Bamee smette di toccarlo e accarezzarlo, stendendosi invece accanto a lui con le braccia intorno al suo corpo, Gyogung chiude finalmente gli occhi. Pochi istanti dopo, è quasi addormentato.

Poi sente Bamee muovere il braccio da qualche parte dietro di lui.

Il suono di un respiro affannoso e di una grande mano che gli stringe il sedere, nonché un grugnito gutturale, fanno dedurre facilmente a Gyogung cosa il suo lussurioso fidanzato stia premendo contro la sua schiena!

Da un lato, vorrebbe urlare e sgridare il demone per dirgli di smetterla, ma dall'altro, se Bamee scoprisse che non sta dormendo, forse sarà lui a occuparsi del problema!

Ora che è giunto a questa conclusione, non può far altro che chiudere gli occhi e aspettare pazientemente che Bamee finisca di "giocare" con sé stesso.

Il rantolo e il ringhio sommesso accanto al suo orecchio e il respiro caldo, così come le labbra calde che lasciano tocchi sussurranti sulla sua pelle, fanno battere il cuore di Gyogung così velocemente che quasi trema per il dolore.

"Ahhhh... P'Gyo... dolce P'Gyo..."

Stringe le labbra, il suo cuore ha un sussulto quando l'altro geme il suo nome ad alta voce.

Anche se non è la prima volta, sente strane farfalle svolazzare dentro di sé.

Deve controllarsi per non cedere ai desideri del suo corpo e si sforza di regolare il suo respiro eccitato in modo che Bamee non se ne accorga.

Il grido sommesso che indica che il suo giovane demone ha raggiunto l'apice della passione calma Gyogung.

Deve ascoltare solo qualche altro momento di respiri ansimanti prima che il suo ragazzo pieno di lussuria lasci il letto per andare in bagno. Non molto tempo dopo, Bamee torna.

Tira Gyogung a sé intorno alla vita, abbracciandolo e accarezzandogli il collo.

Nonostante il sollievo, il cuore di Gyogung batte ancora molto forte.

Solo quando sente il respiro regolare che gli dice che il giovane gigante si è addormentato, Gyogung si volta a guardare il suo ragazzo.

Il bel viso immerso nel sonno profondo ha un'aria così serena che vorrebbe essere un po' cattivo con Bamee, ma sente anche che il ragazzo al suo fianco è adorabile.

Gyogung tocca con la punta del naso la cresta di quel naso formoso e la strofina delicatamente.

Poi bacia quel naso e sussurra molto dolcemente al dolce sonno dell'altro, voltandosi per seppellirsi contro un corpo molto più spesso del suo, tirando il viso contro l'ampio petto. Si accoccola felicemente in quel petto caldo, raggiungendo finalmente Bamee nel sonno.

Ciotola 8: Fame e seduzione

La luce soffusa del mattino brilla nella camera da letto.

Gyogung apre le palpebre quando sente il calore del giovane con cui condivide il letto.

Chiude gli occhi, con l'intenzione di aspettare che la sveglia suoni prima di alzarsi, ma la sensazione di calore di qualcosa che spinge contro il suo sedere gli fa aprire gli occhi.

Non è insolito per gli uomini essere un po' "eccitati" al mattino, ma le braccia strette intorno al suo corpo e il respiro affannoso proprio vicino alle sue orecchie mettono un po' di nervosismo nel cuore di Gyogung.

Il suo ragazzo è molto lussurioso e quelle mani si stanno già dirigendo verso il suo petto.

Il respiro caldo contro il suo collo è duro e irregolare, segno evidente di un desiderio ardente.

Gyo intende allontanarsi un po' di più, ma il più grande lo afferra rapidamente intorno alla vita.

"Sei sveglio, mio caro P'Gyo?"

La voce profonda e roca è così incantevole che Gyogung si sente bruciare il viso.

"Sì... sì... sono sveglio. Vado a lavarmi la faccia, ora puoi liberarmi."

Quello che finge di ignorare la lussuria del suo ragazzo risponde e poi si muove come se stesse per alzarsi.

"Anch'io sono sveglio, non puoi restare a letto con me ancora un po'?"

Bamee sottolinea la parola "sveglio", sempre con un sorriso malizioso.

"No. Vado a lavarmi i denti. Liberami ora."

Gyogung cercan con tutte le sue forze di staccarsi dalle braccia che lo avvolgono così strettamente, ma senza successo.

Il più giovane lo spinge indietro in modo che siano ancora più vicini, avvicinando il viso a Gyogung nel tentativo di baciarlo.

"No... Andiamo... dobbiamo lavarci i denti."

Dice, allontanando quel bel viso.

"Parli come se non ci fossimo baciati subito dopo il risveglio."

"Chi può essere fresco di prima mattina senza essersi lavato i denti? Liberami!" argomenta Gyogung, sottraendosi all'abbraccio del suo giovane fidanzato.

Quello che ha "fame" decide facilmente di stuzzicare ancora di più il suo amato stringendo la presa.

"Se riesci a scappare, ti lascio lavare i denti. Se non puoi, sarò io a farlo per te."

Quelle parole così piene di allusioni sessuali non fanno altro che far lottare ancora di più Gyogung.

La risata del giovane mascalzone fa sì che Gyo inizi a usare i piedi per scappare.

Tira pugni e calci finché il giovane lussurioso non deve cedere.

"OK - OK. Ti libererò se davvero non lo vuoi."

Sebbene sia sorpreso dal fatto che la giovane volpe testarda lo lasci andare abbastanza facilmente, quando allenta la presa, Gyogung quasi salta giù dal letto!

Quello che sta ancora riposando nudo sul letto vede il modo in cui il suo ragazzo è così desideroso di allontanarsi da lui e deve emettere un sospiro.

Abbassa lo sguardo sulla sua parte gonfia e rigonfia e guarda il volto di Gyogung.

"Davvero non vuoi alleviare le sue sofferenze?"

Il giovane aggiunge un sacco di suppliche e implorazioni nella voce e nello sguardo, sperando di essere fortunato.

"No!" Risponde Gyogung con la sua voce più severa, prima di dirigersi rapidamente verso il bagno.

Tuttavia, prima che possa chiudere la porta, quello che è molto più veloce di lui è già in piedi accanto a lui nel bagno.

"Spazzoliamo insieme, così non perdiamo tempo."

Poi aggrotta le sopracciglia in modo beffardo.

Anche se non ha idea di quale sia il prossimo piano della furba volpe, Gyogung è troppo pigro per combattere.

Cerca di evitare di guardare il grande fusto che gli si para davanti e si mette in piedi davanti al lavandino.

Cerca di ignorare lo sguardo acuto che è così concentrato su di lui e mette un po' di dentifricio sullo spazzolino, lanciando un'occhiata allo specchio nella speranza di riuscire finalmente a lavarsi.

Tuttavia, gli occhi grandi e rotondi si sgranano quando vede cosa sta facendo il suo lussurioso fidanzato.

Gyo rimane a bocca aperta, talmente stordito e scioccato da non riuscire a proferire parola, non solo per quello che sta facendo il suo ragazzo, ma anche per l'espressione del viso e lo sguardo concentrato sulla sua schiena!

Come si può essere così sexy?

Bamee, dal canto suo, "gioca con sé stesso" mentre si gode la vista del sedere di Gyogung e si lecca le labbra con gioia.

Non gli importa affatto che tipo di espressione stia facendo il suo ragazzo.

Oh, visto che P'Gyo si rifiuta di aiutarlo, era abbastanza virile da risolvere il suo problema da solo!

Il volto di Gyogung è rosso vivo: è imbarazzato e non pensava che quel giovane sfrontato avesse il coraggio di toccarsi in sua presenza!

Certo, c'è già stato un incidente simile, ma almeno allora c'era la porta del bagno tra loro.

Oppure... quella volta in cui Bamee pensava di dormire... l'azione almeno non era davanti alla sua faccia.

E se dovesse voltarsi e rimproverare il suo giovane fidanzato, la situazione potrebbe cambiare, e non a suo favore.

Se Bamee decide di mettere la cosa dentro di lui invece che vicino a lui, c'è una buona probabilità che non sia in grado di andare al lavoro.

Fingere di ignorare e rimanere in attesa che l'altro abbia finito non sembra un'opzione praticabile.

Non riuscendo a decidere come risolvere il problema, Gyogung sceglie di guardare lo spazzolino in mano e lo prende per lavarsi i denti con gli occhi chiusi.

Mentre si sciacqua la bocca, sente un lungo gemito.

Quando alza di nuovo lo sguardo, Bamee è già in piedi sopra di lui. Il giovane lussurioso tira fuori una mano sporca di una specie di liquido opaco nel lavandino e procede a pulirla come se non fosse successo nulla di strano, sibilando nel frattempo e aggrottando le sopracciglia verso il suo ragazzo.

Il dolce e bellissimo ragazzo gonfia le guance, si allontana dallo specchio ed esce dal bagno senza preamboli.

Vorrebbe fare una doccia, ma se il suo gigantesco fidanzato è ancora in bagno con lui, spogliarsi sotto la doccia sarebbe stato troppo pericoloso per la sicurezza del suo culo!

Gyogung torna in camera sua e fa il letto per ammazzare il tempo. Mentre cerca l'abbigliamento da lavoro nel guardaroba, sente la doccia scorrere. Immagina che molto presto il gigante sarebbe stato di nuovo nudo in tutto il suo splendore, così scappa in cucina. La colazione che prepara è piuttosto semplice perché non sa cucinare.

Il pane, il prosciutto e il formaggio comprati ieri sono stati messi su un piatto prima di tirare fuori la macchina
per i panini.

Bamee si sta davvero pavoneggiando nudo, come immaginava Gyogung.

Il giovane, così sicuro del proprio corpo, rivolge un sorriso affascinante al proprietario della stanza prima di andare a vestirsi.

Il più anziano coglie l'occasione per correre in bagno e chiudere la porta - tira un sospiro di sollievo per essere riuscito a farlo prima che il demone lussurioso potesse entrare con lui!

Per fortuna ha già la canottiera e i boxer, così almeno può uscire dal bagno con qualche vestito addosso, cosa che... spera non lo avrebbe messo troppo nei guai con il suo libidinoso fidanzato.

Dopo la doccia si cambia con gli abiti da lavoro e si dirige verso la cucina, sorprendendosi di vedere Bamee in cucina che mette il pane al prosciutto e al formaggio nella macchina per i panini. Ciò che vede gli fa battere un po' il cuore senza un motivo particolare.

"Pensavo che ci saremmo fermati a fare colazione mentre andavamo al lavoro, ma anche questo è buono."

Dice il giovane, sfoggiando un sorriso così bello.

Dal canto suo, Gyo si gratta un po' il naso prima di raggiungerlo in cucina.

"Caffè?" Chiede, con la voce che mostra la sua timidezza.

Quando l'altro accetta l'offerta, si prepara rapidamente a bere, sentendosi nervoso per lo sguardo incessante, ma deve fingere di non prestarvi troppa attenzione.

"Cucini spesso, P'Gyo?"

Anche se sembrava una domanda normale, gli occhi di colui che si lecca continuamente le labbra mostrano chiaramente la lussuria che c'è nei suoi pensieri.

È difficile dire se Gyogung sia fortunato o meno a non vedere quello sguardo, visto che è impegnato a preparare il caffè.

"No, non so cucinare. Di solito preparo qualcosa di semplice che non richiede molto lavoro, ma la maggior parte delle volte ordino o vado semplicemente a mangiare fuori."

****

Gyogung lava i piatti dopo la colazione, con il suo gigante accanto a lui come se volesse aiutarlo, ma in realtà il giovane ritarda il processo di pulizia del suo ragazzo.

"Bamee, smettila di palpeggiare, voglio finire subito i piatti o farò tardi al lavoro!"

Quello che lo accarezza continuamente fa del suo meglio per staccarsi dalle mani che gli stringono il petto.

Il bel viso gli sfiora il collo, incurante delle proteste del più anziano.

"Lasciami andare. Bamee, smettila di stringere, mi stai stropicciando la camicia!"

Al termine di queste parole, Gyogung prova sollievo per il fatto che quelle grandi mani stanno finalmente lasciando il suo petto.

La sua gioia dura poco, però, perché le mani scendono a stringergli il sedere.

D'altra parte, quel bel viso gli spruzza baci su tutto il collo.

"Bamee! Basta così, ah!" Quando non è più rinchiuso tra quelle braccia forti, riesce a fuggire un po' più facilmente.

"Bene. Mi fermo."

Quella voce che ha chiaramente il suono di un broncio non fa nulla per ammorbidire la determinazione di Gyogung.

Che razza di demone libidinoso è e come diavolo fa ad essere sempre arrapato?

"Vai a sederti laggiù e aspettami!" ordina.

Guarda il giovane con la guancia gonfia e l'espressione imbronciata e questo basta a fargli trattenere le risate.

Quella faccia scontrosa non si adatta a quella corporatura alta e massiccia.

Gyogung si dedica alla pulizia di tutte le attrezzature della cucina e poi va alla ricerca di una nuova camicia da lavoro.

Bamee guarda il più anziano che esce dalla stanza con un'altra camicia e sfoggia segretamente un sorriso malizioso.

Ha in testa un'idea interessante che non può ancora essere condivisa, perché se il suo amato P'Gyo avesse saputo di cosa si trattava, c'erano buone probabilità che l'idea che aveva in testa non si sarebbe avverata!

****

I due giovani arrivano in ufficio prima di tutti i loro colleghi, come di consueto. Gyogung non ha nemmeno acceso il computer quando Bamee lo ha attaccato di nuovo con abbracci e baci. Sebbene gli piacesse molto, lo ferma.

"Basta così." Dice la voce ansimante, facendo avanzare ulteriormente Bamee.

"Sei sicuro che vuoi che mi fermi?" chiede il giovane alto, avvicinandosi per baciarlo.

"Certo che sono sicuro! Non bastano i baci a casa?" Gyogung si rifiuta di fare marcia indietro.

"Certo che no! E comunque ci siamo baciati così tutte le mattine, perché ora mi respingi?"

Poi chiude le braccia intorno al collo dell'altro e si tuffa con l'intenzione di baciarlo di nuovo, ma la piccola mano di Gyogung si alza e blocca per prima il suo tentativo.

"Ma siamo al lavoro. Ora noi... ehm... possiamo baciarci nei nostri condomini, giusto?"

"Ma mi sono abituato a baciarti qui al lavoro. A me piace; non piace anche a te?" Il giovane gigante parla come un bambino viziato.

"Mi piace. Solo... Ho paura che qualcuno possa entrare e vederci..."

Prima che possa finire di parlare, Bamee esprime la sua opinione.

"Questa è la parte più eccitante! Mi piace che usciamo di nascosto; sono così eccitato!"

Un sorriso sornione appare sul suo volto. Bamee guarda le belle labbra rosse e si lecca le sue.

"Sei uno psicopatico."

Gyogung mormora, spingendo il petto stretto e spesso lontano da sé.

"Ma a te piacciono i ragazzi psicopatici come me, non è vero..."

Bamee è pronto a chinarsi e a rubare un dolce bacio alle dolci labbra di cui è tanto innamorato, ma il rumore dei tacchi alti che ticchettano sul pavimento, sempre più vicino, lo fa desistere.

Gyogung si siede rapidamente sulla sedia e accende subito il computer.

"Buongiorno ragazzi. Sei in anticipo come al solito."

Tanchanok li saluta allegramente.

"Ciao, P'Nok. Oggi sei piuttosto in anticipo."

Bamee alzò le mani in segno di saluto, ma le abbassa solo quando la giovane donna si acciglia.

"Ti ho detto molte volte che non devi essere così serio nel rispetto. In fondo ci vediamo quasi ogni giorno. Per quanto riguarda il motivo per cui sono qui presto, ho un colloquio in mattinata, quindi sono qui per preparare i documenti necessari. Mi sono completamente dimenticata di quello che hai nel tuo CV, ahahaha."

Poi ha cercato nel suo cassetto i documenti che ha menzionato. La settimana scorsa c'erano molte persone che si erano qualificate per un colloquio, quindi è naturale che fosse un po' confusa.

"Ah, stai parlando del signor Worawut che ha fatto domanda per il posto?" interviene Gyogung.

"Oh sì. È lui. Wow... la tua memoria è eccellente! Bamee, devi guardare a Gyogung come a un modello, sai. Non ho mai lavorato con qualcuno così attento ai dettagli! Impara molto da lui, mio giovane ragazzo!"

Gli elogi sinceri degli anziani hanno reso Bamee ancora più orgoglioso di Gyo. Da quando ha iniziato a lavorare qui, più di un mese fa, ha potuto constatare di persona che il suo tutor è un lavoratore diligente.

È solo un'altra cosa che rende il suo amato P'Gyo ancora più affascinante. La sicurezza di sé e la leadership che Gyogung emana a volte possono intimidire, tanto da fargli pensare di non essere altro che un giovane studente inesperto accanto a lui.

Bamee guarda Gyogung, che si alza e aiutò Nok a preparare i documenti per il colloquio.

Per quanto ammiri la capacità lavorativa del suo tutor, vedere qualcuno che per lui è più di un collega allungare il proprio corpo davanti allo schermo del computer e girare quei fianchi formosi verso di lui, così stuzzicanti, fa venire al giovane una gran voglia di allungare la mano e stringerli!

Questo, e poi una sessione di coccole e baci da parte del suo amore, sarebbe davvero delizioso.

Rimane a fissare il vuoto, immaginando questo e quello per un po', prima di essere improvvisamente strappato ai suoi pensieri da una chiamata del suo nome.

"Bamee, cosa stai sognando? Vieni qui."

Gyogung vuole che il giovane impari tutto il possibile su questo dipartimento per il suo bene.

Tuttavia, quando Bamee gli si avvicina a comando, il giovane furfante ha il coraggio di stringere completamente i fianchi!

Gyogung punta il suo sguardo d'acciaio su quel bel viso, ma non lo rimprovera più di tanto perché pensa di essere abbastanza fortunato che Tanchanok non abbia visto nulla.

"Bamee, vieni a dare un'occhiata. Questo è il formato di intervista standard per il nostro hotel." Dice Tanchanok, allontanandosi un po' dallo schermo del computer, in modo che il giovane apprendista possa vedere chiaramente.

"Normalmente dobbiamo intervistare ogni candidato per ogni domanda di questo dossier. Inoltre, l'intervistatore deve anche scrivere l'argomento che vuole imparare dai candidati..." Ha aggiunto Gyogung.

Bamee ascolta con attenzione i suoi due superiori.

Al termine della spiegazione, Tanchanok ha ricevuto una telefonata dalla reception che informa dell'arrivo del richiedente, così ha chiesto a Bamee di accogliere il signor Worawut e di accompagnarlo nella piccola sala riunioni dell'ufficio.

Oggi, Gyogung sembra molto preoccupato per i tanti fogli che Panadda gli ha dato.

Bamee, quindi, fa del suo meglio per aiutarlo, anche se questo non gli impedisce di giocare un po' e di armeggiare quando nessuno presta attenzione.

Gyogung comincia a sentirsi un po' esasperato dalla sconfinata lussuria del suo ragazzo.

Anche se lavorano fianco a fianco, non sono gli unici in ufficio!

Vuole sapere subito cosa avrebbe fatto il demone lussurioso se lo avesse sedotto nel bel mezzo del suo spazio di lavoro...

Colui che ha sempre preso sul serio il suo lavoro sorride un po' al suo pensiero malizioso.

Lancia un'occhiata a Tanchanok, impegnata a riassumere l'esito del colloquio, e un'occhiata a colui che si sta concentrando intensamente sul lavoro che gli è stato affidato.

Gyogung solleva la gamba e con la punta del piede traccia lentamente una linea sulla gamba di Bamee dall'alto verso il basso.

Si morde un po' le labbra quando il suo giovane ragazzo si ferma nella sua azione e si gira a guardarlo.

"P'Gyo..."

Il giovane stringe praticamente i denti mentre il suo seducente e tentatore ragazzo gli fa l'occhiolino, stuzzicandolo.
Forse pensa di poterlo provocare, visto che si trovano entrambi nel bel mezzo del suo ufficio?

Sembra che il suo amato P'Gyo abbia dimenticato con chi ha a che fare.

Bamee si alza immediatamente e tira per mano l'altro senza dire una parola.

Lui, che sa bene di aver fatto la seduzione di proposito, non osa fare storie e attirare l'attenzione sui due.

Gyogung lancia una rapida occhiata alla sua collega, solo per rendersi conto che Tanchanok è impegnata con i documenti nel suo cassetto e non gli presta attenzione.

Segue Bamee abbastanza obbedientemente e comincia a lamentarsi solo quando furono fuori dal suo ufficio.

"Bamee, dove mi stai portando? Lasciami andare!" Dice cercando di allontanare la mano.

"Chi ti ha detto di sedurmi così?" Risponde Bamee senza voltarsi a guardarlo.

Continua a fare lunghe falcate, facendo sì che quello con le gambe più corte debba quasi correre per stargli dietro.

Mentre il più giovane li conduce nello spogliatoio, Gyogung comincia a impallidire un po'.

"Perché mi hai portato qui?" chiede sospettoso.

"C'è un posto che volevo che tu "usassi" con me da molto tempo. Credo che oggi sia una buona occasione."

Dice il più alto con un sorriso malvagio e sornione.

Dopo essersi guardato intorno, Bamee ha notato con sollievo che non c'è nessuno nella zona.

Non è comunque il momento in cui i membri del personale devono cambiarsi per il loro turno di lavoro, quindi è abbastanza sicuro che nessuno avrebbe interrotto il suo momento felice!

Trascina il suo seduttore in una delle docce e chiude rapidamente la porta.

"Bamee!" Gyogung è completamente rosso quando il suo giovane fidanzato gli apre la cerniera quasi subito dopo la chiusura della porta.

Cerca di spingere il corpo più grande che si frappone tra lui e la porta, ma il suo ragazzo non si muove di un millimetro.

"Te la sei cercata, lo sai" dice Bamee, tenendo il suo tutor per la vita.

"Ma siamo al lavoro!"

Credi che mi importi dove siamo? È colpa tua che mi hai sedotto!

Poi preme le labbra sulla bocca di Gyogung, strattonando le piccole mani che gli schiaffeggiano il petto.

Bamee fa scivolare la sua lingua all'interno per leccare e aggrovigliare quella del suo ragazzo, cercando di invogliarlo e di eccitarlo ad adeguarsi.

Gyogung, dal canto suo, non può resistere a un tale assalto sensuale.

Non c'è solo il bacio, ma anche una grande mano che stringe i morbidi glutei del suo sedere.

L'altro sta accarezzando e strofinando con forza la sua parte sensibile. In men che non si dica, Gyogung non è altro che un mastice morbido e malleabile nelle mani del suo ragazzo.

Bamee apre la cerniera dell'altro e osserva come i pantaloni larghi cadano a terra insieme ai boxer.

Il respiro di Gyogung sembra bloccarsi in gola mentre la mano intorno alla sua durezza inizia ad accarezzarlo su e giù.

Le due braccia attorno a quel collo forte si stringono, mentre Gyogung le usa come sostegno, dato che le sue ginocchia sono così deboli che sente di poter cadere a terra da un momento all'altro.

Le labbra si sollevano in un sorriso sornione di soddisfazione, senza liberare quelle labbra dolci e morbide.

Mentre i fianchi di Gyogung iniziano a seguire i suoi colpi e la piccola mano comincia a stringersi intorno alla sua grande asta che si muove su e giù in sincronia con il suo ritmo, Bamee sposta le mani sui morbidi pezzi di carne di Gyogung.

Tuttavia, sa bene che non può entrare nel corpo del suo ragazzo, perché le sue enormi dimensioni costituiscono un problema.

Troppa forza e l'altro potrebbe ritrovarsi incapace di camminare... il che non sarebbe positivo.

Quando giunge a questa conclusione, Bamee decide di afferrare entrambi i cazzi con una sola mano e muove la mano su e giù ancora più velocemente e con più forza.

Non riesce nemmeno a resistere alla tentazione di infilare un dito in quell'apertura strettamente chiusa.

La forte stretta che il dito riceve nel momento in cui scivola all'interno fa gemere il giovane.

Bamee muove la mano ancora più velocemente finché Gyogung non raggiunge l'apice del suo desiderio, facendo sì che entrambi si lascino andare quasi contemporaneamente.

"Puoi rimanere da solo? Vado a lavarmi le mani." Chiede quella voce profonda e vellutata.

Lo sguardo malizioso di Bamee si concentra su di lui, che ha un sussulto così forte che il suo corpo sussulta ancora di più.

Gyogung gonfia le guance, ma non riesce a controllare il respiro e le sue gambe sono così deboli che riesce a malapena a sostenersi.

Non può fare altro che allontanarsi dall'altro e appoggiarsi al muro.

Guarda il suo ragazzo che si sta lavando le mani ed è arrabbiato e imbarazzato.

Siamo al lavoro! Come ha potuto questo ragazzo essere così sfacciato, lo stavo solo prendendo in giro un po', solo un po'!

Non avrebbe mai pensato di potersi trovare in una situazione del genere.

È anche arrabbiato con se stesso per essere caduto sotto l'incantesimo sensuale, permettendo all'altro di fare tutto ciò che voleva con lui.

Gyogung si tira su i pantaloni e guarda il suo giovane ragazzo che fischietta come se si stesse godendo perfettamente il mondo.

Quando è completamente vestito e con un po' di forza nelle gambe, Gyogung è il primo ad aprire la porta.

Bamee guarda colui che si è precipitato fuori dalla stanza senza aspettarlo e lo segue rapidamente.

"Ti prego di aspettarmi, P'Gyo."

Bamee afferra il braccio del ragazzo burbero che si rifiuta di guardarlo, solo per vedersi scacciare la mano.

"Sei arrabbiato con me?" chiede come se fosse del tutto innocente, il che non fa che aumentare la scontrosità di Gyogung.

Tu... Osi farmi una domanda del genere, spudorato furfante? Aspetta. A meno che non si tratti di lavoro, non ho intenzione di parlare con te tutto il giorno!

Gyogung non ha risposto. Si volta e torna di corsa nel suo ufficio.

Bamee può seguirlo solo da lontano, perché ci sono persone che condividono il suo cammino.

Non capisce perché Gyogung fosse arrabbiato con lui. Qualche istante prima sembrava che gli piacesse abbastanza quello che facevano insieme.

****

Prima di arrivare in ufficio, il signor Diligente si ricorda che l'ufficio acquisti lo ha chiamato la mattina per informarlo che l'attrezzatura ordinata era pronta per il ritiro.

Pertanto, invece di tornare direttamente al suo appartamento, Gyogung decide di prendere un'altra strada. Il più giovane che cammina dietro di lui lo segue immediatamente.

"P'Gyo... dove stai andando?"

Nonostante abbia posto la domanda ad alta voce, non ha ricevuto risposta.

Il più anziano continua a camminare con la fronte aggrottata e lui non può fare altro che seguirlo in silenzio.

Solo quando arrivano all'ufficio acquisti Bamee capisce.

Dopo aver controllato che avessero ricevuto tutto ciò che era stato ordinato e averlo messo nel carrello, i due giovani tornano nel loro ufficio.

"Ciao ragazzi. Ah, quindi stavano ritirando il nostro ordine. Mi chiedevo dove foste finiti. Sono stato un attimo impegnata con le mie carte e quando ho alzato di nuovo lo sguardo, erano entrambi spariti."

Tanchanok li saluta gentilmente e va ad aiutarli a scaricare il carrello.

"Ho visto che eri occupata e non volevo disturbarti."

Gyogung risponde con un sorriso, sentendosi molto sollevato per essere riuscito a trovare una scusa appena in tempo.

Dopodiché, il giovane dà al suo apprendista un sacco di scartoffie, in modo da non dover affrontare ulteriori conversazioni.

Bamee sa bene che ha scelto intenzionalmente di non parlare con lui, ma è davvero un sacco di lavoro ma non protesta.

Lavora diligentemente alla pila di documenti che gli erano stati assegnati, sperando che comportarsi bene fino alla fine della giornata di lavoro sarebbe bastato a rimettere di buon umore il suo P'Gyo.

Quando arriva il pomeriggio, Bamee segue Gyogung fuori dall'ufficio come al solito.

Il giovane si scoraggia quando non si dirige verso il parcheggio. Corre rapidamente a bloccare il cammino di Gyogung prima di chiedere confusamente.

"Non vieni a casa con me?"

In risposta riceve uno sguardo cupo, quindi cerca subito di farsi perdonare dall'altro uomo.

"Per favore, non ti arrabbiare. Prendiamo qualcosa da mangiare prima di andare a casa."

Dopo di che, ha rivolto al suo ragazzo un sorriso affascinante, ma Gyogung ha sospirato e si è allontanato da lui. Bamee gli afferra rapidamente il braccio prima che possa farlo.

"P'Gyo, per favore, non scappare. Non capisco perché sei arrabbiato, non ti stava piacendo allora?"

Queste parole fanno arrossire il più anziano di un'altra tonalità di rosso. La rabbia e l'imbarazzo tornano immediatamente, anche se lui fa del suo meglio per essere paziente. Tuttavia, si trovano nel bel mezzo di uno spazio pubblico, quindi Gyogung cerca di controllare la sua rabbia prima di rispondere.

"Bamee, pensi che quello che è successo non sia niente? Eravamo al lavoro, sai quanto prendo sul serio il mio lavoro!"

"Ehi, stai cercando di dare tutta la colpa a me? Non sei stato tu a sedurmi per primo?"

L'imputato si è prontamente opposto.

"Sì, ok, ma come diavolo faccio a sapere cosa... avresti fatto una cosa... del genere..."

La sua voce di risposta sembra ammorbidirsi notevolmente quando il giovane fidanzato gli rinfaccia il fatto.

"P'Gyo, amore mio, davvero non hai idea che voglio averti sempre con me? Quando si presenta un'opportunità, indipendentemente dal luogo, sono sicuro di coglierla!"

Bamee risponde onestamente, aggrottando le sopracciglia in un modo diabolico che fa parte del suo carattere.

"Tu... diavolo arrapato!"

"Beh, sono eccitato e ne vado fiero! Ma l'unico motivo per cui sono così è grazie a te. Sei così appetitoso, così delizioso. Dovresti essere contento che, dato che mi rendo conto che questo è il nostro posto di lavoro, non ho avuto un rapporto sessuale completo e che non hai usato la bocca su di me."

Gyogung è rosso fuoco: non riesce a credere che quel giovane svergognato possa dire una cosa del genere in pubblico con una tale faccia tosta!

Si guarda rapidamente intorno, con il volto ancora sotto shock, e tira un sospiro di sollievo quando vede che non c'è nessuno a portata di udito.

Le parole del suo giovane fidanzato non gli permettono di dire altro.

Vedendo l'agitazione del suo amante, Bamee, pur volendo stuzzicare ancora un po' il suo adorabile bambino, decide di essere gentile.

"Ma se quello che ti turba è perché eravamo al lavoro, mi dispiace. Ti prego, amore, non arrabbiarti con il tuo ragazzo."

L'ultima frase pronunciata con un tono morbido e dolce e il pronome usato in modo affettuoso al posto di quello abituale fanno arrossire il viso di Gyogung.

Tuttavia, non vuole perdonare troppo facilmente il giovane furfante, perché avrebbe solo fatto credere al giovane demone di poter uscire facilmente dai guai in futuro.

Mettendo rapidamente in moto il cervello per trovare un'idea su come reagire per dare una lezione al diavolo lascivo, a Gyogung viene finalmente un'idea eccellente!

Sorride prima di rispondere.

"Non mi arrabbio, ma devi soddisfare le mie condizioni."

Sentendo ciò, Bamee è molto desideroso di rimettere di buon umore il suo ragazzo.

"Certo Quali condizioni, P'Gyo?"

"Bamee, non ti è permesso toccarmi per un'intera settimana!"

Vedere l'espressione del suo giovane mascalzone riempie Gyogung di immensa soddisfazione.

"Ehi, com'è possibile, P'Gyo, non posso farlo!"

"Se non ce la fai, allora non venire più a casa mia. Non verrò nemmeno a casa tua e ti assicuro che non passerai nemmeno da casa mia per portarmi a lavorare con te!"

"Oh, si deve arrivare a questo, penso che non sia molto meglio di una rottura! Sei cattivo! Bene. Scelgo la prima opzione. Una settimana senza toccarti è meglio che non andare a casa tua."

Bamee risponde con il volto di un uomo disperato.

Decide di rischiare di negoziare.

"Dovrò chiedere un piccolo adeguamento delle nostre condizioni."
Il tono di voce e gli occhi come quelli di un piccolo cucciolo fanno decidere al più anziano di ascoltarlo.

Gyogung annuisce accettando e rimane immobile per ascoltare ciò che il suo ragazzo vuole dire.

"Non ho intenzione di… e non ti toccherò se non per baciarti. Va bene?" Dice Bamee inviando al suo ragazzo il suo migliore sguardo supplichevole.

Gyogung solleva leggermente il sopracciglio a quella richiesta.

"Sei sicuro di riuscire a sopportare la situazione se ti permetto di baciarmi?"

Dice con noncuranza, perché sa bene che il giovane lussurioso è sempre "super eccitato" ogni volta che si baciano.

"Non poterti baciare... è una cosa che non riesco a gestire."

"Solo... solo sulle labbra, ok?"

Quando Gyogung sembra ammorbidirsi un po', Bamee decide di spingere ancora un po' con la speranza nel cuore.

"Beh, una settimana è davvero troppo lunga, puoi per favore fare tre giorni invece?"

La seconda richiesta cancella immediatamente il sorriso dal volto di Gyogung.

"Vedi, stai già cercando di aggirare le condizioni! Se cerchi di farmi accorciare di nuovo i tempi, li farò diventare di un mese invece che di una settimana!"

L'ultimatum è sufficiente a indebolire le ginocchia di Bamee.

"È una settimana! Ti prego, non prolungare oltre, non ho più intenzione di negoziare!"

Bamee parla così velocemente che quasi si blocca la lingua, temendo che il suo ragazzo glielo vietasse ulteriormente.

"Allora abbiamo un accordo di una settimana. Puoi baciarmi sulle labbra, ma non puoi toccarmi o fare qualcosa di più."

Ha concluso Gyogung.

Il giovane gigante annuisce in segno di assenso, prima di assumere un'aria completamente abbattuta.

L'apparizione di un cucciolo abbandonato fa venire voglia a Gyogung di ridere tanto forte da risuonare per tutta la strada.

Questa è la punizione per essere un demone arrapato!

"È un accordo. Quindi... P'Gyo... verrai a casa con me, vero?"

Lui annuisce e si dirige verso il parcheggio.

I due hanno cenato insieme nel piccolo ristorante al primo piano del condominio di Gyogung prima di salire al suo appartamento.

A causa dell'intenso lavoro e della discussione, nonché della lunga attesa per la cena, sono quasi le nove quando raggiungono la loro stanza.

Il proprietario della stanza non fa alcun commento sul fatto che Bamee lo avesse seguito senza problemi fino alla sua stanza, poiché sa già che Bamee sta sicuramente andando a dormire, vista la quantità di vestiti che il giovane furfante ha lasciato nel suo guardaroba.

Tuttavia, ha un piano per addestrare Bamee a frenare la sua lussuria in modo da potersi controllare meglio con lui.

"Bamee, prima vai a fare il bagno."

Dice mentre si avvicina al frigorifero e prende un drink.

"Vuoi fare la doccia insieme, P'Gyo?" Chiede speranzoso colui che sembra aver dimenticato che è vietato.

Gyogung, da parte sua, è stato in grado di prevedere cosa avrebbe detto quel birbante del suo ragazzo ancor prima che il giovane iniziasse ad aprire bocca.

Sfoggia un sorriso dolcissimo mentre si avvicina all'altro uomo, sbottonandogli lentamente la camicia.

"Naturalmente..." Ha finito di sbottonare molti bottoni prima di raggiungere il suo ragazzo.

Gyogung getta a terra la camicia, seguita dalla maglietta.

Gli occhi di Bamee praticamente brillano mentre fissa quel petto pallido e liscio. Si lecca le labbra mentre guarda il suo ragazzo slacciarsi il bottone dei pantaloni e poi la cerniera in un modo che può essere descritto solo come seducente e allettante.

Il cuore del giovane arrapato batte come un tamburo quando Gyo si gira, dandogli le spalle, e si toglie i boxer, rivelando le chiare e rotonde natiche che si muovono.

Il piccolo seduttore si avvicina e lo guarda prima di dirigersi verso il bagno.

Bamee si strappa quasi tutti i bottoni della camicia nella fretta di seguirlo.

"Non ti è permesso toccarmi per un'intera settimana."

Questo richiamo fa interrompere l'azione del più giovane.

Guarda quel visino affettuoso e il sorriso seducente che vi è presente e deve digrignare i denti.

"Mi hai sedotto intenzionalmente, vero?" Chiede, guardando in faccia quel sorriso.

"No, non l'ho fatto. Mi hai detto che vuoi che facciamo la doccia insieme, quindi ovviamente devo spogliarmi. Cosa c'è di strano?"

Gyogung allora apre il getto d'acqua. La pelle chiara e liscia bagnata dall'acqua sembra ancora più invitante, accendendo la fiamma della lussuria nel suo cuore, Bamee non riesce a resistere.

Abbassa lo sguardo sui capezzoli rosa, irrigiditi dalla temperatura dell'acqua, e deve digrignare forte i denti.

Fa la doccia un po' più calda nella speranza che quei piccoli capezzoli seducenti si ammorbidissero un po' e non sembrassero così attraenti.

P'Gyo, tuttavia, non fa nulla per aiutare a riposare la sua lunghezza indurita, perché il tentatore sceglie quel momento per chinarsi e insaponargli le gambe.

P'Gyo, sei cattivo, lo giuro... se osi mostrarmi in modo seducente il tuo sedere mentre me lo proibisci, ti scoperó così forte che il tuo cervello sarà sottosopra!

Bamee stringe i denti mentre assiste a questo innaturale lavaggio e insaponamento in pura civetteria.

Le sue parti intime si stanno ingrossando in modo preoccupante. Teme di non riuscire a controllarsi e di violare il contratto il primo giorno.

Il sorriso che decora quel viso dolce gli dice quanto Gyogung si stia divertendo.

Il bel ragazzo impreca in gola, accettando il destino di non poter entrare nel corpo caldo del suo ragazzo quella notte.

Poi si avvicina e afferra la sua lunghezza indurita.

Bamee guarda quello che ha finito la doccia e si sta asciugando il corpo con un asciugamano e comincia ad accarezzarsi su e giù.

Anche se non è neanche lontanamente paragonabile. Non avrebbe mai pensato di poter contare nuovamente sull'aiuto delle sue mani per sfogarsi.

Quando ha finito di fare la doccia, Bamee entra nudo nella stanza.

Vedere il proprietario della stanza già a letto che lo aspetta sotto la coperta lo spinge a salire sul letto dall'altro lato. Tuttavia, quando solleva la copertina, deve deglutire a fatica quando vede il suo amato P'Gyo con indosso solo i boxer. La biancheria intima ha un taglio molto alto ed emana un aspetto estremamente sexy, tanto che il suo naso quasi sanguina.

Cerca di controllarsi e tira la coperta fino al collo prima di girarsi su un fianco e guardare il suo ragazzo.

Quel dolce, dolcissimo viso si avvicina fino a quando quelle morbide labbra sfiorano leggermente le sue, seguite da un sussurro.

"Sdraiati. Sogni d'oro."

Poi Gyogung volta le spalle al suo giovane fidanzato, spingendo deliberatamente le natiche fino a toccare la parte dura del corpo del giovane lussurioso, muovendosi in modo che il suo culo si strofini contro di lui fino a farlo eccitare di nuovo.

Bamee comincia a perdere il controllo di sé.

Le sue mani sono sollevate, sul punto di raggiungere quei morbidi grumi di carne per poterli spremere a piacimento, quando la voce del suo seducente e amato fidanzato lo trattiene di nuovo.

"Non puoi toccarmi. Non dimenticarlo."

Avverte il suo giovane amante, anche se non smette di muovere i fianchi, strofinandosi contro la lunghezza crescente.

"Oh, certo che sei crudele, come puoi farmi questo, sai quanto sono eccitato e ancora ti strofini il culo!"

Quelle parole dirette fanno trattenere a Gyogung una risata, ammettendo che forse è stato troppo cattivo con il suo ragazzo con tutte le prese in giro, ma è perché ha voglia di punirlo per essere stato troppo lussurioso!

"Non era mia intenzione. Stavo solo aggiustando la mia posizione di sonno per sentirmi più a mio agio."

Sente un grugnito gutturale, ma rimane sorpreso quando, all'improvviso, Bamee gli toglie il lenzuolo di dosso.

Quel corpo alto e ingombrante si mette a cavalcioni su di lui, mettendo una gamba sopra il suo corpo più magro, e poi inizia ad accarezzarsi!

Quello che è ancora sdraiato sotto di lui spalancò gli occhi per lo shock, così stordito che non riesce a proferire parola quando il giovane furfante inizia a masturbarsi così vicino a dove si trovava!

Quando quella grossa mano inizia a muoversi più velocemente e il ringhio gutturale si fa più forte, Gyogung inizia a cercare una via d'uscita perché sa che il suo giovane ragazzo sta per venire sulla sua faccia!

"Se osi sfogarti con me, aumenterò il divieto a tre mesi!"

Bamee impreca per la frustrazione. Si alza dal letto e va rapidamente in bagno.

Pochi istanti dopo, si udisce chiaramente un lungo gemito seguito dal rumore dell'acqua corrente.

Di lì a poco, il giovane lussurioso torna nella stanza.

"Mi hai fregato in questo modo, è totalmente ingiusto."

Bamee brontola.

"Consideralo come un esercizio di controllo. In questo modo, quando saremo al lavoro, saprai come controllarti."

"Questo significa che mi tenterai al lavoro?" chiede il più giovane, non proprio contento.

"Posso tentarti o qualsiasi altra cosa, ma dovresti comunque avere un po' di controllo su te stesso, giusto?"

Bamee guarda il dolce viso del suo ragazzo che lo fissa, emette un profondo sospiro e cede.

"Farò del mio meglio. Solo... non tentarmi troppo. O non sarò responsabile delle mie azioni."

"Tutto dipende da te, mio caro Bamee, perché se non riesci a essere responsabile delle tue azioni, il divieto non potrà che continuare più a lungo."

"Va bene, P'Gyo, ci proverò. Ora... potresti darmi un bacio, per favore?"

Il proprietario della stanza fa un piccolo sorriso e avvicina il suo viso a quello di Bamee, chiude gli occhi e dischiude le sue belle labbra in attesa del bacio.

Il giovane preme le labbra su quelle del suo ragazzo e comincia a baciarlo profondamente, finché Gyogung sussulta forte.

Quando il suo cuore batte forte per l'effetto seduttivo del bacio, è Bamee a staccarsi per primo.

Se avessero continuato a baciarsi in questo modo, immagina che non sarebbe riuscito a resistere.

Cerca di fermarsi, ma l'altro si rifiuta di rispettare le regole.

Gyogung si muove per succhiare il labbro inferiore.

Bamee capisce subito che Gyogung sta ricominciando a sedurlo.

Sembrava che si stia davvero divertendo a farlo.

L'esile corpo si stringe a lui fino a che i loro rigonfiamenti non sono schiacciati l'uno contro l'altro. Le mani birichine che prima gli accarezzavano il petto si spostano in basso e toccano delicatamente quella parte sensibile del suo corpo, che lo eccita a tal punto che Bamee deve digrignare i denti.

"Ti ho detto solo un attimo fa che il mio caro Bamee deve controllarsi un po' di più."

Quella voce dolce sussurra appena sopra le sue labbra.

"Tu e la tua seduzione..."

Queste parole fanno ridacchiare Gyogung. Toglie la mano dal sesso di Bamee e si infila sotto la coperta tra le sue gambe, baciandone delicatamente la punta prima di tornare al cuscino.

"Ti ho dato un bacio di conforto. Spero che tu riesca a calmarti un po'. Buona notte, mio demone lussurioso."

Le sue natiche toccano ancora la parte molto sensibile del corpo del suo ragazzo.

Bamee cerca di controllare il suo respiro lussurioso e quella parte che è stata torturata al punto che si sente appiccicoso.

Guarda il corpo profumato che giace sullo stesso letto senza alcuna preoccupazione e geme tra sé e sé.

Quindi stai facendo il tentatore sfacciato? Bene! Aspetta che finisca la settimana, mi assicurerò che non potrai più camminare!

Ciotola 9: Quando la fame colpisce, annusare è meglio che morire di fame.

La nuova mattina nel letto di Gyogung non fa sentire Bamee fresco come l'ultima mattina. Guarda quello che dorme profondamente ed è kn dubbio se avvicinare quella parte di sé che è "completamente sveglia" e strofinarla contro le morbide natiche dell'altro.

La proibizione di toccare il suo ragazzo rende la condivisione del letto la punizione più tormentosa, persino peggiore del dormire a casa sua.

Afferra la testa dura di 'Little Bamee' che sta crescendo come ogni mattina e la preme contro la carne morbida e rotonda del sedere di P'Gyo, strofinando la punta su e giù contro i suoi vestiti.

È eccitato all'idea di fare cose sessuali di nascosto con il suo ragazzo. Mentre si gode il massaggio su e giù, il suono di un'espirazione gli dice che Gyogung comincia a sentirsi irrequieto, cosa che fa saltare Bamee.

Non vuole che una breve gratificazione per cui il suo ragazzo avrebbe raddoppiato il tempo del divieto.

Stringe le labbra mentre guarda la piccola testa rotonda accoccolata contro di lui, pensando che forse potrebbe azzardare un abbraccio e quando l'altro si sveglierà potrebbe dire che lo stava facendo senza rendersene conto.

Rimane a lungo combattuto, non sapendo bene cosa fare, ma prima di quanto si aspetti, quei grandi occhi rotondi si aprono.

Gyogung guarda il petto stretto e muscoloso di fronte a lui e sente la voglia di morderlo così forte da riuscire a malapena a controllarsi.

Poi si rende conto che in quel momento sta vietando all'altro di toccarlo.

Pertanto, se coglie l'occasione e mordicchia quel petto invitante, i suoi fianchi sottili dovrebbero essere abbastanza sicuri.

Quando giunge a questa conclusione, alza gli occhi e si riempie del bel viso dell'amante. Vedendo che anche Bamee lo sta guardando, Gyo sorride e apre lentamente la bocca, mordendo quel petto ben muscoloso, aumentando delicatamente la forza del suo morso.

Il suono di una brusca boccata di fiato che viene risucchiata nella bocca aperta e un ringhio gutturale del suo gigante fanno sì che il giovane sciolga le labbra.

"Hmmm... P'Gyo, non essere così cattivo con me."

Bamee ha detto in modo rauco. La sua parte più importante e privata comincia ad alzarsi forte e alta, tanto da farle male dappertutto.

"Non sono cattivo, non posso darne un piccolo assaggio?" Chiede Gyogung, quegli occhi dolcissimi sono così invitanti che vorrebbe semplicemente non mantenere la promessa di seguire le proibitive restrizioni.

"P'Gyo, potresti cancellare il divieto, ho tanta voglia di divorarti!"

Il giovane implora in un sussurro, con occhi imploranti.

"No!" Gyogung risponde, distruggendo ogni speranza, prima di scivolare giù dal letto.

Vedendo ciò, anche Bamee si alza rapidamente e segue l'altro nel bagno.

Ok, quindi non può divorarlo e non può toccarlo. Guarda il suo ripieno in quei deliziosi slip rotondi e "si prende cura di sé"; è meglio di niente, dopotutto.

****

Il dipartimento di formazione non ha molto tempo a disposizione oggi, così Gyogung assegna a Bamee il compito di aiutare Tanchanok, in modo che possa avere la possibilità di conoscere altre responsabilità del suo dipartimento.

È così concentrato sul suo lavoro che non ha pensato di stuzzicare o tentare il suo ragazzo per tutto il giorno.

Sebbene Bamee sia sollevato dal fatto di non essere sedotto mentre sono al lavoro, in realtà non è così sorprendente perché Gyogung prende davvero sul serio il lavoro.

Dopo il lavoro saranno nella stessa stanza, condivideranno lo stesso letto, ma lui non potrà toccare l'altro.

È davvero una pura tortura per la sua mente e il suo corpo.

Se il suo amato P'Gyo si comporterà come al solito, non sarà troppo difficile da sopportare.

Tuttavia, l'altro dovesse scegliere questo periodo per fare il seducente…

Dovrà resistere dal voler frustare più volte quel bel culo.

E, naturalmente, per sculacciare quella carne rotonda non avrebbe usato la mano.

Quando l'auto di Bamee è parcheggiata nel parcheggio del condominio, si gira a guardare il ragazzo che si toglie la cintura di sicurezza e apre la portiera.

Sta ancora decidendo se dormire o meno a casa del suo ragazzo, perché se Gyogung vorrà comportarsi come ieri, sarà davvero nei guai.

Il giovane rimane fermo in macchina finché quello che ha già chiuso la portiera non si avvicina al lato del guidatore e bussa al finestrino.

"Cosa c'è che non va, perché non esci?"

Quella dolce voce chiede con preoccupazione. Bamee guarda quel bel viso e sospira prima di rispondere.

"Non so se devo dormire qui o no."

Sentendo ciò, Gyogung solleva un sopracciglio sorpreso.

È così sorpreso perché Bamee di solito mette in atto tutti i trucchi possibili per dormire lì. .

"Eh? E perché mai?" Chiede, anche se ha capito che probabilmente è perché aveva proibito all'altro di farlo.

"Perché mi hai proibito di toccarti! Come se non fosse già abbastanza grave, stai torturando deliberatamente anche me! Sei cattivo."

"Non ti sto torturando. Ti sto solo aiutando a sviluppare la tua pazienza."

Gyogung dice come chi ha in mano le carte più alte.

"Mio caro P'Gyo. Immagina lo stato di una persona che ha un fidanzato super sexy e che è anche estremamente seducente e appetitoso, ma il fidanzato mette limiti per quella persona. Quanto pensi che possa resistere una persona sempre 'affamata' come me?" dice Bamee con la fronte aggrottata.

Quello che dice, però, fa solo ridere il suo ragazzo.

"Beh, se non vuoi dormire qui, sta a te decidere. Non ho alcun problema al riguardo."

Dice il maggiore, pensando che la faccia scontrosa del suo ragazzo sia piuttosto accattivante.

Tuttavia, se ora ammorbidisse la sua determinazione, il suo affascinante demone penserebbe sicuramente di poter fare di lui ciò che vuole!

"Voglio dormire, ma voglio anche averti. Se mi addormento e tu mi seduci ma non posso averti, penso che sia meglio se dormo da solo in casa mia."

Risponde stizzito, riavviando il motore.

"Verrò a prenderti domani alla stessa ora." Dice Bamee, guardando quello che sta davanti alla sua auto.

"Guida con prudenza. Quando arrivi a casa tua, fammi sapere."

Gyogung ha detto con un sorriso. Bamee guarda quelle belle labbra dipinte con un sorriso così affascinante e alza lo sguardo per guardare i grandi occhi rotondi.

"Voglio un bacio..." Mormora il giovane.

Quel dolce viso si avvicina al suo. Quelle labbra formose sfiorano leggermente le sue, solo per poco, poi colui che gli ha sempre fatto battere il cuore così forte si allontana dall'auto, agitando la mano in segno di saluto.

La prima cosa che Gyogung fa quando torna nella sua stanza è quella di aprire l'acqua calda e riempire la vasca da bagno.

Vuole un bel bagno per potersi rilassare e godere appieno del suo tempo da solo.

****

Bamee evita di andare a letto con Gyogung per diverse notti di fila, finché finalmente arriva il venerdì.

Anche se sa di non poter toccare l'altro, gli manca la vicinanza e non riesce a sopportarlo.

Tuttavia, se il suo ragazzo deciderà di giocare di nuovo a fare il seduttore, sicuramente perderà il controllo.

E lui è stato così bravo per quasi un'intera settimana!

Decide quindi di implorare Gyogung di avere un po' di pietà.

"P'Gyo, potresti per favore non essere così stuzzicante stasera?" Chiede quando sono soli in casa.

"Va bene, non lo farò. Sarà la tua ricompensa per essere stato bravo tutta la settimana."

La risposta di Gyogung fa sorridere Bamee. Due giorni. In soli altri due giorni, poi avrà Gyogung fino a quando la sua pelle chiara non diventerà tutta rossa!

Dormire nello stesso letto del suo ragazzo, che ha un profumo così dolcemente attraente, fa indurire il sesso di Bamee anche senza ulteriori tentazioni.

Guarda con occhi tristi il dolce viso e il bel sorriso.

"Vai a dormire." Gyogung sussurra.

"Posso darti un bacio prima?"

Il giovane implora. Il proprietario della stanza schiude le labbra con un sorriso gentile, avvicina il viso e infine chiude gli occhi in attesa del suo bacio.

Bamee preme le labbra su quei petali morbidi, divorandoli con grande fame, facendo scivolare la lingua all'interno per intrecciarla con quella del suo ragazzo.

I sommessi rantoli e i gemiti non fanno altro che alimentare il fuoco che infuria nel suo cuore.

Ringhia per la frustrazione, mentre non desidera altro che avvolgere le braccia intorno a quella vita stretta.

La situazione peggiora quando le piccole mani che prima erano sulla sua spalla si spostano intorno al suo collo, aumentando il desiderio di divorare l'invitante ciotola di wonton ai gamberetti tra le sue braccia.

Si sposta in bilico sul corpo dell'altro uomo, usando le braccia sul letto come gabbia perché non può ancora a toccare il ragazzo, prima di baciare quelle labbra con tutto sé stesso.

Quasi impazzisce quando il suo amante ricambia il bacio con uguale calore e forza, desiderando più di ogni altra cosa annusare quel collo profumato e succhiare quei nodi di carne su quel petto liscio che sono così rigidi da essere chiaramente visibili attraverso la camicia bianca.

Tuttavia, poiché il divieto non è ancora stato revocato, Bamee non può fare ciò che il suo cuore desidera.

P'Gyo, da parte sua, non fa nulla per diminuire la sua brama.

Quelle manine e quelle unghie scavano e tirano il cuoio capelluto.

Quelle dolcissime grida fanno sì che il "piccolo Bamee" si indurisce ancora e ancora.

Bamee schiude le labbra prima di raddrizzarsi e guardare il volto estasiato del suo amante.

Prova una profonda soddisfazione nel vedere come quegli occhi lo guardano come se il loro proprietario fosse vittima di un dolce incantesimo.

Si china di nuovo, sperando di leccare tutto quel collo pallido e liscio, ma la voce tremante e roca di colei che giace sotto di lui arriva prima alle sue orecchie.

"Ehm... il divieto è ancora in vigore."

Gyogung cerca di trattenersi e di pronunciare quelle parole. Anche lui ha caldo per l'eccitante bacio.

Tuttavia, se non interrompesse subito la sua attività, il demone lussurioso lo divorerà fino a non poter più camminare.

Quello a cui è stato detto di no aggrotta le sopracciglia, completamente frustrato.

È evidente che l'altro lo desidera quanto lui, ma poiché Gyogung ha deciso di dire di no, non può andare fino in fondo.

Tuttavia, i profumi dolci e morbidi del corpo ansimante sotto di lui sono così allettanti che il giovane deve abbassare il naso fino a trovarsi a millimetri dal collo dell'amante e respirare a pieni polmoni.

Lentamente sposta il viso lungo il collo, assorbendo il suo dolce profumo. Il respiro caldo e umido sulla sua pelle, così vicino, scuote il cuore di Gyo fino a farlo tremare.

Guarda il bel viso del suo giovane demone che si libra sul suo petto e infine si posa intorno alla sua vita.

Occhi acuti lo osservano mentre le sue labbra formano un sorriso malvagio, prima di abbassare il viso e stringere tra i denti l'orlo della camicia da notte di Gyogung, tirandolo verso l'alto. Il cuore di Gyogung batte all'impazzata, come se volesse fuggire dal petto.

Il cuore gli batte all'impazzata, mentre la punta del naso formoso si avvicina così tanto da sfiorargli lo stomaco.

L'alito caldo che gli accarezza la pelle sensibile risveglia in lui una sensazione così sensuale che riesce a malapena a respirare.

Bamee inspira profondamente e inizia a muovere il viso lungo quella distesa di pelle liscia e chiara, assorbendo il dolce profumo del corpo che è altrettanto allettante.

Vorrebbe così tanto usare la punta della lingua e trascinarla su quella pelle delicata, vuole molto di più che trascinare il naso dappertutto per respirare il profumo.

Tuttavia, dato che il divieto è ancora in vigore, almeno l'odore del suo ragazzo gli dà una certa soddisfazione.

Sposta il viso verso il basso fino ad avvicinarsi a quei piccoli picchi rigidi sul petto del suo ragazzo, leccandosi le labbra con grande fame.

Guarda quei piccoli nodi rosa e sentì un desiderio ancora più grande scorrergli nelle vene.

Distoglie lo sguardo dal petto di Gyogung e fissa quel bel viso dolce solo per vedere il suo ragazzo che si morde le labbra per l'eccitazione.

Il giovane sfoggia un sorriso diabolico e fa scivolare la mano tra le sue gambe.

Prende la sua parte intima e inizia a strofinare la mano su e giù. Occhi acuti e simili a quelli di un falco fissano il volto di Gyogung.

Vedere quegli occhi grandi e rotondi allargarsi e quelle labbra serrate, insieme al suono dei respiri tremanti e ansimanti, non fa che eccitarlo ancora di più, tanto da spingerlo a muovere la mano ancora più velocemente e con più forza.

"Ahhhh... P'Gyo..." Bamee aspira con la bocca forti sbuffi d'aria, ringhiando quel nome che fa sentire il suo padrone come se si stesse sciogliendo.

Il giovane chiude gli occhi mentre il suo lussurioso ragazzo emette suoni che esprimono chiaramente la sua sconfinata e infinita lussuria.

Sembra che quei suoni diventino sempre più forti e il respiro del suo giovane ragazzo sempre più forte, tanto da fargli capire che Bamee è prossimo alla liberazione.

Ben presto, deve sobbalzare quando sente il liquido caldo che gli arriva sullo stomaco, e un po' gli schizza anche sul viso.

Gyogung si sente ansimare ancora più forte del suo diabolico ragazzo. Prima che possa aprire gli occhi, però, le morbide labbra di Gyogung sono nuovamente catturate da Bamee.

Il bacio gli lacera l'anima, come se il suo ragazzo stesse cercando di inghiottirla.

"Basta così." Dice Gyogung, con la voce tremante e roca.

Non solo il suo respiro è totalmente sfasato, ma anche il suo cuore ne risente.

Vedere il suo giovane fidanzato che guarda la sua parte inferiore del corpo è anche abbastanza imbarazzante da fargli pensare che il suo viso stia andando a fuoco!

"Ti senti a disagio? Posso aiutarti in questo, sai, solo... prima devi cancellare il divieto!"

Bamee ha detto con voce vellutata, sperando di poter convincere il suo amante a revocare il divieto.

"Non è possibile. Mancano solo due giorni. Non dirmi che non puoi sopportarlo."

Il più giovane solleva un sopracciglio quando sentì la risposta, guardando quella parte del suo testardo ragazzo.

"Non ti stai torturando con me?" Chiede con una risatina sommessa.

"Vai via. Farò di nuovo la doccia."

Gyogung non risponde, ma cambia argomento di conversazione e si alza dal letto.

"Sei sicuro di voler fare solo una doccia?"

Il giovane mascalzone scherza e poi segue rapidamente in bagno colui che ignora completamente la sua domanda.

Ma è troppo lento, perché quando raggiunge la porta del bagno questa è già chiusa a chiave e gli viene sbattuta in faccia.

"Andiamo, P'Gyo. Mi permetti di unirmi a te, per favore?"

Il giovane ha gridato per protesta.

"Non provarci nemmeno. Vai a dormire." Gyogung risponde prontamente.

"Devo lavarmi la mano. Ti prego di aprirmi la porta, mio caro P'Gyo."

Bamee fa del suo meglio con la voce dolce e supplichevole.

"Fuori c'è un lavabo. Lì puoi lavarti le mani."

Sebbene la risposta fosse simile a un rifiuto, il signor Bamee non si è arreso facilmente.

"Il divieto è ancora in vigore, di cosa hai paura? O... hai paura che ti veda toccarti?"

La volpe sorniona fa una battuta.

"Bamee!"

Il più anziano usa la sua voce alta come unica difesa, poiché ogni volta non sa come rispondere.

"Siamo fidanzati; di cosa ti devi vergognare? Mi tocco davanti a te molte volte al giorno!"

Quelle parole spudorate lasciano Gyogung ancora più senza parole.

Gonfia le guance e si allontana dalla porta del bagno per prepararsi a fare la doccia all'interno.

Le sensazioni di calore e arrapamento di quando era a letto con quel giovane mascalzone sono sparite, anche se questo può essere considerato un bene.

Almeno significa che non deve fare l'azione che lo avrebbe messo in imbarazzo quando Bamee lo avrebbe preso in giro all'uscita dal bagno.

Sarebbe anche più facile discutere del controllo della lussuria con il suo giovane demone.

Colui che giace nudo sul letto, senza alcuna preoccupazione, guarda Gyogung che rientra nella stanza con gli occhi sorpresi.

Anche se sa bene che Gyogung non riesce a contenere il suo piacere, Bamee non avrebbe mai pensato che il suo ragazzo più grande sarebbe stato così ... veloce.

Alza il viso senza sorridere, mentre il suo padrone si rifiuta di guardarlo, sale sul letto e si infila sotto la coperta.

"Perché ci hai messo così poco a finire?"

Il giovane ha sparato la sua domanda, rispondendo direttamente al punto.

"Mi stavo lavando velocemente, quanto pensi che ci sia voluto?" Risponde Gyogung altrettanto velocemente.

"Solo per lavarti... ne sei proprio sicuro?"

Bamee sembra ancora una volta sornione e beffardo, avvicinando il viso all'altro e sfoggiando un ghigno malvagio.

"Sì. Stavo... semplicemente... lavando me stesso!"

Il suo sguardo d'acciaio è la prova che in realtà non ha fatto altro che quello che ha detto di fare.

"Ti credo. Non c'è bisogno di abbagliare."

Poi alza le braccia per spingere il suo adorabile tesorino.

A metà strada, Bamee si ferma, abbassa le braccia e tira un grosso sospiro.

Conosce il motivo del divieto dell'altro, ma non vede proprio il motivo di essere severi fino alla fine della settimana.

Dopotutto, quando il divieto finirà il suo corso, sarà il diavolo in persona quando si tratta del suo ragazzo.

Solo... deve ricordare che il suo posto di lavoro era off-limits... se riuscirà a resistere.

L'unica parte del corpo del suo ragazzo che è permesso di toccare sono quelle labbra.

Bamee si china per lasciare un morbido bacio su quelle labbra che indicano un broncio.

Se non si fosse fermato ora il suo 'Piccolo' sarebbe stato sicuramente di nuovo 'su', così allontana rapidamente le labbra.

"Vai a dormire."

Gyogung dice rapidamente nel momento in cui il suo giovane fidanzato libera le sue labbra.

"Sogni d'oro, P'Gyo." Il giovane risponde con la sua voce di seta.

"Sì. Sogni d'oro."

Il più anziano si gira di lato e dà le spalle al giovane fidanzato.

Tuttavia, non vuole rischiare di strofinare le natiche contro il giovane demone, così Gyogung si allontana un po' di più.

Questa volta, però, è Bamee ad avvicinarsi. L'alito caldo che gli soffia sulla nuca fa rabbrividire Gyogung per la stimolazione sessuale.

Il suono del respiro profondo lo rende nervoso, ma quello che respira i suoi profumi nell'oscurità della stanza non fa altro che questo.

Molto tempo dopo, il suono del respiro diventa uniforme, segno che il giovane sta già dormendo. A quel punto chiude gli occhi e cerca di addormentarsi anche lui.

****

Oggi i due giovani hanno in programma di andare insieme al cinema nel pomeriggio.

Gyogung ha intenzione di passare la mattinata a fare il bucato e a pulire la sua stanza.

Tuttavia, quando apre gli occhi, ancor prima di riuscire a muovere il corpo, sente il respiro affannoso sulla pelle e capisce che il suo ragazzo sta muovendo la mano su e giù con incredibile velocità sulla sua schiena.

Non c'era bisogno di voltarsi a guardare, perché sa perfettamente cosa sta facendo!

Aahhhh!!! Come diavolo ho fatto a ritrovarmi con un ragazzo così arrapato? Se il divieto non fosse ancora in vigore, scommetto che farebbe sesso con me indipendentemente dal fatto che io stia dormendo o meno!

Gyogung può solo urlare mentalmente, visto che non osa muoversi, se dice al giovane arrapato che è già sveglio. Anche se ha visto il giovane furfante toccarsi davanti a lui molte volte, non c'è modo di abituarsi a questo!

Di solito cerca di evitare l'imbarazzo di non sapersi aggiustare il viso fingendo di dormire, ma i forti gemiti e il respiro pesante del suo ragazzo lo eccitano così tanto che è difficile ignorarli.

Anche Gyogung, dopotutto, è un uomo. Il fatto che il resto del corpo sia "sveglio" al mattino è normale.

Aggiungendo il fatto che i suoi sensi sono stimolati dal suo stesso ragazzo, non riesce a impedire che anche la sua lunghezza cominci a irrigidirsi per l'eccitazione.

Tuttavia, non c'è modo di dire a Bamee cosa stava succedendo!

Tutto quello che può fare è chiudere gli occhi e aspettare che quello che si accarezza sulla schiena raggiunga l'apice dei suoi desideri.

Il basso ringhio e il sussurro del suo nome gli dicono che colui che condivide il suo letto si è già lasciato andare.

Ben presto, Gyogung sente il respiro vicino all'orecchio.

"Dannazione, voglio divorare queste natiche rotonde. Un altro giorno, solo un altro giorno."

Il mormorio sommesso fa arrossire di passione colui che finge di dormire.

Gyogung rimane completamente immobile quando sente che il suo giovane ragazzo si alza dal letto, guardandolo furtivamente mentre va in bagno, ed esala un grosso sospiro.

Come può dimenticare che domani è l'ultimo giorno di divieto?

E il giorno dopo è lunedì. Se Bamee lo "attaccasse" subito dopo la revoca del divieto, potrebbe andare a lavorare?

Quel ricordo fa venire a Gyogung la pelle d'oca su tutto il corpo. L'immagine della parte intima del suo giovane ragazzo e delle sue dimensioni mostruose è più che chiara nella sua mente.

I dolori e i segni dopo essere stati "divorati" causano un po' di apprensione, ma le sensazioni di euforia durante l'amore gli fanno venire voglia di provare di nuovo quell'esperienza.

Tuttavia, dato che il demone lussurioso è stato bloccato per così tanto tempo... se Bamee cadesse semplicemente in una nebbia di lussuria e lo attaccasse senza ritegno, cosa potrebbe fare?

Gyogung sa di non poter biasimare il suo amante, perché probabilmente l'azione gli piacerà così tanto che risponderà con entusiasmo, alimentando il fuoco delle sue passioni.

E questo è il motivo preciso per cui il suo ragazzo non tira mai indietro i pugni quando si tratta di fare l'amore con lui.

"Oh? Sei già sveglio?"

Il saluto della persona che è rientrata nella stanza completamente nuda ha fatto uscire Gyogung dalle sue fantasticherie.

Guarda colui che ama dormire nudo e che cammina per la stanza con indosso solo la sua pelle senza alcuna vergogna e deve emettere un grosso sospiro.

OK. So che sei "grande", ma c'è bisogno di mostrarlo sempre?

Gyogung geme tra sé e sé e fa finta di non vedere quella cosa, mentre Bamee si avvicina per sedersi sul bordo del letto.

Alza gli occhi e guarda il più giovane.

Improvvisamente, viene colpito dal desiderio di abbracciare la vita dell'altro e di essere coccolato, di essere accarezzato.

L'unico ostacolo è il divieto che, beh, è stato lui a proporre, per cui il giovane si è seduto un po' in disparte.

"Cosa desideri per colazione? Chiamerò e lo farò consegnare."

Bamee ha chiesto. Era un po' frustrato dal fatto che gli fosse ancora proibito di toccare Gyogung, perché in questo momento non desidera altro che poter passare le dita tra quelle belle ciocche disordinate dei capelli del suo ragazzo e agitarle ancora di più.

"Vediamo… beh, ho voglia di un congee caldo. Dovrebbe essere più adatto al mio umore. C'è un bel negozio di congee non lontano dal condominio. Vuoi fare colazione lì?"

Chiede il più anziano, sfoggiando un sorriso così luminoso e grazioso che Bamee deve chinarsi e pizzicare teneramente quelle belle labbra rosse.

"Posso prendere qualsiasi cosa per colazione, ma se potessi prendere te, sarebbe meglio."

Il più giovane dice con una risata sommessa.

"Suvvia, non puoi provarci in continuazione!"

Gyogung brontola un po'.

"Di chi è la colpa se è così appetitoso? E ora che non ti ho avuto per una settimana... sai quanta fame ho?"

La voce e lo sguardo che gli sono inviati non fanno che peggiorare la sua pelle d'oca.

Sente nelle ossa che i suoi fianchi stanno per entrare in una zona molto, molto pericolosa.

"Basta così, tu. Vai a lavarti la faccia, così possiamo scendere a prendere il nostro congee."

Scappa in bagno con il suo giovane fidanzato alle calcagna.

"P'Gyo, non c'è bisogno di scendere insieme, non vai a lavare i tuoi vestiti? Vado a comprare il congee, così risparmiamo un po' di tempo." Bamee dice mentre prende lo spazzolino su cui l'altro ha già messo il dentifricio.

"Ah. È ancora meglio. Grazie."

Gyogung risponde mentre inizia a lavarsi i denti, guardando il giovane gigante in piedi accanto a lui, che si lava anch'egli i denti.

Non è un ragazzo piccolo rispetto agli altri thailandesi, ma accanto a questo giovane sembra piccolo e nano.

Passa troppo tempo a guardare il petto muscoloso e deve prenderlo un po' in giro.

"Se fissi troppo a lungo, ti faccio pagare."

Bamee dice con la sua voce sorniona, sfoggiando un sorriso diabolico.

Il più anziano distoglie rapidamente lo sguardo e torna a guardarsi allo specchio, lavandosi velocemente i denti con il volto arrossato e fingendo allo stesso tempo di non prestare attenzione alla risata gutturale del suo ragazzo.

Poi si lava rapidamente ed esce dal bagno.

Bamee si fa la doccia e si cambia prima di scendere a comprare la colazione, lasciando che il proprietario della stanza si occupasse delle faccende domestiche a suo piacimento.

Non molto tempo dopo il suo ritorno con il congee per loro due, mangiano insieme parlando del film che avrebbero visto oggi.

La lavatrice ha finito il bucato subito dopo la colazione e Bamee, che è impotente nelle faccende domestiche perché non le ha mai fatte prima, ha fatto del suo meglio per aiutare il suo ragazzo, anche dopo avergli detto di sedersi e rilassarsi. Dopo aver finito tutto, i due si sono diretti in un centro commerciale in pieno centro per guardare il film.

"Perché qui? Possiamo guardare un film in un centro commerciale vicino a casa mia." Dice Gyogung quando vede dove Bamee lo sta portando.

"Volevo portarti qui al cinema. Altri centri commerciali non hanno un posto come questo."

La risposta del giovane gigante fa aggrottare le sopracciglia a Gyogung, che capisce cosa intende solo quando Bamee lo porta al posto vero e proprio.

Sebbene sappia di avere un fidanzato ricco, la visione di un film in una sala come quella è un po' troppo impegnativa per Gyogung.

Ha accompagnato il suo giovane fidanzato al cinema.

Non ci sono solo posti a sedere per aspettare, ma anche poltrone per massaggi e un menù completo di antipasti e dessert e una varietà di bevande che possono essere gustate nella lounge o all'interno.

Bamee ha portato il suo ragazzo a sedersi in un angolo e ha pranzato lì prima di andare.

Dopo aver scelto quello che volevano dal tablet presentato loro dal personale della sala, Gyogung ha parlato con stupore.

"Bamee... perché stiamo guardando un film in una sala così costosa?" Chiede con voce uniforme.

"Perché no, volevo portarti in un posto dove potessimo sdraiarci e rilassarci guardando il film. Inoltre, qui abbiamo la nostra selezione di cibi deliziosi, quindi non dobbiamo andare in giro a cercare ristoranti. Non è comodo? E all'interno ci saranno bevande, popcorn e altri snack, così non dovremo fare la fila per comprarli."

Bamee ha risposto in modo abbastanza confortante.

"Ma tutto quello che hai detto messo insieme non arriva nemmeno alla metà del prezzo del biglietto."

"Perché devi pensarci così tanto? È solo uno strano piacere che sperimentiamo di tanto in tanto. Non è che qui si guardi un film tutti i giorni."

"Oggi non è niente di speciale."

"Passare del tempo con te è sempre un'occasione speciale per me."

Le parole di Bamee fanno sentire a Gyogung una sensazione di calore su tutto il viso. Il giovane furfante ha sicuramente un modo di parlare che gli rende difficile arrabbiarsi con lui.

"Come sei dolce."

"Anche tu sei dolce, soprattutto quelle labbra. Ora che ho detto che voglio davvero stroncarti..."

Dice la volpe sorniona, sorridendo quando vede l'imbarazzo dipinto sul volto del suo ragazzo.

Vedendo ciò, Gyogung si è sentito ancora più vicino a lui e ha desiderato ardentemente di abbracciare l'affascinante ragazzo e di baciarlo finché non fosse stato soddisfatto. Peccato che sia ancora bandito.

Oh... allora che senso ha portare P'Gyo qui, in questo cinema mentre il divieto continua, come diavolo posso toccarlo, accarezzarlo e stringerlo mentre c'è il film!!!

Bamee si rende conto della cruda realtà e non può fare altro che espirare segretamente per la frustrazione.

Immagino che dovrò rischiare di chiedere all'altro se il divieto può essere revocato un po' prima del previsto...

Dopo il pasto, i due si dirigono verso il cinema.

Gyogung guarda i sedili che avrebbero dovuto essere chiamati letti e si volta a guardare il suo giovane fidanzato.

Ricorda che Bamee ha una stanza nell'attico come home theatre.

In quella stanza c'è un enorme divano letto, non diverso dai divani letto di quel cinema.

Da parte sua, l'attrice non si è preoccupata delle condizioni del luogo in cui guarda i suoi film.

Tuttavia, non vuole lamentarsi troppo perché sa bene che il suo ragazzo vuole solo regalargli qualcosa di speciale.

"Cavolo, che spreco."

Il grugnito di quello sdraiato sul divano letto accanto a lui gli giunge alle orecchie mentre Bamee sta regolando l'altezza della sua poltrona prima di sistemarsi con un broncio

"Cosa vuoi dire?" Chiede Gyogung.

"Beh, qui siamo in un cinema romantico e privato. I nostri divani letto sono regolabili, quindi non dobbiamo temere che gli altri ci vedano se facciamo qualcosa di un po' birichino. Ma cavolo, non posso toccarti!"

"Tu... hai solo una cosa in testa, eh?" Dice Gyogung con un sorriso, avvicinandosi un po' di più a colui che sta facendo i capricci.

"Beh, tu... tu, sei così appetitoso che vorrei inghiottirti per intero. Te ne renderai mai conto?" Risponde Bamee, guardando in profondità quei bellissimi occhi rotondi, con uno sguardo pieno di ardente desiderio.

Il bagliore predatorio di quegli occhi riesce sempre a scuotere Gyogung nel profondo.

Lui distoglie subito lo sguardo e si sposta un po' di più, senza dire nient'altro.

Sente quegli occhi su di lui anche dopo l'inizio della proiezione del film sullo schermo.

"Posso almeno darti un bacio?"

La voce morbida e vellutata sussurra.

Gyogung si guarda intorno prima di alzare il viso per guardare il suo ragazzo e chiudere entrambi gli occhi, aspettando il tocco di quelle labbra morbide e calde.

Il suono aspro e ansimante del demone lussurioso lo spinge ad allontanare quel bel viso. Gli occhi dell'altro lo imploravano praticamente di continuare.

"P'Gyo..." Bamee sussurra dolcemente.

Sfiora di nuovo le labbra sui morbidi petali di Gyogung, prima di dire con la sua voce più setosa.

"Per favore, revoca il divieto per me, per favore."

Quando si rifiuta di rispondere, l'altro sembra riuscire a recepire il messaggio abbastanza facilmente.

Sebbene si sia lasciato andare ad alcune forti esalazioni, Bamee è tornato a guardare il film senza fare capricci.

Dopo pochi istanti, il più giovane si è avvicinato a Gyogung, avvicinando il viso alla sua pelle, tanto da iniziare a respirare il suo profumo, partendo dalle spalle fino al collo.

Gyogung sente la pelle accapponarsi mentre giace lì, così teso da respirare a malapena.

La giovane canaglia è sicuramente in grado di metterlo sotto il suo incantesimo sensuale e di scuotere il suo cuore anche senza toccarlo.

Stringe forte le labbra quando sente il respiro caldo vicino all'orecchio.

Cosa c'è che non va in me, è il risultato della mia debolezza o sono ubriaco di quei bei muscoli... non riesco proprio a decidere?

L'unica cosa di cui è sicuro è che nel momento in cui revocherà il divieto…

Sarò distrutto.

Bamee sente il respiro agitato del suo ragazzo e il suo corpo così teso da sembrare un asse rigido.

Sa allora che il suo amato P'Gyo è eccitato quanto lui.

Solo questa consapevolezza gli fa venire voglia di aggredire e divorare l'altro finché quella pelle liscia e chiara non fosse fiorita di segni rossi e rosa.

Soprattutto quando il suo naso sfiora il bordo dell'orecchio di Gyogung, facendo tremare sensibilmente l'esile corpo di quest'ultimo e il suo amato ragazzo emette un sommesso gemito...

Gyogung era così carino che ha quasi perso il controllo!

Dannazione, voglio sentirlo! Perché ho deciso di scegliere un giorno così sbagliato per portarlo qui?

Poco dopo aver annusato l'amante, Bamee comincia a sentirsi "eccitato" e "eccitante", tanto che quella parte di lui comincia a spingere con fervore contro il cavallo dei pantaloni, caricandolo così tanto che rischia di strapparsi!

Guarda quello che giace accanto a lui e capisce che l'altro non è molto diverso da lui, a giudicare dal volto arrossato e dalle labbra ancora premute. Bamee sospira un po'.

****

Dopo aver lasciato il cinema, Gyogung, sorprendentemente, non ha rimproverato né si è lamentato.

Il silenzio si è fatto sentire e Gyogung ha risposto solo con risposte molto brevi, come se stesse pensando intensamente a qualcosa.

Quando salgono in macchina, il più anziano tira fuori il portafogli e tira fuori del denaro che equivale a un biglietto per e glielo porge.

Ma Bamee mette in moto l'auto e parte senza dire altro.

"Bamee..." Gyogung chiama il nome della persona che si rifiuta di parlare con lui.

Sospira e mette i soldi nel portafoglio, pensando di pagare quando sarebbero arrivati a casa.

Quando arrivano in camera, però, il suo gigantesco fidanzato va subito in bagno senza dirle nulla.

Bamee riscalda la doccia, lasciando che l'acqua gli spruzzi sulla testa nella speranza che possa calmare un po' la rabbia che ha dentro.

Non vuole arrabbiarsi o litigare con P'Gyo.

Quando si calma e rifle sull'accaduto, a giudicare dall'appartamento in cui vive Gyogung e dal lavoro che ha, deve stare bene economicamente.

Bamee se n'è accorto da tempo, ma a Gyo non piace sprecare i suoi soldi.

"Ti comporti così non mi hai mai permesso di pagare come se non stessimo nemmeno insieme: siamo solo amici e dobbiamo dividere tutto a metà?" Si lamenta Bamee infastidito.

Quando finisce la doccia, pensa che dovrebbe parlarne con il suo ragazzo e non lasciare che diventi un problema.
Uscito dal bagno, vede il proprietario della stanza che raccoglie i suoi vestiti sul balcone, così, a malincuore, indossa i boxer ed esce ad aiutarlo, in modo che possano sbrigarsi a parlare.

Gyogung ha un'idea di cosa abbia messo di cattivo umore l'uomo più giovane.

Capisce perfettamente il motivo per cui il suo amante è arrabbiato. Tuttavia, proprio perché più anziano, non vuole che il suo ragazzo, tecnicamente ancora studente, paghi le sue spese.

Quando finisce di sistemare i suoi vestiti, Bamee va a sedersi sul divano del soggiorno, aspettando che il proprietario della stanza sistemi i suoi abiti nell'armadio della camera da letto prima di andare a fare la sua doccia in bagno.

Una volta terminato, Gyogung va a sedersi sulla sedia accanto al divano su cui è seduto Bamee.

Guarda il viso del suo giovane ragazzo con l'aria di un adulto che sta per rimproverare un bambino cattivo.

Non guardarmi così! Sei tu! Perché dobbiamo sempre dividere le spese di tutto? Sono il tuo ragazzo, non solo un amico!

Bamee scoppia di rabbia.

"Cosa ti ho detto prima?" Chiede il più anziano.

Vedendo quelle folte sopracciglia aggrottate con tensione, sospira e continua "Te l'ho già detto, vero? Non mi piace che mi tratti come una donna."

"Non ho mai pensato a te come a una donna, ma sei..."

Il giovane si ferma quando arriva a quel punto.

Anche se sono andati a letto insieme e lui è... beh... rispetta troppo l'altro per usare la parola "moglie".

L'espressione piatta del volto di Gyogung e gli occhi freddi e d'acciaio gli dicono che il suo P'Gyo sa benissimo cosa sta cercando di dire, e già solo questo lo rende ancora più incapace di pronunciare quella parola.

"Bamee, sono un ragazzo. Non importa come siamo a letto, sono un ragazzo e so prendermi cura di me stesso."

Quelle parole sembrano stordire il giovane fino a farlo tacere. Distoglie rapidamente lo sguardo, rifiutandosi di guardare ancora Gyogung.

"Sono così sbagliato a volermi prendere cura di te?"

"Non sto dicendo che hai torto. Voglio solo che tu capisca come mi sento."

Gyogung cerca di spiegare.

"Voglio che anche tu capisca come mi sento. Se non ti piace che sia io a pagare le spese ogni volta, possiamo fare a turno. Voglio solo... prendermi cura di te come tuo amante."

Le parole del giovane fanno riflettere Gyogung. Sa anche che per far funzionare la loro relazione devono incontrarsi a metà strada.

"Se ti fa sentire meglio, possiamo fare come suggerisci."

Poi si alza e va ad accarezzare la testa del suo ragazzo, anche se Bamee ha ancora il broncio sul viso.

"Smettila di fare quella faccia. Non è un grosso problema, sai."

Il più giovane sospira un po'. Anche se fare i turni per pagare è ancora contro la sua natura, è comunque meglio che dividere sempre il conto.

"Per me il problema principale è il fatto che il divieto continua."

Gli lancia un'occhiataccia e lui ride apertamente.

"Naturalmente. Lo so. E ci ho pensato da quando eravamo al cinema."

Le parole di Gyogung fanno drizzare le orecchie di Bamee con interesse.

"Che cosa intendi dire?" Chiede speranzoso.

Si sdraia sul divano accanto al suo ragazzo.

Sa che se proibisse fino a domenica, sarà "divorato" al punto da non essere in grado di andare al lavoro il lunedì.

Tuttavia, se revocasse il divieto proprio ora, dovrebbe avere tutto il giorno domani per riprendersi prima di lavorare.

Gyogung deglutisce a fatica, fece un respiro profondo e cerca di trovare un po' di coraggio prima di dire ciò che sa che Bamee sta aspettando.

"Significa... che sto revocando il divieto in questo giorno... in questo momento..."

Ciotola 10: Deliziosi wonton ai gamberetti e ramen piccanti.

Il cuore di Gyogung ha un forte sussulto quando vede gli occhi acuti del suo ragazzo illuminarsi nel momento in cui ha terminato il suo divieto.

Non ha nemmeno il tempo di battere le palpebre che Bamee si precipita a baciargli le labbra.

Il lussurioso, demoniaco giovane attacca le sue morbide labbra con la stessa avidità con cui lui lo ha costretto a "morire di fame" per tanto tempo.

Mani grandi gli stringono il petto prima di tirare con impazienza la maglietta sottile che indossa.

"Bamee..." dice Gyogung appena sopra un sussurro, ma il proprietario del nome non dà al suo ragazzo la possibilità di continuare a parlare.

Torna a divorare quelle labbra e spinge l'altro fino a farlo cadere sul divano. Poi stringe e tocca tutto il corpo morbido finché la pelle chiara e liscia non si riempie di segni rossi, prima di spostare il viso a sfiorare e mordicchiare il collo di Gyogung.

"Hahhh... Bamee... hahhh... calmati..."

Il divorato cerca di tirare indietro l'altro, ma Bamee, che è così consumato dalla lussuria, si limita a grugnire in risposta e a strusciare il viso sul collo e sulle spalle strette.

Trascina la punta della lingua sulla parte superiore del petto di Gyogung e lecca quei piccoli nodi rosa che si irrigidiscono per l'eccitazione.

"Ahhh...!" Gyogung emette un grido acuto mentre il suo amante lussurioso morde i capezzoli nella foga del momento.

Sembra che Bamee pensi che succhiare quei capezzoli avrebbe aiutato a lenire il dolore.

Aumenta ancora di più la forza dei suoi risucchi, mentre Gyogung inarca la schiena e spinge più forte il petto contro di lui, tanto che geme in modo incontrollato.

Quando è soddisfatto del sapore e della sensazione, trascina la punta della lingua verso il basso, fino a raggiungere il ventre liscio.

Poi scivola giù per i pantaloni di Gyogung, facendo scorrere la sua lingua calda, lungo il suo fianco sensibile fino allo spazio tra la gamba e il busto che ama tanto.

Lecca finché non è soddisfatto del tocco prima di dirigere la lingua verso l'asta di carne dura e tesa, ricoprendola con la bocca.

La suzione dura e decisa è tale che Gyo stringe le natiche.

Bamee è un po' arrabbiato con sé stesso per non aver nascosto il lubrificante in salotto.

Ora che sono arrivati a questo punto, non ha intenzione di perdere tempo per portare il suo dolce ragazzo in camera da letto.

L'unico modo per risolvere il problema che gli viene in mente è quello di far raggiungere l'orgasmo a P'Gyo per primo.

Ora che ha preso questa decisione, il giovane gigante aumenta la velocità e la forza della sua bocca, così come i colpi delle sue mani.

I gemiti di eccitazione lo fanno girare da quel corpo magro spingendo l'autocontrollo di Bamee.

Rilascia le labbra e aumenta la velocità della mano e del polso.

Non molto tempo dopo, il suo amato fidanzato rilascia nella sua mano lo sperma.

Ora che ha una lubrificazione naturale, non perde un secondo.

Strofina il liquido scivoloso sulla sua lunghezza indurita e ne usa un po' per preparare l'apertura di Gyogung.

Bamee infila il dito all'interno, aprendo la strada a qualcosa di più grande; il tutto avviene così rapidamente che Gyogung non ha modo di riprendere fiato.

Il giovane tutor fa un piccolo salto quando sente qualcosa scivolare dentro di sé. Il cuore gli batte forte contro il petto mentre quel grosso dito comincia a muoversi dentro e fuori.

Poco dopo, il ragazzo impaziente aggiunge altre dita, spingendo e saccheggiando finché il suo ragazzo riesce a malapena a resistere.

"Ehm... hahhhhh... Non... non... non... non incrociare il dito... ahhhhh" implora la dolce voce in un sussurro, ma non c'è modo che il suo lussurioso e diabolico ragazzo si fermi!

Bamee sfoggia un ghigno maligno e aggiunge un altro dito, arricciando e torcendo le appendici mentre osserva il volto dell'amante e le espressioni eccitate dipinte dappertutto.

Il suono del respiro ansimante risucchiato nella bocca aperta e il gemito del suo nome spingono il giovane oltre il limite.

Estrae il dito, afferra la sua grande durezza e la preme vicino alla morbida e calda apertura.

Prima che possa entrare, però, una piccola mano si allunga e spinge leggermente contro il suo stomaco.

"... preservativo..." dice Gyogung.

Bamee si acciglia. Non ha intenzione di usarli da quando ha fatto l'amore con Gyogung.

Inoltre, i preservativi sono in alcuni cassetti della stanza e non ha intenzione di perdere tempo per andare a prenderli.

"Ti voglio adesso, possono essere usati per gli altri round?"

Dice, spingendo la punta all'interno. Gyogung, anch'egli eccitato, non solleva altre obiezioni, ma chiude gli occhi mentre il suo amante allarga le gambe.

"ohhh... hahhh... lentamente... andare lentamente..."

Lo avverte nel timore che il suo ragazzo spinga così forte e veloce da non poterlo sopportare.

Il più giovane stringe le labbra nel tentativo di controllarsi e non spinge abbastanza forte per arrivare in fondo. La stretta sensuale del passaggio attorno a lui lo fa quasi impazzire.

"Ahhhh... P'Gyo... hahhhh..." Ringhia, con la voce roca e rauca, prima di abbassarsi e premere un bacio su quelle dolci labbra.

Cerca di distrarre il suo ragazzo con il bacio, continuando a spingere dentro di lui.

Il cuore di Bamee sussulta quando la mano calda che prima gli accarezzava il collo si sposta sui suoi fianchi.

Il giovane si tende completamente nel momento in cui il suo ragazzo gli fa il segnale di sbrigarsi.

"Ummm..." Gyogung emette un suono attraverso le labbra serrate.

La grossa asta dentro di lui crea una sensazione di tensione e di leggero disagio, che lo spinge a mordere le labbra del suo giovane ragazzo senza rendersi conto di farlo.

Il leggero dolore non scoraggia le spinte dentro e fuori.

Invece, Bamee è ancora più eccitato da quella sensazione e si vendica mettendo più forza dietro la sua vita, spingendo più forte e più a fondo.

Ogni colpo penetrante è profondo e vigoroso, tanto che chi giace sotto di lui si contorce per il sovraccarico di sensazioni.

Bamee si è separato dalle labbra e si è raddrizzato sulle ginocchia. Guarda l'espressione eccitata sul volto del suo amante e si ritrae fino a quando i loro corpi sono quasi separati, per poi spingere di nuovo, con forza e in profondità.

"Hahhhh... Bamee... non..." dice Gyogung, con la voce tremante.

Tuttavia, le sue gambe sembrano avere una mente propria e si aggrappano ai loro punti intorno alla vita del più giovane.

Anche i suoi fianchi lussuriosi spingono indietro senza sosta, incontrando Bamee spinta per spinta.

Per Bamee non c'è modo di ritirare i colpi. Il giovane gigante solleva i fianchi del suo ragazzo fino a portarli ben al di sopra del divano e spinge follemente, ancora più forte e profondo di prima.

Una grande mano si avvicina alla lunghezza indurita di Gyogung e si muove su e giù, con la stessa velocità del movimento della sua vita e dei suoi fianchi, acquistando forza e velocità fino a quando entrambi tremano e pulsano mentre arrivano alla fine, venendo quasi contemporaneamente.

L'apprendista svergognato si china e bacia le labbra del suo ragazzo.

Abbraccia e stringe tutto il corpo con adorazione.

I due non sono ancora riusciti a riprendere completamente fiato, ma "Little Bamee" è già pronto all'azione!

Si sta premendo e contorcendo contro la coscia di Gyogung al punto che colui che si sta godendo il bacio sussulta per la sorpresa e allontana rapidamente il suo giovane ragazzo.

"Bamee!" esclama Gyogung, con un'espressione di incredulità.

"Sì, amore mio?" Ha l'ardire di rispondere con un tono dolce.

"Non fare così, amore! Perché si alza di nuovo!"

Dice, guardando l'asta dura e distogliendo rapidamente lo sguardo.

"Credo che si rialzerà ancora molte volte nel prossimo futuro. In fondo mi manca molto il mio P'Gyo."

Il giovane gigante usa la sua voce migliore mentre prende in braccio Gyogung e lo porta nella stanza.

"Bamee! Lasciami andare, cosa stai facendo?" si lamenta ad alta voce Gyogung, ma si stringe rapidamente al collo del più giovane, temendo di cadere.

"Ti porterò a farti divorare a letto. O... preferisci il balcone?"

Poi si gira come se stesse davvero per dirigersi verso il balcone.

"No! No no no no! Moccioso! Assolutamente no!"

Il più magro si muove, tira pugni e calci al suo portatore.

"Non muoverti tanto, P'Gyo, o si rovescerà sul pavimento."

Dice il più giovane mentre con la mano chiude il culo di Gyogung.

Le parole del suo demone lo imbarazzano a tal punto che deve nascondere il viso contro la spalla dell'altro.

"Di chi è la colpa? Ti avevo detto di usare il preservativo e non l'hai fatto."

Gyogung borbotta, piagnucola, ma le sue braccia si aggrappano al collo di Bamee.

"Beh, sono lontani da noi. Immagino che dovrò spargerli qua e là per tutto l'appartamento, in modo da poterli usare correttamente."

Le parole del demone lussurioso scatenano il panico nel giovane: il ragazzo ha intenzione di averlo ovunque si trovino?

È scioccato e imbarazzato perché non riesce a formulare parole.

Non può fare altro che nascondere il viso nell'incavo del collo dell'altro, finché il giovane gigante non lo posa delicatamente sul letto e gli annusa il collo.

Bamee gli dà dei teneri colpi e baci da quel collo sottile fino alle clavicole, prima di trascinare la lingua fino alla mascella, prendendo finalmente possesso di quei petali morbidi.

"P'Gyo..." Bamee sussurra contro le sue labbra, raddrizzandosi lentamente e guardando in profondità negli occhi del suo ragazzo.

Solleva una mano e posa delicatamente una ciocca di capelli sulla fronte di Gyogung, sorridendo calorosamente al suo amante prima di dire.

"Potresti essere il mio cowboy e cavalcarmi?"

Diavolo lussurioso! Quel volto... e i gesti teneri... Pensavo che avresti detto qualcosa di romantico! Immagino che ci sia solo la lussuria nel tuo cervello, vero?

"No!" risponde Gyogung, spegnendo ogni speranza, e gonfia le guance.

"Che crudeltà. Andiamo, per favore, P'Gyo, amore mio. Per favore, cavalcami."

Continua a implorare, addolcendo il suo tono e chinandosi a baciare amorevolmente le morbide guance.

"No!"

Bamee preme di nuovo il naso sulla guancia morbida e rotonda, trascinando con cura il naso fino a raggiungere quelle labbra formose, mandando brividi lungo la schiena di Gyogung.

Sfiora le labbra lungo la linea che va dal morbido mento all'incavo del collo di Gyogung e soffia il suo respiro caldo sulla pelle, creando una sensazione sensuale nel suo amante, sperando di ingannare Gyogung prima di implorare di nuovo ciò che vuole.

"Ti prego, dolce P'Gyo..."

Non è solo il sussurro sommesso, ma anche le tenere effusioni.

Gyogung sente il viso bruciare. Non immaginava di essere debole contro una cosa del genere.

Chiude gli occhi in preda a un profondo imbarazzo, mentre le labbra calde gli danno piccoli baci su tutto il collo.

"Io... non so come..."

La dolce voce gli balbetta sinceramente, mentre Gyogung alza lo sguardo verso il suo giovane ragazzo che si raddrizza leggermente.

"Non è così difficile. Mettiti sopra di me e muoviti con forza."

Il giovane lussurioso risponde con un'espressione seria, ma questo basta a far uscire l'altro dal suo stato di trance.

"Tu...!!!"

Questo è tutto ciò che Gyogung riesce a dire, poiché è sicuro di non poter fare nulla per fermare il demone.

A dire il vero, non riesce a pronunciare altre parole, perché il suo ragazzo birbante gli chiude di nuovo la bocca con le sue labbra bollenti.

No, no, no.

Il piccolo Gyogung non può cadere nella trappola dell'astuta volpe. Il piccolo Gyo non deve diventare gelatina! Il piccolo Gyo non deve cavalcare e cullare Bamee!

Gyogung cerca di ricordarlo mentalmente a sé stesso, temendo che la sua natura seduttiva venga risvegliata dal ragazzo muscoloso.

Mentre le sue labbra vengono aggredite in un modo che non lascia spazio a trattative, la sua esile gamba viene appoggiata sulla spalla di Bamee senza preavviso o preamboli e poi la gigantesca asta di carne viene spinta nella sua fessura, ancora morbida e calda.

Prima che se ne accorga, viene strattonato con un ritmo tanto duro da fargli tremare il cervello: non è il momento di sentirsi sollevato per non essere stato issato sopra e costretto a cavalcare, perché in quel momento le sue viscere vengono stimolate e saccheggiate con tutto quello che il suo giovane ragazzo ha!

Sta reclinando la testa all'indietro, gemendo di grande piacere, quando si sente sollevare tutto il corpo.

Il sorriso diabolico e la voglia di leccarsi le labbra fanno quasi sciogliere Gyogung.

"Ahhh... beh... inghiottimi completamente."

Bamee ringhia dolcemente in gola, stringendo la presa sulla morbida carne del culo di Gyogung e spingendo verso il basso.

Quello seduto sopra, invece, stringe forte le mani sulla spessa spalla, costringendosi a non affondare troppo velocemente.

Hahhhh... Tu e le tue subdole manipolazioni! E... e in questa posizione stai spingendo il tuo coso gigante dentro di me abbastanza in profondità, e stai ancora cercando di spingerti ancora più in profondità! Non ti rendi conto o fai finta di non sapere che il tuo... 'coso' ... non è solo grande ... ma... È anche immensamente lungo!

Gyogung fa una smorfia, mordendosi le labbra, e ansima bruscamente quando il suo amante si solleva cercando di premere i fianchi più in basso.

Appoggia la mano sul ventre muscoloso del suo ragazzo e parla rapidamente.

"Hahhhh... Bamee... Non posso... non posso sopportarlo... è troppo... troppo profondo..."

Implora con voce tremante, cercando di alzarsi.

Davvero pensa che Bamee lo avrebbe lasciato in pace ora che sono arrivati a questo punto?

"Allora devi muoverti. Ahhhh... in questo modo, non sarà così stretto e pieno. Dai, muovi i fianchi con forza e velocità, così non ti sentirai a disagio... ahhhh... proverai altre sensazioni."

"Bamee... lascia che ggg... ah... ahhhhhh..."

Prima che possa pronunciare una frase completa, il più giovane sta già sollevando i fianchi e spingendo verso l'alto.

Bamee afferra con forza quei fianchi sottili e dondola verso l'alto ancora e ancora.

Guarda con soddisfazione il viso sgualcito dal sovraccarico di sensazioni e ascolta i gemiti che diventano sempre più forti con il passare del tempo.

"Ahhh... P'Gyo... ondeggia un po' i fianchi."

Bamee è ancora implacabile nella sua richiesta.

Tuttavia, quello che ha gli occhi chiusi e geme senza sosta non si muove.

Il più giovane guarda l'espressione di piacere sul volto del suo amante e gli occhi gli brillano.

Aumenta il ritmo delle sue spinte, rendendole sempre più rapide e forti, finché il suono della carne martellante non riecheggia in tutta la stanza.

"Hahhhh... Bamee... è... è troppo profondo... ahhh."

Gyogung cerca di implorare un ritmo più lento e delicato, ma la sua emozione, che si sta esaurendo, lo spinge ad afferrare quel bellissimo viso, avvicinandolo al suo petto, e a premere i capezzoli nella bocca del suo amante.

L'azione non fa altro che spingere il ragazzo a un'ulteriore dissolutezza.

Smette di spingere verso l'alto, concentrando invece la sua attenzione nel mettere la bocca su quei piccoli nodi, succhiandoli abbastanza forte da far inarcare il corpo del suo amante.

Il fuoco della lussuria che si accende fino a dilagare fa sì che Gyogung inizi a dondolare un po' i fianchi, ma questo basta a far grugnire Bamee.

Si aggrappa rapidamente a quei fianchi formosi e li spinge su e giù.

"Ahhhh... mio caro P'Gyo... cavalcami... cavalcami più forte..."

Bamee incita l'altro con le sue parole, tirando giù quel musetto affettuoso per un bacio.

Sa bene che Gyogung è sempre debole con i suoi baci, così inizia la sua seduzione con baci profondi, aggiungendo lentamente del pepe ai suoi baci caldi.

Il cuore gli batte all'impazzata contro il petto, mentre la piccola bocca lo bacia con lo stesso calore.

La lingua morbida che ha sempre guidato sembra tenere meglio il passo con lui.

Quei fianchi rotondi, ancora impacciati dai suoi discreti movimenti, sembrano acquistare una certa audacia quando iniziano a ondeggiare sempre più forte.

Le braccia sottili si aggrappano al suo corpo, bisognose di qualcosa a cui aggrapparsi mentre i fianchi aumentano il ritmo.

"Hahhh... Bamee... hahhhhhhh... Non posso... ohhhh... Non posso sopportarlo..."

Gyogung grida, con la voce tremante.

Cerca la grande mano del suo amante e la preme sulla sua parte indurita e sensibile.

I suoi occhi sono chiusi, quindi non può vedere come si illuminano gli occhi del suo giovane ragazzo e come le sue labbra si allungano in un sorriso così affamato e arrapato.

Bamee lo accarezza la mano muovendola rapidamente su e giù mentre guarda quel viso dolce e bellissimo.

I fianchi formosi dondolano su e giù con forza e velocità, in sincronia e in competizione con il ritmo di sfregamento di quella mano esperta.

Non molto tempo dopo, Gyogung emette un urlo lungo e forte, liberando ancora una volta la prova del suo piacere.

Bamee non ha perso un secondo.

Manipola la sua posizione finché non è di nuovo lui a stare sopra il suo ragazzo e inizia a spingere con forza e in profondità.

I gemiti e le grida del suo ragazzo sembrano solo renderlo più selvaggio.

Dondola la vita, duramente, velocemente e profondamente, finché anche lui non raggiunge l'apice del desiderio.

Il giovane si accascia sull'esile corpo, baciando con adorazione quelle labbra gonfie.

Le sue mani accarezzano e sfregano tutta quella pelle morbida, incapaci di smettere di toccare il suo amante dopo una tempesta di sensazioni.

Vorrebbe divorare ancora un po' il suo amato P'Gyo, ma sembra che prima sia stato un po' brusco con l'altro, così Gyogung si è già addormentato, completamente esaurito dal suo amore.

È anche stanco per aver esercitato tanta forza, quindi un riposino gli sembra una buona idea.

Al risveglio potrà mangiare di nuovo il suo "cibo delizioso."

Bamee si ritrae lentamente dal corpo del suo ragazzo, guardando il liquido versato e lasciando il letto per trovare le cose necessarie per pulire entrambi.

Il suo ragazzo è decisamente addormentato, ma le sue gambe tremano ancora, conseguenza del tempo sensuale trascorso insieme.

Si chiede se non sia stato troppo rude... ma non è che sia l'unico da biasimare!

P'Gyo lo stava affrontando spinta per spinta, rifiutandosi di tirarsi indietro!

Ripensare a quell'immagine estremamente erotica lo mette di umore immensamente felice, tanto che canticchia una canzone di gioia mentre si pulisce.

Bamee pensa che quando il suo caro ragazzo si sveglierà, ricompenserà il ragazzo sexy per il suo bellissimo primo viaggio per divorarlo per almeno altri due giri!

****

La luce del sole che illumina la stanza sveglia Bamee il mattino seguente.

Bacia per prima cosa la piccola testa rotonda annidata contro il suo petto, prima di spostare le mani verso il basso per strofinare il morbido sedere rotondo tra le sue braccia, godendo della sua vicinanza senza fretta mentre aspetta che il suo ragazzo si svegli.

Lui stesso si è "svegliato" da un po' senza bisogno di essere sollecitato.

Il corpo morbido e profumato accoccolato contro il suo petto è sufficiente a far venire voglia di azione al "piccolo Bamee".

Dopo qualche morso e qualche bacio, colui che è morto al mondo dalla sera prima non mostra ancora segni di risveglio. L'unica risposta, per ora, è un gemito sommesso quando inizia a succhiare un capezzolo in modo stuzzicante.

Devo fare i conti con lui mentre sta ancora dormendo? Oh, non lo sveglio! Credo che sia meglio dare un bacetto qui e un assaggino là, perché se me lo proibisce di nuovo, credo che morirò!

Bamee geme tra sé e sé mentre trascina la lingua su quei bei capezzoli, godendo immensamente della leccata.

Si compiace quando il corpo esile sussulta un po' e si ode un gemito sommesso.

Non vuole perdere tempo e pensa che preparare il suo amante in quel momento gli sembra una buona idea.

Nel momento in cui aprirà gli occhi, il suo amato ragazzo sarà pronto da "mangiare".

Quando prende questa decisione, afferra il flacone di lubrificante che si trova sotto il cuscino dalla sera prima, quando l'altro stava già dormendo.

Ne versa una quantità generosa sulle dita prima di stringere nuovamente Gyogung e fargli scivolare una gamba sottile intorno alla vita, facendo scorrere le mani tra le cosce.

Tocca il culo morbido e spinge la punta delle dita nell'apertura strettamente chiusa.

Quando inizia a muovere il dito, il dormiente comincia a reagire al tocco.

I gemiti sommessi non fanno altro che stimolare il giovane, che si tuffa di nuovo a succhiare quei capezzoli, alternandoli con la lingua per una leccata decisa.

Aggiunge altre dita e aumenta il ritmo del movimento dentro e fuori, senza dimenticare di muovere il dito per tutto il tempo.

I respiri tremanti e le grida sommesse di colui che sembra stia per svegliarsi fanno sorridere Bamee come un pazzo.

"Hahhhh!!!" Nel momento in cui apre gli occhi, Gyogung deve sobbalzare per le sensazioni che assalgono i suoi sensi.

Non gli ci vuole molto per capire cosa sta succedendo.

Le braccia forti che lo avvolgono così strettamente gli dicono che sarebbe stata una perdita di tempo resistere.

Inoltre, il battito del suo cuore e i fremiti sensuali delle dita all'interno del suo corpo sono sufficienti a renderlo cedevole, permettendo il saccheggio del suo corpo con tutto il cuore.

Quando decide di assecondare la corrente e di tornare in sé, Gyogung chiude gli occhi e apre le labbra per accettare il bacio che è già ardente e appassionato dal primo tocco.

Pur sapendo che i suoi fianchi avrebbero dovuto sopportare un duro lavoro, Gyogung pensa che non è poi così male lasciare che Bamee si goda un "pasto leggero".

Ma sembra che abbia già dimenticato che il suo giovane fidanzato...

Ha un grande appetito e la sua pancia non è mai piena!

Il "pasto leggero" che Gyogung sperava di ottenere è stato sicuramente un lontano errore di calcolo.

Ah, quei poveri fianchi sottili.

Il proprietario non si è ancora reso conto che il suo lussurioso fidanzato non lo ha mai divorato con leggerezza e moderazione?

Bamee sorride tra sé e sé quando vede che il più anziano è disposto a partecipare al loro rapporto sessuale mattutino.

Dopo aver indugiato un po' con le labbra e la lingua, finché non è soddisfatto, si abbassa e appoggia il viso sul collo di Gyogung.

"Ahhhh... Mio caro P'Gyo, sei così carino!"

Più spinge le dita dentro di lui e le fa roteare, facendo sì che quei fianchi sottili rispondano sollevandosi e spingendosi indietro, più vuole spingersi fino in fondo!

"Dannazione, piccolo tentatore!" Ringhia Bamee, estraendo le dita da lui.

Sistema il corpo di lui in modo che sia disteso su un fianco, con la schiena rivolta verso di lui.

Usa abbondanti quantità di lubrificante sulle sue parti e del suo ragazzo, prima di forzare rapidamente le sue viscere indurite e gonfie.

"Ahhhh... Bamee... uhhhh... spingi... lentamente..."

Anche se lo dice ad alta voce, i fianchi di Gyogung in realtà si stringono di più.

Due braccia sottili colpiscono l'abbraccio stretto intorno al suo corpo, scavando con le unghie in quei muscoli forti mentre Bamee spinge ancora più a fondo.

"Hahhhh..."

Bamee grugnisce dolcemente, facendo un respiro profondo mentre il canale caldo lo stringe con forza.

Lo stringe e lo succhia, non desiderando altro che spingersi subito dentro con forza.

Vorrebbe dare al suo amante un po' di tempo per adattarsi, ma il modo in cui quei fianchi rotondi premono contro di lui, muovendosi in modo allettante...

Beh, se non avesse dato al suo ragazzo quello che voleva, non si sarebbe più chiamato Bamee!

Il giovane gigante solleva una delle esili gambe più in alto, facendo oscillare i fianchi con tutto sé stesso, premendo i loro corpi così vicini che non c'è nemmeno spazio per l'aria tra loro, e spingendo con spinte brevi e poco profonde prima di ritirarsi e spingere a lungo e in profondità.

I gemiti del suo piccolo seduttore, frutto di un tale sovraccarico di sensazioni, sono lunghi e tremanti, come se non riuscisse a controllare il piacere a pochi centimetri dalla sua vita.

Bamee cambia posizione più volte, spingendo forte e in profondità senza tregua, finché i due non arrivano alla fine.

Gyogung giace lì, boccheggiando e pensando che la loro guerra d'amore sia finita dopo essere stato assalito e saccheggiato fino a ridursi in uno stato pietoso, ma pensa male.

"Ehi, cosa stai facendo, Bamee?" grida a squarciagola, afferrando rapidamente il collo dell'amante come presa, mentre l'altro lo afferra per le gambe e lo solleva.

"Ti porto a lavarti."

Bamee ha quindi proceduto a sollevare comodamente l'altro e a portarlo in bagno.

Il ragazzo più giovane bacia il suo ragazzo più anziano finché non è soddisfatto, lasciando infine l'altro a lavarsi i denti.

Mette il dentifricio sullo spazzolino suo e di Gyogung prima di porgere lo spazzolino all'amante

"Cosa stai facendo?"

"Lavami i denti, per favore."

La voce implorante fa ridere il più anziano.

"Che problema hai, sei un uomo adulto!"

"Un uomo adulto non può comportarsi in modo carino con il suo ragazzo, per favore mio caro P'Gyo. Per favore, lava i denti al tuo ragazzo."

Ora che viene implorato con tanta dolcezza, Gyogung si mette a ridere e scuote la testa.

Le labbra che lo hanno afferrato poco prima si sollevano in un ampio sorriso.

Il sentimento che comincia a crescere nel suo cuore in quel momento... è qualcosa che Gyogung non riesce a capire cosa sia. È evidente che sia così felice da sentirsi gonfiare il cuore.

"Apri la bocca."

Parla timidamente, rifiutandosi di guardare negli occhi acuti del suo amante.

Bamee segue il comando con entusiasmo, aprendo la bocca in modo che il suo ragazzo possa spingere lo spazzolino dentro e spazzolarlo più a fondo.

Ha appoggiato entrambe le mani sul lavandino, ingabbiando Gyogung tra le sue braccia. Guarda il viso rosa spruzzato da un sorriso all'angolo della bocca e vorrebbe divorare di nuovo il suo adorabile, caro ragazzo.

"Ok, è fatta, sciacquati la bocca e smettila con i palpeggiamenti!"

La dolce voce lo avverte. Solo allora il giovane si rende conto che sta stringendo il morbido sedere di Gyogung.

Fa un sorriso maligno, si sciacqua e si lava il viso prima di guardare quello che si sta lavando i denti.

"Perché ti stai lavando i denti? Ho intenzione di spazzolarli per te."

"No... faccio da solo."

"Se non me lo permetti, userò il mio 'altro pennello' su di te."

Gli occhi di Gyogung si sono praticamente allargati, mentre si affretta a consegnare lo spazzolino da denti al suo giovane demone lussurioso.

"Mio dolce, adorabile Gyogung. Apri la bocca e di ahhh...."

Gyo apre la bocca e lascia che l'altro gli lavi i denti.

Dopodiché, Bamee aiuta a sostenere Gyogung fino a raggiungere la doccia, accendendola e lasciando che l'acqua calda spruzzi sui loro corpi.

Il giovane guarda la pelle chiara che è schizzata qua e là di segni rosa e rossi, "opera sua", e il modo in cui le gocce d'acqua vi si aggrappano, si lecca le labbra con grande fame.

Con la scusa di aiutare il suo ragazzo a fare la doccia, passa delicatamente le mani su quella bella pelle, scendendo infine a circondare e impastare i suoi glutei.

"Ah... smetti di fare il birichino."

"Ti sto solo aiutando a lavarti."

Poi mette il primo dito all'interno dell'apertura sporca del liquido rilasciato.

Il dito che vortica all'interno fa tremare le gambe di Gyogung che non riesce a reggersi.

Il "piccolo Bamee" preme contro le sue gambe e continua a crescere, finché non si indurisce fino a raggiungere dimensioni grandi.

Gyogung si abbassa e raggiunge quella barra di carne bollente, stringendola con forza con l'intenzione di farla stare ferma e non sbagliare.

Tuttavia, colui che si sta godendo la sensazione di una mano morbida sulla sua parte importante interpreta il messaggio in modo diverso.

"Hmmm... P'Gyo..." Bamee ringhia a bassa voce nella sua gola.

Il dito che prima faceva uscire il liquido all'interno di quel passaggio cambia il ritmo in un rapido dentro e fuori.

Poiché hanno appena fatto l'amore, il canale caldo è ancora liscio e scivoloso.

Non ci vuole molta preparazione perché il giovane immobilizzi l'amante contro il muro, sollevando una gamba e spingendo con impazienza.

"Ahhhhh!" Gyogung urla a squarciagola mentre viene improvvisamente penetrato.

"Hahhhhh... Bamee... la mia gamba... mi tremano le gambe!"

Tuttavia, l'altro non sembra intenzionato a fermarsi tanto presto.

"Per favore, aspetta, tesorino. Ahhhh, che bella sensazione."

"Bamee... io... io... non riesco a sopportare... ahhh... hahhhh..."

Il giovane si aggrappa all'esile corpo che sta per sprofondare a terra, stringendo la vita sottile e sollevando Gyogung sul bancone del lavaggio.

"Ahhh... Bamee, fa male... ahhh… Letto... Andiamo... a letto..."

Dice con voce tremante. L'espressione sofferta di quel volto lo ferma.

"Ti fa male la schiena?"

Bamee ha chiesto. Gyo annuisce, tira le gambe di Gyogung intorno alla sua vita e lo solleva per le natiche, uscendo dal bagno senza mai lasciarlo.

"Hahh... ahhhhhhhh..."

La sensazione dei loro corpi ancora connessi, le vibrazioni sensuali ad ogni passo del giovane gigante, creano una sensazione così eccitante che Gyogung deve urlare.

Quando la schiena tocca il morbido letto, le gambe di Gyogung si allargano ancora di più di prima.

Bamee trascina la lingua su una gamba sottile prima di afferrare saldamente entrambe le caviglie.

Comincia a spingere dentro e fuori con forza ancora una volta. Prima prende un ritmo breve e frettoloso, poi passa a uno lungo, profondo e vigoroso, tanto da far tremare il letto.

"Hahhhh... uhhhh... Bameee... veloce... più veloce!"

Quando il suo amante lo implora, il più giovane risponde con spinte dure e veloci, proprio come richiesto.

Bamee non tocca nemmeno la lunghezza indurita dell'altro, mentre Gyogung rabbrividisce e lancia un forte grido, mentre la prova liquida del suo desiderio dipinge di bianco i loro stomaci.

Bamee divarica ulteriormente le due esili gambe, spingendo dentro e fuori a una velocità ancora maggiore, finché anche lui non raggiunge il suo limite.

Il giovane si preme contro il corpo fremente, facendo piovere baci sul viso e sul collo dell'amante.

Non si stupisce nemmeno un po' che colui che ansima così forte da far tremare il suo corpo per la forza si sia già riaddormentato.

Anche lui ha consumato molte energie ed è estremamente esausto.

Si è semplicemente abbassato e ha tirato il suo ragazzo tra le braccia proprio in quel momento.

Abbassa lo sguardo sulle gambe morbide e pallide che ancora tremano e poi alza lo sguardo sul viso dolce e bellissimo che si sta addormentando.

Bamee appoggia la testa del suo ragazzo contro il suo petto e gli posa un morbido bacio al centro della fronte prima di chiudere gli occhi e raggiungerlo mentre dorme.

****

Quando Gyogung si sveglia di nuovo, è già tardi.

Guardando al suo fianco, trova Bamee che lo guarda dall'alto in basso.

"Hai dormito bene?" chiede la voce vellutata.

Ha dolori e segni su tutto il corpo; può dire che ha dormito bene?

Pensa di essersi stirato tutti i muscoli e... e gli sembra di sentire le gambe che ancora gli tremano!

Gyogung spalanca gli occhi. Se infatti le gambe gli tremano ancora, e lui... Come può riuscire a camminare in quelle condizioni? Come può dimenticare che oggi è domenica e che ha permesso al demone lussurioso di divorarlo fino alle ossa? E domani... come può andare a lavorare? Con il poco tempo che gli rimane, non c'è modo di recuperare a sufficienza!

Il pensiero di dover saltare il lavoro per un motivo simile lo rende piuttosto furioso con il suo lascivo fidanzato.

"Cosa c'è che non va, tesorino mio?" chiede Bamee quando vede l'aspetto del suo ragazzo.

La sua domanda ha fatto aggrottare le sopracciglia a Gyogung.

"Non posso assolutamente andare al lavoro domani, perché sei un diavolo così lussurioso."

La sua voce è così rauca che persino lo stesso Gyogung sembra allarmato.

Il giovane si mette una mano sulla gola, gli occhi si allargano, ma quando pensa ai motivi per cui la sua voce è rauca e mancante, il suo viso si riscalda di nuovo.

Vedere il volto sorridente del suo ragazzo sembra solo metterlo di cattivo umore.

"Hmmm... Hai urlato così tanto che la tua voce è rauca; sei sicuro che la colpa sia solo mia?"

Alla fine della frase, un piccolo cuscino gli colpisce il viso.

Bamee si lascia sfuggire una risatina, scavalcando quello che non ha abbastanza energia nemmeno per muoversi, figuriamoci per scuoterlo.

"È perché il mio caro P'Gyo mi ha proibito di toccarlo per un'intera settimana. Mi sei mancato così tanto che me ne sono un po' dimenticato. Mi dispiace tanto."

Poi pone un bacio attento e tenero sulle labbra di Gyogung.

"O forse non ti sono mancato, non ti è piaciuto il mio tocco, è così?"

Quei grandi occhi rotondi distolgono lo sguardo, mentre Gyogung si stringe le labbra.

"Io... ma... ma questo è troppo! Devo saltare il lavoro e il mio corpo è dolorante. Ti piace vedermi così?" risponde Gyogung, nascondendo il viso nel cuscino.

"Mi dispiace. È solo che... Ho avuto fame per molto tempo, quindi ho dimenticato di mantenermi leggero e delicato. Prometto che d'ora in poi farò solo uno o due giri al giorno, e non così forte."

Queste parole fanno sì che Gyogung guardi di nuovo il suo amante.

"Ogni giorno?! Non lo sopporto. Non sai che il tuo... il tuo... è... è... ehm..."

Gyogung arrossisce.

Non si sente ancora a suo agio nel parlare delle dimensioni straordinarie del suo amante.

"Come mai?" scherza Bamee.

Come può non sapere che è piuttosto... e sa anche esattamente quello che il suo ragazzo intende dire. Tuttavia, vedere il suo piccolo e timido Phi abbassare il viso per nascondere il suo volto rosso lo rende felice.

"Non osare chiedermi di questo! Domani, prima di andare al lavoro, preparami qualcosa da mangiare. E quando hai finito di lavorare, vieni subito a casa a prenderti cura di me. Non andare da nessun'altra parte."

Bamee gli tocca delicatamente la punta del mento e si volta a guardarlo di nuovo prima di baciare quelle labbra gonfie.

"Sarò il tuo schiavo fedele tutto il giorno. Che ne dici se salto il lavoro e rimango a casa a farmi comandare da te tutto il giorno? Non sarebbe meglio?"

"Non va bene. Non voglio che tu manchi al lavoro. Vai in ufficio come al solito. Se vuoi giocare a fare lo schiavo, aspetta la fine della giornata e torna, così posso darti degli ordini. La tratta degli schiavi inizia oggi e continuerà fino alla mia guarigione."

"Ma certo, da questo momento in poi prenderò sul serio il tuo ordine!"

Dice il giovane, chinandosi per baciare di nuovo il suo amante.

È più che disposto a fare qualsiasi cosa affinché il suo amato P'Gyo possa riprendersi rapidamente.

Perché... Una volta che il suo ragazzo fosse tornato a stare bene, sarebbe arrivato il momento di gustare il delizioso piatto di "wonton ai gamberi", ancora e ancora e ancora per innumerevoli volte.

Ciotola 11: Il troppo piccante non fa bene allo stomaco, quindi è necessaria una zuppa semplice.

Oggi sembra essere una giornata molto lenta per Gyogung. È di cattivo umore perché ha dovuto perdere un'intera giornata di lavoro... o forse di più per recuperare completamente.

Vuole arrabbiarsi con il suo fidanzato libidinoso che lo ha "divorato" con tale gusto da rimanere a malapena intero. Ma d'altra parte... non è lui quello che collabora con tanto entusiasmo in ogni round?

Ripensare al suo amore... Gyogung si vergogna così tanto da sentirsi il viso bollente.

Non è che non avesse mai avuto uno spasimante prima, ma non si è mai comportato così con nessuno come con Bamee.

Si chiede più volte cosa sia a rendere quel giovane così speciale per lui, ma non riesce ancora a trovare una risposta, se fosse perché è debole davanti al bellissimo sguardo di Bamee, ai suoi splendidi muscoli o al gigantesco rigonfiamento nel cavallo dei suoi pantaloni.

Il giovane scuote la testa, scacciando i pensieri sgradevoli della parte del corpo del sua amante che è impressionante e straordinariamente grande.

Lentamente scivola a sedere, appoggiandosi alla testiera del letto, ed emette un profondo sospiro. Stare insieme a Bamee lo rende davvero felice, ma non pensa che il suo corpo possa sopportare che quel libidinoso mascalzone lo divori senza sosta ogni giorno e ad ogni pasto.

Anche se la sensazione è fantastica, deve darsi delle regole e lavorare sull'autocontrollo sia di sé stesso che del suo ragazzo!

Sta pensando intensamente alle regole da stabilire per preservare il suo culo, quando riceve un messaggio sul telefono. Un rapido sguardo e capisce subito chi l'ha inviato.

Stai dormendo?

Quel messaggio gli dice che chi è in pausa pranzo vuole chiamarlo. Gyogung sorride al suo telefono e invia un messaggio.

Gyogung: Sono sveglio.

Quando lo schermo mostra che l'interlocutore ha letto la conversazione, squilla immediatamente una chiamata in arrivo.

[Come ti senti?]

La voce profonda e vellutata, che racchiude amore e cura, rende nervoso il più anziano.

"Un po' meglio, ma quando mi muovo troppo mi fa ancora un po' male."

Gyogung risponde con la sua migliore voce dolce e zuccherosa.

[Tu... tu che fai quella voce mi hai fatto venire voglia di tornare subito!]

"Niente di tutto questo. Concentrati sul lavoro. Una volta finito, assicurati di offrirmi del ramen con wonton di granchio."

Il giovane ha detto con un sorriso.

[P'Gyo, sai quanto è difficile venire al lavoro e scoprire che non sei qui in ufficio con me? Mi sento solo e mi manchi tanto.]

Il giovane dice, con la dolcezza della sua voce sincera e implorante. Anche la voce è sufficiente a rendere il suo ragazzo così nervoso da farlo quasi cadere dal letto.

"Lavora sodo. Ci vediamo presto dopo aver finito il lavoro."

Dice, piuttosto contento che non sia di fronte a lui, così da non dover nascondere il suo ampio sorriso.

[Oh, sono diverse ore di distanza! Mi manchi già così tanto!]

Il giovane gigante si lamenta con il suo ragazzo in modo molto infantile.

"Non fare il bambino viziato, ora. Di chi è la colpa se oggi devo essere a riposo dal mio lavoro?"

[Non si può dare tutta la colpa a me. Il motivo per cui ho fatto tutto è perché tu...]

Gyogung non ha aspettato che Bamee finisca la frase e ha risposto rapidamente.

"Basta! Torna al lavoro!" Dice arrossendo.

Sa di aver accidentalmente sedotto e seguito l'esempio del suo ragazzo, ma il suo giovane mascalzone deve ricordarglielo e metterlo in imbarazzo in questo modo?

[Dico solo le cose come stanno. Ah... hai ordinato qualche consegna di cibo?]

Chiede il più giovane, preoccupato di come il suo ragazzo possa prendersi cura di sé.

"Non ancora. Ti chiamo più tardi, abbiamo finito di parlare." Risponde Gyogung, guardando il menù che il suo giovane ragazzo ha preparato per lui sul tavolino.

[Puoi venire a prendere l'ordinazione? E hai dei vestiti adesso?] chiede Bamee, perché dopo aver aiutato l'altro a lavarsi ieri sera, ha messo a letto Gyogung senza vestiti.

"Dovrò prepararmi in anticipo. Penso che approssimerò l'orario di consegna e aspetterò davanti alla porta poco prima dell'arrivo."

La conversazione sembra abbastanza normale, ma Gyogung si sente un po' a disagio perché il motivo per cui deve fare tanta fatica per prepararsi a una cosa semplice come andare a prendere il cibo a domicilio è perché non può camminare.

Può solo inciampare sulle gambe tremanti fino alla porta e aspettare lì.

[Allora oggi ti compro il pranzo di domani, così domani dovrai solo riscaldarlo nel microonde.]

"Non ce n'è bisogno. Penso che preferirei ordinare il mio pranzo in modo da avere qualcosa di appena cucinato. Anche se domani dovrei stare meglio. Tu, torna a lavorare."

[Mi respingi sempre. Bene. Mi manchi tanto, non ti manco un po'?] chiede Bamee con un evidente broncio nella voce.

Questo fa ridacchiare Gyogung, trovando quella versione del suo ragazzo che lo rende piuttosto accattivante.

"Certo che mi manchi. Se non mi manca il mio ragazzo, chi altro mi mancherebbe?"

Sembra che il signor Seduttore abbia ripreso il controllo di Gyogung.

[P'Gyo!!!" Tu... arghhh!]

La voce che mostra chiaramente la lussuria che scorre nelle vene di Bamee fa venire di nuovo la pelle d'oca al più anziano.

I segni e i dolori sulla schiena non sono del tutto guariti e lui è lì a dire cose che lo avrebbero costretto a scusarsi di nuovo con i suoi fianchi.

"Cosa c'è che non va in te? Hai chiesto e io ho risposto. Non si parla più. Ho fame, quindi ordinerò qualcosa da mangiare."

Gyogung si affretta a concludere la conversazione. Attende la persona all'altro capo del filo, che rimane in silenzio per un attimo, prima di sentire il suono di una profonda inspirazione e poi di nuovo la voce profonda e vellutata.

[Beh, mi affretterò a tornare a casa dopo il lavoro.]

La voce che trasmette chiaramente come il giovane stia facendo del suo meglio per gestire i suoi ormoni fa stringere le labbra a Gyo.

Bamee è un giovane uomo nel fiore degli anni. Anche se i suoi desideri tendono ad essere un po'... esagerati... ma pensa che non sia nulla di straordinario.

Poche parole dopo, Gyogung e Bamee terminano la loro conversazione.

Dopo aver riattaccato, Gyogung ha dovuto sorridere quando il suo giovane fidanzato gli ha inviato quasi subito un selfie.

Guarda il bel viso e il dolce messaggio con una varietà di sentimenti nel cuore.

Vuole anche che l'altro gli sia vicino, che si prenda cura di lui come ha fatto ieri.

Tuttavia, non può sopportare che il suo apprendista perda il lavoro a causa sua. Non passerà molto tempo prima che Bamee termini il suo addestramento, quindi Gyogung vuole che il suo amante impari il più possibile, in modo da essere pronto a entrare pienamente nella vita lavorativa.

****

Dopo il lavoro, non dimentica di comprare ramen con wonton di granchio per il suo amante e poi torna di corsa nella sua stanza.

Una volta entrato, abbraccia subito Gyogung, che lo sta guardando sul divano, stringendolo forte.

Stringe a lungo Gyogung, cercando di recuperare il tempo in cui sono rimasti separati, finché il suo ragazzo più anziano non deve fermarlo.

"Va bene, basta così. Si fa fatica a respirare, cosa c'è che non va, Bamee?"

Chiede la dolce voce quando Gyogung dà una leggera spinta al suo ragazzo imbronciato.

"Quello stupido ragazzo Kuad... Dannazione! Non chiamarmi super possessivo, ma devi proprio essere un cliente fisso di quel negozio dove lavora quel piccolo bastardo?"

Bamee ha praticamente ruggito, il suo umore è chiaramente acido.

"Cos'è questa storia dell'essere possessivi e cosa ha a che fare con Kuad?" chiede Gyogung con un sorriso.

"Beh, sono andato a comprare il ramen, ma non ha fatto altro che chiedere di te! E quando gli ho detto che stavi male, la sua preoccupazione mi è sembrata esagerata!"

Bamee risponde stizzito. La risata di colui che è la causa di tutto questo non fa che incupire ancora di più il suo umore.

"Non credo sia divertente. So che non c'è niente, ma odio il modo in cui il ragazzino si comporta come se conoscesse così bene il mio ragazzo e che sia così vicino a te." Lo dice con un enorme cipiglio sul viso.

"Andiamo, Bamee. Kuad è solo uno studente delle superiori. Sai anche che sono un frequentatore abituale del negozio, il che significa che conosco Kuad da quando era piccolo. Non è niente di strano."

Gyo accarezza delicatamente i capelli del suo possessivo amante, rivolgendogli un dolce sorriso.

"A parte il mio caro ragazzo.. non ho mai pensato di stare con un altro. Non c'è da preoccuparsi." Gyogung ha detto sinceramente.

"Dicendo cose così dolci... stai chiedendo di essere scopato finché non ti farà di nuovo male."

Dice, spostando la mano per stringere i fianchi del fidanzato. L'espressione di panico sul volto dell'amante lo fa ridere dolcemente.

"Non lo farò. Aspetterò che tu stia di nuovo bene."

Poi si avvicina, con l'intenzione di baciare quelle labbra gonfie, ma il suo ragazzo usa rapidamente la mano per spingere contro il suo viso, impedendogli di farlo.

"Anche quando si sta di nuovo bene, non è possibile. Bamee, a volte bisogna controllarsi."

Le parole di Gyogung fanno aggrottare le sopracciglia al giovane.

"Cosa vuoi dire con questo, P'Gyo? Hai intenzione di bandirmi di nuovo?" chiede subito Bamee.

"No, ma dobbiamo stabilire delle regole o non sarò in grado di gestirlo." Dice con una espressione seria.

"Quali regole, devo rispettare qualche regola quando voglio divorare il mio stesso ragazzo?" chiede, incapace di credere a quello che ha appena sentito mentre guarda stupito quel viso dolce e bello.

"Certo che sì! Non hai assolutamente alcun autocontrollo! Guarda lo stato del mio corpo prima di fare i capricci!"

Quando il suo ragazzo più grande lo ha rimproverato, Bamee ha subito mostrato una faccia da cucciolo.

"Non fare quella faccia. Vai a mettere il mio ramen in una ciotola prima che si raffreddi. Ho fame. Possiamo mangiare e parlare allo stesso tempo."

Dopo aver dato l'ordine, il giovane va in cucina con il broncio sul viso per preparare la cena per lui e il suo amante, versando i noodles nelle ciotole e mettendoli sul tavolo da pranzo.

Quando vede Gyogung camminare verso il tavolo, si affretta a offrire il suo aiuto.

"Non puoi aspettarmi un po', perché cammini da solo?" Si lamenta dolcemente.

"Ora riesco a camminare un po'. Non c'è bisogno che mi porti in braccio come hai fatto ieri."

Quello le cui gambe sono ancora deboli dice con imbarazzo al pensiero del giorno prima, quando non riusciva a camminare e l'altro doveva portarlo in braccio.

"Non c'è bisogno di vergognarsi. Sono stato io a causare tutto questo, quindi devo assumermi la responsabilità e prendermi cura di te finché non starai di nuovo bene."

Ha detto mentre sostiene Gyogung con tenere cure amorevoli al tavolo, comportandosi come se fosse nella fase iniziale della gravidanza e avesse bisogno di molte cure.

"Le mie regole sono abbastanza semplici."

Gyogung parla mentre gustano la loro ciotola di ramen con wonton di granchio.

"Solo che, se passiamo la notte insieme, non credo di poter sopportare di farlo tutte le notti. E... ehm... non più di due giri, se possibile. Non voglio sentirmi di nuovo così male. Influisce sul mio lavoro."

Borbotta timidamente con il viso basso: non può credere che avesse scelto di parlare di questo con il suo ragazzo a tavola!

"Vuoi dire che posso averti solo a giorni alterni e in soli due turni alla volta?"

Bamee ripete con il volto mortalmente pallido.

"Io... Beh, sì, più o meno."

"Ehi! Non lo accetto, come puoi fare regole del genere, come posso essere pieno con così poco!"

Quando gli torna la lucidità, quello con un grande appetito comincia a fare i capricci.

"Non ce la faccio! Se non hai autocontrollo e finisco ogni volta così, non riuscirai ad avermi per diversi giorni!"

"Tu... sei crudele!" si lamenta Bamee.

Fa il broncio, guardando il suo ragazzo con occhi non certo gentili.

Vuole essere testardo, vuole protestare, vuole prendere il suo bello tra le braccia pizzicarlo, assaggiarlo e lasciargli i segni dei baci come punizione per aver inventato tutte quelle regole assurde.

Tuttavia, quando ricorda che P'Gyo è stato completamente divorato fino a diventare completamente debole e quindi non può essere preso per molti giorni, giunge a una conclusione.

Forse avere il suo ragazzo a piccoli e morbidi morsi alla volta, ma poterlo avere regolarmente, è meglio che divorarlo fino a sazietà, perché sarebbe costretto a morire di fame per un lungo periodo di tempo.

Dopo qualche momento di riflessione, Bamee fa un respiro profondo e guarda il volto del suo ragazzo.

"Beh, ora che ci penso, farò quello che mi hai chiesto. È meglio così e non dover morire di fame per molto tempo."

Bamee conclude la sua accettazione con un lungo sospiro.

Guo guarda il ragazzo lussurioso e deve scuotere la testa incredulo prima di continuare la cena.

"Vuole fare un bagno caldo e confortevole nella vasca, per essere più rilassato?" chiede il più giovane mentre porta le ciotole vuote al lavandino.

"Sembra bello. Ma... Posso fare il bagno da solo?" chiede Gyogung, un po' preoccupato che se facessero il bagno insieme, il suo lussurioso sicuramente vorrebbe qualcos'altro.

"Ah, amico, davvero? Bene. Ti lascio fare il tuo bagno comodo. Faccio i piatti mentre ti aspetto."

Bamee ha risposto con l'immagine di un ragazzo perfetto.

Gyogung stenta a credere che il suo giovane demone lussurioso ha ceduto così facilmente, ma è contento di potersi rilassare comodamente nella vasca da solo.

Bamee lava velocemente i piatti e corre al guardaroba: oggi è un'ottima occasione per liberarsi di tutti i boxer di P'Gyo!

Quindi gli va bene che il suo ragazzo passi il tempo da solo nella vasca, dato che intende usarla per buttare via tutti i boxer senza doversi preoccupare che il proprietario della stanza lo veda. La volpe sorniona apre il cassetto della biancheria intima e tira fuori tutto, godendo appieno.

Con cautela sposta i boxer, deglutendo eccitato mentre immagina le gambe lisce e lunghe del suo ragazzo e quei glutei morbidi e rotondi, sognando una biancheria intima che metta ancora più in risalto la bella pelle di Gyogung. E fa una smorfia di determinazione.

Sicuramente farà indossare al suo amato P'Gyo biancheria intima a perizoma!

Il giovane prende tutti i boxer di Gyogung e li getta nel sacco della spazzatura in cucina.

Lega il sacchetto, pronta a metterlo nel cestino della comunità al primo piano.

Quando finisce, sente Gyogung che lo chiama.

"Ti senti rinfrescato?", chiede Bamee mentre aiuta il suo amante a uscire dalla vasca.

"Sì, è stato bello. Grazie."

Il corpo che si tinge di rosa per il lungo bagno nell'acqua calda e la leggera chiazza di sapone strofinata su quel corpo accattivante risvegliano il rigonfiamento, un tempo addormentato, nei pantaloni del suo giovane ragazzo.

Bamee ingoia la saliva, sposta la mano sulla sottile vita e afferra le natiche strette e rotonde.

"Bamee!", avverte Gyogung, mentre i suoi occhi grandi e rotondi lanciano uno sguardo d'acciaio al suo ragazzo.

Il giovane si limita a sorridere in risposta, mentre inizia a togliersi i vestiti.

"Perché ti togli i vestiti?" chiede con diffidenza il più anziano.

"Beh, ti aiuterò a lavare il sapone. Se non mi tolgo i vestiti, si bagneranno. Inoltre, dovremmo fare la doccia insieme per non perdere tempo."

Gyogung stringe le labbra, cercando di non guardare la cosa che sembra diventare sempre più grande. Solleva entrambe le braccia e le pone attorno al collo dell'amante per sostenersi, mentre quelle grandi mani gli accarezzano tutto il corpo per aiutarlo a lavare via il sapone che si aggrappa alla sua pelle.

Le carezze gentili in qualche modo si trasformano in strizzate sulla pelle liscia e pallida.

L'unica cosa che importa è il fatto che Bamee stia ora strofinando la sua lunghezza indurita sulle cosce del suo ragazzo, prima di abbassare il viso per annusare quel collo sottile.

"Ahhh... non fare il birichino adesso..." Le belle parole di protesta suonano più come parole di seduzione e fanno venire a Bamee ancora più voglia di divorare quel corpo umido e sensuale nel suo abbraccio.

Emette un ringhio basso in gola prima di muovere il viso per incontrare quelle dolci labbra in un bacio profondo, e colui i cui fianchi si sono a malapena ripresi risponde a quel bacio con tenera dolcezza.

"P'Gyo... Possiamo farlo ora?"

Quello che non si è ancora ripreso del tutto scuote con forza la testa, serrando le labbra per l'imbarazzo, mentre il suo giovane ragazzo ringhia per la frustrazione e gli stringe forte il sedere.

"Non posso sopportarlo, e non c'è modo che si calmi da solo."

Bamee guarda la cosa che si erge alta e fiera tra le sue gambe. Sposta di nuovo lo sguardo sul volto di Gyogung e sfoggia un sorriso maligno.

"Sei tu che l'hai resa così, quindi il mio caro P'Gyo deve assumersi la responsabilità!" Dice in modo manipolativo e lava rapidamente il suo amante mentre fa una doccia veloce, non dando modo a colui che riesce a malapena a stare in piedi da solo di protestare.

Una volta terminata la doccia, Bamee avvolge rapidamente il suo ragazzo in un soffice asciugamano e si getta Gyogung sulle spalle, incurante dei piccoli pugni che piovono sulla sua schiena e delle grida di protesta.

"Cosa stai facendo, mettimi subito a terra, bastardo!"

Gyogung lo respinge con un pugno più volte, ma sembra che Bamee riesca a malapena a sentire un colpo leggero.

L'uomo più giovane lascia cadere il suo ragazzo profumato sul letto e comincia ad attaccare quelle labbra morbide con grande fame.

Stringe le mani dappertutto, raggiungendo finalmente le parti intime dell'altro.

È contento di sapere che cominciava a irrigidirsi per l'eccitazione; i gemiti sommessi che sente gli dicono che anche il suo P'Gyo lo desidera.

"Bamee. Io... Non mi sono ancora ripreso del tutto... ahhh..."

Il suo giovane ragazzo abbassa il viso per leccargli e mordicchiargli il collo.

"Lo so."

Il giovane mormora mentre trascina la lingua verso il basso fino a raggiungere il centro dello stomaco di Gyogung. Prende entrambe le gambe snelle e le divarica, seppellendo il viso nello spazio intermedio e leccando il suo punto preferito tra la coscia e il corpo prima di trascinare la lingua giù fino a raggiungere la parte intima di Gyogung e coprirla con la bocca.

La forza con cui gli vengono tirati i capelli e i gemiti sommessi e tremanti non fanno altro che spingere Bamee a succhiare la parte del corpo nella sua bocca con maggiore forza e velocità.

Ci vuole tutto l'auto controllo che ha per non infilare le dita nell'apertura ancora dolorante e sensibile e invece sposta le mani verso l'alto per stuzzicare i capezzoli duri dell'amante.

Non molto tempo dopo, Gyogung emette un lungo gemito quando giunge all'orgasmo.

"Tocca a te prenderti cura di me." dice Bamee alzandosi in piedi e tirando quello che giace sulla schiena in posizione seduta vicino al bordo del letto.

La grossa asta carnosa che si trova proprio davanti al suo viso fa sì che Gyogung la guardi con diffidenza prima di alzare gli occhi per fissare il suo giovane ragazzo.

Non è difficile indovinare cosa l'altro vuole che faccia.

Lo sguardo così pieno di desiderio negli occhi di Bamee lo fa rabbrividire tutto.

Gyogung guarda di nuovo il suo sesso prima di avvicinare il viso all'asta calda, chiude gli occhi e strofina delicatamente la morbida guancia contro di essa, come se fosse vittima di una specie di incantesimo.

Bamee osserva le buffonate del suo amante con occhi scintillanti. Si lecca lentamente le labbra, chiedendo.

"Ti piace, vero? Se ti piace ma non puoi sopportarlo ora, che ne dici di divorarlo per intero?"

Parla con impazienza. Il più anziano alza gli occhi per guardare di nuovo il suo giovane ragazzo e poi preme lentamente le labbra sulla carne calda.

Gyogung trascina lentamente le sue morbide labbra fino a raggiungere la punta, solo allora apre la bocca fino a coprire l'enorme asta e a "divorarla" come richiesto.

Succhia e tira con forza e velocità tali che Bamee deve ruggire. Afferra il morbido ciuffo di capelli e spinge i fianchi contro il movimento di risucchio, lasciandosi trasportare dall'eccitante sensazione. La spinta è così profonda che Gyogung soffoca un po', ma il più anziano non cede.

Dopo un attacco di tosse e qualche lacrima, si precipita a riprendere possesso dell'altro. Le dimensioni enormi che stanno spingendo la sua piccola bocca al limite fanno sì che Gyogung separi le labbra, passando a leccare lungo l'asta prima di alternare suzione e ingoio.

Il ritmo di mano e bocca si fa più serrato per un momento abbastanza lungo, prima che Bamee si tiri fuori e spruzzi ogni goccia del suo sperma sul petto liscio e morbido del suo ragazzo.

Il più giovane sta per avvicinarsi per un bacio, come fa sempre, quando finisce.

Tuttavia, guardando il faccino tondo e lucido del suo ragazzo, gli occhi di Bamee scintillano quando vede qualcosa.

Fa il suo sorriso più sornione mentre prende dei tovaglioli per pulire i liquidi schizzati sul petto del suo ragazzo. Il ghigno diabolico fa sentire l'anziano imbarazzato e sospettoso, ma sta ancora cercando di riprendere fiato e la mascella gli fa ancora male, quindi non fa la sua domanda, anche se è piuttosto sorpreso dal fatto che il suo giovane gigante si limiti a dargli un tenero bacio sulla fronte invece di aggredire brutalmente le sue labbra come ogni altra volta.

Gyogung è comunque piuttosto esausto. Vuole andare in bagno per lavarsi di nuovo, ma sente che le sue gambe sono ancora deboli, così permette al suo amante di aiutarlo a sdraiarsi senza protestare troppo.

Tuttavia, il modo in cui il suo giovane demone sembra immensamente soddisfatto di qualcosa comincia a irrigidire i suoi nervi.

Quando colui che sembra essere così felice del mondo si sdraia sul suo fianco, Gyogung non può fare a meno di chiedere.

"Perché quel sorrisetto?"

"P'Gyo..."

La voce vellutata parla mentre gli occhi acuti si spostavano a guardare l'angolo della bocca del suo ragazzo più grande, prima che un sorriso sornione sbocci di nuovo sul suo volto.

"Il mio piccolo filo di... ramen... È attaccato all'angolo della bocca."

Le parole che lasciano le sue labbra formose fanno spalancare gli occhi a Gyogung. Si pulisce frettolosamente il viso e la bocca con mani tremanti, prima di infliggere pugni su quel petto stretto e muscoloso.

"Sporcaccione! Bastardo senza vergogna!... Diavolo libidinoso!"

"Ahi! Perché colpisci me, non sono io che l'ho colpito lì!" dice Bamee con un sorriso, afferrando quei due piccoli polsi.

"Bastardo spudorato! L'hai visto e ti sei rifiutato di dirmelo! Stai ancora sorridendo, bastardo!"

Come si può essere così carini quando si è arrabbiati? Ehi, mi fai venire voglia di infilarti di nuovo il mio coso in bocca così la smetti di urlare!

Pur lasciando correre l'immaginazione, Bamee non riesce a dare voce ai suoi pensieri. Non fa altro che guardare il suo ragazzo e baciargli la bocca, accarezzando quel sedere formoso per tutto il tempo.

Pochi istanti dopo averlo accarezzato, sente la sua libidine salire di nuovo, ma questa volta preferisce farlo in modo diverso.

Bamee usa la sua grande mano per afferrare il suo sesso, che ricomincia a crescere, e preme di nuovo quella di Gyogung, anch'essa indurita dall'eccitazione.

Usa il pollice per strofinare la punta dell'altro con un movimento stuzzicante prima di muovere la mano su e giù su entrambe le lunghezze che sono appoggiate l'una contro l'altra mentre continua a baciare le morbide labbra di Gyogung.

Le piccole mani iniziano a scavare e ad afferrare i capelli scuri del suo ragazzo mentre le sue emozioni aumentano.

Bamee succhia con forza quella piccola lingua, affamata ed energica, mentre muove la mano su e giù sempre più velocemente. Ben presto, entrambi sborrano piacevolmente nello stesso momento.

Quando riescono a riprendere fiato, Bamee porta di nuovo Gyogung in bagno per un rapido lavaggio, non perdendo l'occasione di godersi piccoli tocchi e baci mentre lo fa, e lo conduce di nuovo a letto.

"Bamee, voglio indossare dei vestiti per andare a letto."

"No. Dormi nudo con me, per favore."

"Non provarci nemmeno. Dormire nudi ti darà solo una scusa per attaccarmi di nuovo."

Dice il più anziano con il volto arrossato, ma non cerca di sottrarsi a quello stretto abbraccio.

"Non lo farò. Non ti attaccherò. Ti lascerò riposare. Voglio che tu riposi completamente, così potrò finalmente avere la mia razione completa."

Bamee dice, spostando la mano verso il basso per stringere delicatamente il sedere di Gyogung e deve fare un respiro profondo per alleviare la lussuria che prova.

Deve invece spostare la mano per accarezzare quella schiena morbida, perché teme che il suo "Piccolo" sia di nuovo sveglio.

Gyogung, dal canto suo, non fa molto per aiutarlo a calmarsi quando quelle due esili braccia lo abbracciano strettamente e il suo ragazzo sceglie quel momento per strofinare il viso sul suo petto, facendo un verso così adorabile da gattino.

"Perché sei così carino, eh? Potremmo non riuscire a dormire se continui a comportarti così."

"Sono stato a casa da solo tutto il giorno. Ci si sentiva soli. Stringimi forte."

Gyogung dice con la sua voce migliore e più dolce, premendo i loro corpi così vicini che c'è a malapena uno spazio in mezzo.

Ti comporti in modo adorabile e seducente. Ed ecco che dici di aver paura che ti attacchi? Già. Tu sì che sai come far impazzire un ragazzo!

Ecco quindi Bamee, con il suo simpatico e affascinante fidanzato.

Cari lettori, sentitevi liberi di chiudere gli occhi e di indovinare cosa succederà dopo...

"P'Gyo! Mi stai seducendo?" ringhia Bamee mentre rotola sopra quel corpo.

Colui che si sta divertendo ad accoccolarsi contro quel petto muscoloso è così allarmato che il suo volto lo mostra chiaramente.

"Sedurre? Chi ti sta seducendo? Io... non sono stato io!"

"Sì, l'hai appena fatto! Come puoi dire che non l'hai fatto?"

Mmmm... muscoli deliziosi... Mamma, papà, il vostro piccolo Gyo è completamente ubriaco di questi bellissimi muscoli!

"Non ti ho sedotto! Voglio solo che tu sappia che mi sei mancato. Che c'è di seducente?" protesta Gyogung con la sua voce dolce.

Vedi, mi mancava solo il mio ragazzo. Che seduzione Bamee, mi fai sempre sembrare il cattivo!

"Dannazione!"

Il demone della lussuria ringhia prima di attaccare quelle piccole labbra senza trattenersi. Succhia e mordicchia quelle labbra e usa la lingua per assaggiare ogni angolo e fessura di quella bocca calda.

Le sue mani si stringono sul petto del suo ragazzo. Solo quando è soddisfatto, Bamee separa le labbra e si raddrizza guardando il bel viso dipinto di un rossore rosato.

Gli occhi così morbidi e dolci di desiderio e le labbra leggermente socchiuse e tremanti, con il respiro affannoso che distrugge il suo scarso controllo, lo rendono del tutto incapace di aspettare che il suo amante stia di nuovo bene al cento per cento.

"P'Gyo... Non riesci proprio a gestirlo adesso?" chiede ancora Bamee, facendo andare nel panico il suo ragazzo più anziano e negando rapidamente la richiesta.

"No. Non posso assolutamente."

"Oh, perché mi provochi sempre quando non posso averti? Maledizione!" ringhia e si lascia andare a una dura espirazione di frustrazione.

"Mi dispiace. Non volevo. E se usassi la mia bocca su di te?" chiede il piccolo seduttore, mentre la sua mano è già scesa ad afferrare quella parte importante.

Comincia a muovere lentamente la mano su e giù, con delicatezza. Lui, che si eccita facilmente più del solito, emette un morbido sospiro e si mette a cavalcioni sul viso dell'amante, dicendo con voce di seta.

"Fammi un bel pompino."

Al termine di queste parole, il più anziano usa la mano per afferrare le cosce dell'amante, mentre l'altra mano stringe la grossa asta carnosa per tenerla ferma, mentre usa la lingua per leccare la piccola fessura. La punta dell'enorme asta di carne. Bamee guarda il viso che ingoia tutta la sua virilità e deve aspirare aria con la bocca spalancata mentre dondola lentamente i fianchi in sincronia con il ritmo di suzione di quella piccola bocca.

Quando una delle manine di Gyogung diventa maliziosa e si muove per accarezzare le sue morbide palle, il più giovane grugnisce a bassa voce e tiene il viso fermo prima di iniziare a muoversi dentro e fuori, controllando lui stesso il ritmo.

Pur volendo spingere con forza, deve costringersi a pensare al ritmo e alla spinta, perché non vuole che l'altro soffochi.

Dopo aver fatto dondolare i fianchi ancora per qualche istante, Bamee si tira fuori e posa la propria mano su quella pallida che ancora circonda la sua verga dura.

Costringe la mano di Gyogung a muoversi su e giù più velocemente, al ritmo che desidera, finché il suo rilascio liquido non viene dipinto su tutto il viso del suo ragazzo.

Bamee appoggia le braccia alla testiera del letto, ansimando forte mentre guarda soddisfatto quel viso dolce e bellissimo.

Nonostante sia più che eccitato da ciò che vede davanti a sé, prende dei tovaglioli e pulisce delicatamente il viso del suo ragazzo.

Poi si sposta in basso per inghiottire la parte del corpo sollevata e indurita del suo amante. Poco dopo aver succhiato, anche Gyogung si è liberato nella sua bocca.

Il giovane lussurioso porta Gyogung a lavarsi una terza volta prima di tornare a letto insieme.

La stanchezza fa sì che colui che non si è ancora ripreso del tutto si addormenti ancor prima che la sua testa possa toccare il cuscino.

Bamee accarezza teneramente i capelli del suo ragazzo. Non può perdere l'occasione di baciare entrambi i capezzoli, prima di sdraiarsi finalmente accanto al suo ragazzo per dormire.

****

Oggi è stato un altro giorno in cui Bamee è dovuto andare al lavoro da solo. Anche se lui e Gyogung si sono solo aiutati a vicenda e non si sono divorati a vicenda, tre round quando il suo corpo non è ancora al 100% significa che il proprietario della stanza sta ancora dormendo profondamente quando se n'è andato.

Vedendo quanto il suo ragazzo sia esausto, Bamee capisce perché Gyogung lo prega di avere un po' di autocontrollo.

Tuttavia, non può promettere che non si sarebbe comportato come il giovane demone della lussuria che è - dopo tutto, il suo ragazzo è così adorabile! Come può andare contro la sua natura?

Tuttavia, promette a sé stesso che, una volta che il suo amato P'Gyo sarà di nuovo in salute, lo farà con attenzione, in modo che il suo amante non sia troppo dolorante e incapace di essere "divorato" per troppo tempo.

A giorni alterni, come suggerito da P'Gyo, non dovrebbe essere un problema.

Ciotola 12: Mangiare e morire di fame

Nei giorni successivi, il comportamento di Bamee migliora, sorprendendo Gyogung.

Forse perché il piantagrane è stato rimproverato da Gyogung dopo aver scoperto che il suo ragazzo birbante ha gettato via di nascosto tutti i suoi boxer.

Non si arrabbia più di tanto: dopo tutto, si tratta solo di biancheria intima, e perché conosce anche il motivo per cui Bamee lo ha fatto.

Tuttavia, ha dovuto dare un avvertimento al suo giovane fidanzato perché si tratta dei suoi effetti personali.

Gyogung non è uno che serba rancore. Dopo un po' di rimproveri e spiegazioni, non ne ha più fatto un problema. Anche il più giovane si attiene alle regole stabilite, anche se di tanto in tanto fa i capricci quando la sua libidine chiede più di quanto Gyogung avrebbe dato, Bamee accetta che possano farlo solo due volte al giorno e a giorni alterni, e non così intenso come prima. A volte si accontenta anche di tocchi e carezze esterne per non affaticare il corpo di Gyogung.

La vicinanza li rende entrambi felici, tanto da fargli dimenticare che l'ultimo giorno di prova si sta avvicinando rapidamente.

"Oggi è l'ultimo giorno. Immagino che non potrò vedere il mio bell'apprendista tutti i giorni" dice Tanchanok dopo il consueto saluto mattutino, una volta arrivato in ufficio.

"Ti mancherò, P'Nok?" Chiede il giovane con un sorriso.

"Certo che lo farò! Sia tu che gli snack che porti sempre con te, haha. Anche se il tuo addestramento è terminato, vieni a trovarci di tanto in tanto. Non sparire, ok?" Dice la bella donna anziana voltandosi a guardare Gyogung.

"Visto che non sarai più qui, immagino che qualcuno da queste parti stia per sentirsi solo."

Le sue parole fanno arrossire il suo collega Nong.

"Non lo farò. C'è molto lavoro da fare." Dice senza guardare in faccia nessuno.

"Senza di me che ti sto vicino come ho sempre fatto, non sarai davvero solo?"

Bamee interviene subito dopo che più ha terminato le sue parole.

Gyogung gonfia le guance e mostra il suo sguardo migliore al più giovane.

Anche se non hanno mai detto a Tanchanok che stanno insieme, il suo superiore sa benissimo che Bamee prova un sentimento speciale per Gyogung e sa anche che il giovane tutor condivide gli stessi sentimenti. Tuttavia, Gyogung non è del tutto sicuro di dover dire che lui e Bamee si stanno frequentando.

"Io dico che non è vero. Gli mancherai sicuramente. Si comporta solo come un duro" dice Tanchanok, sorridendo.

I due giovani non le hanno mai detto molto sulle loro questioni personali, ma lei può facilmente intuirlo dal linguaggio del corpo e dagli sguardi speciali che hanno l'uno per l'altro.

"Lo penso anch'io. Ma non preoccuparti, ti manderò sicuramente un messaggio ogni giorno."

Anche se ormai stanno insieme, Bamee non perde occasione per flirtare con Gyogung.

L'altro non risponde verbalmente, ma fa il broncio e guarda il suo superiore. P'Nok li guarda con un sorriso amichevole, come sempre.

È abbastanza normale che Tanchanok e Bamee lo prendano in giro in questo modo quando sono in ufficio insieme.

Pertanto, Gyogung non è del tutto sicuro che la persona più anziana sappia o meno della sua relazione con Bamee.

Anche se non ha intenzione di tenere segreta la loro relazione, non è esattamente pronto a far sapere tutto a tutti.

Dopo tutto, potrebbe sembrare un po' inappropriato per lui uscire con un tirocinante.

"Voi due state di nuovo infastidendo Gyo?"

La voce di Panadda è la proverbiale campana che viene a salvare Gyogung appena in tempo. Guarda i tre con un sorriso prima di fermare lo sguardo su Bamee.

"Dopo aver aiutato Gyogung, potresti venire a ritirare i documenti di valutazione della tua formazione e parlare con me nel mio ufficio?"

Quella sera, dopo il lavoro, il reparto risorse umane ha organizzato una piccola festa di addio per Bamee in un ristorante.

Il giovane si è divertito molto a far parte della squadra, anche se per poco tempo.

Il tempo trascorso con il suo amato P'Gyo è molto prezioso, non per la loro relazione sentimentale, ma perché Gyogung gli ha insegnato molte cose e ha prestato attenzione a ogni piccolo dettaglio relativo al lavoro.

È sicuramente uno dei suoi modelli e Bamee rispetta e tiene in grande considerazione il suo tutor quando si tratta di lavorare.

"Dove vuoi lavorare dopo la laurea, Bamee: in un hotel o in un ufficio generico?" chiede Tanchanok durante il pasto.

"Sicuramente in un albergo, P'Nok. Voglio seguire le orme di P'Gyo. Voglio essere bravo nel mio lavoro e guadagnarmi il rispetto degli altri come P'Gyo" dice Bamee, con un'espressione piena di orgoglio per il suo amante.

Tanchanok vuole più di ogni altra cosa scherzare fino alla morte, ma dato che a tavola ci sono anche Panadda e Pattarapa, decide di tacere.

Potrebbero essere tutti molto vicini, ma una questione come questa non dovrebbe comunque essere condivisa con i superiori.

"Wow. Sono orgoglioso di Gyogung. Ma sono assolutamente d'accordo con te. Gyogung non ci ha mai deluso. Credo sia giunto il momento di accettare ogni anno tirocinanti per il nostro reparto." Pattarapa dice la sua opinione, anche se non piace al giovane apprendista.

"P'Gyo non sarà troppo stanco in questo modo?" Chiede, anche se in realtà non vuole che nessuno sia così vicino a Gyogung come lui.

"Penso che Gyo si assumerebbe volentieri la responsabilità. Insegnare e formare gli altri è ciò che ami, non è vero?" ha detto Panadda. Quello che è stato l'argomento di conversazione per tutto il tempo ha sorriso dolcemente prima di rispondere.

"Se si tratta di lavoro, lo farei volentieri. Se il mio insegnamento e il mio allenamento possono contribuire alla carriera dei miei ragazzi, è un piacere per me."

Gyogung risponde sinceramente senza pensarci troppo. Non ha idea che al suo possessivo fidanzato non piaccia molto l'idea, ma Bamee non mostra alcun segno di disappunto a tavola.

Il giovane mantiene le buone maniere e continua a rispondere alle domande rivolte a lui, soprattutto sui progetti futuri, finché non giunge il momento di separarsi.

"Restiamo a casa mia stanotte."

Dice il ragazzo alto mentre conduce il suo fidanzato fuori dal ristorante.

"Bene" Gyogung ha risposto brevemente.

Negli ultimi tempi si sono alternati a casa dell'altro e la cosa non è più strana. Tuttavia, il giovane tutor non ha idea che la sua astuta volpe abbia un piano per lui.

Quando arrivano alla penthouse, Bamee lascia che il suo amante faccia la doccia da solo, senza seguirlo in bagno per disturbarlo come al solito.

Sebbene Gyogung sia piuttosto sorpreso, non ci pensa molto. Hanno organizzato una cena e sono tornati a casa piuttosto tardi, così il giovane tutor ha pensato che il suo ragazzo sia un po' stanco e voglia solo riposare.

Uscito dal bagno, si dirige verso la camera da letto solo per scoprire che il suo ragazzo è inaspettatamente assente.

Gyogung va a controllare fuori. Le luci della sala di ginnastica sono accese, così entra per dare una rapida occhiata.

Sebbene abbia già dormito qui molte volte, questa è la prima volta che vede la sala degli esercizi.

Dopotutto, di solito stanno in bagno, in camera da letto, in salotto, e poi si ricomincia da capo.

Aprendo la porta, Gyogung rimane piuttosto colpito da ciò che vede. Ciò che lo colpisce maggiormente sono i grandi specchi che ricoprono quasi tutte le pareti.

Ci sono molte attrezzature per l'allenamento con i pesi allineate ordinatamente e altre macchine per l'allenamento muscolare qua e là. Non c'è da stupirsi che il giovane sia così ben costruito e muscoloso.

"Bamee, cosa stai facendo?"

Il suo ragazzo non si sta allenando, ma sta controllando le varie attrezzature presenti nella stanza.

"Sto verificando le condizioni operative delle macchine prima che debbano resistere a troppa... forza."

Questa risposta sembra far capire a Gyogung qualcosa. Lo sguardo, così pieno di malizia e il piano che riguarda il suo piccolo corpo delicato, lo iniziano a preoccupare.

Ieri non hanno fatto l'amore fino in fondo, il che significa che oggi sarebbe stato il giorno in cui Bamee lo avrebbe avuto per un giro completo.

Inoltre, domani è sabato, quindi i due round concordati saranno sicuramente due round lunghi, estenuanti, che avrebbero scosso il corpo e la terra.

"Ehm... Bamee... Non vuoi fare una doccia?" Chiede Gyogung, indietreggiando di qualche passo, mentre il demone della lussuria sembra essersi impossessato di nuovo del suo ragazzo, Bamee cammina con cautela verso di lui.

"Credo sia meglio che mi faccia una doccia dopo aver sudato" dice Bamee, afferrando i polsi del suo amante.

"Andiamo. Facciamo un po' di esercizio."

Sia lo sguardo che la voce dicono chiaramente a Gyogung che "l'esercizio" di cui parla non serve certo a costruire i muscoli!

"Ma... ma ho già fatto la doccia..."

"Puoi fare di nuovo la doccia. Ti aiuto a lavarti."

Il giovane demone si avvicina all'esile corpo, baciando subito le labbra del suo ragazzo.

All'inizio Gyogung oppone un po' di resistenza, come è normale che sia nel loro gioco d'amore, prima di ricambiare il bacio con tutto sé stesso.

Pur non essendo abile come il suo amante, è in grado di imparare piuttosto rapidamente.

Bamee non è uno che si tira indietro di fronte alle sue parole - ricordate bene come una volta disse a Gyogung che lo avrebbe portato a fare esercizio in quel posto? Ebbene, eccolo lì, a cercare di mantenere la sua promessa!

Il giovane non abbandona mai quelle labbra mentre cammina all'indietro, trascinando con sé l'amante, fino a raggiungere la panca che usa per sollevare i pesi.

Tira Gyogung sopra di sé mentre si siede sulla panchina, baciando quelle labbra dolci, affamate come se gli avessero negato il sapore per tanto tempo (quando in realtà lo aveva baciato al mattino!).

Bamee si abbassa a mordicchiare e ad assaggiare il collo liscio, andando poi a succhiare i capezzoli del suo dolce ragazzo attraverso il tessuto sottile della camicia.

Il più anziano si lascia sfuggire un grido sommesso, spingendo ancora di più il petto nella bocca di Bamee, accogliendo quei denti affilati e i suoi delicati mordicchiamenti sui suoi piccoli nodi.

"Hahhh... ahhhh... non... non mordere così forte... hahhh..." il più anziano implora con la sua voce morbida e rauca, in netto contrasto con il suo corpo che si inarca ancora di più e le mani che spingono la testa del giovane a premere ancora di più sul suo petto.

Bamee infila lentamente la mano sotto la maglietta del suo ragazzo, accarezzando il petto di Gyogung prima di infilare la testa sotto per poter succhiare con forza i nodi rosa, in modo così energico e sensuale che il proprietario di quel corpo pallido emette un grido acuto.

Gyogung si toglie la camicia e afferra una manciata di capelli del suo amante, mentre l'altro si muove per accarezzargli il ventre.

Poco dopo, è spinto a sdraiarsi sulla lunga panca.

Bamee mordicchia, accarezza e lecca quel ventre piatto a suo piacimento, prima di guardare il dolce viso con gli occhi chiusi in estasi, ascoltando con soddisfazione i continui gemiti di piacere.

Si raddrizza e solleva le gambe dell'altro per togliergli i pantaloni. Poi spinge indietro le gambe fino a che le ginocchia non gli toccano quasi il petto, divaricandole.

Occhi acuti guardano quel viso dolce e innocente, mentre Bamee si lecca le labbra con grande fame.
Il giovane si abbassa a leccare e a pizzicare il piccolo spazio tra la coscia e il corpo che gli piace tanto, prima di passare a stuzzicare le palle con la sua lingua calda e poi trascinarla nell'apertura chiusa.

"Hahhh... ah… no. Cosa... cosa stai facendo... no... hahhhh..."

Gyogung sussulta prima di esprimere la sua obiezione allarmata quando il suo giovane ragazzo inizia a leccare quella parte, cosa che non ha mai fatto prima.

Le mani cercano di allontanare la testa dal suo sedere, mentre quella lingua cattiva spinge senza sosta all'interno. Ben presto, il tentativo di fermare ciò che Bamee sta facendo si trasforma in fianchi sottili che spingono per ottenere un contato maggiore.

Bamee sorride interiormente di soddisfazione, facendo scivolare la lingua ancora più in profondità.

"Hahhh... Bamee... ahhhh..."

Urla e ansima forte, come chi ha fatto un duro allenamento.

I gemiti e le grida si fanno più forti e sempre più rochi, mentre il suo giovane ragazzo afferra la sua lunghezza indurita e comincia ad accarezzarlo su e giù.

La mano libera di Bamee cerca il posto dove ha nascosto la bottiglia di lubrificante.

Una volta preso il flacone, applica il lubrificante all'apertura dell'amante e fa subito scivolare un dito dentro. Infila il dito in sincronia con il ritmo delle sue carezze, osservando il viso inclinato e ascoltando i gemiti sensuali con gli occhi lucidi.

Con impazienza aggiunge altre dita. Il suo amato P'Gyo ha una faccia così seducente... che gli fa venire voglia di sostituire le sue tre dita con la sua dura lunghezza.

Bamee fa roteare il dito, cercando di allargare al meglio lo stretto canale in modo che Gyogung possa gestire al più presto qualcosa di molto, molto più grande.

L'espressione del viso piena di bisogno e desiderio e le spinte dei fianchi contro le sue dita fanno ringhiare il demone lussurioso, le fiamme della passione lo stanno quasi consumando.

Estrae le dita e si spinge in profondità nel corpo dell'altro, incapace di aspettare oltre.

Vuole spingere in profondità tutto in una volta, ma farebbe male al corpo delicato sotto di lui, così Bamee deve usare ogni grammo di autodisciplina per spingersi delicatamente e lentamente. La sensazione di essere risucchiato e il pulsare morbido e seducente delle accoglienti pareti di carne della sua dura lunghezza non aiutano la sua pazienza.

"Hmmm... P'Gyo, non stringermi così forte... Non ce la faccio!"

Bamee stringe forte i denti, supplicando il suo amante.

Da quel momento in poi, Gyogung è in preda alla lussuria, ai preliminari e alle carezze sensuali.

Con le mani raggiunge le natiche serrate del più giovane e le spinge ancora più vicino, spingendo contemporaneamente i fianchi in avanti.

"Hahhh... veloce... vieni dentro di me velocemente."

Le parole seducenti fanno imprecare Bamee ad alta voce e lui si spinge fino a penetrare per metà.

Le grida e il duro stringersi dei muscoli interni non fanno che aumentare la lussuria.

Bamee si china e attacca quei morbidi petali con foga, mentre spinge lentamente.

Quelle piccole labbra cercano di baciarlo a loro volta, succhiando la sua lingua come se la sua vita dipendesse da essa, quando finalmente entra.

Bamee abbraccia strettamente Gyogung, inarcando il corpo in modo che la spinta sia dura e profonda, proprio come piace a lui.

Il più giovane afferra le esili gambe del suo ragazzo e le mette intorno alla sua vita, sollevando il più magro e portandolo alla sua macchina per esercizi.

Posando quelle belle gambe sul pavimento, bacia a lungo Gyogung prima di ritirarsi definitivamente, sistemando il corpo tremante in piedi davanti allo specchio.

Si posiziona dietro il suo amante, che è piegato in avanti, e scivola di nuovo in quell'apertura.

Bamee si guarda allo specchio, iniziando a muoversi dentro e fuori. Vede che Gyogung ha gli occhi ben chiusi, ma non vuole costringere l'anziano a guardare il suo riflesso.

Fa un respiro profondo, soddisfatto dell'immagine erotica di lui e del suo amante.

Osserva il liquido che comincia a colare sulla punta della parte sensibile del suo ragazzo, Bamee lo prende in mano e lo strofina su e giù.

Guarda il suo amante sollevare il viso, gemere e spingere indietro i fianchi.

Quelle azioni non fanno altro che aumentare la forza e la velocità delle sue spinte, gemendo a lungo e a bassa voce mentre raggiungono l'orgasmo nello stesso momento.

Le ginocchia di Gyogung sono quasi diventate liquide quando ha finito di allenarsi in quella stanza.

Quando il cazzo lascia finalmente il suo corpo, sente che il suo corpo è così vuoto e leggero che riesce a malapena a mantenere l'equilibrio. Il modo in cui le gambe del suo ragazzo sono così tremanti che non riesce a stare in piedi correttamente ha fatto sì che Bamee si aggrappi rapidamente alla vita sottile di Gyogung, lo sollevi infine e lo porti fuori dalla stanza.

È solo il primo round e Gyogung sente di essere quasi al limite: questo non significa che i suoi fianchi sarebbero stati completamente distrutti quando finirà il secondo round?

Cavolo, il giovane non ci pensa due volte quando si tratta di divorarlo!

Bamee prende chi ha le gambe così deboli da non riuscire a stare in piedi da solo e lo aiuta a pulirsi in bagno.

Vuole più di ogni altra cosa continuare con il secondo round, ma sa che il suo amato P'Gyo non avrebbe retto, quindi cerca di controllarsi e di lasciarlo riposare per un po' prima di continuare a divorarlo.

Domani sarebbe stato il suo momento di fame, quindi si sarebbe rifatto mangiando il più possibile quella sera per coprire quello che gli è mancato il giorno prima e quello che gli sarebbe mancato domani!

"Bamee, puoi accontentarti di un giro stasera?" implora il suo ragazzo con la sua voce più adorabile dopo averlo messo a letto.

"No." La risposta che arriva all'istante, senza lasciare spazio ad alcuna trattativa, sorprende un po' Gyogung.

"Ehi, non puoi almeno pensarci prima, l'ultima volta era così duro che mi facevano male i fianchi!"

Gyogung mette il broncio.

"Beh, sei tu che hai stabilito le regole per cui posso averti solo a giorni alterni e solo due round al giorno. Non se ne parla di rinunciare ai miei diritti! Inoltre, sei tu che mi hai pregato di andare più forte e più veloce. Ho perso il controllo a causa tua e dei tuoi modi attraenti, quindi non puoi dare tutta la colpa a me." Bamee ha spiegato, diventando improvvisamente logico.

Il piccolo e seducente ragazzo arrossisce sentendo tutto ciò, gonfiando le guance prima di lanciare un piccolo sguardo a colui che lo ha raggiunto sul letto.

"Ti lascio riposare per un'ora prima di continuare, che ne dici?"

"Wow. Un'ora intera. Dovrei essere contento?" dice Gyogung con sarcasmo, guardando il bel viso del suo ragazzo, quasi aspettandosi qualche risposta sfacciata come al solito.

"P'Gyo, vuoi davvero lavorare con molti apprendisti in futuro?"

Bamee non risponde al suo ragazzo, rispondendo invece con un'altra domanda su un argomento decisamente non correlato.

"Hmmm? Che cosa hai detto?" chiede Gyogung con una leggera confusione.

Osservando le espressioni facciali dell'altro, si rende conto che Bamee è arrabbiato per qualcosa, anche se prima non ne dava segno.

"Quella volta che durante la nostra cena, quando P'Pat e P'Pui hanno parlato di un apprendista, hai risposto così facilmente che volevi che ne arrivassero altri."

Il ragazzo geloso rispose con un chiaro tono di voce.

"Non ho detto che voglio che ne arrivino altri. Ho detto che se ne sarebbero venuti altri, li avrei accolti con piacere."

Sa di aver trasformato il suo amante in un essere possessivo e geloso, quindi questo non è inaspettato per lui.

"Solo immaginare che tu lavori vicino a qualcuno mentre io sono da un'altra parte, incapace di sapere cosa sta succedendo... è sufficiente per farmi impazzire!" Bamee dice come un bambino viziato.

"Non ne fare un problema. È il mio lavoro, lo sai. Inoltre, anche se dovessimo lavorare a stretto contatto, non significa che ti allontanerò dal mio cuore. Che tipo di persona pensi che io sia?" Ricorda Gyogung al suo giovane fidanzato.

"Mi fido di te. Tuttavia, non mi fido degli altri. E anche se qualsiasi apprendista che avrai in futuro non penserà a te in questo modo, sono comunque geloso. D'ora in poi non sarò più con te tutti i giorni come prima."

"E come pensi che mi senta in tutto questo? Lavoro ancora nello stesso posto, quello in cui c'eri tu. Ogni volta che mi volterò a guardare quella sedia, sarà vuota, perché tu non sarai più lì con me."

Le parole del suo ragazzo scioccano il più giovane facendolo tacere.

Fa i capricci e pensa solo ai suoi sentimenti, dimenticando completamente come si sente il suo ragazzo. Poiché il suo amante è un ragazzo così maturo e indipendente sul lavoro, pensava che a Gyogung non sarebbe importato se fosse stato lì con lui o meno.

"P'Gyo, mi dispiace." Il giovane ha detto, con sincera scusa.

Si china a baciare quella bella fronte, stringendo dolcemente quel corpo esile. L'uomo più anziano accoccola il viso contro il petto caldo e largo, tenendolo anch'esso stretto.

"Non c'è bisogno di scusarsi. Capisco come ti senti perché è così che mi sento anch'io" dice Gyogung, il cui cuore si riempie di tenerezza quando un paio di labbra calde gli posano un bacio confortante sulla tempia. Abbassa lo sguardo sul suo giovane coccolato e gli rivolge un dolce sorriso.

"Saremo separati durante il giorno. Non passeremo del tempo insieme come facciamo sempre dopo il lavoro? Oppure, Bamee non vuoi più dormire da me?"

"Anch'io voglio stare con te. Voglio sempre divorarti."

La risposta fa ridacchiare Gyogung.

"Se mi divori sul serio, non potrai più vedermi, lo sai. Mi divori sempre con tanta fame quasi ogni giorno; non ti basta?"

"Davvero non sai che non potrei mai averne abbastanza di te? Sono il tuo schiavo, sappilo."

Quelle parole dirette rendono Gyogung così nervoso da non riuscire a guardare direttamente in quegli occhi acuti. Il giovane distoglie lo sguardo prima di voltarsi per nascondere il viso contro quell'ampio petto.

"Se... se il prossimo turno non è così... energico... puoi fare un altro giro."

Il più anziano sussurra, ma il demone lussurioso non avrebbe mai perso quelle preziose parole.

"Allora riposa, prima che ti divori di nuovo" dice Bamee, abbracciando forte il suo adorabile tesoro.

Bacia ripetutamente quella testolina adorabile facendo ridere Gyogung.

****

Dopo un breve sonno, Gyogung ha sentito un leggero colpetto sulla spalla.

Apre lentamente gli occhi e la prima cosa che vede è il volto del suo amante.

Sorride al più giovane, ovviamente felice di vedere che si è svegliato.

Bamee gli bacia con cura la fronte prima di parlare con la sua voce vellutata.

"È passata un'ora."

Quelle parole rompono di sicuro l'atmosfera romantica con una forza aspra, tanto che l'uomo più anziano smette immediatamente di sorridere.

"Non dirmi che non hai dormito e che stavi aspettando che finisse l'ora!" chiede incredulo Gyogung. L'altro si gratta solo un po' il naso, ridacchiando con una punta di imbarazzo prima di rispondere.

"Beh, mi hai detto che mi avresti concesso un altro giro" dice Bamee, accarezzando l'intero corpo di colui che si è appena svegliato.

"Ti senti meglio ora?" chiede con cautela.

Anche se ha ancora una fame immensa, ma dopo che ha portato Gyogung a non poter camminare e a doversi assentare per due giorni dal lavoro, non vuole ripetere di nuovo.

"Sì, meglio."

Gyogung ha risposto con un broncio.

Certo, ora sta meglio, ma se fosse stato divorato di nuovo senza trattenersi, le sue gambe non si sarebbero più chiuse.

290 | Jamie

Tuttavia, dato che ha già dato la sua parola, immagina che non possa più negare al "piccolo Bamee" che è già gonfio e duro da aspettare! Inoltre, sta insistentemente premendo la sua coscia, dicendogli quanto sia pronto ad esplorare il suo corpo caldo!

Gyogung chiude di nuovo gli occhi mentre le calde labbra dell'amante premono contro le sue, lasciandosi trasportare dal dolce bacio mentre il battito del suo cuore comincia ad aumentare il ritmo. Il bacio morbido e tenero diventa presto caldo e lussurioso. Pochi istanti dopo, un dito bagnato di lubrificante comincia a scivolare dentro di lui, entrando e uscendo lentamente e facendolo entrare in una tale euforia di piacere che allunga le gambe da solo per ottenere maggiori sensazioni.

Due mani sottili si avvicinano per accarezzare l'ampio petto, affascinate dalla sensazione di stringere quei muscoli.

Quando il corpo sottostante è pronto a ricevere il suo grosso bastone di carne, Bamee solleva quell'anca sottile e preme la sua punta, mentre le loro labbra si baciano ancora profondamente.

Quando entra, inizia subito a dondolare i fianchi.

Qualche istante di dondolio pesante e Bamee si raddrizza, mettendo una gamba di Gyogung sopra la sua spalla, baciando affettuosamente qua e là. Questa volta il giovane cambia il ritmo, passando a un ritmo più veloce con spinte più brevi, così veloci che il più anziano riesce a malapena a riprendere fiato.

"Hahhhh... troppo veloce... Troppo veloce!" protesta Gyogung, cercando di muovere i fianchi in sincronia con il ritmo dell'amante e scoprendo di non poterne eguagliare la velocità.

Bamee afferra quindi l'altra gamba e la mette anch'essa sopra la sua spalla, mentre oscilla con forza e profondità.

Guarda quel viso dolcemente bello con gli occhi ben chiusi e quelle labbra di ciliegia che si aprono per far uscire i dolci gemiti.

Vorrebbe spingere più forte, cambiare la posizione dei loro corpi per prolungare il loro rapporto d'amore, ma teme anche che il suo amante non ce la faccia.

Il giovane afferra quindi la lunghezza di Gyogung nella sua mano, accarezzandola su e giù con lo stesso ritmo delle sue spinte.

Non molto tempo dopo, il liquido rilasciato da Gyogung è schizzato sulla sua mano e sul ventre piatto sottostante.

La vista del suo piacere non fa altro che alimentare la fiamma della sua lussuria.

Bamee accelera il ritmo, spingendo più forte e più velocemente, prima di rilasciare tutto dentro il suo ragazzo.

Lui, che è ancora pronto per qualcosa di più, si tuffa in un bacio, sentendo il respiro ansimante del suo ragazzo.

Succhia quelle labbra fino a quando non è completamente soddisfatto, prima di lasciarsi cadere a lato di quel corpo snello e tirare tra le braccia la sua dolce metà.

"Quando posso fare il terzo giro?" Chiede con la sua voce di seta. I suoni attutiti delle proteste e la pioggia di pugni, più leggeri del rumore delle zampe di un gattino, gli dicono che prima deve lasciare riposare l'altro.

"Vai avanti e riposa. Posso aspettare. Lascia che ti pulisca." Bamee parla come un gentiluomo, facendo scivolare le braccia sotto il corpo di Gyogung e sollevando l'uomo più magro.

"Se si usasse il preservativo, questo non sarebbe un problema." La voce tremante dice con un broncio, facendo alzare le sopracciglia a Bamee.

"Quelli che hai comprato l'ultima volta erano troppo piccoli per me. Se puoi fornirmi la mia taglia, li indosserò."

Gyogung gonfia le guance ma non dice altro. Deve ammettere che quello dell'altro è davvero... grande e lungo.

Forse più tardi avrebbe trovato il tempo di cercare preservativi extra, extra large.

Quando Gyogung si trova sotto la doccia, si gira verso la parete e allarga le gambe, ben esperto nel processo.

Solleva un po' i fianchi in modo che il suo amante possa aiutarlo a pulirlo facilmente.

Bamee allunga la mano per aprire l'acqua e guarda il suo ragazzo.

Il fiato gli rimane in gola quando vede la posa sexy del suo amato P'Gyo, mentre l'altro si volta a guardarlo. Gli occhi grandi e rotondi come quelli di un giovane cervo sono così allettanti che vuole fare il terzo giro qui e ora.

Il giovane si dirige quindi verso il suo ragazzo, fermandosi solo quando viene premuto pelle contro pelle. Si lecca le labbra mentre osserva quel sedere che si china in attesa della sua attenzione.

Cavolo, quella posa, come può avere la concentrazione per pulire ora, vuole solo scoparlo di più!

"P'Gyo... potresti... tu... darmi il terzo aiuto in questo momento?"

Chiede il più giovane con una voce profonda e bassa, mordicchiando il morbido lobo dell'orecchio con una brama furiosa.

Gyogung sobbalza un po', anche se non può negare le scintille di eccitazione che lo attraversano.

"Hmmm... Proprio qui, davvero?" chiede con una voce che suona così seducente anche a orecchie inesperte, abbassando la parte superiore del corpo mentre presenta i fianchi all'amante ancora più di prima.

"Piccolo tentatore! Sedurmi così…"

"Hmmm..."

Gyogung solleva un po' il viso, chiude gli occhi soddisfatto e si lascia sfuggire un dolce gemito.

Quel gesto invitante basta a distruggere il già scarso autocontrollo del ragazzo.

"Tu... arghhh!" Bamee riesce a pronunciare solo queste parole mentre spinge frettolosamente il suo cazzo duro nella calda e morbida apertura. Il giovane sa bene che non deve preparare molto il suo amante, perché il canale è ancora morbido e scivoloso per il suo rilascio liquido.

Bamee stringe quei fianchi sottili prima di afferrarli con forza, dondolando dentro e fuori con tutto sé stesso.

"Hahhhh... Bamee... hahhhhh..."

I fianchi rotondi che si spingono all'indietro per avere più contatto e più sensazioni dicono chiaramente al suo amante quanto gli piaccia fare l'amore.

Pochi istanti di duro dondolio e Bamee si tira fuori, girando il suo ragazzo di fronte a lui.

Bamee solleva una gamba prima di entrare di nuovo, sollevando più magro fino in fondo e mettendo la schiena di Gyogung contro la parete.

Segue un'incessante sessione di dondoli e spinte, che porta Gyogung a stringere il collo del suo giovane ragazzo, gridando di piacere.

L'amore caldo e sensuale lo fa venire così piacevolmente senza che Bamee debba toccarlo affatto. Dopo alcune spinte, sente il liquido caldo che viene rilasciato dentro di lui.

A questo punto Gyogung è quasi certo di non essere in grado di reggersi sulle proprie gambe, perché mentre Bamee lo bacia ancora profondamente e lo tiene tra le braccia, sente le sue gambe tremare in modo incontrollabile e sono così completamente deboli da non sentirsi in grado di sostenere il proprio peso.

Dopo aver lavato colui che non si regge più in piedi, Bamee riporta Gyogung a letto.

Si sente così particolarmente sazio e soddisfatto che comincia a canticchiare con soddisfazione. Sebbene il più anziano volesse lamentarsi, è così esausto che persino tenere gli occhi aperti richiede uno sforzo.

Perciò decide di appoggiare il viso contro i muscoli tesi del petto del suo ragazzo, mettendo il braccio intorno alla vita affusolata e premendo bene il suo corpo e addormentandosi quasi subito.

Anche lui si sente un po' stanco dopo tre turni di gioco d'amore, ma non vuole comunque dormire. Vuole abbracciare, accarezzare, mordicchiare, baciare e leccare il corpo dolcemente profumato del suo amante.

Dopo qualche altro giro di baci sul viso e sul corpo di Gyogung, Bamee finalmente si arrende e chiude gli occhi nel sonno.

****

Quando i due giovani si svegliano di nuovo, è già molto tardi. Bamee si sveglia con un sorriso, guardando colui che ancora dorme profondamente tra le sue braccia.

Il viso addormentato di Gyogung è così bello, così innocente, che è quasi impossibile credere che possa essere così caldo e così sensuale quando fanno l'amore.

Oggi è il suo giorno di fame e di solito chiede al suo ragazzo di aiutarlo con la bocca o con la mano o anche con lo spazio tra le gambe.

Tuttavia, dato che il suo caro, adorabile Gyo gli ha concesso il suo turno extra ieri sera, pensa di lasciarlo riposare completamente per un giorno senza doversi sforzare.

Dopo tutto, domani sarebbe stato il giorno in cui gli sarebbe stato permesso di mangiare di nuovo.

Un riposo completo oggi dovrebbe accelerare il recupero del suo ragazzo.

"Hai dormito bene?"

Chiede il giovane con un tono di seta, mentre guarda il suo ragazzo che si sveglia lentamente. Gyogung si sfrega un po' il viso.

Quel viso ancora tinto di sonnolenza è così adorabile che Bamee non può fare a meno di lasciare qualche bacio sulla bella guancia prima di mordere delicatamente quelle labbra gonfie.

"Ahhh... basta così..."

Il tono carino rende difficile stabilire se Gyogung voglia davvero farlo smettere o se stia solo scherzando, ma Bamee si ferma comunque.

"Cosa vuoi per colazione?" chiede il giovane, cercando di accontentare il suo ragazzo.

"Hai intenzione di cucinare per me?" chiede il più anziano, alzando gli occhi sul suo ragazzo nel modo più dolce possibile.

Gyogung storce il naso e nasconde il viso contro il petto caldo.

"Anche se sai cucinare, non te lo permetterò. Prima voglio che ci coccoliamo così per un po'."

Dice, abbracciando ancora più forte il suo amante.

Wow, oggi sei decisamente carino! Stai chiedendo di essere divorato?

Il più giovane fa un respiro profondo, cercando di controllare la sua mente e il "piccolo Bamee" che comincia a contorcersi e ad alzare la testa.

È del tutto normale, visto che è mattina, e il suo piccolo Gyogung è lì tra le sue braccia, dolce e affascinante.

Se il 'piccolo Bamee' non fosse sveglio, non si chiamerebbe Bamee!

"Perché ti comporti in modo così adorabile stamattina?"

"Non lo so. Ho solo voglia di farlo."

"Volevo lasciarti riposare oggi. Quindi non vuoi riposare, eh?" Sussurra rocamente.

Il respiro rauco serve come segnale di avvertimento al suo piccolo e grazioso ragazzo dell'imminente pericolo.

"Questo ha davvero qualcosa a che fare con il modo in cui mi sono comportato? Non importa come mi comporto, perché a prescindere da tutto, sarai sempre un demone lussurioso quando si tratta di me."

"È perché sei così appetitoso! Quindi non c'è da stupirsi se voglio averti sempre con me, sai? Ora sono un bravo ragazzo, ti tengo solo a giorni alterni come mi hai chiesto."

Non è solo per la vicinanza che desidera, ma anche perché vuole che il suo "piccolo Bamee" si strofini contro le cosce di Gyogung!

"Non è che ti faccio morire di fame tutti i giorni."

"Sì che puoi! Ci sono giorni in cui il mio stomaco è pieno e altri in cui devo accontentarmi di toccare e annusare con un piccolo assaggio. Quei giorni dovrebbero essere contati come se mi costringessi a 'fare la fame', secondo me."

Oggi non è particolarmente indolenzito, ma è esausto e sente che le sue gambe ne hanno passate tante, quindi non vuole comunque alzarsi dal letto.

Anche se sente un'asta di carne calda che premeva contro le sue cosce, fa finta di non sentire nulla e si accoccola di nuovo con il viso contro l'ampio petto.

Si sta divertendo a chiudere gli occhi e ad abbracciare il suo gigante caldo, quando sentì un braccio forte muoversi rapidamente, mentre un'altra mano gli stringe il sedere.

I grugniti sommessi e il respiro rauco che sembrano così familiari... non ha bisogno di aprire gli occhi per sapere cosa sta facendo il suo demone lussurioso!

Decide che è meglio rimanere fermo e lasciare che l'altro lo stringa mentre cercava di trovare sollievo.

È meglio che avere la mascella dolorante, quindi non ha intenzione di dare una mano a chi cerca di rispondere al suo lussurioso richiamo.

Sicuramente il modo più sicuro è quello che sta facendo ora, fingendo di non accorgersi di nulla.

Il liquido che gli è finito sullo stomaco ha fatto sobbalzare un po' Gyogung. Il suo mento viene afferrato dall'altro in modo che le loro labbra possano scambiarsi un bacio lungo e profondo.

Il giovane lo lascia finalmente libero e gli bacia delicatamente la punta del naso prima di usare i tovaglioli per pulire le mani e lo stomaco di Gyogung.

"Non voglio alzarmi dal letto. Voglio solo stare qui con te tra le mie braccia tutto il giorno."

Bamee si è rimesso a sedere sul letto, ha abbracciato Gyogung e ha iniziato a parlare dolcemente.

"Nemmeno io, ma dovresti lavarti le mani e lavarti i denti."

Anche se non vorrebbe lasciare il loro letto caldo, perché il suo amante ha appena combinato un pasticcio.

"Allora lascia che ordini la colazione prima di accompagnarti alla doccia, che ne dici di restare a mangiare il nostro pasto nel cinema di casa?"

Il proprietario della lussuosa penthouse tira fuori dal cassetto del letto il menu delle consegne.

Dopo aver fatto la loro scelta e aver effettuato la consegna, Bamee ha aiutato Gyogung a lavarsi insieme, per poi distendersi sul grande divano della sala cinema giusto in tempo per l'arrivo della colazione sulla porta di casa.

Hanno mangiato insieme con calma, perché vogliono che la giornata di oggi sia confortevole e tranquilla, senza progetti particolari per il domani. Bamee ha fatto i capricci perché non può stare tutti i giorni con il suo ragazzo, come era solita fare durante l'apprendistato.

Pertanto, Gyogung vuole trascorrere l'intera giornata insieme al suo fidanzato, prima che lunedì prossimo dovranno stare separati.

Ciotola 13: L'assenza fa crescere lo stomaco.

Il primo giorno in cui Bamee e Gyogung devono separarsi per lavoro non è facile per nessuno dei due.

I due giovani sono abituati a stare sempre insieme da oltre un mese.

Non sorprende che Bamee faccia i capricci.

Quando sono pronti a lasciare l'appartamento, il giovane tira il suo ragazzo tra le braccia, implorando baci davanti alla porta.

"Non puoi restare ancora un po'? Dai un altro bacio al tuo Bamee."

Il ragazzo muscoloso abbraccia l'amante intorno alla vita, usando la sua migliore voce supplichevole.

"Smettila di fare il bambino, adesso. Continui a chiedermi un altro bacio, un altro bacio... è il settimo! Forza, lasciami. Non voglio fare tardi al lavoro."

Il più magro geme cercando di sfuggire alle braccia che gli cingono la vita.

"Allora dammi altri tre baci per arrivare a dieci, o non ti lascerò andare."

Poi abbassa la testa e torna a mordicchiare quelle labbra formose.

Tuttavia, quando inizia ad essere più deciso nel baciare, Gyogung è veloce ad allungare il collo.

"Basta così. Ho le labbra gonfie, non mi avevi promesso che mi avresti baciato leggermente?"

"Beh, le tue labbra sono morbide, dolci e molto appetitose."

Le parole di Bamee fanno ridere l'altro.

"Le mie labbra sono una specie di dolce? Ti piacciono proprio le parole."

Anche se quello che dice è un mezzo reclamo, Gyogung sorride, compiaciuto, e le sue guance sono molto rosee.

"Se le tue labbra fossero state davvero dei dolci, le avrei ingoiate intere."

Dice l'uomo più giovane con la sua voce vellutata, prima di prendersi il tempo necessario per godersi di nuovo quelle labbra morbide.

Quando lascia il suo ragazzo, Gyogung alza i suoi bellissimi occhi rotondi verso il suo giovane amante.

"Se oggi mi ingoiassi per intero, come faresti a riempirti lo stomaco dopo?" ha detto Gyogung, lasciando che il suo spirito seduttivo entri in gioco mentre da voce al suo dolce sussurro.

Bamee non può che digrignare i denti di fronte alla suo piccolo tentatore.

"Sei così vicino ad essere baciato fino a quando le tue labbra saranno così gonfie che tutti sapranno cosa hai fatto prima, piccolo stuzzicatore!"

"Dieci..." Gyogung dice dolcemente quando il suo amante libera le sue labbra.

Bamee appoggia delicatamente i palmi delle mani sulle guance morbide, mentre rivolge al suo ragazzo un sorriso affettuoso.

"Ti mancherò, P'Gyo?"

"Il mio Mr. Lungo e Muscoloso sa essere davvero un bambino. Vado a lavorare. Rimarrai qui a lavorare alla tua presentazione. Ci vediamo in serata."

Poi stringe teneramente quel naso formoso, anche se il ragazzo tiene ancora il broncio.

"Solo perché non saremo più così distanti... pensi che sia divertente che mi manchi. Che crudeltà."

Dice il più giovane con aria stizzita.

"Perché sei di cattivo umore? Mi mancherà sicuramente il mio Bamee. Non c'è dubbio. Va bene. È ora di andare o farò tardi."

Gyogung interrompe la conversazione e apre la portiera dell'auto.

Sente un leggero sospiro alle sue spalle e deve scuotere la testa, ma non dice altro, perché sa che il suo giovane gigante coglierebbe l'occasione per fare altri capricci.

Bamee ha già discusso con l'insegnante, la presentazione post-formazione sarebbe avvenuta tra due settimane.

Tutto ciò che deve fare è prepararsi per il grande giorno senza dover andare all'università. Pertanto, può ancora accompagnare Gyogung al lavoro ogni giorno.

"Mandami un messaggio quando è quasi ora di andare a casa. Vengo a prenderti."

Il giovane ricorda ancora una volta al suo ragazzo mentre l'elegante auto parcheggia davanti all'hotel.

"Lo so. Credo che sarà alla solita ora. Se c'è qualcosa di speciale e devo partire tardi, te lo farò sapere" dice Gyogung mentre si slaccia la cintura di sicurezza.

"Immagino che un altro bacio sia fuori questione, vero?" chiede Bamee con la sua migliore espressione da cucciolo.

Non è che non possa indovinare la risposta, ma, beh, non si sa mai. Quello che sta per chiudere la portiera dell'auto si ferma un attimo a guardare pensieroso il suo autista, finché alla fine risponde.

"No, qui non si può ma quando torneremo all'appartamento, ti permetterò di baciarmi quanto vuoi" Gyogung si stringe le labbra e guarda il suo ragazzo con i suoi innocenti occhi da cerbiatto, mentre le sue guance si arrossano.

"Tu... arghhhh! Voglio portarti a casa e averti subito!"

Il giovane lussurioso ha praticamente ruggito. Sia la sua voce che il suo sguardo hanno messo in guardia il più anziano dal rischio di una seduzione sconosciuta!

Gyogung non ha idea di quanto possa essere allettante a volte...

"... Cosa?! Beh, io vado a lavorare!"

Ha cercato di sfuggire all'imbarazzante situazione abbandonando l'auto. Bamee non ha impedito al suo ragazzo di farlo.

Sicuramente se ne ricorderà e conserverà tutto per stasera!

****

Bamee parcheggia l'auto aspettando Gyogung poco prima che arrivi l'ora di tornare a casa.

Anche se è stato impegnato tutto il giorno con la sua presentazione, questo non gli ha impedito di sentire la mancanza del suo bellissimo fidanzato.

Vedendo il suo amante camminare con un dolce sorriso, Bamee non desidera altro che saltargli addosso.

"È da molto che aspetti?" chiede il più anziano mentre si allaccia la cintura di sicurezza.

"Non molto. Eri impegnato oggi senza un assistente stellare come me?" chiede il più giovane, desiderando baciare colui che ha stretto le labbra alle sue parole.

"Tutto era normale. Ma mi è mancato molto il mio assistente" Gyogung dice dolcemente, alzando gli occhi verso colui il cui sguardo sembra brillare chiaramente di lussuria nel momento in cui quelle parole lasciano la bocca del suo ragazzo.

Bamee ringhia a bassa voce, schiacciando rapidamente il piede sull'acceleratore: vuole solo fermarsi da qualche parte e avere il suo ragazzo proprio in quel momento!

L'unico problema è che sulla strada non c'è nemmeno un piccolo segno di cespugli.

Il signor Seduzione, dal canto suo, sembra rendersi conto di aver involontariamente tentato di nuovo il suo giovane fidanzato e sbotta. Le sue mani accarezzano delicatamente i suoi poveri fianchi, deglutendo a fatica mentre il suo cervello cerca di trovare una via d'uscita.

Pensa di fingere grande stanchezza e fame e di fermarsi da qualche parte per mangiare e si chiede se questo basterà a salvarle i fianchi per qualche ora.

Bamee ha guidato fino all'appartamento a tempo di record.

Fortunatamente, nessun semaforo rosso li ha fermati durante il tragitto. Quando l'auto parcheggia, si volta a guardare colui che è rimasto in silenzio per tutto il tragitto verso casa.

"Hai fame?" Quelle parole sono come quelle di un angelo. Il volto di Gyogung si illumina e si affretta a rispondere.

"Sì. Ho molta, molta fame. Fermiamoci prima al ristorante di fronte alla reception."

Non riesce a nascondere l'espressione speranzosa che gli è apparsa sul volto, ma le parole della giovane volpe scaltra gli strappano subito un sorriso.

"Anch'io. È tutto il giorno che ho fame. È tutto il giorno che ho fame, è da così tanto tempo che aspetto di avere il mio Gyo che le mie viscere protestano!"

Dice il giovane con evidente desiderio nella voce. Beh, se è così che si va avanti, non c'è bisogno di darmi speranza! Gyogung non è così affamato come sostiene. Voleva solo allungarsi il più possibile per proteggere il suo culo... anche mezz'ora sarebbe sufficiente!

Ma poi il suo cervello brillante si è ricordato di qualcosa...

"Ma oggi è il tuo giorno di magra. Ieri noi... ehm..." balbetta, non avendo il coraggio di dirlo ad alta voce. Bamee, tuttavia, non lo ha lasciato finire.

"Lo so. Per questo ti ho chiesto se avevi fame. Se hai fame, possiamo andare in camera nostra e posso darti da mangiare..."

Gyogung, quasi ipnotizzato, segue lo sguardo fino a quando non si posa su quel rigonfiamento vistoso! Arrossisce di un rosso intenso e allunga la mano per strofinarsi la mascella senza rendersi conto di farlo.

Quindi la mia mascella avrà il lavoro di una vita, eh?

Povero, povero Gyogung, nemmeno la regola del "mangiare a giorni alterni" è riuscito a salvarlo! Oh, beh, è stata colpa sua per aver sedotto il suo fidanzato, ed è abbastanza uomo da assumersi la responsabilità delle sue azioni!

Il giovane tutor fa un respiro profondo mentre si slaccia la cintura di sicurezza. Scende dall'auto e conduce coraggiosamente il suo ragazzo verso il rifugio.

Quando raggiungono la stanza e la porta viene chiusa, il suo giovane ragazzo lo assale immediatamente di baci, cosa a cui Gyogung si è già preparato.

Bamee si attacca alle labbra con avidità, come se non le avesse assaggiate da un anno.

Mani grandi sbottonano con impazienza i bottoni della camicia.

L'impazienza del movimento ha fatto capire al giovane tutor che il suo ragazzo preferirebbe strapparsi la camicia. Il povero indumento viene gettato con noncuranza da qualche parte mentre il più giovane iniziava a slacciare la cerniera di Gyogung.

Non avendo intenzione di perdere, Gyogung ha tolto la camicia a Bamee.

Allunga la mano per sfregare la parte che cresce e si gonfia fino a diventare dura e grossa, con il cuore che gli martella ancora più forte nel petto mentre immagina come la verga di carne calda avrebbe presto riempito la sua bocca.

Gyogung quasi salta fuori dalla pelle quando il suo amante lo solleva.

Bamee gli avvolge le gambe sottili intorno alla vita prima di dirigersi verso il bagno, senza curarsi dei vestiti sparsi sul pavimento.

Mentre il getto d'acqua cade sui loro corpi intrecciati, Bamee versa un po' di crema per la doccia sul petto liscio e chiaro, spargendone un po' sul proprio.

Il più anziano mette subito le mani sul petto stretto e muscoloso.

Dopo aver accarezzato per un po', il suo amante gli solleva il mento e lo bacia di nuovo.

Le mani sottili si allungano per insaponare la schiena di Bamee prima di scendere lungo il corpo muscoloso per prendere l'asta dura tra le mani.

Gyogung accarezza su e giù, con l'intenzione di aiutare a pulire il suo giovane ragazzo.

L'unica cosa su cui non ci sono dubbi è l'affannoso respiro di Bamee quando le grandi mani stringono le morbide natiche di Gyogung fino a farle diventare rosse.

Il più giovane lava rapidamente tutto il sapone dai loro corpi e aiuta il ragazzo dalla pelle chiara a inginocchiarsi sul pavimento.

"Ahhhh..." trascina la lingua morbida e umida sul suo membro prima di immergere la punta della lingua nella sua fessura e sfiorarla delicatamente.

Una delle mani di Gyogung è appoggiata sulla sua coscia per trovare un equilibrio, mentre l'altra stringe la base della carne calda del più giovane.

Presto sono le sue labbra a prendere possesso dell'asta dura.

Bamee aspira aria, grugnendo di tanto in tanto. La crescente esperienza rende l'azione di Gyogung estremamente piacevole, accendendo il fuoco della lussuria dentro di lui fino a quando le sue emozioni vanno fuori controllo.

Il più giovane appoggia le braccia alla parete, usando le mani per afferrare i capelli dell'amante, spingendo la sua vita dentro e fuori mentre si perde completamente nel piacere.

Dondola i fianchi contro la bocca di Gyogung solo per poco tempo prima di tirarsi fuori e liberarsi sul viso dell'amante.

Senza aspettare che Gyogung riprenda fiato, Bamee ingoia rapidamente la sua lunghezza.

Stringe avidamente le sue morbide natiche prima di inserire il dito all'interno, muovendo lentamente le dita per dare all'altro il tempo di adattarsi.

Bamee aggiunge più dita e più forza alle sue spinte dentro e fuori.

Piccole mani si aggrappano ai suoi capelli mentre quei fianchi sottili dondolano all'indietro in risposta ai suoi tocchi. Infila un terzo dito e comincia a ruotarlo all'interno.

"Hahhhh... più veloce... ah... hahhhhhhh..."

Le parole ansimanti e precipitose fanno venire voglia al giovane di estrarre le dita e spingere qualcosa di molto più grande.

Spinge le dita più forte come richiesto e aumenta la forza di aspirazione nella sua bocca. Non molto tempo dopo, c'è un lungo gemito mentre il liquido caldo viene rilasciato nella sua bocca. Bamee ingoia ogni goccia prima di spostare il viso contro il ventre piatto di Gyogung.

Quando vede che il suo ragazzo boccheggia a fatica ed è così debole da non riuscire a reggersi in piedi, il mangione cede e lava teneramente il suo ragazzo prima di aiutare Gyogung a vestirsi e infine condurlo sul divano.

"Lasci che ordini qualcosa da mangiare, cosa desideri?" Ha chiesto Bamee.

Quello il cui respiro comincia a tornare normale è piuttosto sorpreso che il suo ragazzo non continui a divorarlo, ma si affretta comunque a prendere il menu dell'altro. Una volta effettuato l'ordine, Bamee tira Gyogung sulle sue ginocchia e, con quel corpo sottile a cavalcioni su di lui, ricomincia a baciarlo.

Le mani grandi scivolano sotto la maglietta sottile, strofinando la schiena liscia con grande piacere, prima di liberare quelle labbra.

"Hai idea di quanto mi sei mancato oggi? È stato anche peggio di quella volta che sei dovuto tornare a casa da solo."

Dice il più giovane con la sua voce vellutata, stringendo le morbide natiche del suo amante.

"Cosa c'è di peggio? Ci vediamo al mattino e alla sera. Quando sono tornato a casa, non ci siamo visti per due giorni interi." dice Gyogung, pizzicando scherzosamente il naso del suo giovane fidanzato.

"Non è la stessa cosa. Non so perché. So solo che non lo è" dice Bamee, con un evidente broncio nella voce. Si stringe nell'abbraccio, accoccolando il viso contro il petto dell'altro.

"Stai facendo i capricci."

Dopo cena, Bamee intende consumare il suo "dessert" e poi metterli entrambi a letto per un ultimo giro prima di andare a dormire.

Tuttavia, il suo caro amico lo chiama prima che possa mettere in atto quel piano. Ha impiegato più di un'ora per dare all'amico consigli sulla presentazione della formazione prima di riuscire a terminare la telefonata.

Quando arriva a letto, il suo amato P'Gyo, che lo aspettava giocando al telefono, si è già addormentato.

Stasera può lasciar perdere, perché domani sarebbe stata la sua giornata piena. Avrebbe sicuramente riscosso tutto con gli interessi!

****

Il venerdì che Bamee sta aspettando arriva lentamente, ma il promemoria di Gyogung gli ricorda che questo fine settimana deve andare a trovare i suoi genitori.

"Non puoi andare la prossima settimana?"

"Non posso. Devo andare al matrimonio di mia cugina, non fare quella faccia. Te l'ho detto tanto, tanto tempo fa e a quanto pare l'hai dimenticato."

"Non mi hai dato un promemoria. Me l'hai detto molto tempo fa; è ovvio che me ne sarei dimenticato. Non c'è bisogno di sgridarmi."

"Non era un rimprovero, perché sei così sensibile? E non disturbarmi ora, non vedi che sto cercando di fare le valigie? Sono solo due giorni. Tornerò domenica sera tardi. Puoi approfittare di questa occasione per prepararti alla tua presentazione."

Il giovane tutor accarezza delicatamente i capelli del suo amante.

Bamee sospira un po' e fa un cenno di assenso con la testa. Avrebbe voluto fare i capricci e tenere il broncio ancora di più, ma non vuole che l'altro si preoccupi.

Dopo tutto, Gyogung gli ha parlato di questo piano già da tempo. È colpa sua se l'ha dimenticato, quindi non può arrabbiarsi troppo con il suo ragazzo.

A dire il vero, Gyogung non ha dovuto fare molte valigie per andare a trovare i suoi genitori, dato che ci sono molti dei suoi effetti personali. Dopo aver terminato di sistemare alcuni oggetti, guarda finalmente il giovane gigante che sta giocando con il suo telefono mentre lo aspetta sul letto.

"Se prometti di essere gentile e di fare solo un giro, puoi 'avermi' come caso speciale stasera."

Il giovane non aspetta che il suo ragazzo si ripeta e non si preoccupa nemmeno di pensare se ha capito male.

Sa che è il suo giorno di magra, ma dato che il suo ragazzo più grande è così gentile da offrire un cambio di disposizione, attacca immediatamente quelle labbra rosse.

Bamee si sposta per accarezzare il collo, tira su rapidamente la camicia e succhia con forza quei capezzoli.

"Hahhhh... Bamee... ahhh... sii paziente..." Gyogung cerca di avvertire, ma sta avvicinando il suo petto alla bocca del suo ragazzo.

Le sue mani affondano le dita nei capelli di Bamee mentre spinge il suo ragazzo ancora più vicino.

Il più giovane toglie grossolanamente il pigiama del suo ragazzo e sposta il suo viso per premere tra quelle gambe. Gli piace leccare il suo punto preferito, come al solito, prima di passare la lingua all'apertura dietro.

"Ahhh... no... non leccare... ahhh... lì..."

Bamee infila la lingua all'interno e la spinge con fame.

Poi si raddrizza e cerca del lubrificante da mettere nella mano.

Si china di nuovo a leccare i piccoli nodi sul petto di Gyogung mentre fa scivolare le dita all'interno.

Cerca di preparare il suo amante il più pazientemente possibile prima di estrarre finalmente le dita e sostituirle con qualcosa di molto più grande.

Quando i loro corpi sono ben uniti, Bamee solleva quello che giace sotto di lui e si gira per sedersi al centro del letto.

Gyogung, che ha gli occhi chiusi per la beatitudine, si allarma nel trovarsi improvvisamente a cavallo della sua giovane e scaltra volpe.

"Cosa stai facendo?"

"Ti ho messo sopra. Mi hai detto di essere gentile, quindi lascio a te il compito di dettare il ritmo. Puoi prenderti la mia soddisfazione."

Il giovane lussurioso dice con la faccia tesa, spingendo i fianchi del suo amante ancora più vicino.

Gyogung stringe le labbra, lanciando un'occhiata di fuoco al suo giovane demone e facendo oscillare lentamente i fianchi.

Le grida sommesse si trasformano in urla roventi quando Bamee solleva i fianchi in sincronia con il suo movimento verso il basso.

"Hahhhh... è profondo... hahhhh..."

Quello che si dondola contro le spinte dal basso, urla a squarciagola. Le sue mani scavano nei capelli dell'altro mentre cercava di placare le tempeste di passioni che prova.

"Ahhhh... mio caro P'Gyo. Sei così sexy, dai, un po' più duro... ahhhh..." Bamee emette un basso ringhio.

Afferra quei fianchi formosi, costringendoli al ritmo che vuole. Quello che sta sopra cerca di dire a se stesso di non cadere troppo nella sua danza lussuriosa, perché il troppo avrebbe portato a non potersi alzare domani.

Cerca di muoversi su e giù con un movimento fluido, ma quando le emozioni cominciano a salire, sia lui che Bamee aumentano il ritmo, ondeggiando l'uno contro l'altro come se fossero in una sorta di competizione.

È stato il primo a raggiungere il piacere seguito dal suo giovane fidanzato.

Gyogung viene abbracciato e baciato con forza come ogni volta che fanno l'amore, prima di crollare sul corpo muscoloso dell'altro.

Le sue gambe si sentono così deboli che non vuole muoversi di un centimetro, ma deve fare di nuovo la doccia a causa del liquido bagnato che si trova all'interno dell'apertura delle natiche e davanti a lui.

Dopo che Bamee lo ha aiutato a fare la doccia, insieme a qualche toccata e bacio come è suo solito, sono tornati entrambi a letto.

"Non puoi tornare a casa un po' prima domenica?" chiede Bamee premendo un bacio sulla fronte liscia del suo ragazzo.

"Il più presto possibile."

Risponde Gyogung, guardando il bel viso del suo ragazzo.

"Ti stai montando la testa ora che sono stato un po' gentile con te?"

"È colpa tua se sei così sexy! Voglio divorarti di nuovo, ora, ora!" dice Bamee stringendo con forza le natiche sode del suo ragazzo.

"Tu... pensi solo a una cosa?"

"Ho un ragazzo così sexy, tentatore e seducente, sono così felice a letto, come posso pensare ad altro, se potessi divorarti tutto il giorno tutti i giorni, lo avrei già fatto!"

"Esci con me... solo per questo?"

Dopo un lungo silenzio, Gyogung decide di chiedergli a cosa stia pensando. Bamee lo scioglie immediatamente dall'abbraccio e guarda il volto dell'altro.

"Cosa stai dicendo?"

"Poco prima hai detto…"

"Se non mi piacessi, non potrei mai venire a letto con te. Non avrei mai fatto molte delle cose che ho fatto mentre facevamo l'amore. Non ti accompagnerei al lavoro e non mi prenderei cura di te come ho fatto per tutto questo tempo. Ammetto di essere un ragazzo lussurioso, ma non sono così con chiunque. Tu... Come puoi pensare a me in questo modo?"

"Ora capisco. Mi dispiace di aver pensato così. È stato solo un pensiero, voglio dire, perché l'hai detto?"

"Va tutto bene. Anch'io ho detto cose sconsiderate. Mi dispiace, P'Gyo."

"Lascia perdere. Non c'è nulla di cui preoccuparsi. Dormiamo un po' perché domani devo alzarmi presto."

"Non c'è bisogno di partire così presto. Il sabato il traffico non è terribile e casa tua non è così lontana." Bamee comincia a fare di nuovo i capricci, Gyogung sospira e scuote la testa prima di guardare il suo giovane testardo.

"Devo partecipare alla cerimonia di versamento dell'acqua in mattinata. In realtà, dovrei partire stasera, ma voglio stare con te, quindi preferisco alzarmi presto domani."

Quando il suo amante gli spiega la situazione, Bamee si sente subito in colpa per la sua inutile testardaggine.

"Mio caro P'Gyo, il tuo Bamee è molto dispiaciuto. Sei così adorabile, come posso fare a meno di desiderarti 24 ore su 24?" dice il giovane, abbracciando e baciando il corpo morbido tra le sue braccia finché non sente che la cosa comincia a risorgere. Per quanto desiderasse una porzione del suo pasto notturno, sa che non può farlo.

P'Gyo è stato abbastanza gentile con lui oggi e anche domani deve alzarsi molto presto. Così Bamee ha preso in mano la situazione.

****

La settimana lavorativa è finalmente arrivata di nuovo.

Alla fine, la ricompensa per la perseveranza di Bamee si è presentata venerdì sera.

Quando Gyogung gli ha scritto che poteva finalmente tornare a casa all'ora consueta e che avrebbe trascorso l'intero fine settimana con lui a casa per rimediare agli ultimi quattro giorni, poiché era così impegnato e stanco che qualsiasi intimità fisica lo avrebbe lasciato senza forze. Il più giovane si trattiene dal comprare tutto il lubrificante al minimarket al primo piano del suo appartamento, per prepararsi a ciò che sta per accadere.

Fortunatamente è riuscito a tenersi sotto controllo e ha comprato solo due bottiglie.

Bamee respira pesantemente mentre aspetta il suo amante nella sua auto nello stesso parcheggio.

Quando vede Gyogung camminare verso di lui, sente il suo cuore tremare per l'eccitazione.

Quando l'altro gli fa un sorriso ancora prima di entrare nell'auto, ciò che sente pieno e traboccante nel suo cuore non è il movimento del "piccolo Bamee" che è intrappolato nei suoi pantaloni. Invece, sente un brivido dal profondo del cuore.

Gli mancava il suo P'Gyo...

Anche se passano le notti insieme, l'altro si addormenta quasi nel momento in cui la sua testa tocca il cuscino.

Negli ultimi giorni, può solo abbracciare e baciare l'altro che già dorme; non c'è assolutamente la possibilità di fare altro, nemmeno di chiacchierare insieme.

"È da molto che aspetti?"

"Non molto. Hai fame, P'Gyo?"

"Sì, ho molta, molta fame, tu hai fame, Bamee?"

"Se hai fame, dovremmo fermarci da qualche parte a mangiare qualcosa."

Questa risposta sorprende notevolmente Gyogung. Gli manca molto anche il suo giovane fidanzato e, infatti, si è già preparato ad essere assalito dalla fame.

Hanno cenato in un ristorante vicino a casa di Bamee prima di andare direttamente all'appartamento. Vedendo l'entusiasmo del proprietario della lussuosa penthouse, Gyogung ridacchia.

Anche se è stanco e vuole riposare, vedere il suo ragazzo così felice vale la pena di avere i fianchi fuori uso per molto tempo.

Quando raggiungono la stanza e la porta si chiude, Gyogung è pronto per il suo demone lussurioso.

Ma rimane di nuovo sorpreso quando Bamee lo abbraccia solo con un leggero abbraccio intorno alla vita.

"Sei molto stanco?"

"Sì..." Gyogung risponde con voce piena di affetto, mettendo anche lui le braccia intorno alla vita dell'altro.

"Ti sono mancato?" Il giovane lascia un bacio sulla punta del naso del suo ragazzo alla fine della sua domanda.

"Certo che si. Se non mi fossi mancato non avrei lavorato così duramente per fare tutto al lavoro e uscire in tempo dall'ufficio."

"Per quanti giri il mio P'Gyo mi permetterebbe di averlo oggi?"

"Ehm... beh... sì... se non lo fai troppo forte, tre andrebbero bene."

Vedendo i luccichii negli occhi della volpe sorniona e la lingua che esce a leccare lentamente quelle labbra, Gyogung sente le gambe indebolirsi ancor prima che inizino a fare l'amore.

Bamee preme delicatamente le sue labbra su quelle rosse di Gyogung e si prende il tempo di assaporarle.

Anche se tre round sono troppo pochi rispetto al suo stato affamato degli ultimi giorni, cerca di ragionare con sé stesso che sono sufficienti per questa sera.

Non intende fare nulla di troppo energico che possa ostacolare la sua "degustazione" il giorno successivo.

Quando il dolce bacio finisce, Bamee prende Gyogung per mano e lo conduce nel suo bagno.

Nessuno può capire quanto debba trattenersi mentre aiuta il suo amante a lavarsi con nient'altro che abbracci e baci - il suo obiettivo oggi, dopo tutto, è avere il suo P'Gyo sul tetto!

Dal momento che la casa di Bamee occupa l'intero ultimo piano, avere un tetto personale non è troppo improbabile.

In un angolo della sua lussuosa stanza c'è una scala di marmo che conduce a una porta che si apre sul tetto.

E, naturalmente, poiché la maggior parte del tetto è destinata al suo uso personale, è riccamente decorata per adattarsi alla classe costosa e lussuosa della penthouse.

"Vieni a guardare le stelle sul tetto con me stasera."

Gyogung intuisce le intenzioni del suo giovane fidanzato, che vuole qualcosa di più che osservare le stelle sul tetto.

Ricorda un grande e comodo divano vicino alla parte con il tetto retrattile.

Vicino al corridoio di uscita c'è anche una piccola cucina per comodità. Il tetto di Bamee è abbastanza riservato, quindi Gyogung ha annuito senza fare troppe storie.

È così contento che la sua preparazione di flaconi di lubrificante nascosti in vari punti e di alcuni cuscini non sia andata sprecata.

Porta il suo ragazzo sul tetto senza ulteriori indugi e senza alcuna protesta da parte del suo amato P'Gyo.

Gyogung non è sorpreso di vedere che il suo lussurioso fidanzato ha preparato tutto in anticipo.

Il giovane lo conduce al grande divano letto. Bamee si siede per metà reclinato prima di tirare il suo ragazzo sulle ginocchia.

Avvicina Gyogung per il collo e preme subito le labbra tra loro.

Il bacio morbido e dolce ha fatto sentire Gyogung come se stesse volando.

È così sedotto dalla tenerezza del bacio e dalle mani che stringono il suo corpo molto più delicatamente di prima.

Il giovane tutor poggia le mani sul petto stretto e muscoloso e lo accarezza con il cuore pieno di sensazioni sensuali.

Vuole che sia Gyogung a cavalcarlo, ma l'altro avrebbe probabilmente esaurito le energie al primo round.

Decide allora di cambiare posizione. Fa in modo che il suo ragazzo si metta a mani e ginocchia sul divano e poi prende la sua bottiglia di lubrificante nascosta.

Gyo sobbalza un po' quando sentì il fresco del lubrificante che viene versato nella sua apertura.

Pochi istanti dopo, il primo dito grosso viene premuto all'interno e lui ne sente il calore.

Bamee muove lentamente il dito dentro e fuori prima di aggiungere altre dita una alla volta.

Le natiche sode e rotonde che si muovono in sincronia con la pressione delle sue dita rendono la vista così lussuriosa che non può fare a meno di schiaffeggiare il rotondo gluteo di carne. Il gemito sensuale che sente diminuisce il controllo fino a quando non riesce a malapena a contenerlo.

Ritrae delicatamente le tre dita e si infila dentro.

"Ah..." Gyogung grida in risposta.

Mentre Bamee iniziava a muoversi, quello con la faccia rivolta verso il basso comincia a gemere.

Bamee ha premuto dentro e fuori in profondità, velocemente e con forza.

Il più anziano si fa forza e accetta quelle spinte. Scuote i fianchi e inarca il culo in modo che il suo giovane ragazzo possa spingere ancora più forte, farfugliando senza senso per le sensazioni.

Bamee tira a sé il suo ragazzo per un bacio profondo, usando un braccio per tenere il più anziano in posizione inginocchiata, mentre l'altra mano raggiunge le parti intime di Gyogung e inizia a muovere la mano su e giù contemporaneamente.

Posa baci su quelle spalle mentre le mani e i fianchi fanno il loro lavoro.

Quando tutto ciò che assale i suoi sensi giunge al culmine, si libera in un attimo.

Bamee trattiene il respiro, ansimando pesantemente. Spinge con forza e velocità crescenti, mentre vede che il suo amante è già arrivato alla fine. I suoni della carne che batte si sentono chiaramente, mentre anche Bamee raggiunge presto l'orgasmo.

Il bel ragazzo si sdraia sul divano accanto a lui, baciando quelle labbra morbide senza mai smettere.

Il ragazzo accoccolato contro il suo petto è stato così gentile da offrirsi a lui stasera, quindi deve lasciare che l'altro riposi per almeno un'ora prima del prossimo round.

Il giovane preme un bacio sulla piccola testa rotonda di colui che è così esausto da essersi già addormentato.

Sorride tra sé e sé al pensiero che, mentre aspetta che il suo amante si svegli, può usare quel tempo per pensare a come e dove, in quella penthouse, può divorare il suo amato P'Gyo!

Ciotola 14: Una gita in spiaggia ma il buffet è pieno di dolci.

Nel bagagliaio della bella auto sono state sistemate borse da viaggio piene di vestiti e oggetti personali dei due giovani.

Durante la loro vacanza di quattro giorni, Bamee ha prenotato una stanza in un hotel sul mare non lontano da Bangkok, in modo da poter portare il suo amante a riposare e rilassarsi insieme prima di dover iniziare a lavorare una settimana dopo.

"P'Gyo, ti piacerebbe fermarti a mangiare un boccone?" Chiede il giovane mentre si ferma a fare benzina.
"Sì, non è una cattiva idea" dice Gyogung prendendo il portafoglio.

"Quando avrò finito qui, ti sposterò la macchina vicino al mini-market."

Poi ha parcheggiato l'auto vicino all'ingresso del negozio. I due giovani scelgono le bevande e gli spuntini prima di tornare all'auto per riprendere il viaggio.

"Voglio delle alghe croccanti. P'Gyo, potresti darmi da mangiare?"

Quello al volante parla, con gli occhi ancora puntati sulla strada, quando sente il fruscio del sacchetto della merenda e finalmente un pacchetto viene aperto.

Quando gli viene presentata l'alga croccante, apre felicemente la bocca per mangiare con un sorriso.

"Certo che sai come chiedere l'elemosina."

Gyogung mormora felicemente. Si volta a guardare il bel viso e vede il suo giovane gigante che sorride così tanto che il suo cuore sembra saltare un battito.

Anche se stanno insieme da molti mesi, deve ammettere che il sorriso e lo sguardo di Bamee hanno ancora un effetto sul suo cuore.

Per tutto questo tempo si è posto la stessa domanda: perché si è innamorato? Non aveva mai pensato di uscire con un uomo in tutta la sua vita.

"Non ho fatto bene?" dice Bamee con una voce che fa venire la pelle d'oca al suo ragazzo.

Gyogung non dà una risposta verbale, ma continua a dare da mangiare le alghe croccanti al suo giovane gigante.

Tuttavia, proprio mentre sta per ritirare la mano, il giovane fidanzato gli afferra il polso e glielo impedisce.

"Vieni, dimmi se Bamee potrebbe implorare l'affetto del suo ragazzo?"

Il giovane sa che ogni volta che flirta con Gyogung con quelle battute, il suo ragazzo si innervosisce e lo si capisce perché le sue guance diventano rosse.

"Se vuoi, vai avanti e fallo. Non ti fermerò." Gyogung mormora gonfiando le guance e guardando fuori dal finestrino per sfuggire allo sguardo del suo ragazzo.

Tuttavia, non cerca di allontanare la mano.

"E ti piace quando mi comporto così?"

Il giovane mascalzone non ha ceduto alle sue provocazioni e si gode la vista di Gyogung, che è rosso fino alle orecchie.

È una fortuna che la sua auto si fermi al semaforo rosso in quel momento, così Bamee si gira per guardare quel volto che sembra un pomodoro maturo.

L'aspetto giovanile di P'Gyo è particolarmente invitante quando è imbarazzato.

"Qual è la tua risposta, mio dolce amore, ti piace quando il tuo Bamee si comporta così?"

Ora che si è presentata l'occasione, Bamee ha subito insistito sulla questione.

Non desidera altro che baciare quelle guance e quelle labbra rosa, ma il semaforo diventa verde e lui deve spostare la sua attenzione sulla strada.

"P'Gyo..." Bamee chiama il nome del suo ragazzo per ricordare all'altro che non ha ancora ricevuto la sua risposta.

"Mi piaci... non importa come ti comporti."

La piccola voce finalmente parla. Il più alto, sentendo quella risposta, gira immediatamente l'auto e parcheggia vicino a un grande cespuglio sul ciglio della strada.

Quella risposta... se non bacia il suo amore fino a quando le labbra non saranno gonfie, allora non è Bamee.

Gyogung è impreparato quando il suo ragazzo salta immediatamente, aggredendo le sue guance e le sue labbra.

Anche se il suo posto auto è abbastanza appartato, è comunque vicino alla strada! Fa del suo meglio per spingere via l'altro, facendogli piovere addosso colpi leggeri per sicurezza.

"Ehi, cosa stai facendo? La strada è proprio laggiù!"

"È colpa tua se hai dato una risposta così carina: diavolo, voglio divorarti proprio qui!"

Come se le sue parole non fossero sufficienti, il demone lussurioso sposta le mani sui fianchi dell'amante e li stringe completamente.

"Ahh... Lasciami andare! Forza!"

Bamee emette un sospiro e scivola di nuovo al posto di guida.

"Tu e le tue parole seducenti... Come puoi rimproverarmi per un simile crimine?" si lamenta Bamee continuando a guidare.

"Non ti ho sedotto! Mi hai fatto delle domande e io ti ho risposto onestamente. Come può essere una seduzione?"

Colui che non comprende il significato inclusivo della parola ha discusso con un broncio sul viso.

"Dannazione!" Bamee impreca dolcemente.

Avere un fidanzato che seduce in modo così involontario e innocente tortura molto la cosa nei suoi pantaloni, soprattutto quando si trova in un posto dove divorare il suo amante è fuori questione.

È un po' frustrato. Deve ammettere che fare l'amore in macchina è una cosa sulla sua lista di cose da fare. Tuttavia, non è un grosso problema. Se il suo amato P'Gyo si rifiuta di farlo in questo viaggio, non significa che non sarebbe riuscito a convincere l'altro la prossima volta che avrebbero fatto un viaggio insieme. Il suo obiettivo è sicuramente quello di attirare finché Gyogung non sarà abbastanza affascinato da permetterle di fare un giro d'amore in macchina.

Bamee è fortunato che Gyogung non possa sapere tutte le cose che gli passano per la testa.

Che razza di persona può sognare, pensare e pianificare una sola cosa durante questo lungo viaggio? Questo viaggio di riposo e relax in mare... Gyogung potrebbe davvero riposare?

Quando i due arrivano all'hotel e fanno il check-in, mettono le valigie in camera e si guardano intorno. Si tratta di un hotel a cinque stelle con spiaggia privata.

Le camere sono separate in due aree: la zona piscina e la zona fronte mare. L'area della piscina copre solo tre piani, con il piano più basso proprio accanto alla piscina, separato solo dalla porta del balcone.

Ci sono posti a sedere per gli ospiti e una sezione che si estende fino alla piscina privata.

Tuttavia, hanno scelto la zona costiera, perché vogliono trascorrere un po' di tempo in intimità tra di loro.

Gyogung apre la porta del balcone e si sofferma sul mare e sulla sabbia bianca.

Respira profondamente l'aria fresca dell'oceano, sentendosi rinvigorito.

Bamee, dal canto suo, non desidera altro che saltare addosso al suo amante e fare a letto con lui.

Ma vedendo quel viso fresco e quella posa rassicurante, non può sopportare di fare come pensa... per ora.

"Vuoi fare il bagno in mare o vuoi fare qualcos'altro prima?" chiede il giovane, tentando la fortuna.

Se la risposta del suo P'Gyo sarà "prima qualcos'altro", potrebbe gridare "Bingo!"

"Oh... guarda il sole! Credo sia meglio aspettare che faccia un po' più fresco. Dovremmo controllare l'hotel per trovare qualche posto interessante? Ricordo che sul sito web c'era scritto che qui c'è una panetteria. È da tempo che non posso prendermi del tempo per godermi una tazza di caffè e un po' di torta."

Il suggerimento di Gyogung fa cadere il cuoricino lussurioso di Bamee.

"Possiamo. Lasciami lavare un po' e poi possiamo scendere insieme."

Il giovane va quindi a spruzzarsi un po' d'acqua sul viso per mettere a fuoco i suoi pensieri.

Aspetta, Bamee. Non poterlo avere adesso non significa che non lo avrai!

Il povero giovane cerca di controllarsi.

Abbassa lo sguardo sulla cosa che è costretta a rimanere chiusa nei suoi pantaloni e parla dolcemente.

"Resisti figlio mio, papà ti darà presto da mangiare. Lascia che il nostro caro bambino si diverta e poi potrai uscire a giocare con lui tutta la notte."

Poi fa un respiro profondo, obbligandosi a essere forte prima di uscire dal bagno.

"P'Gyo, sei pronto?", chiede Bamee quando rientra nella stanza.

"Vado a lavarmi la faccia anch'io, aspetta un po'." dice Gyogung mentre si affretta a rinfrescarsi.

Non molto tempo dopo, esce, con il volto raggiante, e dice. "Andiamo!"

I due giovani si aggirano per le piscine dell'hotel, divise in tre zone. C'è un'area per i bambini piccoli, l'area vicino alle camere e l'area di fronte alla spiaggia.

L'atmosfera è rilassante, decisamente adatta per rilassarsi. L'hotel dispone di un negozio di souvenir, un centro benessere, un ristorante e una panetteria.

Gyogung li conduce verso quest'ultima e va subito a vedere tutti i tipi di torte esposte in una vetrina.

"Sembrano tutti così deliziosi."

È la prima volta che Bamee vede il suo amante comportarsi così. È adorabile e affascinante, ed è difficile credere che sia in realtà più vecchio di lui.

"Puoi averne quanti ne vuoi. Lascia che questa volta mi occupi io del conto."

Dopo aver scelto le torte desiderate, vanno a ordinare il caffè prima di sedersi ad aspettare al tavolo.

Hanno scelto un tavolo all'esterno della tenda per godere dell'aria fresca, preferendolo alla stanza con l'aria condizionata.

Dall'angolo in cui sono seduti, possono vedere la piscina e il mare di fronte a loro.

"Cosa mangiamo per cena? Voglio provare il buffet di pesce" Gyogung inizia la conversazione.

"Puoi decidere tu. Mi va bene tutto."

Bamee ha risposto con un sorriso. Non ha alcuna preferenza su ciò che mangiano o sulle attività che svolgono, purché abbia l'opportunità di "divorare" l'affascinante ragazzo di fronte a lui quando arriva la notte.

"Ebbene, il buffet di frutti di mare sia. Siamo in spiaggia, quindi non possiamo assolutamente mancare!"

Bamee guarda Gyogung molto soddisfatto della sua torta. Il suo amante sembra così rilassato e adorabile... molto più del solito.

Dopo la pasticceria, i due camminano lungo il bordo della piscina dell'hotel fino alla spiaggia privata.

Il pomeriggio li sta raggiungendo rapidamente, quindi la luce del sole non è così intensa come al loro arrivo. Si sono presi il loro tempo per passeggiare lungo la spiaggia.

La parte della spiaggia dell'hotel è meno affollata dell'altra, così Bamee osa mettere le braccia intorno alla vita di Gyogung.

I due non hanno mai avuto il tempo di camminare mano nella mano o con le braccia intorno alle spalle quando sono in pubblico, perché sono entrambi maschi.

Ma ora si trovano in un luogo dove nessuno li conosce e ci sono solo pochi estranei intorno a loro.

Il cuore di Bamee batte all'impazzata quando la mano pallida come la luna va ad afferrare la sua camicia.

Guarda il piccolo pugno che stringe così forte la sua camicia prima di alzare la testa per guardare il suo ragazzo più grande, solo per vedere che Gyogung ha lo sguardo rivolto al vasto mare. Il giovane sorride quando nota che le guance e le orecchie del suo amante sono arrossate.

"P'Gyo, quando faremo quel buffet di frutti di mare?"

"Beh, se ricordo bene, credo che il buffet apra verso le cinque. Possiamo lavarci e andare lì. Se arriviamo troppo tardi, temo che sarà troppo affollato." Risponde Gyogung, totalmente ignaro dello sguardo peccaminoso del fidanzato.

"Poi possiamo tornare a piedi all'hotel, quindi dovrebbe esserci un po' di tempo in più."

Ma sembra che Gyogung abbia completamente dimenticato che il suo ragazzo è di una categoria completamente diversa in fatto di lussuria. Diavolo, il fatto che il giovane sia riuscito a contenere la sua lussuria fino a quel momento è già abbastanza sorprendente.

"Ehi, non l'avevo visto prima. Guarda qui. Hanno dell'acqua fresca per lavarci i piedi prima di arrivare all'hotel."

"Non dobbiamo perdere tempo per andare in camera, possiamo andare direttamente al buffet!"

Quelle parole fanno cadere di nuovo il cuore di Bamee.

"Ehm... P'Gyo... non vuoi tornare prima in camera? Sei stato esposto tutto il giorno al mare e al vento, non vuoi una lavata veloce?"

"Non ti preoccupare di questo. Posso fare la doccia quando abbiamo finito di mangiare. Avremo un buffet di frutti di mare, quindi il fumo della griglia sarà sicuramente su di noi. Dovremo comunque lavarci di nuovo prima di andare a letto" dice Gyogung mentre apre l'acqua per lavarsi le gambe e i piedi e passa al suo ragazzo il tubo.

"Un'altra cosa. Voglio andare presto per non arrivare in camera così tardi. Quindi possiamo... ahh... avere un po' di tempo per fare qualcosa solo per noi due..."

Dice il più anziano senza guardare il suo ragazzo, con il volto arrossato.

Già... P'Gyo pensa di farlo, nel posto giusto al momento giusto, non come un certo ragazzo!

Le parole di Gyogung fanno quasi imprecare a Bamee il nome di un certo animale a quattro zampe e giura che, se non fosse per il personale dell'albergo che passa in quel momento, avrebbe abbracciato l'altro e aggredito quella boccaccia chiacchierona!

"Poi prendo la macchina dal parcheggio. Puoi aspettare nell'atrio" Il giovane, il cui cuore è pieno di speranza che i suoi desideri si sarebbero presto realizzati, corre verso il parcheggio dell'hotel a una velocità che avrebbe fatto impallidire un corridore di alto livello.

Gyogung guarda colui che è scappato. Sebbene sia piuttosto imbarazzato per quello che ha detto, è anche divertito dall'azione troppo sfacciata del suo giovane ragazzo.

Bamee ha parcheggiato la sua auto al buffet di pesce solo due minuti prima dell'apertura ufficiale del ristorante.

Mentre il personale del ristorante li conduce a un tavolo e prepara per loro un fornello a carbone, è arrivato il momento di scegliere i frutti di mare.

Il modo in cui il giovane si agita non sfugge alla vista di Gyogung.

Guarda il suo amante che controlla i gamberi alla griglia per vedere se sono ben preparati per il quinto turno e decide di parlare.

"Non c'è bisogno di affrettarsi a tornare. Dopotutto, stasera non vado da nessuna parte."

Bamee ferma la mano che sta per raggiungere di nuovo il gambero e fa una smorfia come un bambino sorpreso a fare qualcosa di sbagliato.

"Ho tanta voglia di abbracciarti. Ogni minuto è importante."

"Arrostire i gamberi qui con te è un momento prezioso per me."

Le parole di Gyogung fanno sentire Bamee come se avesse un grosso nodo nel petto. Si vergogna di essere così concentrato su una sola cosa.

Guarda il gambero nel piatto, completamente immobile. È la prima volta che non riesce a dire una parola.

"Il gambero è meravigliosamente fresco."

Gyo cambia argomento quando nota il silenzio del suo ragazzo.

"Sì." Bamee risponde con poche parole, mentre carica il piatto del suo amante con gamberi privati del guscio.

"Ehi, non c'è bisogno di questo. Mangia pure. Posso sbucciare i miei gamberi da solo" dice Gyogung, inforcando il gambero nel piatto dell'amante.

"Fare qualcosa per te, anche se si tratta di una piccola cosa, è prezioso anche per me. Lascia che mi prenda cura anche di te " Bamee ha detto con una faccia seria, con uno sguardo che è raro vedere.

Quando sono entrambi sazi, i due giovani tornano in albergo. Sebbene abbiano avuto innumerevoli momenti di intimità fisica, Gyogung rimane timido e stranamente eccitato.

Non hanno utilizzato il servizio di golf cart dell'hotel per raggiungere il loro edificio, ma hanno deciso di tenersi per mano e di camminare insieme nel buio fino alla loro stanza. Quando la porta è completamente chiusa, il più anziano è piuttosto sorpreso che il suo ragazzo non lo abbia immediatamente attaccato come il tipo affamato che è.

Invece, Bamee si limita a dargli un breve e delicato bacio prima di parlare con voce sommessa.

"P'Gyo, puoi andare a fare la doccia prima."

Il tono vellutato di quella voce e la dolcezza di quello sguardo scuotono il cuore di Gyogung. Si sente così nervoso da non riuscire a guardare quegli occhi.

Abbassa lo sguardo e annuisce prima di dirigersi verso il bagno. Tuttavia, prima di chiudere la porta, guarda il volto del più giovane e chiede.

"Non vuoi fare la doccia con me?"

Gyogung afferra la camicia e se la toglie senza dire una parola. Le mani pallide si spostano sui pantaloni e li abbassano prima di prendere la mano di Bamee e condurlo in bagno, lasciando che i getti della doccia colpiscano il petto muscoloso.

"P'Gyo..." si china a baciare quelle labbra formose con un tocco morbido, mentre le sue mani accarezzano più teneramente la pelle chiara.

Si spruzza un po' di crema per la doccia sulla mano e spalma il corpo di Gyogung con un tocco delicato.

Il suo piano precedente di attaccare il fidanzato non appena avessero raggiunto la sua stanza è cambiato completamente dopo la loro conversazione a cena. Si rende conto di quanto siano forti i suoi sentimenti per Gyogung. Per questo motivo, quella sera vuole che il suo amore sia particolarmente tenero.

Gyogung si sdraia supino sul letto quando finiscono di fare la doccia insieme.

Bamee segue il suo amante, posizionando il suo corpo sopra l'altro, assaporando il gusto delle morbide labbra.

Trascina lentamente la punta della lingua sulla mascella di Gyogung, prima di scendere lungo il collo e sul dolce pendio del petto.

Preme morbidi baci sui piccoli nodi rosa prima di inghiottirli in bocca e succhiarli.

Gyogung geme dolcemente, spingendo la testa dell'amante ancora più vicino al suo bel petto.

"Hahhh... ahhhh... Bamee..."

Bamee muove le dita dentro e fuori mentre si china a baciare dolcemente il suo amante. Cerca di controllarsi e di non torcere le dita e di muoversi dentro e fuori a ritmo forsennato come fa di solito.

Quando sente che l'altro è pronto ad accoglierlo, estrae le dita e fa scivolare il sesso duro all'interno.

Cerca di spingere dentro lentamente e con grande pazienza, finché quella calda e morbida caverna non riesce ad accoglierlo.

Bamee stringe i denti e si impone di non spingere con forza e velocità come fa di solito.

Invece, si muove lentamente e delicatamente, ma si assicura di spingere il più profondamente possibile ad ogni movimento.

"Ahhh... Mee... ahhh..." Gyogung scava le unghie nella schiena dell'amante, gemendo per la nuova sensazione.

Non è così caldo e pulsante, ma il ritmo che si concentra sulle spinte profonde lo fa sentire come se tutto il suo corpo fosse consumato dal fuoco.

Lo sguardo acuto che lo fissa lo fa rabbrividire con una sensazione profonda e sensuale.

Il bel viso si sposta verso il basso per incontrare di nuovo quelle dolci labbra. Il bacio è così tenero.

Bamee fa scorrere le mani lungo le braccia pallide e sottili fino a raggiungere le piccole mani, allacciando le dita tra loro.

Il giovane aumenta il ritmo delle sue spinte, anche se non è più esasperante come prima. Le spinte dolci ma profonde, così piene di impatto, sono meravigliose per Gyogung.

Non è lussurioso o disonesto come le sue sessioni precedenti, ma...

Gli fa sentire che è amato...

Il suo cuore batte ancora più forte di prima. I suoi desideri corporei sembrano prendere fuoco immediatamente.

Gyogung ansima forte, sentendo che il suo desiderio sta raggiungendo l'apice. Stringe più forte le mani di Bamee, solleva i fianchi per spingere ancora più forte il suo amore e ansima quando viene.

Anche Bamee sente il suo cuore traboccare, mentre ansima sotto di lui.

Quando il suo ragazzo raggiunge l'orgasmo senza essere toccato da lui, e senza il duro e folle dondolio e le spinte che ha sempre usato prima, l'amore è così pieno nel suo cuore che domina il suo corpo, facendolo rilasciare pochi movimenti dopo.

Bamee si sdraia accanto al suo ragazzo, attirando l'altro in un bacio profondo e profondo.

Si prende tutto il tempo necessario per assaporare quelle labbra morbide prima di rilasciarle, lo abbraccia contro il suo petto e bacia la piccola testa rotonda.

Poi si allontana un po', inclinando il viso dell'altro per il mento, in modo che potessero guardarsi negli occhi.

"P'Gyo... Vorrei che sapessi che sei molto, molto importante per me. Non so come sarà il nostro futuro."

La sua voce è liscia come la seta, ma ferma come una roccia. Bamee usa la mano per sfiorare delicatamente i capelli prima di continuare.

"Sappi che ora, in questo momento, il mio cuore è tutto tuo…"

Non è solo Bamee ad avere il cuore che batte all'impazzata, come se cercasse di sfuggire alla reclusione del suo petto mentre pronuncia quelle parole toccanti.

Anche Gyogung trattiene il fiato, aspettando la frase successiva che sapeva sarebbe arrivata.

Bamee gli solleva delicatamente la mano per un tenero bacio, prima che quegli occhi acuti lo guardino in profondità, mostrando la sincerità dell'intenzione del fidanzato, mentre pronuncia le parole più dolci alle sue orecchie.

"Ti amo, P'Gyo."

Gyogung stringe forte le labbra. Il suo cuore è così pieno, così pieno di emozioni che non riesce a pronunciare una parola.

Guarda di nuovo negli occhi penetranti che cercano di trasmettergli la sincerità di quelle parole che sono oneste e vengono dal cuore.

Bamee è piuttosto nervoso mentre l'altro rimane in silenzio, senza dire nulla in risposta alla sua confessione.

Il suo cuore sembra riprendere a battere all'impazzata quando Gyogung tira la mano che al momento tiene la sua e gli dà un leggero bacio prima di dare la risposta che il più giovane sta aspettando.

"Anch'io ti amo, Bamee."

Bamee fa un grosso sospiro a questa frase. Ridacchia dolcemente, abbracciando strettamente l'altro e soffiando piccoli baci sulla fronte di Gyogung.

"Oh... basta così!"

La sua testolina rotonda viene baciata così tante volte che Gyogung deve esprimere la sua protesta.

"Grazie mille, P'Gyo, per aver accettato il mio amore. E grazie per aver ricambiato il mio amore."

Dice con la sua voce vellutata, alzando la mano per accarezzare leggermente i capelli dell'amante.

"Non c'è bisogno di dire altro, basta così!"

Gyogung nasconde l'imbarazzo rimproverando l'amante.

"Posso smettere di parlare. Non è affatto un problema. Solo..."

Quello che pochi minuti prima ha confessato il suo amore con tanta tenerezza, ora ha un'espressione sorniona sul volto mentre accarezza quella schiena morbida.

"Tuttavia lasciami fare altre cose."

Al termine delle sue parole, il giovane si sposta in modo che il suo corpo sia sopra quello di Gyogung, divarica le gambe sottili e fa scivolare il suo sesso che si è nuovamente indurito.

Il corpo di Gyogung è ancora pieno del liquido scivoloso, così Bamee inizia a muoversi dentro e fuori lentamente e contemporaneamente.

Pensa che la dolcezza amorevole di prima sia bella e buona per entrambi, ma a un giovane selvaggio come lui piace un po' più di energia.

Il giovane entra ed esce più forte di prima. Il ritmo non è duro come la sua sessione abituale, ma è sufficiente a far contorcere e gemere dolcemente il ragazzo sotto di lui.

Spinge i fianchi in profondità e con forza, roteandoli finché il corpo sottile intorno alla vita di lui si aggrappa ancora di più a lui.

Bamee stringe rapidamente alla lunghezza dell'altro.

Il giovane accarezza su e giù e spinge ancora più a fondo e presto entrambi gli amanti si liberano nello stesso momento.

Quando entrambi raggiungono l'orgasmo, Gyogung è così debole da addormentarsi nel bel mezzo di qualsiasi cosa.

Bamee mette delicatamente il suo ragazzo in una posizione comoda, tirando la coperta su di lui.

Ora che si sono confessati il loro amore, il giovane vuole solo divorare ancora di più il suo dolce amore.

Beh, ora che anche P'Gyo lo ama, sicuramente avrà la possibilità di godersi l'un l'altro più spesso!

Con questo pensiero in mente, abbraccia rapidamente quella vita sottile mentre chiede al suo amato con la sua voce più dolce.

"Mio carissimo P'Gyo, per celebrare il nostro amore, posso avere altri due giri di te?" chiede Bamee con occhi scintillanti.

Gyogung ha gonfiato le guance e si è accigliato. Tuttavia, pensando alla confessione d'amore che si sono appena fatti, forse dare una ricompensa al suo amante non è una cattiva idea. Nei due turni precedenti hanno... Beh, Bamee è stato molto, molto gentile con lui.

"Se lo desideri."

Al termine di queste parole, la felicità di Bamee è chiaramente scritta sul suo volto.

Stringe le natiche rotonde e strette e si sistema in modo che la schiena del suo amante sia rivolta verso di lui.

"Ehi... Lo farai davvero adesso? Fammi prima riposare un po'!"

Gyogung si affretta a fermare l'azione del suo giovane demone lussurioso, vedendo come il suo ragazzo stia per continuare a divorarlo senza dargli tregua.

Bamee si ferma a quelle parole, e si abbassa per abbracciarlo. Preme un bacio su quella bella fronte e dice magnanimamente.

"Beh, prima ti lascio riposare per un'ora."

Al termine delle parole del giovane, Gyogung sospira.

Sì, avevano appena avuto la loro tenera confessione d'amore.

Ecco che, pochi minuti dopo, la brama e la sete di avere di più sembrano prendere di nuovo il sopravvento sul più giovane.

Con un fidanzato così lussurioso, sembra che Gyogung debba accontentarsi del fatto che non dormirà abbastanza per molto, molto tempo.

La fine.

Ciotole speciali

Ciotola speciale 1: così buono che il piatto va leccato

Il primo mese di vita in ufficio di Bamee passa senza intoppi. Non ha problemi con nessuno dei suoi colleghi e continua ad accompagnare Gyogung al lavoro come al solito, dato che l'ufficio è sulla strada per il suo posto di lavoro.

Da quando il giovane ha iniziato a lavorare, la coppia ha deciso di fare a turno per una settimana a casa dell'altro.

La loro relazione è arrivata al punto di avere la chiave della stanza dell'altro.

Sebbene andassero al lavoro e tornassero a casa insieme quasi ogni giorno, ci sono giorni in cui Bamee è così impegnato con il lavoro da dover rimanere fino a tardi in ufficio e Gyogung deve tornare a casa da solo.

Oggi è un altro giorno in cui Gyogung deve tornare a casa da solo a causa del lavoro del suo ragazzo.

Non è un problema per lui, anzi, è contento che il suo amante sia diligente nel lavoro e che abbia imparato a separare il lavoro dalle questioni personali.

Bamee non fa più i capricci, sostenendo di voler abbandonare il lavoro per andare a prendere Gyogung come faceva all'inizio.

Inoltre, a volte vuole godersi un bagno da solo, senza che il fidanzato faccia in modo che il suo tempo di relax si trasformi in stanchezza.

Oggi il ragazzo non vuole un bagno di schiuma, il che significa che può alzarsi e lavarsi di nuovo come fa di solito.

Preferisce fare prima la doccia e poi rilassarsi in un bagno caldo con un po' di olio da bagno, in modo che l'umidità dell'olio rimanga sulla sua pelle invece di essere lavata via con il sapone dopo il bagno.

Dopo essersi pulito, Gyogung si gode il suo bagno caldo. Ieri ha comprato un nuovo olio da bagno profumato per le terme. I profumi di lavanda e sandalo lo aiutano davvero a rilassarsi e a lavare via lo stress.

Dopo un lungo e rilassante bagno con i profumi di un olio profumato di alta qualità, Gyogung esce finalmente dalla vasca. Usa un asciugamano soffice per asciugarsi delicatamente la pelle che è tutta rosea a causa della temperatura dell'acqua. Sente che il suo corpo è così comodamente leggero che non desidera altro che leggere un po' e godersi una tazza di tè.

Il giovane si dirige quindi in cucina e sceglie il suo tè da un'ampia collezione fornita da Bamee.

Visto che oggi si è già immerso nell'olio profumato alla lavanda, il tè Earl Grey alla lavanda deve essere adatto.

La bustina di tè viene versata nella teiera, seguita da un po' d'acqua calda.

Gyogung sistema la teiera e la tazza da tè insieme a una piccola brocca di latte su un vassoio e lo porta sul tetto. Nelle prime ore della notte il tempo è perfetto. Non fa troppo caldo e il tramonto è splendido.

Anche se ha intenzione di leggere il suo libro, Gyogung si ritrova a passare il tempo a godersi il paesaggio dal tetto.

Ha appena finito la sua prima tazza di tè e sta per berne una seconda quando squilla il telefono.

["Dove sei?"] La voce di Bamee si sente nel momento in cui prende il telefono.

"Sto prendendo il tè sul tetto." Dice Gyogung mentre versa del tè nella sua tazza.

["Ah. Ok. Vado in bagno e poi ti raggiungo lassù."] Risponde il giovane.

"Si sta facendo buio. Vieni ancora qui?" Chiede il più grande. Ricorda ancora bene cosa è successo le ultime due volte che sono saliti sul tetto.

["Sì. Oggi è una giornata impegnativa al lavoro. Voglio prendere un tè con te."]

Il cuore di Gyogung si scioglie come ogni volta che sente le dolci parole del suo ragazzo.

Dà il suo consenso prima di riagganciare il telefono. Bere il tè non è un problema. Sul tetto ci sono molte lampade, quindi anche se il cielo si sta oscurando non avrebbe ostacolato la loro attività programmata.

Basta che Bamee stia venendo per bere un tè... e non per fare qualcosa che avrebbe reso le sue gambe deboli e tremanti...

Gyogung sorseggia il suo tè e si rende conto che poteva dire a Bamee di portare con sé una tazza di tè in più.

Tuttavia, molto probabilmente l'altro è ancora in bagno, quindi decide di scendere e portare su la tazza da tè da solo.

A metà delle scale, però, il suo giovane fidanzato viene visto correre su per la stessa strada.

"Oh, stavo per scendere e portarti una tazza da tè in più" dice Gyogung, senza pensarci troppo.

Si allarma, però, quando l'altro gli mette subito le braccia intorno alla vita e preme il naso contro il suo collo, inspirando profondamente.

"Cosa usi per il bagno? Hai comprato una nuova crema per la doccia?" Chiede Bamee, con voce bassa e profonda.

"Ah, non è una crema per la doccia. È un olio da bagno " Risponde Gyogung mentre cerca di staccarsi dall'abbraccio.

Si morde le labbra e stringe gli occhi, sentendosi tutto teso quando Bamee stringe la presa intorno alla sua vita e annusa di nuovo la sua pelle, dal collo fino allo stomaco.

"Ahhhh... hai un profumo così buono..."

Il giovane respira il profumo seducente, emettendo un gemito basso e rauco prima di iniziare a premere il viso più vicino e a mordicchiare la vita del suo amante.

"Hmmm... Bamee, cosa stai facendo? Siamo sulle scale!"

Il più grande cerca di porre fine alle buffonate del suo ragazzo, ma l'altro si rifiuta di smettere di trascinare il naso su tutto il suo corpo.

"Cavolo, hai un profumo fantastico. E la tua pelle è così setosa al tatto... pensi che riuscirai a scappare?"

Quelle parole, che rivelano chiaramente la lussuria che ha dentro, fanno apparire la pelle d'oca su tutta la pelle di Gyogung.

Si stava immergendo nell'olio da bagno per alleviare lo stress e la stanchezza, e ora sembra che l'olio avrebbe fatto faticare i suoi fianchi, le sue gambe e la sua parte inferiore del suo corpo!

La posizione non è mai stata un problema per Bamee.

In qualsiasi punto dell'attico, riesce sempre a trovare un modo per gustare il suo piatto preferito.

Mr. Lussuria infila la testa sotto la sottile maglietta di Gyogung, strofinando il naso su tutta quella pelle profumata.

Mordicchia dolcemente i piccoli nodi sul petto liscio, mentre con una mano accarezza una natica rotonda e liscia.

"Ahhh...Bamee . no, non qui."

Il più grande cerca di allontanare la testa del suo ragazzo dalla sua camicia.

"Piccolo, hai un profumo così buono che mi sta uccidendo... ti prendo qui."

Il più giovane risponde con voce rauca.

Sa di non aver mai nascosto un lubrificante vicino alle scale, quindi c'è solo un modo per godersi i suoi wonton ai gamberetti.

È quello di utilizzare la lubrificazione naturale del suo corpo. Ora che ha deciso, sposta la mano dallo stringere il morbido sedere all'afferrare la lunghezza indurita del suo ragazzo più grande.

La prende saldamente prima di iniziare ad accarezzare con la mano su e giù mentre la sua testa è ancora sotto la camicia di Gyogung e la sua lingua lecca alternativamente i due capezzoli.

Quando sente le piccole mani che prima cercavano di allontanarlo iniziare a scavare nei suoi capelli e a premere la sua testa ancora più vicino a quel petto, provò la cupa soddisfazione di essere riuscito a convincere sensualmente il suo ragazzo.

Conosce tutti i punti sensibili del suo caro P'Gyo. Non è affatto difficile convincere l'altro stuzzicando quei capezzoli sensibili e baciandolo a lungo e profondamente.

Quando il più grande inizia a dondolare i fianchi in sincronia con il ritmo della sua mano e a gemere più forte, Bamee aumenta la forza e la velocità dei suoi colpi fino a quando non riesce ad accumulare dal corpo del suo amante il liquido scivoloso che può essere usato al posto del lubrificante.

Senza perdere tempo, il più giovane gira Gyogung in modo che la schiena sia rivolta verso di lui, togliendogli contemporaneamente i pantaloni, e infila un dito nella stretta apertura.

Spinge in profondità e fa roteare il dito dentro e fuori in modo che il canale si allarghi e diventi abbastanza morbido da sostenere la penetrazione.

Bamee bacia dolcemente la nuca di Gyogung, respirando la fragranza della pelle liscia prima di prendere il viso dell'altro e girarlo per accettare il suo bacio.

Infila la lingua in quella bocca calda e assaggia tutto quello che c'è dentro.

Quando il più grande è sufficientemente sotto il suo incantesimo sensuale, Bamee estrae le dita. Si abbassa in fretta i pantaloni e tira fuori il "piccolo Bamee" solo dai boxer.

Strofina il liquido del corpo di Gyogung su tutta la sua asta indurita, mette una delle gambe del suo amante in cima alla scala due gradini sopra il punto in cui si trovano e si spinge subito dentro la calda apertura.

"Ahhhh..." Gyogung geme, il respiro gli trema quando il suo giovane ragazzo inizia a muoversi dentro e fuori.

Una delle sue mani afferra saldamente il parapetto, mentre l'altra mano si allunga all'indietro per afferrare i capelli di chi che sta dietro di lui, mentre inarca audacemente i fianchi per incontrare il suo amante spinta dopo spinta.

Bamee usa la mano per stuzzicare quei capezzoli rosei per il suo piacere, mentre l'altra mano si aggrappa ai fianchi sottili.

Quando quelle natiche rotonde e graziose iniziano ad agitarsi, rispondendo alla sua spinta, dimentica se stesso e si avventa su quella pelle chiara. I suoi occhi si illuminano guardando i segni rossi su quella superficie chiara come la luna, stringendo con piacere quelle morbide protuberanze rotonde.

"Ahhh... Bamee... hmm... più veloce... sto per..." La voce rauca non fa altro che aggiungere calore e piccantezza al giovane.

"Ahhh... P'Gyo..." Ringhia in modo basso e profondo, spingendo dentro e fuori ancora più velocemente, più forte.

La mano che prima stava stuzzicando i capezzoli di Gyogung si sposta sulla lunghezza indurita sottostante, afferrandola con forza e accarezzandola su e giù velocemente.

Non molto tempo dopo, Gyogung emette un lungo gemito e si libera di nuovo.

Bamee solleva la gamba che si trova sul gradino superiore delle scale, spingendosi ancora più a fondo nel corpo del suo ragazzo.

Dopo qualche spinta decisa, anche lui raggiunge il suo climax.

Bamee sente le gambe di Gyogung tremare così forte che sa che l'altro non sarebbe riuscito a stare in piedi da solo.

Pertanto, prende il suo ragazzo per la vita e lo tira a sé per un bacio profondo prima di sollevarlo e portarlo in bagno.

"Se ti lavo, il profumo del tuo olio da bagno sparirà?"

Il giovane sussurra quando mette l'altro sotto la doccia.

Gyogung è debole dappertutto e ha ancora il fiatone, quindi non risponde.

Riesce solo a fissare il suo giovane ragazzo che insiste nel volerlo avere ovunque.

Che razza di uomo farebbe sesso sulle scale che portano al tetto?!

Quando il suo ragazzo più grande si rifiuta di rispondere e gli lancia un'occhiata di ghiaccio, Bamee decide di aprire l'acqua.

Lava via tutto quello che c'è dentro e fuori Gyogung, prima di lavare sé stesso. Il giovane avvolge poi il suo amante in un soffice asciugamano e conduce colui che ha appena riacquistato la capacità di camminare in modo tremante nel soggiorno.

"Ti ho comprato del ramen con wonton di granchio. Ti va di cenare adesso?"

Chiede chi è sazio dopo il suo 'spuntino'. Vedendo le sue labbra appuntite in un adorabile broncio, non riesce a trattenersi dal mordicchiare quelle labbra prima di parlare di nuovo.

"Per favore, non arrabbiarti con il tuo Mee. P'Gyo, avevi un profumo così buono. E la tua pelle era così morbida, così setosa. Se riuscissi a trattenermi e a non divorarti in quel momento, potresti sospettare di trovarti di fronte a un impostore."

Il signor Lussurioso dice come un uomo che conosce bene sé stesso. Gyogung sospira stancamente.

Può dire di essere abituato alla lussuria del suo ragazzo e sa bene che il giorno in cui Bamee non è lussuriosa nei suoi confronti è davvero un giorno strano.

Tuttavia, la nuova lussuria e i nuovi posti dove fare l'amore lo fanno spesso brontolare.

Ma dai! Stava facendo un bagno nella vasca per rilassarsi, ma eccolo qui, molto più esausto di quando aveva iniziato!

"Lo so." Il più grande borbotta, gonfiando le guance.

Guardando quel bel viso e quel sorriso sornione, gli viene voglia di dare un leggero rimprovero e di farsi una risata allo stesso tempo.

Per quanto riguarda l'essere arrabbiato o imbronciato... perché dovrebbe farlo, in realtà?

Dopotutto, anche se non può fare a meno di sentirsi allarmato quando l'altro fa qualcosa di esagerato, le loro calde e frizzanti effusioni lo fanno sempre sentire bene.

Bamee va a scaldare il cibo per Gyogung.

Il suo caro P'Gyo va ad aiutarlo ad apparecchiare la tavola.

Mentre Gyogung sta per mettere in bocca il cibo, il più giovane sembra accorgersi di qualcosa e parla.

"Quel Khuad si è comportato come una spina nel fianco anche oggi."

Bamee mette il broncio, trangugiando un po' di ramen per alleviare il suo malumore. Gyogung guarda le buffonate del suo ragazzo e ridacchia prima di chiedere.

"Allora, cosa ha fatto Khuad questa volta?"

"Ha chiesto di nuovo di te. Oh, no. Non ha fatto solo questo. Ha anche detto che gli sei mancato! Heh!!! Quello è il mio ragazzo! Non hai nessuna possibilità, piccolo..." Dice il giovane, di umore chiaramente acido.

"Suvvia, Mee. Ti ho detto che Khuad non pensa a me in questo modo. Tu e la tua gelosia." Dice ridacchiando, ma sembra che Bamee non trovi la situazione altrettanto divertente.

"Io sono geloso! Non mi piace il modo in cui si comporta come se ti conoscesse meglio di me. Sono io che ti conosco meglio di chiunque altro! So che c'è un punto del tuo corpo che solo io conosco. Nemmeno tu hai idea che esista una cosa del genere. Sono molto sicuro di questo!"

Le parole di Bamee fanno inarcare le sopracciglia a Gyogung. Posa le bacchette e si raddrizza prima di chiedere.

"Cosa vuoi dire, Mee? C'è qualcosa sul mio corpo che nemmeno io conosco?"

Chiede incredulo. Come può essere? Com'è possibile che lui stesso non sappia cosa c'è sul suo corpo?

"Hai... due piccoli nei in un punto che non puoi vedere."

Il giovane fa un sorriso diabolico alla fine della sua risposta. Abbassa lo sguardo verso l'area privata del suo amante, leccandosi le labbra in modo lascivo.

Questa azione provoca a Gyogung una sensazione di calore su tutto il viso.

"Nei... che nei? Dove sono?" Chiede, con il viso rosso fuoco.

Lo sguardo luminoso, che gli dice che il suo proprietario è pronto a togliersi i vestiti, fa venire voglia a Gyogung di nascondersi sotto il tavolo.

"È intorno al tuo inguine... la parte interna del punto in cui la tua gamba destra incontra il tuo corpo... non puoi vederlo."

Bamee dice, mentre la sua solita espressione lussuriosa si affaccia sul suo viso mentre immagina qualcosa di sexy. Il solo pensiero gli fa venire voglia di infilare il viso lì sotto per poterlo leccare e giocarci ancora.

L'informazione appena appresa rende Gyogung così imbarazzato che il suo viso sta quasi bruciando.

Ora ha finalmente la risposta al perché Bamee sembrava amare così tanto leccare quel punto quando fanno l'amore. E ovviamente, se è lì che si trovano i nei, come poteva saperlo?

Vedendo lo sguardo del suo ragazzo che deglutisce con l'aria affamata, Gyogung si abbassa rapidamente per sfuggire a quegli occhi. Riporta rapidamente l'attenzione sul cibo e fa del suo meglio per evitare gli occhi così pieni di lussuria della sua giovane volpe, anche se sa bene che sarà sicuramente divorato di nuovo dopo il pasto.

****

Gyogung non ha avuto la possibilità di controllare di persona perché ogni giorno va e torna dal lavoro con Bamee.

Inoltre, fanno sempre la doccia e il bagno insieme, quindi non c'è mai un momento opportuno per controllare. A dire il vero, lui stesso ha già quasi dimenticato il problema.

Oggi Bamee gli ha mandato un messaggio per dirgli che sarebbe tornato a casa più tardi del solito. Anche Gyogung è stato trattenuto da una riunione, ma il suo incontro non si è concluso così tardi come quello dell'altro.

Pensando che il suo amante ci avrebbe messo ancora un bel po', il giovane va direttamente a casa senza mandare un altro messaggio al suo ragazzo.

Quando raggiunge la stanza, si accascia sul divano in preda alla stanchezza.

Quando non è più così stanco, si alza e si fa una doccia. Avrebbe voluto un caldo bagno nella vasca, ma è troppo pigro per preparare tutto. Ricorda anche che un bagno nella vasca con l'olio da bagno profumato è finito con l'essere divorato proprio nel bel mezzo delle scale, quindi non vuole rischiare di nuovo.

Ripensando a quel giorno gli torna in mente quello che ha detto Bamee: le sue macchie nascoste.

Mentre fa la doccia, Gyogung fa del suo meglio per cercarle nel suo corpo. Si china, ma non tiesce a trovare nulla. Dato che stare in piedi non dà risultati così desiderabili, il giovane si dice che una volta terminata la doccia avrebbe potuto sedersi e controllare di nuovo il suo corpo.

Dopo essersi asciugato, Gyogung si avvolge in un piccolo asciugamano e si dirige verso la camera da letto. Si ricorda di un piccolo specchio nel cassetto dei vestiti, così va a prenderlo e poi si infila nel letto.

Si appoggia alla testiera del letto, si sedette con il ginocchio sinistro alzato e allarga le gambe, posizionando lo specchio in un'angolazione che lo avrebbe aiutato a trovare le due piccole macchie di cui parla il suo ragazzo.

Gyogung si guardguarda rno con attenzione.

È sul punto di pensare di essere stato ingannato dalla giovane volpe scaltra quando si rende conto di aver guardato il lato sbagliato del suo corpo!

"Mee ha detto che era la mia gamba destra. Ecco che guardo tutta la sinistra e come diavolo faccio a trovarla! Gahhh! Sono proprio un idiota!"

Gyogung brontola tra sé e sé e mette il broncio. Poi, invece, alza il ginocchio destro, divaricando ancora di più le gambe rispetto a prima, usando lo specchio per aiutarsi a trovare i piccoli punti.

È così preoccupato di usare la mano per trovare dove possano essere quelle piccole macchie che non si accorge del rumore della porta che si apre.

È vero che Bamee aveva detto che sarebbe tornato a casa tardi; non stava mentendo.

Tuttavia, il suo lavoro si è concluso molto più velocemente di quanto pensasse, così si dirige felicemente verso il condominio senza dire a Gyogung del cambio di programma, con l'intenzione di fare una sorpresa.

Quando è davanti alla porta della camera da letto, però, ciò che vede lo sorprende ancora di più!

La vista del suo piccolo amante seduto lì e che allarga le gambe con uno specchio che riflette l'area centrale è sufficiente a far sì che il suo imponente rigonfiamento diventi immediatamente più grande del solito.

In un solo passo è accanto a Gyogung, allontanando lo specchio mentre l'altro è ancora così scioccato da non riuscire a muovere un muscolo.

Prima che possa dire qualcosa, però, Bamee è già su di lui. L'immagine immensamente erotica ha fatto diventare il "piccolo Bamee" così duro che il cavallo dei suoi pantaloni è quasi sul punto di spaccarsi.

"Hahhh....ahhh...." Non serve a nulla esprimere la sua protesta perché le sue labbra sono inghiottite da colui che sembra essere affamato fino al delirio.

Il signor Lussurioso non ha intenzione di lasciare che l'altro sfugga alle sue grinfie.

Bamee usa la sua lingua per costringere quella di Gyogung ad arrendersi prima di succhiarla come se fosse la cosa più deliziosa che avesse mai assaggiato.

L'attacco è così feroce che Gyogung non riesce a seguire il movimento; tutto ciò che riesce a fare è emettere dei rumori di gola e stringere forte la camicia del suo giovane ragazzo.

I ringhi e il respiro affannoso, che indicano quanto fosse profondo il desiderio di Bamee, scuotono il cuore del giovane.

Quel bel viso si sposta verso il basso per mordicchiare l'esile collo prima di trascinare la lingua attraverso la clavicola fino al dolce pendio del petto del suo ragazzo.

Lecca dolcemente il petto liscio prima di far roteare la lingua intorno ai capezzoli e poi prenderli con i denti.

"Hah! Mee... ahhh... non mordere..."

Sebbene queste parole siano imploranti, la voce dolce e tremante dice a Bamee che il suo ragazzo sta apprezzando tutto ciò che gli viene fatto.

Il giovane morde dolcemente e succhia le cime rosee a suo piacimento, finché Gyogung non si contorce e si gira nel suo abbraccio, gemendo a pieni polmoni.

Bamee trascina la punta della lingua sempre più in basso fino a raggiungere il centro dello stomaco di Gyogung.

Infila la punta della lingua nella piccola ammaccatura al centro del ventre piatto e la colpisce con forza e velocità fino a quando il suo ragazzo più grande deve tendere i muscoli dello stomaco per le sensazioni sensuali.

Il giovane solleva poi le gambe snelle e le allarga, avvicinando il viso al punto che Gyogung sta cercando con tanta insistenza prima, e subito passa la lingua su tutta l'area.

"Hahhh... Bamee... ahhh..." Gyogung geme, spingendo la testa di Bamee ancora più vicino a quella parte.

Ora sa perché al suo amante piace così tanto leccarlo in quel punto e questo non fa altro che fargli ribollire il sangue.

Quando Bamee è sazio di leccare la sua zona preferita, la sua lingua diabolica si trascina fino all'apertura e dà diversi colpetti decisi prima di far scivolare la punta della lingua all'interno.

"Hahhh....Bamee....ahhh... così buono... ahhh...." il più grande geme, dimenticando completamente se stesso, e solleva i fianchi per spingere indietro la lingua dell'altro.

"Hahhh..." La seduzione è troppo forte e Bamee non riesce a gestirla. Ringhia a bassa voce e si alza per prendere il flacone di lubrificante dal cassetto del letto e ne versa una generosa quantità sull'apertura del suo ragazzo, seguita immediatamente da un dito, incapace di controllarsi.

Muove il dito con un movimento circolare, osservando il viso arrossato dal piacere con gli occhi lucidi, prima di aggiungere un altro dito e farli roteare.

"Ahhh... mio caro P'Gyo... ti piace?"

Chiede con voce roca, leccandosi le labbra per l'eccitazione. Bamee non si aspetta la risposta dell'altro.

Sembra che il suo ragazzo sia a un punto in cui non riesce più a mettere insieme le risposte verbali, dato che si sentono solo dei gemiti da quelle labbra.

Il giovane tira il suo amante verso di sé per un bacio profondo, estraendo lentamente le dita.

Prende in mano il flacone del lubrificante, libera le labbra del suo amante e si sposta leggermente indietro per vedere quel viso dolcemente bello in una nebbia di lussuria.

Bamee si abbassa la cerniera e tira fuori la parte che da tanto tempo desiderava sentire l'aria esterna per salutare l'altro, sfoggiando un sorriso diabolico.

"Potresti coprirlo con del lubrificante?"

Alla fine della frase, Bamee avvicina la mano del suo amante e versa del lubrificante su quella mano liscia.

Posa la sua mano scivolosa sull'asta del suo giovane ragazzo, stringendo le labbra quando ne sente il calore e la durezza.

Quando il lubrificante viene applicato su tutta l'enorme asta di carne, Gyogung viene afferrato dal suo giovane ragazzo che lo costringe ad allargare ancora di più le gambe prima di infilarsi dentro di lui.

"Ahhh... mi stai stringendo così tanto... hahhh..."

Bamee ringhia, aspirando un lungo respiro dalla bocca quando il canale di Gyogung lo stringe con forza. I gemiti e gli ansimi del suo ragazzo più grande non fanno altro che alimentare il fuoco dei suoi desideri.

Bamee si spinge dentro fino all'orlo prima di tirarsi fuori fino a quando i due non si separano quasi l'uno dall'altro, per poi spingere di nuovo dentro, tanto che Gyogung urla così forte che la stanza sembra vibrare con la sua voce. Ripete il movimento ancora una volta fino a quando è l'altro a implorarlo di continuare.

"Mee... hahhh... muoviti più veloce... ahh... ahh... più veloce!"

Gyogung riesce finalmente a mettere insieme qualche parola. Solleva i fianchi in alto per accettare con coraggio quelle spinte violente.

Le sue due mani si aggrappano al lenzuolo mentre la sua vita si muove su e giù senza sosta.

"Mee... hahhh... mio... toccami..."

Il piccolo innocente seduttore dice con voce tremante, tirando la mano del suo ragazzo verso le sue parti intime.

"Mio dolce ragazzo... ahh... ci sei quasi?"

Chiede Bamee mentre afferra la lunghezza di Gyogung e muove il polso con forza e velocità. Vuole raggiungere il piacere nello stesso momento del suo amante, quindi fa dondolare i fianchi con forza e velocità e il ritmo è sballottato dappertutto. Quando Gyogung si tende, i suoi fianchi si sollevano in alto, le sue dita dei piedi si tendono e si conficcano nel letto mentre aspira un lungo respiro dalla bocca, Bamee capisce che il suo ragazzo sta per raggiungere il climax. Il giovane fa dondolare i fianchi ancora più forte finché anche lui non è tutto teso. Si liberano insieme con un lungo gemito da parte di quello che sta sotto, e i due corpi pulsano e si agitano dalla testa ai piedi.

Bamee si china per baciare le labbra del suo amante come ha sempre fatto.

Il fatto che non si sia tirato fuori è un segno per Gyogung che sta per essere divorato di nuovo. La parte che è sempre stata grande e lunga inizia a contorcersi e a crescere ancora di più.

Gyogung viene girato fino a trovarsi a faccia in giù sul letto, mentre il suo giovane ragazzo lo schiaccia contro i cuscini prima di sollevare solo i fianchi per farli combaciare con la sua posizione inginocchiata.

Senza ulteriori avvertimenti, Bamee inizia a spingere dentro e fuori immediatamente.

Le mani di Gyogung si aggrappano saldamente alla federa del cuscino, spingendo il viso contro e emettendo un lungo e forte gemito.

Non solo sente che le spinte sono ancora più forti e profonde in questo modo, ma il giovane lussurioso insiste per entrare fino in fondo, così in profondità che i loro corpi sono completamente schiacciati l'uno contro l'altro senza nemmeno un po' di spazio tra loro.

Bamee inizia quindi a roteare i fianchi, facendo gridare a squarciagola il suo ragazzo più grande.

Il giovane si stringe completamente ai morbidi grumi di carne prima di tirarsi fuori fino a quando i loro corpi non si separano quasi completamente e poi riprende a spingere con forza e velocità per diverse volte.

Il grande letto emette suoni di protesta contro i loro movimenti bruschi, ma Bamee continua a dondolare lussuriosamente, finché Gyogung non raggiunge di nuovo l'apice senza nemmeno sfiorare la sua lunghezza.

Bamee continua a muovere i fianchi più velocemente prima di tirarsi fuori e girare il suo amante a faccia in giù per farlo sdraiare sulla schiena.

Si accarezza e strofina con forza e velocità e lascia che il suo sperma si spalmi sul petto liscio e pallido del suo ragazzo.

Bacia quelle dolci labbra come un uomo completamente incantato prima di passare a dare dei baci sulla fronte, stringendo infine il corpo di colui che ancora ansima e trema tra le sue braccia.

"Mio caro P'Gyo..." Dice il giovane, con voce morbida e setosa. Bacia di nuovo la fronte del suo ragazzo prima di continuare.

"Puoi dirmi cosa stavi facendo poco fa?"

Quello che gli è saltato addosso senza nemmeno salutarlo, alla fine glielo chiede, ma Gyogung fa solo un leggero rumore in gola e nasconde il viso nel petto del suo ragazzo, rifiutandosi di rispondere.

"In un certo senso avevo già intuito che non me l'avresti detto. Ma... se devo tirare a indovinare..."

Il giovane mette in pausa quello che stava dicendo e solleva il viso dell'altro per il mento in modo che possano guardarsi negli occhi.

"Stavi cercando quello che amo leccare, vero?"

La domanda diretta e così imbarazzante fa allargare gli occhi a Gyogung. Stringe forte le labbra e torna a nascondere il viso su quel petto stretto e muscoloso.

"Non c'è bisogno di essere imbarazzati! Sei così carino. Quella posa da seduto che allarga le gambe era così erotica!"

Dice il giovane gigante mentre stringe ancora di più le braccia intorno al suo amante.

"Allora, hai trovato dove erano? Se non ci riesci, posso aiutarti a leccarli per dirtelo."

"Non ce n'è bisogno!"

Gyogung mette subito fine a quel suggerimento. Il giovane spudorato e la sua lussuria senza limiti!

Chi avrebbe osato dirgli che era appena riuscito a trovarle quando il suo ragazzo era entrato nella stanza e lo aveva visto in quella posa!

"Non c'è bisogno di essere imbarazzati. Voglio solo aiutarti. Oppure... sei riuscito a trovarli da solo? Se ci sei riuscito, dimmelo, così il tuo Mee non dovrà leccarli per aiutarti a capire dove sono. Ma se non riesci a trovarli..."

Gyogung non aspetta che il demone lussurioso finisca la frase.

"Li ho trovati!"

È tutto ciò che riesce a dire prima di coprirsi rapidamente la bocca e nascondere di nuovo il viso nel petto di Bamee, borbottando in gola per l'imbarazzo.

La risata di soddisfazione della giovane volpe gli fa capire che è stato ingannato di nuovo, così Gyogung gli sferra diversi colpi leggeri sul petto muscoloso.

"Non aggredirmi, P'Gyo. Se fossi rotto o mancante di una parte, non ci sarebbe nessuno da abbracciare!"

Bamee afferra il polso che sta per colpirlo di nuovo e lo solleva per un bacio.

Gyogung lancia un'occhiata al suo ragazzo ma non ritira la mano. Appoggia solo la testa contro quella spalla larga e chiude gli occhi, esausto per le attività appena svolte.

"Non andare ancora a dormire, tesoro mio. Lascia che ti porti a lavarti prima. Il primo giro... l'ho rilasciato dentro di te. Non voglio che tu ti senta a disagio."

Il giovane dice con attenzione. Sebbene fosse lussurioso come pochi, ama il suo caro P'Gyo. Anche se divora il suo pasto con fame, vuole prendersi cura di lui.

"Fai solo una doccia, va bene, o non potrò andare a lavorare domani."

"Ti prometto che non avrò la mia terza scodella stasera. Posso aspettare venerdì per mangiare un pasto completo."

Gyogung sente un formicolio lungo tutta la schiena. È un misto di trepidazione ed eccitazione, così finemente mescolati che non riesce a distinguerli. Gli piace molto fare l'amore con il suo giovane demone lussurioso e ogni settimana è preparato e impaziente per il loro weekend insieme,

"Non importa cosa, non può arrivare al punto di non farmi più camminare."

Guarda la giovane volpe sorniona che segue rapidamente il suo movimento.

"Anche questo dipende da te."

Il giovane aggrotta le sopracciglia in modo diabolico prima di dare il suo sostegno al ragazzo più grande nella sua camminata per lavarsi.

Bamee aiuta Gyogung a lavarsi, come ha promesso. Quando sono entrambi puliti, avvolge l'altro in un asciugamano e lo porta a letto.

"Hai fame? Vuoi ordinare qualcosa da mangiare?"

Chiede il più giovane mentre sta per prendere il menu.

"Non ho affatto fame, ma sono esausto. Preferirei dormire."

"Ma se hai fame, ordina pure la tua cena."

Poi rivolge all'altro un dolce sorriso, ma Bamee ricambia con un sorriso diabolico.

"Ho appena mangiato una porzione enorme di te. Credo di non aver bisogno di mangiare ancora."

"Non è affatto la stessa cosa, pazzoide!" Borbotta, storcendo il naso di fronte al giovane gigante.

"Certo che non è la stessa cosa. Perché non ho mai mangiato niente di così buono da leccare il piatto come te!" Dice Bamee con gli occhi lucidi e una leccata di labbra.

"Gahhh!!!"

Non potendo ribattere alla lussuria del suo ragazzo, Gyogung si limita a emettere quel suono di protesta. Tira la coperta fino al collo e si gira dall'altra parte.

Quando il suo ragazzo non riesce a replicare e rimane imbronciato, Bamee ridacchia e va a sdraiarsi accanto al suo fidanzato Stringe il suo corpo e si aggrappa a quella vita sottile, posando dolcemente le labbra sulla nuca e tenendovi il viso fino a quando chi gli dà le spalle si gira per guardarlo in faccia.

Il più esile si dimena, si rannicchia nell'abbraccio del suo giovane ragazzo e accoccola il viso contro il suo petto. Il rumore dei continui respiri che si susseguono, fa capire a Bamee che il suo piccolo caro deve essere così esausto da essersi già addormentato.

Annusa di nuovo la morbida chioma di Gyogung, abbracciando ancora di più il ragazzo a sé, e chiude gli occhi.

Ciotola speciale 2: Gyogung sulle rocce

Questa è la prima volta che Bamee presta attenzione alla persona con cui esce. Poiché Gyogung è importante per lui ed è molto più speciale di tutte le sue passate avventure, vuole impressionare l'altro ogni volta che ne ha l'occasione.

Per questo motivo, decide di organizzare una festa per il loro anniversario di sei mesi.

Il giovane ha pensato bene se portare il ragazzo che ama a riposare in un resort di lusso, a cenare a lume di candela o a festeggiare semplicemente loro due a casa loro.

Sa bene che Gyogung non ama le cose troppo complicate e le spese inutili. Dopo tutto, questo è solo il loro anniversario di sei mesi. Fare qualcosa di esagerato può valergli un rimprovero da parte dell'uomo più grande. Alla fine, Bamee decide di ordinare una bella cena da servire a casa loro.

Una volta raggiunto l'anniversario di un anno, avrebbe portato la sua dolce metà a festeggiare in modo più adeguato.

Fortunatamente il loro anniversario cade di venerdì, poco prima del weekend. In questo modo, Gyogung può riposarsi prima di tornare al lavoro il lunedì. E naturalmente, visto che si tratta del loro anniversario, non può certo limitarsi a stringere tra le braccia il suo caro P'Gyo.

È un giorno di festa per il loro amore... come può non esserci l'amore?

Bamee ordina a un ristorante di alto livello, dove la sua famiglia è cliente abituale, prepara il tavolo per la cena e ogni altra necessità nel suo attico, assistito dalla sua governante.

Quando è quasi ora di tornare a casa, chiama per controllare i progressi.

"P'Kate, è tutto pronto?"

"È tutto a posto. La tavola è stata appena apparecchiata. C'è il vaso con le rose bianche come punto centrale, proprio come ha ordinato Mee. Il cuoco impiatterà il cibo, che sarà composto da tre portate, e scalderà i piatti 20 minuti prima che arriviate all'attico."

La signora Katesinee, che è a capo delle cameriere della sua famiglia, fa il suo resoconto.

"Grazie mille, P'Kate. E lo champagne?" Il giovane chiede.

"Dom Perignon Vintage 1996 'Side by Side', proprio come ha ordinato Mee."

Risponde la signora Katesinee, fiera di sé per aver ottenuto lo champagne che il suo giovane padrone desiderava appena in tempo.

"Eccellente. Di nuovo, grazie mille. Dovrei arrivare tra circa un'ora."

Bamee ringrazia di nuovo e ascolta Katesinee che gli riferisce i dettagli più precisi e gli dice che tutto sarebbe stato fatto alla perfezione e che tutto il personale avrebbe lasciato l'attico prima del suo arrivo.

****

"Hai aspettato a lungo?" Gyogung fa la solita domanda quando vede l'elegante auto che lo aspetta all'ingresso dell'hotel.

"In realtà sono appena arrivato. Il lavoro è stato molto impegnativo oggi?"

Bamee risponde e poi fa la sua domanda. Guarda il suo adorabile tesoruccio e aspettw che si metta la cintura di sicurezza prima di far partire l'auto.

"Non è andata male oggi. E tu?" Il più grande fa un'altra domanda, accarezzando leggermente i capelli del suo giovane ragazzo.

"Anche per me non va male."

Dice il più giovane, molto contento che la persona seduta accanto a lui non sia troppo stanca oggi.

Questo significa che dopo la loro cena molto romantica avrebbe potuto procedere con l'elemento erotico a tutto gas!

"Ho fame. Ci fermiamo per un boccone o vuoi che ti consegnino il cibo a casa?"

Gyogung si accarezza il pancino e piega un po' le labbra mentre si volta a guardare colui che è così concentrato sulla guida.

"Che ne dici di cenare a casa oggi? Così potremmo anche goderci un film."

Quello che ha preparato la sua sorpresa risponde senza tradire nulla.

"Ah, va bene anche così. Ho proprio voglia di un film e di popcorn in questo momento. Dopo cena possiamo andare a vedere un film nel cinema di casa. Inoltre non voglio andare da nessuna parte questo weekend. Voglio solo oziare e guardare qualche DVD a casa, solo noi due. Ti va bene?"

Dice il più grande con la sua voce dolce e implorante. Bamee sorride un po'.

Dopo il drink celebrativo di stasera, credeva che il suo amante non avrebbe avuto abbastanza energia per andare da nessuna parte. Il fatto che l'altro si senta un po' pigro e voglia solo oziare a casa gli sembra davvero fantastico.

"Certo. Anch'io voglio stare a casa con P'Gyo tutto il giorno, tutti i giorni."

La risposta e il sorriso diabolico del suo ragazzo scuotono Gyogung nel profondo.

Capisce subito cosa sta pensando il giovane demone lussurioso.

Sebbene anche a lui piaccia, non è ancora abituato alla loro attività privata.

Si sente sempre molto imbarazzato.

Ci sono state alcune occasioni in cui ha inconsapevolmente sedotto il suo ragazzo, ma non è mai stato lui a dare inizio alla loro intimità.

Quando raggiungono l'attico, Bamee dice al suo amante di farsi prima la doccia, cercando di schermare il tavolo da pranzo che si trova a una certa distanza dalla camera da letto e dal bagno, in modo che il suo ragazzo più grande non venga a sapere della sua sorpresa.

Quando sente il rumore dell'acqua che scorreva, va subito a controllare che tutto sia in ordine come voleva lui prima di raggiungere Gyogung nella doccia.

Dopo essersi lavati, Bamee conduce l'altro in camera da letto.

Colui che pensava che sarebbe stato divorato proprio in quel momento è piuttosto sorpreso dal fatto che il suo giovane ragazzo abbia tirato fuori dei vestiti. È una bella sorpresa, però, perché è affamato e vorrebbe prima mangiare qualcosa. Se lo avesse preso adesso, la sua cena sarebbe stata probabilmente molto, molto tardi.

E se si fosse addormentato per la stanchezza, la colazione sarebbe diventata il primo pasto del suo stomaco.

Braccia forti avvolgono Gyogung in un abbraccio da dietro, seguito da labbra calde sulla sua guancia.

Bamee trascina il naso su quella guancia morbida prima di posarlo sull'orecchio del suo amante e sussurra dolcemente.

"Ho qualcosa da mostrarti." Dice il più giovane con la sua voce di seta.

"Ma... prima devi permettermi di bendarti."

Le sue parole fanno allargare gli occhi al suo ragazzo più grande.

Essere bendato dal giovane è sicuramente una cosa molto sospetta e rischiosa! Guarda il morbido tessuto di un'infuocata tonalità di scarlatto che l'altro solleva per mostrarglielo e chiede con un leggero allarme.

"Perché la benda?"

La domanda e il modo in cui sembra un giovane cerbiatto nervoso non fanno che aumentare l'eccitazione di Bamee.

Si lecca le labbra immaginando di aver messo la benda all'altro per... altri scopi.

È quasi un peccato che questa volta voglia che il suo ragazzo mettq la benda solo per la sorpresa.

"Se non te la metto, allora quello che ho preparato non sarà una sorpresa."

Bamee mette la striscia di stoffa sugli occhi dell'altro. Fa un semplice nodo dietro la testolina rotonda e la bacia dolcemente per rassicurarlo.

"Non c'è bisogno di avere paura. Non ho intenzione di approfittarmi di te o altro."

Nonostante le sue parole, la risatina bassa e profonda di Bamee fa temere a Gyogung che la giovane volpe furba stia tentando qualcosa di sospetto.

Tuttavia, lascia che l'altro lo conduca per mano e ben presto Bamee lo fa cadere su una sedia senza togliergli la benda. Si sente il rumore di un fiammifero acceso e presto la fragranza di una candela profumata arriva al suo naso.

"P'Gyo, sai che giorno è oggi?"

Dice il giovane, con voce vellutata. Quella domanda rende Gyogung leggermente confuso. Oggi non è il compleanno di Bamee e sicuramente non è il suo compleanno... quindi che giorno importante è quello in cui il suo ragazzo ha organizzato una sorpresa del genere? Non riuscendo a formulare un'ipotesi, il giovane decide di rimanere in silenzio.

Sente il rumore di qualcosa che viene spostato e il rumore di una bottiglia che viene aperta... non è difficile intuire che Bamee sta aprendo una bottiglia di champagne. Deve alzare un po' le sopracciglia. Qualche istante dopo, il suo ragazzo torna da lui e finalmente si toglie la benda.

"Oggi è il nostro anniversario di sei mesi."

Il più alto si china in modo da poter sussurrare all'orecchio del suo amante, premendo le labbra contro la guancia morbida.

Gyogung allarga gli occhi guardando la loro tavola, apparecchiata in modo tale da assomigliare alla tavola di un ristorante di lusso.

Il grande vaso di rose al centro del tavolo lo fa agitare così tanto che il suo viso è tutto arrossato. Non sa cosa dire quando vede la bottiglia di champagne e il nome che vi è scritto. Dato che lavora nel settore alberghiero, sa bene che il prezzo di questo champagne è qualcosa di straordinario.

"Bamee... Io..." il più grande cerca di far uscire qualche parola e si accorge che non ci riesce.

Non immaginava che il suo fidanzato, perennemente lussurioso, potesse prestare attenzione a tali dettagli.

Bamee sa bene cosa sta provando il suo caro P'Gyo, quindi solleva il suo bicchiere di champagne e guarda il bicchiere di fronte al suo ragazzo in modo significativo.

"Non è affatto un problema che tu non riesca a ricordare questa volta, perché festeggeremo molte, molte altre occasioni insieme. Ti prego, stai con me e festeggia insieme i nostri anniversari, siano essi di un anno, di due anni o di molti altri anni a venire."

Le parole del suo ragazzo riempiono il cuore di Gyogung a tal punto che deve respirare profondamente per sopprimere le lacrime.

È ancora così emozionato che non riesce a proferire parola e può solo annuire per accettare i sentimenti di Bamee.

Fa tintinnare il bellissimo bicchiere contro quello dell'altro e sorseggiano lo champagne contemporaneamente.

Bamee lascia il tavolo per mettere in tavola il cibo preparato dallo chef.

Serve il cibo portata per portata finché le tre portate non sono tutte servite. Non parlano molto durante il pasto a causa dell'incredibile gusto e qualità del cibo.

È anche evidente che il suo ragazzo più grande è agitato per quasi tutto il tempo.

Una volta terminata la cena a lume di candela, il giovane conduce il suo amante ad accoccolarsi sul divano, senza dimenticare di portare con sé la bottiglia di champagne.

Di solito Gyogung non ama le bevande alcoliche. Quando deve partecipare a feste in cui tali bevande sono d'obbligo, di solito ne beve solo un po' per mantenere l'educazione. Tuttavia, dato che si tratta di un'occasione importante in cui il suo giovane fidanzato gli ha fatto una bella sorpresa, non vuole dire di no.

"Tesoro, sei arrabbiato con me? Non mi ricordavo che oggi è il nostro anniversario…" Chiede Gyogung dopo che si sono accoccolati sul divano fino a quando la bottiglia di champagne è quasi finita.

"Ah, ah. No, non è vero. Te l'ho detto, voglio solo che tu sia accanto a me e che festeggi insieme a me le nostre occasioni future." dice Bamee, dando un bacio sulla fronte di Gyogung.

"Ma mi sento in colpa. Sento che dovrei farmi perdonare. Non voglio che il mio ragazzo sia arrabbiato con me."

Le parole e la voce che ha note di ebbrezza gli dicono che il suo caro P'Gyo è probabilmente già ubriaco.

"Eh, ok. Allora mi arrabbio. Bene... come farà il mio bravo ragazzo a farsi perdonare? Fammi vedere cosa sai fare."

Nonostante desiderasse ardentemente Gyogung, Bamee si sta divertendo molto con quello che sta succedendo. Vuole sapere come sarebbe stato il più grande quando è ubriaco, quindi fa quella domanda per curiosità. Il suo tesorino solleva il suo dolce sguardo verso di lui, con un'aria da gattina sexy, e sfoggia un sorriso che gronda miele.

"Mi farò perdonare in modo che il mio Mee non si arrabbi mai più con me..."

Al termine di queste parole, Gyogung si mette a cavalcioni del suo ragazzo, risucchiando le labbra nella sua bocca, mordendole e pizzicandole come se volesse esprimere tutti i desideri nascosti che ha. Il giovane passa la lingua nella bocca del suo ragazzo prima di ingoiare la lingua dell'altro.

I gemiti di piacere non fanno altro che aumentare la forza del bacio. Toglie la maglietta del suo ragazzo e accarezza le braccia e il petto muscolosi, totalmente affascinato da loro, mormorando con voce roca.

"Ah... voglio mordere... voglio mordere i tuoi muscoli... voglio mordere i muscoli del mio Mee..."

Quelle parole fanno brillare gli occhi di Bamee.

La parte che è dura fin dal primo bacio dato da Gyogung si irrigidisce ancora di più e le vene si vedono chiaramente.

"Continua, P'Gyo. Mordimi... ahhh..."

Il giovane demone lussurioso deve ringhiare quando la piccola bocca morde davvero i muscoli delle sue braccia.

Gyogung si fa strada a morsi lungo gli arti superiori del suo ragazzo prima di spostarsi verso il basso per divertirsi su quel petto muscoloso.

Preme la sua parte inferiore del corpo con quella di Bamee finché il giovane non riesce più a sopportare che il suo ragazzo glielo facesse.

Sebbene gli piacesse molto la seduzione, deve stringere i denti quando colui che sta strofinando il suo morbido sedere contro la sua lunghezza attraverso i vestiti si toglie improvvisamente la maglietta e preme il suo petto vicino a lui.

"Hahhh... è così caldo... ahhh..."

Non solo sta emettendo dei versi così erotici, ma Gyogung chiude anche gli occhi e getta indietro la testa mentre afferra la mano del suo giovane ragazzo e la posa sul proprio petto.

"P'Gyo... tu..."

Quando non riesce più a resistere alla tentazione, Bamee si precipita a succhiare quei piccoli capezzoli duri.

"Hahhh... così buono... ahh... mi piace... ahhh... succhia più forte."

La voce dolce e seducente spinge Bamee a succhiare e a stringere quei capezzoli rosei come se la sua vita dipendesse da questo.

Le mani birichine del ragazzo ubriaco si spostano verso il basso per accarezzare e strofinare la sua lunghezza dura, sussurrando tremante.

"Ahh... grande... così grande..."

Bamee non si è mai sentito così consumato dalla lussuria in vita sua.

Vorrebbe mettere la cosa "grande" di cui parla il suo amante dentro il piccolo tentatore proprio in questo momento!

Si raddrizza, guardando quel viso così pieno di desideri e lo bacia follemente, desiderando solo di avere quelle labbra per sé.

Con il suo ragazzo birichino e ubriaco che accarezza incessantemente la sua lunghezza indurita, il controllo di Bamee vacilla. Afferra quelle piccole mani e gli fa abbassare i pantaloni.

"Wowww!"

La bocca di Gyogung è rotonda mentre allarga gli occhi, esclamando nel suo modo carino e seducente che Bamee non desidera altro che averlo proprio lì sul divano.

Prima che possa prendere il flacone di lubrificante che si trova vicino al divano, il più grande si è già avvicinato e ha risucchiato la sua lunghezza nella sua bocca.

"Hahhh... P'Gyo..."

Bamee ringhia a bassa voce, aspirando un lungo respiro attraverso la bocca aperta quando colui che muove la testa su e giù tra le sue gambe decide di usare i denti.

Bamee si aggrappa alla morbida chioma del suo ragazzo più grande, usandola come leva per spingere Gyogung a muoversi su e giù ancora più velocemente, mentre spinge i fianchi in sincronia con il movimento di suzione dell'altro.

Non molto tempo dopo, rilascia la prova della sua passione all'interno della bocca del suo amante, tanto da farla fuoriuscire dalle piccole labbra.

Gyogung libera le labbra e sorride al suo ragazzo con il liquido lattiginoso che gli sporca la bocca. Bamee guarda la scena con eccitazione e il suo cuore batte ancora più forte di prima quando Gyogung si toglie i pantaloni e si sdraia sulla schiena. Il giovane spalanca le gambe e solleva i fianchi, usando le sue piccole dita per allargare la sua piccola apertura proprio davanti agli occhi di Bamee!

"Mio caro Bamee..."

La dolce voce che lo chiama per nome gli fa perdere il controllo. La parte che prima si era un po' ammorbidita torna immediatamente ad alzarsi.

Impreca forte e va subito all'attacco del suo ragazzo, infilandogli lussuriosamente la lingua dentro.

Poi prende il flacone del lubrificante e ne versa una quantità generosa prima di infilare impazientemente le dita.

"Hahhh... mio caro Mee... ahh... più a fondo..."

"Dannazione!"

Bamee impreca di nuovo. Vuole essere dentro l'altro così tanto da non poterlo sopportare!

Fa roteare le dita all'interno, facendo del suo meglio per controllarsi, ma quei fianchi sottili che dondolano su e giù non gli permettono di mantenere il controllo.

Estrae le dita e spinge la sua asta di carne calda al suo posto.

"Hahhh... mio caro Mee... spingi ancora un po'."

Gyogung non usa solo le parole per invogliarlo, ma solleva anche i fianchi e usa le mani per spingere il corpo di Bamee ancora più vicino.

"Ahh... P'Gyo... mio caro P'Gyo..."

Bamee grida, baciando quelle labbra come un uomo perso.

Si spinge dentro e inizia a muoversi immediatamente.

Spinge dentro e fuori più volte fino a quando non sente un lungo gemito e un liquido caldo schizzare sul suo stomaco duro.

Il giovane continua a spingere ancora diverse volte fino a quando non si libera di nuovo.

Dopo essersi saziato delle labbra del suo amante, Bamee si tira fuori. Stringendo il ragazzo che ansima così forte da far tremare il suo corpo contro il suo petto, sussurra dolcemente.

"Sei stato così sexy, il più sexy che abbia mai visto."

Si complimenta dal profondo del cuore. Il più esile nel suo abbraccio è davvero un marchio di fuoco, così focoso come non si era mai aspettato prima.

Stringe le braccia prima di sentire un forte dolore al petto. Abbassando lo sguardo, vede che Gyogung gli sta succhiando un capezzolo. Gli occhi grandi e luminosi lo guardano con la faccia di un bambino colpevole che viene colto in flagrante.

"Non ho ancora finito di farmi perdonare!"

Poi si sposta a cavallo dello stomaco del suo ragazzo.

Una mano accarezza il petto stretto e muscoloso, mentre l'altra mano si allunga all'indietro e accarezza la parte più sensibile di Bamee. Dopo alcuni colpi decisi, l'asta torna di nuovo in posizione eretta. L'adorabile viso sfoggia un sorriso felice.

Gli occhi di Gyogung si illuminano di felicità quando sente la durezza sotto il suo palmo.

"Ora continuo." Dice Gyogung con la sua simpatica vocina mentre solleva i fianchi. Bamee quasi non può credere ai suoi occhi quando vede il suo amato afferrare la sua lunghezza indurita e aggiustarla fino a farla puntare verso l'alto prima di spostarsi per sedersi sopra di lui, facendolo scivolare dentro di sé. Il dolce viso si solleva quando la sua testa viene e gettata all'indietro. Le labbra rosso ciliegia si aprono, emettendo un gemito quando Gyogung cerca di accogliere tutta l'enorme asta di carne.

Quando sono completamente connessi, Gyogung inizia a dondolare i fianchi su e giù. Bamee guarda quel viso con gli occhi chiusi dal piacere mentre il suo amante lo cavalca con forza, gemendo dolcemente.

"Hahh... mio caro Mee... succhia... hahhh... succhia..."

La voce tremante riesce a dire solo questo, ma Bamee capisce. Si raddrizza in posizione seduta e succhia immediatamente i capezzoli.

Gyogung preme il suo petto contro la bocca del suo ragazzo, che ricambia dondolando più forte e più velocemente.

Afferra la testa del suo ragazzo e la staccò dal suo petto, chiudendo le loro labbra in un bacio profondo.

Bamee spinge quei fianchi sottili ancora più vicini ai suoi e prende la vita del suo amante tra le mani, muovendola in un movimento circolare mentre fa roteare i fianchi nella direzione opposta.

"Hah... mio caro Mee... è profondo... è profondo... hahh... hahh."

Gyogung grida a squarciagola, aggrappandosi al collo del suo ragazzo.

"E ti piace profondo, mio caro P'Gyo?"

Chiede Bamee con voce rauca, con le mani ancora intorno alla vita del suo amante e i fianchi che si spingono ancora verso l'alto.

"Sì... hahhh... sì... forte... spingi forte... ahhh..."

Il più grande si avventa sul suo ragazzo quando questi inizia a spingere di nuovo verso l'alto, emettendo un gemito abbastanza forte che risuona nella stanza mentre dondola i fianchi contro le spinte profonde del suo giovane ragazzo.

Gyogung sposta una mano dalla sua precedente posizione intorno al collo di Bamee e afferra la sua lunghezza, accarezzandola su e giù.

Bamee si gode la vista del suo amante che inarca il corpo, dondolando follemente in competizione con le sue spinte e accarezzando allo stesso tempo la sua carne indurita mentre geme senza parole: l'immagine della seduzione perfetta.

Pochi istanti dopo, Gyogung urla a squarciagola e si libera quando raggiunge il culmine.

Bamee regola le loro posizioni in modo che colui che ha già raggiunto l'apice del piacere sia disteso sulla schiena e possa controllare le spinte a suo piacimento.

Diversi movimenti dopo, anche lui raggiunge l'orgasmo.

Bamee succhia avidamente le labbra di Gyogung, proprio come fa sempre dopo l'orgasmo.

Quando non c'è alcuna reazione, capisce che il suo ragazzo più grande si è già addormentato.

Stringe Gyogung nel suo abbraccio.

Sebbene sia forte come un cavallo, l'estenuante lavoro d'amore precedente ha esaurito le sue energie ed è stanco.

Bamee tiene quel corpo snello per un po' prima di alzarsi e aprire l'acqua della vasca.

Mentre aspetta che l'acqua raggiunga un livello tale da permettere a due persone di immergersi insieme nella vasca, usa un pezzo di stoffa bagnata per strofinare e pulire il suo ragazzo.

Sa bene quanto il corpo dell'altro sia indolenzito e dolorante. L'immersione nella vasca calda dovrebbe aiutare Gyogung a sentirsi un po' meglio al mattino.

Il giovane mette nella vasca per primo colui che è profondamente addormentato prima di entrare, sedendosi dietro l'altro. Fa in modo che il suo amante sia in una posizione comoda di fronte a lui e lo tiene stretto.

Quando l'acqua comincia a perdere un po' di calore, Bamee infila le dita nell'apertura dell'altro e lo pulisce dall'interno.

Poi sostiene il suo amante e gli fa un altro lavaggio veloce sotto la doccia prima di portarlo a letto.

Tira la coperta fino al collo di Gyogung e lo abbraccia.

Bamee non ha idea se Gyogung sarà in grado di ricordare il calore dei loro amori precedenti, perché sa bene che il motivo per cui il suo P'Gyo è stato un tale tentatore è che è ubriaco.

Anche se non c'è modo di sapere se colui che si era addormentato nel bel mezzo del suo abbraccio sarebbe stato in grado di conservare qualche ricordo, c'è una cosa che è molto chiara nella mente di Bamee...

D'ora in poi, dovrà assolutamente cercare di far ubriacare la sua seducente P'Gyo almeno una volta alla settimana!

Ciotola speciale 3: per cucinare in cucina ci vuole il grembiule

Bamee ha ordinato un grembiule rosso estremamente corto e brillante e lo ha nascosto da tempo, ma non si è mai presentata l'occasione di usarlo.

Forse perché lui e il suo ragazzo non usano mai la cucina per cucinare, senza contare le piccole preparazioni del mattino prima del lavoro o il riscaldamento del cibo nel microonde. Per lo più comprano cibi già pronti o si fermano da qualche parte per un boccone veloce prima di tornare a casa, quindi non e riuscito a convincere Gyogung a indossare quel grembiule!

Cerca meticolosamente una tonalità che contrasti bene con la pelle chiara come la luna del suo amante.

Deve solo trovare un modo per far indossare quel grembiule al suo caro P'Gyo!

Perché aveva dovuto spendere tutto il suo tempo e le sue energie per escogitare un piano così complicato?

Perché sa che non è possibile che l'altro indossi facilmente il grembiule!

Anche i perizomi di tutte le fogge e di tutti i colori che ha messo nell'armadio non sono mai stati indossati nemmeno per sbaglio!

Dovrebbe provare a far ubriacare P'Gyo?

Questo pensiero malvagio balena nella mente del demone lussurioso. Bamee ricorda chiaramente la volta in cui Gyogung era ubriaco, così chiaramente che era come se fosse successo solo un secondo fa.

Ma sembra che il ragazzl sappia bene qual è il suo piano e che il suo caro ragazzo rifiuta sempre il suo suggerimento.

Dopotutto, Gyogung è riuscito a ricordare tutto la mattina dopo ed era così imbarazzato da essere rosso dappertutto.

Era troppo adorabile che Bamee non riuscì a trattenersi e si fece un altro delizioso giro di wonton ai gamberetti.

Ripensando a quel giorno, il giovane deve sorridere.

Gli sarebbe piaciuto rivivere quei momenti, ma gli sarebbe piaciuto ancora di più se il suo P'Gyo fosse così sexy e seducente senza l'influenza dell'alcol.

"Oh, cavolo! Come fai a farlo? Ah ah ah."

La vocina accanto a lui lo riporta al presente, una sera di lavoro.

Sta guardando un film con il suo amante in salotto e lo schermo mostra il film d'azione.

Come può la sua immaginazione correre così tanto?

Guarda il suo piccolo amante che si accoccola al suo fianco, fissando lo schermo e ridacchiando così forte che le sue guanciotte sono rosse. Cavolo, vuole divorare di nuovo il suo piccolo tesoro.

Con la mente pronta, Bamee sposta la mano che prima era appoggiata sulla spalla di Gyogung sui suoi fianchi.

Accarezza dolcemente la curva per testare prima di stringere delicatamente la carne.

Vedendo che l'altro non cerca di allontanare il suo corpo o di rimproverarlo, Bamee diventa ancora più audace, stringendo la carne morbida ancora più forte.

Il suo respiro sembra diventare più affannoso in pochi istanti.

"Bamee, sto guardando il film."

La voce, così tagliente e autoritaria, proviene dal suo ragazzo, mettendo in pausa la mano del più giovane che si sta divertendo un mondo a stringere la morbida curva.

Manda al suo amato il suo migliore sguardo implorante, anche se gli occhi dell'altro sono ancora puntati sullo schermo, senza risparmiargli un'occhiata.

Quando viene ignorato, il giovane affamato dà voce alla sua richiesta nella speranza di trovare qualcosa per saziare la sua fame.

"P'Gyo..."

"No!"

Prima che possa iniziare la sua richiesta, la risposta breve e assoluta è già uscita da quelle piccole e graziose labbra.

Bamee si ferma? Certo che sì. Bamee ha paura di P'Gyo? Ma certo che sì!

Sa bene che è uno di quegli uomini che temono le mogli.

Il povero giovane sposta di nuovo la mano sul punto precedente della spalla sottile. Basta un colpetto al momento sbagliato ed ecco che è già stato respinto.

Crede davvero che Gyogung indosserà di buon grado il costume con perizoma e grembiule?

L'unica eccezione sarebbe stata se fosse riuscito a trovare qualche motivo o occasione adatta per contrattare con il suo ragazzo.

Bamee guarda il ragazzo la cui attenzione è ancora rivolta al film d'azione senza curarsi della sua fame.

Inspira profondamente e guarda il proprio rigonfiamento prima di tirare fuori una faccia determinata.

Avrebbe completato la Missione Grembiule molto presto, lo giura!

****

Il weekend che Bamee stava aspettando arriva finalmente. Non divora il suo amante come fa di solito, perché ha intenzione di far indossare al suo ragazzo un grembiule oggi.

I due giovani iniziano la giornata con una doccia e una spazzolata prima di ordinare la colazione al ristorante del primo piano come avevano sempre fatto.

"P'Gyo... hai mai provato a cucinare?" Chiede Bamee mentre fanno colazione insieme.

"No. Non so come si fa."

Gyogung risponde senza preoccuparsi più di tanto. Questa risposta, tuttavia, non ferma lo sforzo dell'altro.

"Ma hai già preparato dei semplici piatti per la colazione."

Il giovane dice, mettendosi in bocca un po' di cibo e facendo del suo meglio per comportarsi come se questa fosse una delle loro normali conversazioni.

"Mettere insieme due pezzi di pane con qualcosa al centro e poi buttarli nella macchina per i panini non dovrebbe essere considerato cucinare."

Dice il più grande con una risatina, guardando quello seduto di fronte a lui prima di porre la sua stessa domanda.

"E tu, Mee? Hai mai provato a cucinare da solo?"

Le parole di Gyogung fanno sentire Bamee come se la sua preghiera fosse stata finalmente esaudita, ma riesce a controllarsi appena in tempo.

"No. Di solito compro solo piatti pronti o mangio quello che preparano le cameriere quando sono a casa."

Risponde in una posa rilassata prima di portare delicatamente l'altro al punto.

"Visto che non abbiamo un programma speciale per questo fine settimana, ti piacerebbe provare a cucinare per noi?"

Chiede Bamee, aspettando la risposta con il fiato sospeso.

"Perché dovremmo disturbarci così? È strano da parte tua. Entrambi non sappiamo cucinare, quindi sarebbe sicuramente uno spreco di tempo e denaro."

Il più grande risponde senza lasciare spazio alla speranza, ma l'altro si rifiuta di abbandonare i suoi sogni.

"La nostra cucina è così grande e ben attrezzata. Sarebbe uno spreco se la lasciassimo marcire senza mai utilizzare le attrezzature presenti. Voglio vivere il momento della cucina insieme al mio ragazzo."

Dice la giovane volpe con la sua voce più dolce, facendo gli occhi da cucciolo al suo amante. Vedendo le buffonate del suo amante, il più grande scuote la testa e sorride un po'.

"Perché fai il cucciolo?" Chiede Gyogung, osservando il volto sconfortato.

"Non abbiamo nulla che ci piaccia fare insieme. Ho paura che ti annoierai con me."

Le parole e gli occhi che sembrano dipinti di tristezza sono abbastanza convincenti da meritare un premio e sicuramente sono sufficienti per convincere Gyogung.

"Non c'è bisogno di fare quella faccia. Va bene. Se vuoi cucinare insieme, possiamo farlo. Ma anche se non facciamo molto insieme, non mi annoierò di te. E tu, Mee? Ti annoi quando sei con me?"

"È impossibile che mi annoi con il mio P'Gyo. Sei così appetitoso 24 ore su 24, 7 giorni su 7... come potrei mai annoiarmi?"

Queste parole, con la lussuria così evidente, fanno sì che il suo ragazzo scuota la testa in preda all'esasperazione.

"Tu... ok, allora cosa ti piacerebbe mangiare? Proviamo a scegliere qualche piatto semplice, così non sarà troppo impegnativo?"

Gyogung fa finta di non prestare attenzione alla lussuria che si cela dietro le parole del suo ragazzo e si concentra invece sul cibo.

"È una buona idea. Possiamo cercarlo su Internet prima di andare a fare la spesa. Ti va bene?"

Bamee dice con entusiasmo, facendo del suo meglio per reprimere la sua foga in modo che l'altro non possa cogliere le sue reali intenzioni.

"Mi sembra un'ottima idea. Finiamo il nostro pasto prima di cercare un menu che possiamo gestire."

Inizia finalmente a entrare nel programma del weekend stabilito dal suo giovane fidanzato.

All'inizio non voleva cucinare, ma il fatto di parlarne gli fa venire voglia di cimentarsi in cucina.

Dopo aver fatto colazione, i due giovani iniziano a cercare qualche lezione di cucina.

Ogni menu che sembra semplice si è rivelato più complesso di quanto il loro background di "non saper cucinare" potesse gestire.

Tuttavia, si stanno divertendo. Bamee sembra apprezzare la loro vicinanza più di ogni altra cosa.

È seduto proprio dietro a Gyogung, con le mani che tengono il suo tablet e il suo ragazzo proprio tra le sue gambe, permettendogli di tenere il suo piccolo caro completamente ingabbiato nel suo abbraccio.

Inoltre, Gyogung appoggia la testa al petto dell'altro mentre la sua mano scorre i vari menu del tablet, commentando e ridacchiando divertito.

Cavolo, è davvero adorabile! Posso avere una porzione di lui prima di uscire a fare la spesa, tornare e mettergli un grembiule e poi mangiarlo di nuovo? Dannazione, tu e i tuoi modi naturalmente seducenti, P'Gyo!

Bamee brontola tra sé e sé, non concentrandosi più sulla scelta del menù con il suo amante.

Forse perché non gli importa molto di quello che avrebbero cucinato... tutto questo è solo un mezzo per raggiungere il fine di far indossare al suo piccolo amore quel grembiule rosso brillante.

"Che ne dici di questo? Credo sia il più semplice."

La dolce voce parla mentre un dito indica lo schermo. Bamee guarda il filmato VDO di una dimostrazione di cucina e dà un bacio alla testolina rotonda prima di rispondere.

"Tutto quello che vuoi." Il giovane risponde con la sua voce di seta.

"Come puoi dire questo? Lo stiamo preparando insieme, quindi è ovvio che dobbiamo scegliere il menù insieme."

Dice il più grande alzando il viso per guardare il proprietario dell'ampia spalla a cui è appoggiato. Gli occhi grandi e rotondi che lo fissano sono così adorabili che Bamee si sente ribollire il sangue. Si china e mordicchia subito quelle dolci labbra.

Le sue mani iniziano a intrufolarsi sotto la camicia di Gyogung. È in quel momento che il suo ragazzo gli assesta un colpo morbido, spingendo via quel bel viso.

"Basta così! Scegli cosa preparare e poi andiamo a comprare gli ingredienti!"

"Allora sceglierò di mangiare prima il mio P'Gyo."

Al termine di queste parole, il più giovane sta per saltare di nuovo addosso al suo piccolo amore.

"Questo è un no! Mee, sei tu che hai proposto di cucinare, quindi non fare capricci adesso!" Dice Gyogung, prendendo la sua tavoletta e porgendola a colui che ha un enorme cipiglio sul volto.

"Non posso avere un piccolo assaggio?"

Bamee continua a chiedere, nella speranza che qualche stella fortunata possa brillare su di lui.

"Assolutamente no. Non ti trattieni mai una volta che ti sei messo all'opera. Ecco, prendi questo."

Sebbene colui che vorrebbe fare il pieno di wonton ai gamberetti voglia insistere ancora un po', ci pensa su e decide di cedere quando pensa che presto avrebbe visto il suo amante in grembiule.

Guarda lo schermo dove ci sono le istruzioni per preparare il pollo all'aglio e pepe e poi si gira per dare le sue risposte.

"Dovrebbe essere abbastanza semplice. Proviamo a cimentarci in questo."

Poi si appresta a posare nuovamente il tablet.

"E l'altro piatto? Cosa preferisci? Che ne dici di una zuppa leggera e chiara? Non dovremmo aromatizzarla troppo perché dovrebbe essere delicata."

"Va bene, allora. Che ne dici di una zuppa di tofu?"

Bamee esprime la sua opinione, sentendosi piuttosto bene quando il suo amante gli rivolge un ampio sorriso.

"Ok, ora è tutto pronto. Andiamo a fare la spesa."

La voce così piena di allegria riempie lo stratega lussurioso di speranza che il suo P'Gyo avrebbe sicuramente accettato di indossare il grembiule per lui!

****

Dopo essere tornato dal supermercato, Gyogung si occupa rapidamente di ciò che hanno comprato. Dice a Bamee di preparare del riso al vapore, mentre lui taglia del pollo.

I pezzi sono tutti di dimensioni diverse e sembrano poco appetitosi. Tuttavia, marina il pollo con sale e pepe, seguendo le istruzioni del filmato VDO che hanno appena visto. Bamee, dopo aver finito di impostare il programma del cuociriso, va ad aiutare Gyogung a preparare il cibo.

"Perché nel filmato sembrava così facile? Ah! La mia camicia è tutta sporca!"

Gyogung grida quando taglia l'aglio e un pezzo di esso vola fino a colpire la sua camicia.

Colui che lo stava aiutando ha gli occhi accesi da un'oscura intenzione. Stava aspettando che il suo amante facesse quel reclamo, ma non avrebbe mai pensato che sarebbe arrivato così in fretta!

"Oh, cavolo! E non so se una macchia come questa possa essere lavata via. Tieni. Vuoi metterti il grembiule?"

La giovane volpe sorniona cerca di far sembrare la conversazione il più innocua possibile. Deve anche trattenersi dal sollevare l'angolo della bocca in un sorrisetto quando sente la risposta.

"Mi sembra una buona idea. Mee, ne hai uno?"

Bamee urla follemente nella sua testa. Il suo cuore batte forte contro il petto come se avesse appena investito una montagna, come un protagonista di un film.

Tuttavia, è ancora in grado di contenersi sotto la maschera di un rilassamento casuale.

"Lascia che ti dia un'occhiata."

Dice prima di volare praticamente in camera da letto. Tira fuori il piccolo grembiule con mano tremante, così estasiato da essere quasi in lacrime.

Sceglie un perizoma scarlatto, perfettamente abbinato al grembiule, da portare con sé e non dimentica una bottiglia di lubrificante da mettere nella tasca dei pantaloni.

Il giovane torna in cucina con il cuore in fibrillazione per l'eccitazione. Fissa colui che gli dà le spalle mentre studia la clip VDO di cucina e cerca di seguire le istruzioni.

Il suo sangue ribolle di euforia. L'immagine di Gyogung con indosso solo un perizoma e con un minuscolo grembiule a coprire il suo corpo pallido come la luna... è sufficiente a far sì che il "piccolo Bamee" sia completamente "su di giri".

"Penso che sarebbe una buona idea se prima ti togliessi la maglietta. In questo modo potremo ridurre al minimo la macchia."

Dice Bamee andando a posizionarsi dietro il suo amante. Gyogung, che è completamente all'oscuro di quello che gli sarebbe successo in un futuro molto prossimo, sorride al suo giovane ragazzo e segue il suggerimento senza pensarci troppo.

"Sì, sono d'accordo. Credo che indosserò una nuova camicia e poi un grembiule. Dammi un secondo per lavarmi le mani."

Apre il rubinetto dell'acqua per lavarsi la mano. Poi si toglie la maglietta, dando per scontato che Bamee gliene avesse già preparata una pulita e non si preoccupa di guardare cosa ci sia effettivamente nella mano dell'altro.

"Ah!" Esclama dolcemente quando quelle braccia forti gli passano sopra la testa, portando con sé un capo di abbigliamento rosso vivo.

Bamee mette i lacci del grembiule intorno al collo di Gyogung e li lega rapidamente alla vita del suo ragazzo.

"Aspetta... non mi sono ancora messo la camicia!"

"Non ce n'è bisogno. Stai molto meglio così."

La voce rauca fa capire all'uomo innocente che c'è sicuramente qualcosa di sospetto. Abbassando lo sguardo sul grembiule corto e minuscolo di colore scarlatto con delle ruches bianche al centro, come se fosse un altro strato di grembiule, e sul perizoma altrettanto rosso nella mano del suo giovane gigante, Gyogung inizia a capire qualcosa...

"A che gioco stai giocando?" Chiede Gyogung, con il volto completamente rosso, guardando con trepidazione il perizoma e poi quel viso lussurioso.

"Aggiungo sapore alla nostra vita amorosa." Risponde Bamee, spostando la mano sui pantaloni dell'altro.

Il più grande stringe le labbra, sembrando un po' timido, ma non nega le avances quando il più giovane gli abbassa i pantaloni. Anzi, quando Bamee gli mette il perizoma, mette le braccia intorno al collo del suo giovane ragazzo. Sebbene sia un po' imbarazzato, è anche molto eccitato.

Il suono del respiro affannoso e i ringhi di Bamee, nonché un paio di mani che si stringono sul suo sedere, scuotono Gyogung nel profondo.

"Mio caro P'Gyo... sei così sexy!" Dice il giovane, con voce roca, mentre stringe i morbidi grumi di carne.

Lo accarezza avidamente prima di passare ad accarezzare la schiena liscia.

Bamee appoggia le labbra su quelle del suo ragazzo e le mordicchia dolcemente all'inizio, prima di aumentare lentamente la forza della suzione e di far scivolare la punta della lingua per aggrovigliarsi con quella dell'altro all'interno della sua bocca.

Poi sposta il viso verso il basso per assaggiare i nodi rosei che si intravedono appena dalla parte superiore del grembiule.

"Haa... ahhhh... non mordere così forte... ahh..."

La dolce voce cerca di mantenere il controllo. Tuttavia, come ogni altra volta, finisce per premere il suo petto ancora più vicino alla bocca del suo ragazzo.

Il giovane si sistema in modo che Gyogung si tenga al bancone della cucina. Guarda con occhi lucidi quel sedere formoso con una piccola stringa rossa che passa nel mezzo.

Bamee si lecca le labbra, con il volto pieno di lussuria, e morde il morbido grumo di carne quando non riesce più a controllarsi.

"Ahi! Fa male! Mee, che diavolo stai facendo?"

Quello che ha sperimentato i denti affilati sulla pelle sensibile grida a squarciagola.

Bamee non fa altro che emettere un ringhio strozzato e tirare fuori la lingua per leccare il segno del suo morso. Poi usa la mano per spostare il piccolo tessuto tra le natiche e lecca quella stretta apertura. Trascina la lingua su e giù e tutt'intorno per un po', prima di infilare finalmente la lingua all'interno e dare un colpetto forte e veloce.

Una delle mani di Gyogung si tiene stretta al bordo del bancone della cucina, mentre l'altra si aggrappa alla credenza proprio sopra la sua testa.

Sta appena prendendo il ritmo quando all'improvviso viene girato e sollevato per essere messo sopra il bancone.

Gyogung fissa quel viso così pieno di bisogni, mentre la sua eccitazione è altrettanto alta. I loro rapporti amorosi sono sempre stati caldi e passionali, ma il volto del suo ragazzo così pieno di desiderio, così pieno che il cavallo dei suoi pantaloni riesce a malapena a contenere quello che c'è dentro, rende il ritmo dei suoi battiti cardiaci più folle del solito.

Gli occhi acuti che scrutano tutto il suo corpo lo fanno sentire inspiegabilmente caldo. Quegli occhi da predatore gli hanno fatto presagire la dura tempesta che sarebbe presto arrivata.

Bamee allargò le gambe del suo amante prima di spingersi tra di esse e dare un bacio profondo a Gyogung.

Poi libera quelle labbra e infila la testa sotto il grembiule, passando la lingua su tutta la lunghezza di Gyogung attraverso il piccolo ed erotico pezzo di biancheria intima.

Lecca poi i due piccoli nei che gli piacciono tanto prima di arrivare a superare il bordo del perizoma per estrarre la durezza di Gyogung e metterla in bocca.

Lo succhia con forza mentre usa il lubrificante della bottiglia che ha nascosto nella tasca dei pantaloni per versarlo sul dito e spingerlo all'interno del canale stretto di Gyogung.

Muove il dito dentro e fuori, aggiungendo presto altre dita e iniziando a farle roteare mentre continua a usare la bocca sul suo ragazzo.

Gyogung non può che gemere forte, infilando le dita nel bordo del grembiule e tendendo le gambe aperte.

Quando ha preparato il suo amante fino a quando non è sicuro che Gyogung sia in grado di gestire la sua enorme verga di carne, Bamee si raddrizza e lasciò cadere i pantaloni sul pavimento. Mette una generosa quantità di gel sulla sua lunghezza indurita e spinge dentro il corpo dell'amante.

"Hahhh... lento... lento... hahhh..."

Gyogung deve avvertire il suo giovane impaziente. Sente che la parte che sta cercando di entrare nella sua calda caverna è più grande del solito. La sensazione di tensione lo rende pieno e leggermente a disagio.

Quando Bamee si china per dargli un bacio delicato mentre lo spinge lentamente fino all'elsa e inizia a dondolare dolcemente, la sensazione di carne contro carne sensibile lo fa sentire bene.

Quando il grido di Gyogung è di nuovo chiaramente di godimento, Bamee passa dalle spinte lente a quelle più forti e veloci. Il suono degli schiaffi della carne echeggia forte in cucina, impallidendo solo al confronto con l'urlo di Gyogung.

Una mano lascia segni di unghie e graffi sulla spalla spessa del suo ragazzo, mentre l'altra tira su il bordo del grembiule.

Il più giovane spinge verso il basso il bordo del grembiule che copre il petto del suo ragazzo e attacca quei capezzoli rigidi con fame, facendo dondolare i suoi fianchi contro Gyogung ancora più forte.

L'espressione del suo viso, l'ansimare e il respiro affannoso fanno parte di quello che si potrebbe definire "un eccesso di lussuria". Bamee si abbassa per afferrare la lunghezza del suo ragazzo e accarezza con la sua mano su e giù così velocemente da risultare quasi confusa.

Anche il movimento della sua vita è veloce e duro.

"Ahhh... Bamee. Io... non ce la faccio più... hahhh!!!"

Il suo corpo si tende e pulsa mentre si rilascia con tanta forza da riversarsi su tutto il grembiule.

Prima che possa riprendere fiato, Bamee lo solleva di nuovo. Essendo sorpreso, si aggrappa al collo dell'altro e automaticamente gli mette le gambe intorno alla vita. Gyogung viene quindi spinto a piegarsi sul tavolo da pranzo prima di essere penetrato di nuovo.

L'amore caldo e focoso inizia una seconda volta quando i loro corpi sono nuovamente uniti. Bamee usa una mano per afferrare saldamente i fianchi di Gyogung, mentre con l'altra mano scosta il filo del perizoma e lo penetra con forza.

Quando Gyogung infila la propria mano tra le sue gambe e inizia ad accarezzarsi, Bamee sente la lussuria ancora più forte scorrergli nelle vene, tanto che risponde facendo dondolare i fianchi ancora più forte contro il suo ragazzo, finché Gyogung non raggiunge di nuovo l'apice.

Solo allora Bamee dà tutto sé stesso al movimento dei fianchi.

"Hahhh... P'Gyo... P'Gyo... ahhh..."

Bamee ruggisce mentre dà una spinta profonda prima di tirarsi fuori e girare Gyogung di nuovo verso di lui.

Usa la mano del suo ragazzo per afferrare la sua lunghezza e la accarezza con forza e velocità, guidato dalla sua stessa mano, fino a quando anche il suo corpo si tende, spruzzando liquido su tutto il grembiule.

La fuoriuscita è così abbondante e potente che un po' ha raggiunto anche il viso di Gyogung.

Bamee guarda il pasticcio che ha creato, con gli occhi lucidi, prima di chinarsi per prendere possesso delle labbra del suo ragazzo, completamente esausto. Le succhia a piacimento prima di liberare finalmente le labbra. Solo guardando lo spettacolo che ha davanti, sa che il suo P'Gyo è completamente sfinito dalla stanchezza e che molto probabilmente si sarebbe addormentato.

Lo sostiene quindi e dà al suo ragazzo una lavata in bagno, dove il grembiule e il perizoma scarlatto sono finalmente tolti da quel corpo esile.

Poiché le gambe di Gyogung sono così deboli che non sarebbe stato in grado di camminare, Bamee avvolge il suo ragazzo in un soffice asciugamano dopo il bagno e lo porta in camera da letto prima di metterlo con cura sul letto.

Il movimento attento e tenero è molto diverso dall'amore duro e selvaggio che hanno appena condiviso, ma è sorprendente che il suo piccolo caro sia molto più forte di quanto si potesse credere.

Negli ultimi tempi, il corpo di Gyogung sembra essere in grado di riprendersi in modo incredibilmente veloce dopo le loro sessioni.

Sembra che quel corpo esile si sia adattato alle dimensioni e alla forza di spinta del suo Mr. Lussurioso.

Dopo un lungo sonno, Gyogung torna finalmente cosciente.

I leggeri tocchi delle calde labbra sulla sua fronte sono davvero molto piacevoli, ma il dolore al sedere e l'immagine dell'amore selvaggio in cucina gli fanno venire il magone!

È così imbarazzato per quello che era successo... non è sicuro di riuscire a entrare in cucina o a sedersi al tavolo da pranzo senza pensare mai più alla loro scena d'amore!

"Hai fame, mio adorabile tesoro?" La voce vellutata sussurra vicino al suo orecchio.

"Certo che lo sono! È già così tardi e non siamo riusciti a cucinare nulla!"

Il più grande fa i suoi capricci anche quando il suo viso è così caldo da rischiare di bruciarsi.

"È colpa tua se ti sei messo il grembiule. Eri così sexy, così invitante... come potevo resistere?"

Il giovane diavolo dice senza vergogna. Per tutta risposta, Gyogung gli lancia il suo sguardo migliore.

"Non osare! È sempre stato questo il tuo piano, non è vero, volpe astuta!"

"Se non lo avessi fatto, avresti mai indossato il grembiule di tua spontanea volontà?"

Chiede il più giovane, accarezzando con piacere i morbidi capelli.

"Quando l'hai comprato?" Gyogung non risponde alla sua domanda e ne pone una sua per curiosità.

"Molto, molto tempo fa. Forse da quando abbiamo iniziato a frequentarci. Vedi? Sono stato bravo e ho avuto la pazienza di aspettare così a lungo. Dovresti premiarmi invece di rimproverarmi.".. Dice Bamee con una faccia seria.

"Quale ricompensa? Non era abbastanza?" Gyogung allarga gli occhi, allungando le mani all'indietro per proteggersi automaticamente il sedere.

Il più giovane se ne accorge e ride dolcemente prima di allontanare quelle pallide manine dalle morbide natiche.

"Per oggi sono a posto. Per quanto riguarda la ricompensa, quello che voglio dire è..."

La pausa nel suo discorso e gli occhi così luminosi di lussuria fanno sentire a Gyogung un formicolio dalla testa ai piedi.

"Dovrai fare di nuovo un po' di cosplay con me."

La richiesta è accompagnata dal ricordo della carne che sbatte contro la carne che risuona forte e chiaro nelle orecchie del più grande.

Gyogung deve deglutire a quella richiesta. Rimane immobile per un momento, ripensando alle sensazioni provate in quel momento.

È una miriade di sensazioni: eccitazione, desiderio e passione.

Deve ammettere che la sensazione era davvero incredibile e che ha aggiunto un po' di sapore alla loro vita amorosa.

Se Bamee teme di annoiarsi con lui, anche lui non vuole che il giovane si annoi.

Un piccolo cambio di scena, per quanto imbarazzante, non è una cattiva idea. Dopo un'attenta riflessione, Gyogung inspira profondamente prima di alzare gli occhi grandi e innocenti verso il suo amante.

"Ok, che ne dici di una volta al mese?"

La risposta è talmente bella che Bamee quasi salta per la stanza per la gioia.

Sorride da un orecchio all'altro prima di spargere baci su tutto il viso del suo amante prima di stringere quel corpo esile nel suo abbraccio.

"Sembra fantastico, mio adorabile tesoro. Il mio P'Gyo è semplicemente il migliore!"

Dice, dando un altro bacio sulla fronte del suo ragazzo.

Non gli è mai passato per la testa che Gyogung avrebbe accettato! Tanto per cominciare, una volta al mese è un'ottima idea. Il suo cervello attivo è ora pieno di costumi che il suo piccolo caro avrebbe presto indossato. Bamee solleva il viso dell'altro uomo dal mento e baciò dolcemente quell'adorabile nasino, regalando al suo amante un sorriso gentile prima di dire con la sua voce vellutata.

"Mettiamo insieme le nostre teste e decidiamo cosa indosserà il mio P'Gyo la prossima volta!"

Ciotola extra speciale: La storia dietro le copertine dei libri

A Gyogung non piace stare da solo in un attico così grande da coprire l'intero piano del lussuoso appartamento.

È davvero troppo grande per una persona che ci vive da sola.

Non ha idea di come Bamee riuscisse a vivere sempre da solo in questo spazio, dato che ha saputo che Bamee non ha mai portato nessuno qui oltre a lui. Lo stesso Gyogung non ama molto stare qui quando il proprietario della stanza non è presente, ma dato che ha dormito qui dal fine settimana e ha lasciato il suo portatile a casa del suo ragazzo, deve rimanere qui stanotte per finire il lavoro che ha portato dall'ufficio.

Questo è il secondo giorno in cui Bamee partecipa a una conferenza in un'altra provincia e sarebbe dovuto tornare il giorno dopo.

Il più giovane fa i capricci, soprattutto durante la telefonata VDO.

Gyogung prova una miriade di sensazioni di fronte a tale reazione: umorismo, pietà e una certa soddisfazione sadica. È passato solo un giorno, ma il suo ragazzo si comporta come se siano lontani per anni.

È vero che anche a lui manca molto il suo giovane gigante, ma a volte vuole far riposare i suoi fianchi e passare un po' di tempo da solo.

Dopo tutto, a parte il lavoro, lui e Bamee passano quasi tutto il tempo insieme.

Dopo la doccia, Gyogung va nell'armadio a cercare i suoi indumenti per dormire.

Ha già indossato il sopra, ma prima di mettersi gli slip, il ragazzo dalla pelle chiara dà una rapida occhiata al cassetto della biancheria intima. Sa bene che Bamee tiene lì dentro perizomi di tutti i tipi, ma non ha mai dato un'occhiata per vedere quanti tipi ce ne fossero.

Se avesse mostrato anche il più piccolo accenno di interesse, il suo giovane demone lussurioso gli avrebbe fatto indossare il perizoma ogni giorno!

Visto che stasera è solo, gli sembra una buona occasione per vedere cosa si nasconde in quel cassetto.

Vi sono stipati perizomi di tutti i colori e modelli, da quelli di aspetto normale a quelli che Gyogung non avrebbe mai osato indossare per quanto fosse ubriaco.

Immagina che il suo ragazzo non sia un comune diavolo lussurioso se ha accumulato una collezione di tutte le sfumature e colori come questa!

"Quanto puoi essere ossessionato? Chi sarà in grado di indossare tutto questo, davvero?"

Gyogung brontola tra sé e sé, sollevando i pezzi di perizoma per un'ulteriore ispezione, non sapendo bene come chiamare la sensazione che prova in questo momento.

Trova poi una scatola bianca e piatta con sopra l'immagine di un perizoma trasparente di pizzo nero.

Gyogung allarga gli occhi fissando la scatola dall'aspetto costoso e alla fine la prende in mano.

La cosa contenuta nella scatola... ora che la vede in carne e ossa, è molto, molto più erotica della foto! Gyogung guarda il pezzo di vestiario tra le sue mani e si sente un po' come se si stesse divertendo.

Controlla l'ora e stima che il suo lussurioso fidanzato avrebbe dovuto finire la cena a cui doveva partecipare con il suo team del seminario, il che significa che l'ora della chiamata VDO può essere da un momento all'altro.

"La tua lussuria e i tuoi capricci... oggi ti stuzzicherò fino all'osso!"

Dice sorridendo tra sé e sé. Rimette la scatola vuota nel cassetto e indossa il perizoma.

Gyogung prende poi il suo portatile e sale sul letto, infilandosi sotto la coperta per nascondere la parte inferiore del corpo.

Inizia quindi a lavorare mentre aspetta la chiamata del suo amante. Venti minuti di lavoro dopo, Bamee lo chiama proprio come si aspettava.

["Cosa stai facendo?"]

"Ho portato del lavoro a casa, quindi sto lavorando a letto." Risponde Gyogung, sfoggiando un dolce sorriso.

["Hai così tanto lavoro da dover continuare a lavorare a casa?"]

Chiede Bamee, preoccupato che il suo amante si sforzi troppo perché sa bene quanto il suo ragazzo sia un gran lavoratore.

"Beh, ci sono alcuni file online che devo completare... ma non è molto. E tu, Mee? Come stai?"

["Mi manca il mio P'Gyo..."]

"Allora, cosa ti manca? Dimmi..."

Gyogung chiede, con la sua voce dolce come lo zucchero.

Lancia uno sguardo seducente al suo giovane gigante, con gli occhi pieni di promesse sensuali.

Vedendo questo, il giovane si sente ancora più affamato di prima.

["Mi manca tutto di te. Mi mancano le tue labbra, la tua pelle morbida e profumata, il tuo petto liscio, le tue natiche sode..."]

Dice Bamee, guardando quello sullo schermo che, con fare seducente, stringe le labbra nel tentativo di trattenere una risata. L'azione serve solo a rendere il suo piccolo tesoro ancora più appetitoso di prima.

"Tu e la tua lussuria."

Dice il tentatore con una risatina. Si sposta per appoggiare il portatile sul cuscino, facendo attenzione a non far vedere al suo giovane demone lussurioso ciò che indossa nella parte inferiore del corpo.

["Cosa stai facendo?"] Chiede il giovane corpulento. Vede un lampo di coperta bianca attraverso lo schermo prima che Gyogung torni di nuovo da lui.

"Oggi, mentre guardavo nell'armadio, ho trovato qualcosa."

Gyogung arriva finalmente al punto. Si allontana un po' di più dallo schermo del computer, tirando la coperta per coprirsi la parte inferiore.

"Cosa hai trovato?" Chiede il proprietario dell'attico, guardando il suo ragazzo che si raddrizza lentamente, tenendo la coperta per nascondere il suo corpo. Il sorriso all'angolo della bocca di Gyogung è davvero malizioso.

"Ho trovato questo!" Al termine di queste parole, il ragazzo dalla pelle chiara lasciò cadere la coperta sul letto e solleva la camicia sopra la vita. L'azione mette in mostra tutta la sua parte inferiore che è coperta solo da un sottile pezzo di perizoma di pizzo!

La vista fa quasi uscire gli occhi di Bamee dalle orbite! Quello che è rimasto intrappolato nei suoi pantaloni è immediatamente spuntato e rigonfio.

Prende in mano il tablet e avvicina il viso tanto da premere sullo schermo. Fissa Gyogung, senza riuscire a staccare gli occhi, con la bocca aperta ma senza riuscire a dire una sola parola.

Le belle cosce lisce e il ventre piatto sembrano ancora più attraenti e sensuali quando la parte inferiore di Gyogung è completamente nuda, salvo un piccolo pezzo di pizzo con le stringhe intorno ai fianchi.

Sul davanti, il pizzo nero fa un bel contrasto con la pelle chiara come la luna, rendendo il tutto ancora più accattivante.

La sottigliezza del pizzo permette a Bamee di vedere tutto del suo ragazzo così chiaramente che non desidera altro che poterlo accarezzare.

Vuole leccare il perizoma prima di sfilarlo con i denti e rendere il suo amante debole di desiderio tra le sue braccia.

Gli occhi brillanti si fissano su quell'unico punto, riempiendo il bel seduttore di compiacimento.

Diavolo lussurioso! Aspetta e vedrai. Ti farò impazzire di desiderio!

"Cosa hai detto che ti manca poco fa?"

Gyogung si sta divertendo moltissimo mentre dice tutto questo con la sua migliore voce zuccherosa. Mani morbide e gentili slacciano lentamente i bottoni della sua camicia, uno alla volta. Bamee alza gli occhi per seguire i movimenti del suo amante.

L'atto seduttivo è più che sufficiente per farlo deglutire con forza, la sua lussuria ribolle nelle vene.

"P'Gyo..." La voce rauca è appena un sussurro. Bamee non riesce a smettere di fissare l'immagine sullo schermo, quasi non osa sbattere le palpebre per paura di perdersi qualcosa.

"Il mio petto liscio, ho ragione?"

Dice Gyogung posando la mano sul proprio petto e guardando il suo giovane ragazzo mentre accarezza lentamente la piana del suo petto. Il giovane si morde le labbra, emettendo un gemito quando usa le dita per strofinare e stuzzicare le sue rosee natiche.

"Ahh..." La voce dolce emette un grido sommesso mentre il proprietario chiude gli occhi e stuzzica i propri capezzoli ancora più pesantemente di prima.

"Dannazione!" Bamee impreca mentre abbassa la cerniera dei pantaloni.

"Ahh... mio caro Mee..."

Gyogung geme dolcemente il nome del suo ragazzo, inarcando il corpo mentre le sue mani si avvicinano al suo stomaco. Si morde le labbra con fare seducente e guarda colui che si sta leccando le labbra e anticipa ogni suo movimento.

"Hai detto che ti mancano anche le mie chiappette rotonde, vero?"

Poi sfoggia un sorriso molto malizioso prima di girarsi, mettendosi a quattro zampe con le natiche formose rivolte verso lo schermo.

"Dannazione! Arrrggghhh!!!" Il signor Lussurioso può solo stringere i denti. Se avesse potuto entrare nel suo tablet, l'avrebbe fatto se avesse potuto avere il suo ragazzo tentatore proprio in quell'istante!

Bamee guarda le natiche rotonde e ondeggianti che lo stanno stuzzicando sullo schermo.

Il colore nero del perizoma di pizzo proprio al centro di quelle natiche rotonde non fa altro che rendere il suo 'piccolo Bamee' tutto caldo e duro da fargli male dappertutto.

A quanto pare, sedurlo in questo stato non è ancora abbastanza per Gyogung.

Allunga le mani all'indietro e inarca ancora un po' il sedere prima di usare le mani per separare ulteriormente i due grumi di carne rotondi l'uno dall'altro, guardandolo con un dolce sorriso.

"Anche a me manca il mio Mee..."

Poi prende il flacone di lubrificante che ha preparato in precedenza, ne versa una quantità sulla sua stretta apertura e inserisce un primo dito.

"P'Gyo!!! Dannazione, stai cercando di uccidermi?! Arrrggghhhh!!!"

Bamee ringhia forte, stringendo i denti. Guarda l'immagine del suo fidanzato estremamente sexy che muove un dito dentro e fuori. Bamee guarda lo spettacolo di fronte a sé con il cuore che gli batte forte nel petto. La sua mano sta prendendo in mano il suo enorme membro e inizia ad accarezzarsi.

"Ahh... mio caro Mee..."

Gyogung non è solo seducente nei suoi modi. La sua voce è anche in grado di distruggere il già scarso controllo del suo ragazzo sulla sua lussuria e sul suo desiderio.

Il giovane istruttore aggiunge altre dita, muovendosi dentro e fuori ancora più velocemente di prima, dondolando i fianchi in sincronia con il movimento delle mani e gridando con la sua voce dolce e morbida.

Gli occhi di Bamee sono incollati allo schermo, la mano che tiene la sua parte più importante si accarezza ancora più velocemente e con più forza quando vede quella stretta apertura riempita da tre dita del suo ragazzo più grande.

La sua passione è completamente fuori controllo.

"Ahh... P'Gyo... per favore muovi le dita ancora più velocemente."

Sta letteralmente trattenendo il fiato quando il suo ragazzo si gira per sdraiarsi sulla schiena, spalancando le gambe senza estrarre le dita.

L'altra piccola mano prende la sua lunghezza dal lato del perizoma e l'accarezza su e giù in sincronia con le tre dita che stanno ancora spingendo dentro e fuori. I fianchi sottili si agitano e fremono, facendogli venire voglia di spingersi dentro il suo ragazzo e di prendere il controllo del loro rapporto d'amore.

"Hahhh... Mee... mio caro Mee... ahhh..."

Gyogung geme forte e a lungo. Tutto il suo corpo sembra convulso mentre rilascia le prove del suo piacere, mentre Bamee tiene gli occhi puntati sull'immagine erotica e muove la mano con ancora più forza e velocità.

"Dannazione!!! Sei così sexy!!! Ahh... P'Gyo... ahhhh..."

Bamee muove la mano su e giù ancora un paio di volte prima che il suo rilascio schizzi sullo schermo del tablet.

La vista del liquido bianco dipinto sullo schermo proprio davanti ai suoi occhi stordisce un po' Gyogung. Può solo sentire l'ansimare del suo giovane gigante mentre lo schermo è ormai tutto sporco.

Si è anche reso conto di quello che ha appena fatto e sgrana gli occhi per la consapevolezza! Voleva solo indossare il perizoma per stuzzicare un po' il giovane demone lussurioso.

Non immaginava che sarebbe arrivato a tanto!!! Non aveva nemmeno preparato il flacone di lubrificante... uno era sempre stato in giro perché Bamee era sempre pronto.

Immagina che debba dare la colpa allo sguardo lussurioso del suo ragazzo e al rigonfiamento che gli cresceva sotto gli occhi che lo ha invogliato ed eccitato a tal punto da fargli compiere un gesto così imbarazzante! Non era affatto nei suoi piani, lo giura!!!

Gyogung va rapidamente in bagno. Dopo essersi lavato, si mette un asciugamano intorno alla vita prima di tornare in punta di piedi a controllare se il liquido torbido che ostruiva l'obiettivo della fotocamera dell'altro fosse stato eliminato o meno.

"Dove hai imparato a fare una cosa del genere? Dimmelo subito!" Dice Bamee non appena vede il volto del suo ragazzo più anziano sullo schermo.

"Di cosa stai parlando?" Il piccolo seduttore fa finta di essere innocente, rimanendo seduto con le labbra serrate, senza osare affrontare il suo amante.

"Tu e le tue tentazioni... quando torno ci darò dentro finché non riuscirai a camminare!"

Una volta a casa, avrebbe mangiato tutto il Gyogung!

Avrebbe bevuto tutto quello che c'era nella sua deliziosa ciotola di wonton ai gamberetti finché non sarebbe rimasta nemmeno una goccia di zuppa!

"È colpa tua se sei lussurioso nei miei confronti!" replica Gyogung, non ancora abbastanza coraggioso da guardare in faccia l'altro. Il giovane gigante allora avvicina il viso allo schermo e dice.

"Non mi sono sempre comportato così? È normale che mi comporti così."

Poi sfoggia un ampio sorriso quando il suo ragazzo più grande gli lancia un'occhiataccia, brontolando qualcosa di troppo sommesso per essere udito.

"È da molto tempo che fai di nascosto una cosa del genere?"

Bamee si rifiuta ancora di cambiare argomento. Si appoggia alla testiera del letto, aspettando la risposta. Le deliziose piccole labbra si schiudono un po' in un broncio prima che Gyogung neghi ogni accusa.

"Come potrei? Stiamo insieme tutti i giorni... è abbastanza evidente."

Si sente di nuovo in imbarazzo quando ripensa a ciò che ha appena fatto.

"Questo significa che mi seduci intenzionalmente quando siamo lontani? Sei davvero crudele. Il tuo Mee può punire il suo piccolo Gyo quando torna?"

Chiede con speranza. Il suo cuore sembra saltare un battito quando quei bellissimi occhi si alzano verso di lui con dolcezza.

"Se vuoi punirmi, allora torna subito."

Dopo che queste parole lasciano la sua bocca, lo stesso Gyogung si allarma per quello che ha detto. Quelle belle guance lisce si arrossano immediatamente.

Santo cielo! Bamee adora quando quello spirito seduttivo si impossessa del suo caro P'Gyo!!!

"L'hai detto tu stesso."

Dice Bamee, leccandosi le labbra e guardando l'amante con i suoi occhi acuti. Anche se non guarda, Gyogung riesce a indovinare la faccia che sta facendo il suo lussurioso ragazzo.

Oh, beh... Cosa può fare? È colpa sua se ha sedotto il giovane diavolo.

"Quando finirà il tuo seminario domani?"

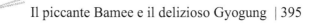

"Verso sera, direi. Ci sarà la conclusione, poi la cena e poi il viaggio di ritorno... Dovrei tornare a casa in tarda serata. Mi aspetterai alzato?"

La giovane volpe furbetta mente tra i denti.

Perché avrebbe dovuto dire al suo ragazzo che il seminario sarebbe finito nel pomeriggio e che sarebbe dovuto tornare a casa in serata? È davvero colpa di Gyogung se è stato così cattivo: Bamee sta solo cercando di vendicarsi del suo amante!

"Credo che a quell'ora mi sarò già addormentato. Non è un problema. Penso che domani sera andrò comunque a casa mia. Tu dovresti andare a casa tua per riposarti. Sabato mattina tardi potremo chiamarci e organizzarci."

Gyo cerca di salvarsi. Sa bene che la punizione di Bamee avrebbe lasciato i suoi fianchi in uno stato pietoso.

"Allora, posso venire a trovarti a casa tua domattina presto?" Bamee fa finta di chiederlo per evitare che Gyogung sospetti qualcosa.

"Ehm... che ne dici di un po' più tardi? Così posso fare il bucato domattina."

Gyogung cerca di negoziare. Anche a lui manca molto l'altro, ma poiché sa a cosa sarebbe andato incontro (anche se gli piace), le dimensioni del 'piccolo Bamee' gli mettono ancora un po' di paura.

"Lo sai, vero, che negoziare è solo una perdita di tempo? Non importa a che ora arriverò a casa tua... ti avrò a tutti i costi!"

Il giovane gigante dice con un sorriso maligno. Gyogung non può fare altro che stringere le labbra. Non sa cosa rispondere perché anche lui sa cosa intendeva il suo ragazzo.

"Ti chiamo domani dopo il seminario. Possiamo discuterne più tardi."

Quando quel viso dolcemente bello annuisce, sorride soddisfatto e continua a parlare con il suo amante del più e del meno fino a quando non è il momento di concludere la loro conversazione.

****

Di solito il venerdì Gyogung torna a casa più tardi del solito. Tuttavia, dato che ieri ha portato a casa del lavoro, è riuscito a finire il suo lavoro e ha potuto tornare a casa all'orario normale.

Per cena, si ferma al ristorante al primo piano del suo condominio per comprare ramen e wonton da mangiare in camera sua, dato che è troppo pigro per andare al suo solito ristorante di ramen e wonton al granchio.

Una volta arrivato nella sua stanza, versa il ramen in una ciotola, si allenta la cravatta e si slaccia alcuni bottoni prima di consumare la cena direttamente in cucina, dato che è da solo e non si preoccupa di andare a mangiare al tavolo da pranzo.

Dopo tre o quattro bocconi, Gyogung deve sobbalzare quando Bamee entra nella sua stanza.

"Cos'è quella faccia? Non sei contento di vedermi?"

Chiede il giovane gigante, con il volto dipinto da un sorriso sornione mentre si dirige verso il suo amante.

"Non mi avevi detto che..."

Gyogung non riesce nemmeno a finire la frase quando il suo ragazzo appena arrivato si precipita su di lui, strappandogli un bacio. Il giovane è così allarmato che fa cadere le bacchette, ma i baci bollenti fanno un ottimo lavoro per far sì che colui che sente ugualmente la mancanza del suo ragazzo si lasci andare.

"Mi manchi così tanto. E sono solo affamato. Ieri ti sei comportato da vero seduttore. Sei pronto a ricevere la tua punizione?"

Il bel giovane schiude le labbra prima di formulare le sue domande.

Tuttavia, non aspetta che le labbra rosse di Gyogung diano una risposta. Bamee preme le labbra per un altro bacio e slaccia rapidamente i bottoni del suo amante.

"Ahh... aspetta..."

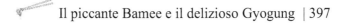

La voce dolce cerca di fermarlo mentre quelle mani spingono via un viso dipinto di desiderio.

"No. Voglio P'Gyo proprio qui, proprio ora!"

Dice il più giovane in modo egocentrico.

Bacia di nuovo quelle labbra morbide, risucchiando la piccola lingua nella sua bocca.

Le mani grandi scendono a slacciare con impazienza il bottone dei pantaloni da lavoro dell'altro.

Quello che ha cercato di fermarlo solo pochi istanti prima, lo sta aiutando a sollevare la maglietta prima di toglierla, con Bamee che lo assiste avidamente per tutto il tempo.

Il giovane corpulento si scrolla la maglietta dal braccio e la getta a casaccio sul pavimento.

Si lecca le labbra mentre fissa il petto pallido e liscio con occhi pieni di fame.

La camicia chiara con tutti i bottoni slacciati non fa che completare la bella pelle rosa di Gyogung, rendendo il giovane ancora più appetitoso per il suo ragazzo.

Bamee stringe il nodo della cravatta dell'altro e sorride con piacere quando il corpo snello si sposta per sedersi sul bancone della cucina.

"Sei proprio il più bello, mio caro P'Gyo."

Dice con la sua voce profonda, fissando quegli occhi seducenti e seduttivi, con una grande fame che gli rimbomba dentro.

Bamee è molto contento che il suo amante gli metta le braccia intorno al collo mentre le gambe sottili iniziano ad avvolgerlo e a tirarlo vicino a sé.

"Se sono così bella, che ne dici di sbrigarti e di amarmi, eh?" dice Gyogung, mordendosi le labbra in modo allettante.

Non ha idea se si sia semplicemente dimenticato di sé stesso o se sia intenzionale nella sua seduzione.

Una delle braccia di Bamee è appoggiata sul bancone per bilanciarsi, mentre l'altra inizia a stringere pesantemente il dolce pendio del petto del suo ragazzo.

Gyogung solleva un po' i fianchi dal bancone in modo che il suo amante possa togliersi più facilmente la biancheria intima.

Poi allunga le mani per tirare giù la cerniera dei pantaloni del suo giovane ragazzo. Il suo cuore batte all'impazzata quando le sue piccole mani toccano la parte calda e pulsante del suo amante.

Gyogung comincia a sentirsi allarmato quando pensa a come l'enorme asta avrebbe presto penetrato il suo corpo e il suo proprietario avrebbe sicuramente oscillato e spinto contro di lui senza trattenersi!

Ma Gyogung non pensa nemmeno di fermare il suo ragazzo o di chiudere le gambe che sono ancora più larghe di prima. Inoltre, spinge addirittura la testa di colui che sta trascinando la lingua su tutto il suo petto.

L'altra si infila sotto i boxer del suo amante. Si prende un po' di tempo per accarezzare la carne gigante prima di tirarla fuori in una stretta presa e iniziare a muovere la mano su e giù.

"Ahhh... mio caro Mee... non... non mordere... ahhh..."

Gyogung potrebbe dire che vorrebbe che il suo ragazzo si fermi, ma in realtà si inarca contro quel corpo muscoloso e dà voce alle sue grida di piacere in modo così dolce, quindi non c'è modo che un certo signor Lussuria ascolti un avvertimento così seducente.

Bamee ringhia a bassa voce e si impegna ancora di più a succhiare, mordicchiare, leccare e assaggiare quei piccoli nodi, ubriaco di desiderio.

La sua mano appoggiata al tavolo si muove per recuperare la bottiglia di lubrificante dalla tasca dei pantaloni, mentre l'altra mano stringe affamata i fianchi formosi.

Un dito insaponato di lubrificante viene spinto all'interno del corpo di Gyogung, muovendosi dentro e fuori all'istante per l'impazienza.

Il più giovane usa più forza quando il suo ragazzo solleva i fianchi in risposta. Si prende tutto il tempo necessario per far roteare il dito prima di aggiungerne un secondo.

"Cavolo, stai stringendo le mie dita così forte. Ti devo mancare molto, eh?"

Bamee ringhia mentre inserisce il terzo dito.

"Hahhh... mi manchi... mi manchi tantissimo!"

Gyogung mugugna quando le tre grandi dita si muovono e si spingono con forza contro di lui.

Gyogung cerca la bottiglia di lubrificante che si trova vicino alla ciotola di ramen; una volta presa in mano, ne versa una generosa quantità sulla lunghezza indurita del suo amante.

"Wow. Sei ancora più impaziente di me oggi!"

Il giovane mascalzone si rallegra.

Estrae le tre dita e allarga ancora di più quelle gambe sottili prima di spingere la sua verga calda e dura nella morbida apertura.

"Hahhh... lento... rallenta..."

Colui che prima desiderava ardentemente che la sua verga fosse veloce e dura grida quando la grossa asta viene spinta per metà all'interno con una sola spinta. Il suo giovane ragazzo stringe i denti. Il piacevole stringersi intorno al suo membro fa sì che Bamee voglia spingere fino in fondo.

"Non riesco più a trattenermi. Posso entrare fino in fondo adesso?"

Chiede con voce piena di fame mentre si spinge delicatamente dentro di lui, un po' alla volta. Più guarda il volto stravolto dal piacere e gli occhi umidi e lucenti di desiderio del ragazzo sotto di lui, più desidera che si aggroviglino nella loro danza lussuriosa finché non saranno entrambi appagati.

"Lentamente... è grande..." Dice Gyogung, con la voce tremante.

Una delle sue mani si aggrappa al bordo del bancone della cucina, mentre l'altra scava con le unghie nell'ampia spalla dell'uomo sopra di lui.

"Lo so..." Colui che sa di essere ben equipaggiato sorride e spinge con cura la parte di cui va tanto fiero fino in fondo. Si ferma un attimo per permettere al suo ragazzo di adattarsi prima di spingere dentro e fuori.

Afferra i fianchi dell'amante, sollevandoli un po' dalla superficie del bancone e aggiunge più forza al movimento dei fianchi, aspirando un lungo respiro attraverso la bocca aperta, completamente ebbro della sensazione della calda caverna che pulsa e si stringe follemente intorno a lui.

"Hahhh... Mee... delicatamente..."

Gyogung grida quando le spinte sono così intense che riesce a malapena a reggersi sul bancone della cucina. Il giovane diavolo lussurioso si tira fuori prima di sistemare Gyogung in posizione eretta e di girarlo.

Bamee si spinge di nuovo dentro e inizia a muoversi immediatamente. Colui che è stato attaccato con forza si piega rapidamente per afferrare il bordo del bancone, spingendo i fianchi all'indietro contro le pesanti spinte, gemendo senza senso quando quello dietro di lui si agita con più forza e durezza a ogni movimento.

Quei fianchi sottili vengono stretti e strizzati dalle mani forti del suo ragazzo fino a quando non si vedono segni rossi su tutta la pelle chiara come la luna.

"Hahhh... mio caro Mee... veloce... più veloce!"

Bamee si china, sfiorando la nuca del suo ragazzo mentre aumenta la forza e la velocità dei suoi colpi sulla lunghezza di Gyogung in modo da sincronizzarli con la forza delle sue spinte.

Il caldo stringimento interno e il corpo teso gli dicono che il suo P'Gyo ha raggiunto l'apice del piacere. Gli mordicchia la spalla sottile mentre fa oscillare i fianchi dentro e fuori senza trattenersi.

Ben presto, anche lui raggiunge il suo apice.

Bamee continua a dare baci sul collo e sulla schiena del corpo tremante nel suo abbraccio.

Quello che è completamente esausto si aggrappa al bordo del bancone per fare leva, ansimando così forte che il suo corpo trema per la forza, con il viso e le orecchie arrossati dalle conseguenze.

Questo non fa altro che rendere Gyogung ancora più appetitoso... sicuramente degno di essere "divorato" per qualche altro giro, secondo Bamee.

"Mee... io... voglio fare una doccia..."

Quello che insiste a lavarsi ogni volta prima di fare l'amore dice con voce tremante quando sente che la parte che è ancora dentro il suo corpo comincia a crescere di nuovo.

"Sto per divorarti di nuovo. È meglio fare la doccia solo una volta dopo questo."

Il suo lussurioso mascalzone di fidanzato, tuttavia, non presta attenzione a questa richiesta. Bamee sa che a Gyogung piace lavarsi prima di fare l'amore e questa era la prima volta che si attaccano l'un l'altro prima che uno dei due abbia la possibilità di lavarsi, ma per lui, che conosce ogni angolo e fessura del corpo del suo amante, non è davvero un grosso problema.

"No. Voglio lavarmi."

Gyogung rimane sulle sue parole, facendo del suo meglio per allontanare il giovane gigante.

"Hai ancora un profumo così buono... ti prego... lascia che ti prenda ancora."

Il gigante, la cui lunghezza è tornata ad essere calda e grande, dice rapidamente mentre iniziava a dondolare la sua vita.

"Hahhh... non farlo..."

Il più grande protesta ancora debolmente.

"Ah... lo farò... ti avrò adesso."

Bamee è ancora testardo. Gira quel viso bello verso di lui per accettare il suo bacio mentre dà delle spinte brevi e veloci.

L'altro, tuttavia, continua a cercare di allontanarsi.

"Mee... non essere testardo... ahhh!"

Dondola i fianchi ancora più velocemente, più forte, mentre succhia quelle labbra rosso vivo come se volesse ingoiarle tutte. La pioggia di colpi dei piccoli pugni rotondi sul suo corpo, però, lo costringe a fermarsi.

"Eh?!"

Gyogung esclama quando entrambe le sue gambe sono sollevate dal pavimento.

Bamee abbraccia colui che sta facendo i capricci e li porta entrambi in bagno.

Una volta posato il suo amante, il giovane alto accende la doccia, lasciando che gli spruzzi piovano su di loro.

Invece di aiutare l'altro a lavarsi come fa di solito, il giovane spinge il suo ragazzo all'indietro fino a farlo sbattere contro il muro.

"Mee! Ahh!"

Senza dare a Gyogung la possibilità di lamentarsi o protestare, Bamee preme rapidamente le labbra per impedire che qualsiasi parola esca da quelle belle labbra.

SoSolleva na gamba sottile e se la mette intorno alla vita mentre si infila di nuovo nella calda caverna.

"Hahhh..." I gemiti che sfuggono a quelle labbra e i leggeri colpi delle piccole mani non fanno nulla per fermare la lussuria di Bamee. Solleva l'altra gamba del più esile e si avvicina finché non sono completamente uniti.

Le sue mani sollevano il morbido sedere, tenendolo stretto, mentre spinge dentro e fuori con una forza tale da scuotere Gyogung nel profondo.

"Hahhh... Mee... è... è troppo profondo... ahhh..."

Entrambi hanno paura di cadere e si muovono sensualmente con desiderio nella posizione che permette all'enorme asta di carne di entrare ancora più in profondità nel suo corpo rispetto a prima.

I mugolii lussuriosi del suo ragazzo eccitano Gyogung a tal punto che il suo cuore batte all'impazzata.

Il suono della carne che sbatte sulla carne lo fa sentire così sopraffatto dal piacere.

Il giovane morde il braccio muscoloso del suo ragazzo, il suo corpo si tende fino alle dita dei piedi quando il suo desiderio arriva al culmine e si libera senza essere minimamente toccato.

"Come puoi lasciarmi qui? Ahh..."

La voce profonda lo stuzzica. Bamee strofina il viso sul collo bagnato prima di baciare le labbra gonfie del suo amante mentre fa dondolare i fianchi con forza e profondità per diverse volte, raggiungendo finalmente il climax.

I due continuano a baciarsi affamati sotto gli spruzzi di acqua calda che piovono su di loro. Le due gambe di Gyogung sono ancora aggrappate alla vita del suo giovane gigante, mentre Bamee continua ad accarezzare e stringere la pelle liscia.

Dopo essersi lavati, avvolge un soffice asciugamano intorno a colui le cui gambe tremano anche dopo la doccia e li conduce entrambi a letto.

Una volta adagiato il suo amante sul letto, Bamee si accascia accanto a lui e bacia dolcemente quelle labbra prima di usare delicatamente il dorso della mano per accarezzare la guancia morbida e liscia.

"Mio caro P'Gyo..." Dice il giovane, con la voce di seta, mentre si china a posare un leggero bacio sulla punta di quel naso formoso, suscitando un dolce sorriso da parte di Gyogung che ama i tocchi gentili del suo ragazzo.

"Sarai in grado di fare un altro giro?"

Il ragazzo, la cui voce e il cui modo di fare sono così dolcemente gentili, ma che sfocia sempre in cose che tradiscono la lussuria che gli scorre nelle vene, distrugge completamente l'umore romantico del suo ragazzo.

"No, non lo farò!"

"Beh, immagino che non lo farai. Dopotutto, devi essere stanco per tutte le oscillazioni dei fianchi che hai fatto con me prima." Dice Bamee, sfoggiando un sorriso diabolico.

"Tu...!" Gyogung riesce a dire solo questo prima di chiudersi a riccio la bocca.

Come può rimproverare Bamee quando lui risponde davvero con tanta passione! Dannazione, ogni volta che il giovane lo seduce in un'euforia sessuale, si comporta sempre in modo così sfrenato!!!

Il modo migliore per affrontare la situazione è quello di tacere e sdraiarsi per riposare i fianchi!

È solo che... è stato sedotto dalla tentazione che si è insinuata nei pantaloni del suo giovane ragazzo!

Il piccolo Gyo... Il piccolo Gyo non ha torto! Il colpevole è Bamee!

Gyogung stringe le labbra e distoglie lo sguardo dal bel viso che ancora lo fissa con occhi pieni di lussuria.

Che razza di persona può avere un pacco così enorme e come può divorarlo in qualsiasi momento e in qualsiasi luogo, persino il tavolo da pranzo, le scale o la sala degli esercizi non sono al sicuro dalla lussuria del suo ragazzo?!

Gyogung si sta lamentando tra sé e sé perché non si è ancora accorto che c'è qualcosa che preme vicino al suo viso.

Quando si gira a guardare, la sua guancia viene spinta contro una parte di Bamee che è dura e calda. Gyogung fa un piccolo balzo indietro quando finalmente vede di cosa si tratta, mentre alza lo sguardo, non ha idea di quando sia riuscito a mettersi a cavalcioni sul suo petto, completamente sbalordito dalla piega che ha preso la situazione.

"Apri la bocca."

Questo... questo significa che le mascelle gli avrebbero fatto di nuovo male... ma apre comunque la bocca.

"Ahh... mio bravo ragazzo..."

Il proprietario dell'enorme asta di carne si complimenta in modo rauco quando le piccole labbra del suo amante lo ingoiano.

La suzione e la testa, che si muove su e giù ritmicamente, dimostra quanto sia ben allenato in materia, risvegliano davvero la parte oscura e selvaggia dentro Bamee.

Il più giovane afferra la morbida chioma di capelli del suo ragazzo più anziano prima di spingere a fondo e con forza dentro quella piccola bocca, senza riuscire a controllarsi.

Gyogung deve usare una mano per spingere contro il ventre duro di Bamee, mentre l'altra fa del suo meglio per circondare completamente l'asta, che è tanto grande quanto lunga, in modo che non entri così in profondità nella sua gola. Può sentire il suono del respiro affannoso che viene aspirato dalla bocca aperta e le due mani del più giovane si muovono per afferrare i suoi capelli mentre quei fianchi dondolano ancora più forte, più velocemente, fino a quando Gyogung può sentire il liquido caldo scivolare nella sua gola.

"Hahh... coff, codf...". Il ragazzo inspira con la bocca, soffocando allo stesso tempo.

"P'Gyo... stai bene?" Chiede Bamee mentre prende dei tovaglioli per asciugare il liquido che colava dall'angolo della bocca del suo ragazzo prima di aiutarlo ad appoggiarsi alla testiera del letto.

Quando il respiro del suo amante torna normale, Bamee porta l'altro a lavarsi velocemente in bagno prima di tornare a letto.

"Possiamo finirla qui? Non ce la faccio più."

"Ma..." Il giovane insaziabile è pronto a fare i capricci, ma si ferma subito quando quegli occhi grandi e rotondi lo guardano con sguardo d'acciaio.

"Mi fanno male i fianchi. Mi fanno male le mascelle. Non ce la faccio più stasera!"

Bamee si lascia cadere sullo stesso cuscino e stringe quel corpo esile nel suo abbraccio.

"Posso lasciarti riposare. Possiamo fare un pisolino di qualche ora prima di ripartire!"

"Beh, prima di dormire, vai a prendermi la cena. Sono affamato!"

Quelle mani si divertono a stringere il suo didietro e deve sospirare di nuovo.

Gyogung colpisce quelle mani dispettose con un forte schiaffo, indicando la porta come segno per l'altro di smettere di scherzare e di andare a prendergli la cena!

****

Bamee lascia finalmente riposare Gyogung. Anche lui ha intenzione di fare un breve pisolino dopo la cena con il suo amante.

Dopotutto, ha speso molte energie durante gli incontri d'amore. Dopo essersi rivestito ed essere andato a comprare la cena, Bamee pensa che l'altro non avrebbe voluto un'altra porzione di ramen, così decide di camminare lungo la strada di fronte al condominio, alla ricerca di qualcosa che possq attirare la sua attenzione. Poco dopo sente il clacson di una moto che suona e il suo nome che viene chiamato da dietro.

"P'Mee!" Una voce profonda e familiare attira l'attenzione di Bamee. Il giovane si gira e vede un ragazzo alto e robusto come lui che scende dalla sua moto rosso fuoco e si dirige verso di lui.

"Ehi, che ci fai da queste parti?"

Bamee saluta con disinvoltura il suo compagno di università mentre sono molto vicini.

"Ho appena visto un film con il mio fidanzato. E stiamo mangiando un boccone prima di tornare a casa. E tu?"

"Sto offrendo la cena al mio ragazzo. Mi sta aspettando nella mia stanza. Beh... qual è il tuo spasimante?"

"Laggiù, l'ho fatto scendere prima per comprare un frullato. Non c'era posto per parcheggiare laggiù, quindi ho parcheggiato la mia moto qui."

Risponde il giovane con il suo taglio di capelli super cool prima di fare un gesto verso un bel ragazzo dalla figura morbida e piena che si sta dirigendo verso di loro mentre beve felicemente il suo frullato.

"Boong, questo è P'Mee, il nostro senior. P'Mee, questo è Pakboong, il mio ragazzo."

"Buonasera. P'Fai mi ha parlato molto di te, P'Mee. Sei davvero bello come si dice in giro."

Queste parole, però, hanno fatto aggrottare immediatamente la fronte del suo fidanzato geloso.

"Osi dire che un altro uomo è bello proprio davanti a me?"

Faidaeng ringhia al suo amante, allungando una mano per stringere con forza quei fianchi, facendo sobbalzare un po' il proprietario di quei fianchi rotondi e deliziosi.

"P'Fai, andiamo! Sei forse geloso del tuo stesso senior?"

Pakboong si comporta come se fosse dispiaciuto per il suo ragazzo, ma il luccichio birichino dei suoi occhi dice a chi guarda che è davvero contento che il suo ragazzo si comporti in modo geloso e possessivo.

"Sai benissimo che sono geloso di chiunque."

"Dai, tesoro, non essere geloso. Va bene, allora. Il tuo Boong non tornerà a casa stasera. Resterò a casa tua e ti permetterò di punirmi quanto vorrai. Che ne dici? Dai, non arrabbiarti. Non essere arrabbiato."

Bamee solleva un sopracciglio e incrocia le braccia, osservando la loro buffonata con un sorriso quando vede che lo sguardo del suo nong è fisso sui fianchi del suo ragazzo.

Sa che il giovane deve essere affamato... in un certo senso anche lui è sempre stato affamato quando si tratta di Gyogung.

"Ok... allora che ne dici di tornare indietro adesso? Dopo la punizione, posso andare a comprare qualcosa per te vicino al dormitorio."

"Ma non legarmi le mani questa volta. Il tuo Boong vorrebbe essere bendato."

Al termine di queste parole, Bamee può vedere come gli occhi del suo bel ragazzo siano accesi di eccitazione. Sembrava che i due avessero completamente dimenticato che lui era lì con loro.

Almeno fino a quando il giovane Pakboong non ha fatto un salto di consapevolezza e si è girato di nuovo verso di lui.

"Oh, cielo. Sembra che ci siamo completamente dimenticati di P'Bamee."

"È un piacere conoscerti, P'Bamee. Ora noi due dobbiamo scusarci.".

"Ehm... ora ce ne andiamo, Phi. Beh... vediamoci un'altra volta."

Faidaeng si affretta a salutarlo. Bamee emette un sospiro, trovando l'intera situazione piuttosto divertente, e accetta il gesto di rispetto.

"Vai pure. Fai attenzione alla guida."

Bamee sta pensando alla conversazione tra i suoi due ragazzi che ha appena sentito. Un sorriso gli si forma sulle labbra.

Sarebbe meraviglioso se lui e P'Gyo iniziassero a "punirsi" a vicenda ogni tanto.

E giura sull'onore del suo considerevole rigonfiamento che non sarebbe stato l'unico a punire P'Gyo, ma si sarebbe anche sdraiato e avrebbe lasciato che P'Gyo lo punisse quanto voleva in uno scambio equo.

Ciotole speciali
-La fine

Discorso del traduttore

Ciao a tutti!

Sono contenta di aver tradotto questa Novel di Jamie, e in futuro ci saranno altri progetti scritti da questa fantastica autrice che non vedo l'ora di tradurre in italiano.

Grazie Jamie, per la fiducia e per avermi affidato la tua storia e avermi permesso di tradurla in italiano.

Non vedo l'ora di tradurre le prossime storie. Date tanto amore all'autrice.

Puoi seguirmi su instagram: nikkahh23

Grazie e tanto amore!!!
Nikka

JA...MIE

Grazie!

Jamie xx

Printed by Amazon Italia Logistica S.r.l.
Torrazza Piemonte (TO), Italy

60262874R00236